Feu de joie

AMY LANE

REAMSPINNER PRESS

Feu de joie

AMY LANE

Publié par
DREAMSPINNER PRESS

5032 Capital Circle SW, Suite 2, PMB# 279, Tallahassee, FL 32305-7886 USA
www.dreamspinnerpress.com

Feu de joie
Copyright de l'édition française © 2018 Dreamspinner Press.
Titre original : Bonfires
© 2017 Amy Lane.
Première édition : mars 2017
Traduit de l'anglais par Marie A. Ambre.

Illustration de la couverture :
© 2017 Anne Cain.
annecain.art@gmail.com
Les éléments de la couverture ne sont utilisés qu'à des fins d'illustration et toute personne qui y est représentée est un modèle

Édition e-book en français : 978-1-64080-934-5
Édition imprimée en français : 978-1-64080-935-2
Première édition française : juillet 2018
v 1.0

Édité aux États-Unis d'Amérique.

Pour Mate et Mary et quiconque se regardant dans son miroir avec son conjoint à ses côtés et disant : « Cette vieille, ça ne peut pas être moi… Nous nous sommes rencontrés hier seulement et tu es toujours beau au-delà des mots ».

REMERCIEMENTS

À MES amis d'une autre vie qui ne sauront jamais à quel point ils me manquent. Anthony, Lori, Barb, Rebecca, Johnny, Len, Mara, Denis, lorsque je pense à des enseignants dévoués, je pense à vous.

Courir au Soleil

Aaron George ajusta le col de son uniforme, vérifia ses cheveux blonds grisonnants dans le rétroviseur et se sentit idiot. Il avait quarante-huit ans, bon sang. Mais Larx courait encore sur Cambrian Way, il avait ôté son tee-shirt en raison de la chaleur de l'après-midi et Aaron devait intervenir.

Ses épaules brillaient, élégantes et dorées, sous le soleil de cette fin septembre, et son corps mince et élancé – bien qu'il soit dans la tranche d'âge d'Aaron – bougeait avec la grâce d'un coureur de longue date.

Aaron s'était beaucoup entraîné pour perdre les vingt kilos qui avaient enrobé sa taille à partir de ses trente ans. Il en avait perdu à peu près la moitié, parce que faire un régime et de l'exercice étaient loin d'être facile lorsque vous conduisiez un SUV de haut en bas sur des routes de montagne, comme il le faisait lorsqu'il patrouillait autour de la ville.

Sa femme était décédée dix ans auparavant et il avait trois enfants… À l'époque, il avait trouvé plus facile, en quelque sorte, de prendre un poste de shérif adjoint à Colton. À présent, deux de ses enfants avaient quitté la maison.

La ville… même Sacramento, qui était une petite ville selon la plupart des normes… n'était plus de son âge. Colton, environ dix mille habitants, était un peu plus décontractée et adaptée pour élever une famille.

Apparemment, cela avait été aussi l'idée de Larx, puisqu'il avait amené ses filles à Colton après son divorce

C'était, en tout cas, ce qu'Aaron avait entendu dire. Monsieur Larkin, Larx pour ses étudiants et son personnel, avait déménagé à Colton sept ans plus tôt. Les deux plus jeunes enfants d'Aaron avaient suivi ses cours de sciences et l'avaient déclaré « plus cool que n'importe qui d'autre dans ce patelin ». Lorsque l'ancien principal avait pris sa retraite, Larx s'était bien battu pour ne pas être nommé à sa place.

Aaron n'avait pas été présent, mais son benjamin, Kirby, avait été assistant de professeur pendant sa première année. Il avait entendu les batailles homériques dans le bureau de Nobili et la salle des professeurs et, une fois, au milieu du campus ainsi qu'il l'avait raconté à son père avec jubilation.

Finalement, le professeur avait accepté d'être le principal à trois conditions :

— Il devait enseigner le cours de chimie avancée dans la matinée, parce qu'il avait travaillé pendant cinq ans pour faire progresser les classes de Programme Avancé et qu'il soit damné s'il donnait le cours au petit nouveau, prof depuis deux ans, qui était le seul autre enseignant qualifié de leur école pour enseigner le cours (Kirby avait dit à son père qu'il avait ressenti beaucoup de joie en entendant cette condition parce que monsieur Albrecht était, en tous points, une petite ordure assoiffée de pouvoir).

— Son meilleur ami, Yoshi Nakamoto, devait être promu au poste de principal adjoint. Yoshi avait dans le début de la trentaine et il enseignait l'anglais au lycée John F de Colton depuis six ans. De ce qu'il avait entendu, c'était un professeur solide et un gars sympathique, et exactement la personne qu'un nouvel administrateur aimerait avoir pour surveiller ses arrières.

— Il devait continuer à entraîner l'équipe d'athlétisme sur toute l'année.

C'était la seule condition qu'il n'avait pas obtenue parce que (toujours d'après Kirby), monsieur Nakamoto avait insisté sur le fait que les retourneurs de temps n'existaient que dans Harry Potter et que Larx n'avait tout simplement pas assez d'heures dans sa journée.

C'était à ce moment-là que Larx avait commencé à mettre le bazar dans la belle vie ordonnée d'Aaron.

Parce que tous les jours, à seize heures quarante-cinq, Larx apparaissait sur ce tronçon de route pendant qu'il patrouillait dans le comté. Le principal courait de l'école vers Cambrian, tournait à droite sur Olson, qui était à peine plus qu'un chemin de terre, et empruntait l'autoroute qui était dangereuse et n'avait pas de bas-côtés. Il la parcourait pendant deux kilomètres, tournait à droit sur Hasting, qui était tout aussi redoutable et n'avait pas plus de bas-côtés, puis il tournait à droite et retournait en courant au lycée par Cambrian.

La première fois qu'Aaron l'avait vu faire cela, son cœur s'était arrêté. Littéralement. Il avait vu les titres des Unes se déployer sous ses yeux : *Sa Stupidité Tue Le Principal Local. Telle une Bande D'Étourneaux, Tout Le Lycée Se Dirige Vers le Lieu de L'Accident en Signe de Protestation et de Deuil.*

Puis son cœur s'était remis à battre et il avait vu, vraiment *vu*, Larx sans sa chemise.

2

Aaron avait quarante-huit ans. Il avait découvert sa bisexualité au lycée, mais, à l'époque, il était plus facile de rencontrer des filles que des garçons, alors il avait fait avec. Il avait aimé sa femme de tout son cœur, n'avait pas regardé une seule fois en arrière depuis le jour de leur rencontre et depuis dix ans, avait été foutrement occupé à essayer d'élever ses enfants.

Sa libido avait pratiquement fermé boutique depuis la mort de son épouse, avec des réouvertures occasionnelles au cours de la saison touristique lorsque les enfants étaient chez leurs grands-parents. Un coup d'œil à ce dos bronzé et scintillant, à ces épaules longilignes, aux cheveux noirs plaqués par la sueur, et sa libido s'était réveillée et avait commencé à prier Cialis [1], déesse des hommes d'âge mûr excités.

Il avait fait gronder son moteur ce jour-là et avait dépassé le principal dans une brume de confusion. Il mourait d'envie de foutre le camp avant que Larx ne l'attrape à regarder fixement et bouche bée un type en sueur, brillant, sur une route mortelle, dans la poussière rouge des pins près de la forêt nationale de Tahoe.

Le jour suivant, sa libido lui avait dit qu'il avait été un imbécile de laisser passer cette chance d'observer Larx courir et que, s'il le croisait à nouveau, il devrait ralentir et profiter de la vue.

C'était ce qu'il avait fait, ralentissant un peu, offrant au professeur un large sourire et un signe de la main en passant. Ils se connaissaient depuis les réunions de parents d'élèves, les réunions du conseil d'administration, les évènements communautaires. Si on lui en donnait la chance, Aaron choisirait de parler à Larx dans une foule, parce qu'il était sympathique, intelligent et un petit malin de naissance. Il était donc naturel que le principal lui retourne son salut amicalement, et Aaron essaya de ne pas passer les heures suivantes à sourire comme une adolescente alors qu'il s'occupait de la paperasse et de permis de port d'armes à feu et de pêche.

Il avait eu deux ados. Ce n'étaient pas des créatures rationnelles et il n'avait aucune intention de se transformer en l'une d'entre elles.

Larx avait un visage allongé et espiègle, un nez et un menton assez pointus et des yeux bruns malicieux avec des rides de rire profondes au coin. Il ressemblait plus à un trublion qu'à un représentant de l'autorité et lorsqu'il lui avait souri et rendu son salut, il avait fait quelques petits pas de danse pour garder le rythme sur le côté de la route. On aurait dit un petit

1 Le Cialis est l'un des médicaments populaires dans le traitement de la dysfonction érectile (l'impuissance). (Toutes les notes sont de la traductrice ou de la correctrice)

3

lémurien guilleret, sauf qu'il était humain, avec des épaules bronzées et scintillantes, des rides de rires, une poitrine pratiquement imberbe et un cul parfaitement rebondi à peine recouvert d'un short en nylon.

Mais non. Aaron ne s'était pas *du tout* transformé en adolescente.

Cela ne l'avait pas empêché de s'attacher religieusement à son propre horaire, celui qui l'amenait à croiser Larx juste lorsqu'il commençait à suer le plus. Aujourd'hui, cependant, ce serait spécial. Aujourd'hui, il allait réellement lui parler.

Est-ce que cela pourrait être dommageable ? Larx ne savait rien de son petit béguin. Et même s'il pensait qu'Aaron lui faisait des avances – ce qu'il ne faisait absolument pas –, celui-ci savait que le principal avait autorisé et même encouragé la GSA [2] sur le campus. Donc, même si Larx pensait que c'était un flirt et qu'il n'était en aucun cas intéressé par les hommes, Aaron espérait qu'il ne s'enfuirait pas dans les collines, tenant son tee-shirt sur son magnifique torse, horrifié comme une pucelle.

Il l'espérait, en tout cas.

Il mit ses lunettes de soleil sur son nez, descendit la fenêtre côté passager et ralentit, heureux que la route soit assez longue et droite pour donner à toute voiture se trouvant derrière lui une chance de ralentir.

— Bonjour, Principal, dit-il laconiquement, essayant de garder un sourire affable.

Larx se tourna suffisamment pour le saluer et maintenir son pas de course régulier.

— Bonjour, comment allez-vous, Shérif adjoint ? Tout est calme, j'espère.

— Oui, en effet. Mais je dois dire que vous m'avez donné des sueurs froides à courir sur le côté de la route, ces jours-ci. Vous n'avez jamais entendu parler d'une *piste* ?

Oooh, bien vu, l'amical conseil de voisinage, parce que lui faire les yeux doux risquait d'irriter l'objet de votre intérêt.

— Eh bien, monsieur, j'ai entendu parler d'une piste, répondit Larx, sa voix se tendant. Cependant, l'équipe de football s'entraîne là-bas et je déteste vraiment être le vieil homme qui fait des tours de stade.

Il mentait. Aaron le savait.

---

2 Gay Straight Alliance, regroupement d'associations étudiantes nord-américaines défendant les homosexuels.

— Et la piste de cross-country qui entoure l'arrière du terrain de l'école ?

Aaron savait que Larx avait l'habitude de faire du cross-country avec ses enfants, même hors saison.

— Oui, monsieur, je connais, peut-être, une ou deux choses sur la piste de cross-country aussi.

L'entêté n'était même pas essoufflé.

— Eh bien, je suis heureux que vous soyez très informé, déclara Aaron. Puis-je vous poser une question ? Faites-moi plaisir... si vous savez qu'il existe d'autres voies sur lesquelles courir en dehors des endroits qui transforment habituellement la faune locale en crêpe sur le sol, alors, bon sang, que faites-vous sur le bord de la mauvaise route ?

Larx accéléra en réponse.

— Je suis en voiture, âne bâté ! brailla Aaron.

— Que dites-vous, Shérif adjoint ? Je ne vous entends pas ! Je suis un vieil homme sourd ! répondit le coureur, portant une main à son oreille alors qu'il accélérait l'allure.

Ha ! Cet homme pensait-il qu'Aaron n'insisterait pas ? Deux. Adolescentes.

Il le suivit.

Ils se rapprochèrent d'Olson, qui était surtout un sentier forestier de service et Aaron accéléra juste assez pour dépasser Larx et se ranger sur la droite. Il stoppa net et sauta du véhicule.

Lorsque Larx apparut dans le virage, Aaron s'adossa à sa voiture, les bras croisés, la tête tournée vers la route.

— Allez-vous vous comporter civilement à ce sujet ou allez-vous m'obliger à essayer de vous suivre ? Je vous préviens, j'étais lent au lycée, peu rapide à l'armée et à l'université et je ne n'ai pas beaucoup accéléré depuis.

— Essayez, murmura Larx, fronçant les sourcils tout en continuant à courir.

Aaron avait menti, en fait. Il courait tous les matins. Il n'était pas aussi rapide que Larx et ne courait pas aussi longtemps, mais il était prêt pour cela, même avec ses bottes.

Il verrouilla le SUV, mit ses clés dans sa poche et le rattrapa.

— Vous êtes plus rapide que vous ne le pensez, murmura Larx après quelques instants inconfortables.

5

— Eh bien, je cours aussi, haleta Aaron. Mais le matin, habituellement, sur l'ancien chemin forestier de l'autre côté de l'autoroute 22. Vous le connaissez ?

— Oui, répondit-il, semblant impressionné. Je vis près de là.

— Je sais.

Trois ans auparavant, la fille aînée de Larx, Olivia, avait crevé un pneu en rentrant d'une répétition de théâtre. Aaron l'avait aidée à changer sa roue et l'avait suivie afin de s'assurer qu'elle rentrait chez elle. Olivia avait fini ses études depuis, était un an plus jeune que sa cadette, Maureen. C'était une gentille fille, un peu dissipée, mais agréable.

— Donc, maintenant que vous avez prouvé que vous aviez suffisamment de temps pour entraîner l'équipe, peut-être pourriez-vous donner un peu de repos à un vieil homme et courir sur la piste autour de l'école, plutôt que là où tout le monde peut vous voir.

Larx stoppa net et lui fit face, les mains sur les hanches, les sourcils froncés.

— Vous croyez que c'est ce que je fais ?

Aaron s'arrêta avec reconnaissance et se reposa, les mains sur les cuisses.

— Ce n'est pas le cas ?

Larx perdit une partie de sa rigidité et frissonna. Il tira le tee-shirt autour de son cou, sans y penser, et l'enfila. D'un côté, cela soulagea considérablement Aaron. Il se tenait juste assez près pour sentir la sueur du principal et était devenu extrêmement conscient que sa peau nue était à portée de main. De l'autre, le vêtement était doux, confortable et presque plus intime que la peau nue.

— J'ai juste… besoin de sortir de l'enceinte de l'école, expliqua-t-il après un moment. Je ne voulais pas de ce foutu job.

Aaron n'avait jamais entendu un membre officiel de l'éducation jurer auparavant.

— Je n'ai jamais rien entendu d'aussi incroyable, soupira-t-il, incapable de contenir son sourire. Utilisez-vous les autres jurons aussi ?

— Je vous en prie, s'exclama Larx en levant les yeux au ciel. Notre salle du personnel ressemble à un rassemblement de camionneurs et de poissonnières. Les professeurs d'anglais sont les plus créatifs. Vous seriez surpris.

— Eh bien non, plus maintenant. Vous avez levé le voile du mystère pour moi, répondit Aaron avec un clin d'œil et Larx secoua la tête.

— Il le faut vraiment ? demanda-t-il plaintivement.

Le shérif entendit le poids du travail sur ses épaules.

— J'ai maintenant une certaine quantité de messages sur mon téléphone et si je ne sors pas du campus, je suis moralement tenu de leur répondre.

Aaron retira sa casquette du comté de Colton, lissa ses cheveux blonds et la remit.

— Il n'existe pas de loi indiquant que vous ne pouvez pas mettre votre vie en danger, Larx. Ce n'est pas le problème.

— Alors, de quoi s'agit-il ?

Il se tenait devant lui, les épaules droites et Aaron se demanda si le principal avait été un adolescent rebelle et plein de ressentiment, autrefois. Si quelqu'un l'avait informé qu'on n'était plus « autrefois ». Larx avait encore une enfant scolarisée au lycée aussi, en seconde, mais en classe de Programme Avancé. Peut-être que c'était elle qui lui apprenait comment être un rebelle. En tout cas, Aaron avait toujours pensé que Larx devait être un bon père, amusant également. Son ex-femme vivait à Sacramento, si ses souvenirs étaient bons, et les enfants vivaient ici avec lui dans les collines. Quelle qu'en soit leur raison, il en avait la garde et c'était un sujet important.

C'était un gars bien.

— Il s'agit de votre sympathique shérif adjoint qui se demande s'il devra dire à son fils que l'école va devoir embaucher un nouvel enseignant pour le Programme Avancé cette année, répondit-il après s'être éclairci la gorge.

— Argh ! soupira Larx en se passant une main dans les cheveux et sautillant sur place. Je… n'avez-vous jamais envie de parler à un adulte avec qui vous ne travaillez pas ?

— Ma femme était cette adulte, dit-il en soufflant brusquement, l'air triste.

— Je suis désolé, dit automatiquement le principal avec une grimace, probablement de compassion.

— C'était il y a longtemps et vous ne conduisiez pas la voiture, répondit Aaron, fatigué de cette compassion. Et ce n'est pas le sujet.

— Oui, j'ai bien compris. Le fait est que vous préférez que je ne donne pas le mauvais exemple en courant sur le côté d'une route dangereuse. J'ai compris.

— Eh bien, il y a aussi que vous pourriez courir sur cette piste forestière et si vous me prévenez avant, je pourrais courir avec vous !

Aaron se sentait, en partie, effrayé.

Retraite ! Retraite ! Retraite !

Son gaydar pourrait s'enclencher et tu serais baisé !

Mais il se sentait aussi exalté.

Un peu de culot, Shérif George. Tu pourrais juste t'envoyer en l'air avec lui !

Larx le fixa dans les yeux. Aaron le voyait généralement porter des lunettes de soleil à l'extérieur, mais visiblement, il n'en ressentait pas le besoin lorsqu'il transpirait.

— Vraiment ? demanda le principal, sceptique.

— Ma propriété se trouve juste derrière la piste aussi, déclara Aaron, ne sachant pas trop si Larx le savait. J'habite à environ trois kilomètres d'ici, si vous suivez cette piste.

— Je ne savais pas, répondit Larx en se frottant la nuque, confirmant ses soupçons. Vous semblez courir un peu plus vite que vous ne le clamez.

— Eh bien, je cours quelques fois par semaine. Seulement cinq kilomètres à peu près, mais si vous faites le tour, vous pourrez courir plus longtemps après m'avoir récupéré et déposé. C'est mieux que de courir ici. Ce n'est pas négociable.

— Oui. D'accord, c'est bien, dit Larx, sa posture perdant un peu de sa défiance et de sa rigidité. C'est gentil de me le proposer. Je vous remercie.

— Donc, je quitte habituellement la maison à six heures et demie pour le travail. Nous pourrions nous retrouver à cinq heures ?

Cela lui donnerait une demi-heure pour manger une barre Granola et prendre une douche. Et une heure pour courir s'il faisait deux kilomètres supplémentaires avec Larx. Il ferait froid, donc il ne verrait pas sa poitrine, mais il obtiendrait la compagnie de l'homme. Ces brèves conversations lors des matchs de football ou de réunions du conseil d'administration lui revenaient à l'esprit. Larx était vraiment drôle lorsqu'il n'affrontait pas le système, une chose qu'Aaron avait appréciée avant de remarquer ses épaules musclées et ses fesses minces et toniques.

— J'ai des lampes, dit Larx en acceptant.

C'était une bonne idée parce que les jours raccourcissaient et que courir dans l'obscurité était une bonne façon de se perdre ou se tordre la cheville.

— Eh bien… C'est bien. Je n'en ai pas. Je cours habituellement le soir avant le dîner.

— Alors, pourquoi changez-vous maintenant ? demanda le principal en penchant la tête avec curiosité.

Merde.

— Kirby vous apprécie, répondit Aaron. Je détesterais lui dire que j'ai dû ramasser votre corps à la petite cuillère sur le trottoir.

— Vous croyez vraiment à cette histoire de protéger votre population. Même une personne à la fois, commenta Larx en penchant la tête de l'autre côté.

Aaron avait les yeux bleus et le teint clair et il devait combattre la chaleur de son visage.

— Eh bien, c'est une petite ville. Nous serions tristes si vous deveniez une victime de la route. Vous ne pouvez pas le nier.

— Alors, n'essayons pas, répliqua Larx en remontant un côté de sa bouche dans un sourire cynique.

Il avait les yeux bruns et une grande bouche expressive. Aaron regarda celle-ci juste assez longtemps pour commencer à se sentir mal à l'aise.

— Demain matin, shérif ? demanda Larx, rompant le silence.

— Vous souhaitez que je vous ramène ? demanda courtoisement Aaron, à peu près sûr que ce serait la pire chose à cet instant, compte tenu de l'intensité de l'attraction.

— Non, monsieur. Je pense que je vais finir ma course.

— Faites ce que vous voulez, acquiesça-t-il en repositionnant sa casquette de baseball.

Il se tourna et revint vers le SUV, résistant à l'envie de regarder en arrière et de voir si Larx le fixait. Il était à peu près certain que les yeux du principal étaient posés sur son dos, mais il ne pouvait pas se retourner et vérifier.

Il réussit à garder cette petite rencontre pour lui lorsqu'il retourna au bureau du comté et remplit ses tâches quotidiennes. Il informa le chef de ses activités, indiquant qu'il était presque certain que la petite entreprise artisanale d'herbe qu'il avait repérée un mois plus tôt avait prospéré et qu'ils devraient peut-être contacter la DEA, et aussi que la demande du lycée pour un trottoir devant leurs bâtiments devait être soutenue par le bureau du shérif pour des raisons de sécurité générale. Il ne mentionna pas Larx, mais celui-ci n'était pas le seul idiot qui pensait être immunisé contre la circulation routière.

Le shérif Eamon Mills hocha la tête, demanda si Aaron avait fait son rapport et alors que celui-ci se détournait, il l'arrêta.

— Euh, George ?

— Oui, monsieur ?

— Je sais que ce n'est pas votre tour de garde, mais nous avons match à domicile dans deux semaines. Nous jouons contre une de ces écoles hors du comté, vous savez… dit-il en grimaçant. Nous sommes plutôt une petite ville et c'est l'école d'une grande ville. Je suis sûr que leurs jeunes seront très bien parce que je connais l'entraîneur et Foster maintient la discipline. Ce sont de nos parents dont nous devons nous méfier, vous comprenez ?

Aaron grimaça. Oui, il comprenait. Les jeunes gens de cette époque, avec Internet et le câble, avaient une vision de la diversité et du monde entier à la fois époustouflante et gratifiante. Leurs parents ? Eh bien, ce n'était pas toujours le cas. Deux ans plus tôt, un chauffeur d'autobus d'une école de la ville avait flippé à cause d'un flocon de neige. Terrifié à l'idée de conduire dans la neige, il avait laissé ses étudiants bloqués devant Colton High après leur victoire à un match de basketball en séries éliminatoires. Avec Larx, Aaron avait réussi à rassembler les véhicules des shérifs et des parents bénévoles pour ramener les jeunes dans leur école, mais il se souvenait à quel point les adolescents étaient restés blottis dans le gymnase, entourés d'une foule hostile de péquenauds mécontents d'avoir perdu face à une équipe de la grande ville.

— Vous voulez un peu plus d'uniformes au match ? demanda-t-il, sans regret.

Aucun : Larx serait au match. Assister aux matchs faisait partie du devoir d'un officier d'une petite ville et Aaron avait fait sa part. Lorsque Larx enseignait, il l'avait vu de temps en temps parce que c'était un évènement communautaire. Le principal *devait* assister au match, lui.

Larx serait là. Ils auraient déjà passé plus d'une semaine à courir ensemble. Aaron pourrait emmener Kirby, la plus jeune fille de Larx y assisterait probablement aussi, ce serait amusant.

Un amusement monoparental platonique.

Euh, euh.

— Oui, mon garçon. Ce serait utile. Peut-être que Larx et vous pourriez passer du temps dans les gradins de l'équipe adverse, à rire avec les gens, parler librement et faire savoir à nos administrés que nous sommes tous amis ici. C'est bon ?

Eamon était un Afro-Américain dans la soixantaine, probablement prêt à prendre sa retraite. Il avait passé quelques années dans l'armée, un peu plus au Viêt-Nam et d'autres encore « à se perdre dans New York » comme il aimait à le dire. Il était autochtone et péquenaud lorsqu'il le fallait, et étonnamment éduqué et cosmopolite à sa façon.

Aaron l'aimait comme le père qu'il aurait aimé avoir.

— C'est bon, répondit-il. J'emmènerai Kirby, personne ne peut être méchant avec ce gamin lorsqu'il vous regarde avec ses grands yeux bruns.

— Je vous en suis reconnaissant, acquiesça Eamon. Emmenez le freluquet avec vous. Ce gamin devrait venir faire du classement plus souvent ici. La dernière fois qu'il est entré aux archives, il a résolu deux cas.

— Oui, monsieur, répondit Aaron en grimaçant. Eh bien, je préférerais qu'il ne soit pas excité par l'application de la loi au point d'en faire son métier. Il est bien assez dangereux pour lui-même sans arme à feu. Caroline aussi était une charmante empotée et ce gamin a tout pris de sa mère.

— Nous garderons le coffre verrouillé, ne vous inquiétez pas, assura Eamon en riant. Mais peut-être ne devriez-vous pas le lui interdire trop activement, Aaron. Vous connaissez les jeunes. Plus vous leur dites « non », plus ils trouvent des moyens de le transformer en « oui ».

— J'ai eu deux adolescentes, dit Aaron d'un air sinistre.

Eamon était là. Merde, il était là lorsque son aînée, Tiffany, avait été reconduite à la maison dans une voiture de police, après avoir été surprise à faire l'amour avec son petit ami sous Cofer Bridge. Il était là lorsque Maureen avait été surprise à se saouler avec les autres jeunes de la section théâtre, après avoir joué la pièce de dernière année. Quel qu'ait été le moment embarrassant dans sa carrière de parent, Eamon avait été là pour donner des conseils, sa main sur l'épaule de son adjoint.

— Je me souviens, disait celui-ci à présent. Comment vont Tiff et Maureen ?

— Eh bien, Tiff est en bonne voie pour obtenir son diplôme dans deux ans, parce qu'elle a décidé de changer de matière au dernier moment et doit reprendre la presque totalité de ses quatre années.

— Coûteux, siffla Eamon.

— En effet. Je lui ai dit qu'elle allait devoir travailler pour participer et elle m'a traité de tyran. Alors je lui ai dit que si elle n'avait pas à travailler pour *tout* cela, c'était parce que sa sœur était bien partie pour avoir son diplôme avec un an d'avance et qu'elle rejoindrait le Corps de la Paix afin d'apprendre à lire aux enfants en Inde. Tiff a traité sa sœur d'un mot que je ne répéterai pas et Maureen lui a répondu par un autre nom que je ne répéterai pas non plus et lorsqu'elles sont retournées à l'université, elles ne se parlaient plus.

— Et à vous ? demanda gentiment son chef.

— Eh bien, Maureen me parlait. Ce qui n'a fait que confirmer son statut de « petite chatte lèche-cul » selon les mots exacts de sa sœur.

— Mon garçon, vous ne pouvez pas prendre ça à cœur, grogna Eamon. Ce sont des gamines…

— Je sais, répondit-il en frottant son visage avec un soupir. Elle s'en remettra. Elle le fait presque toujours. J'ai juste… j'ai un frère avec qui je n'ai pas parlé depuis des années. Il vit juste de l'autre côté du pays, c'est tout. Je voulais tellement que mes enfants grandissent et se préoccupent les uns des autres.

— Aaron. Vous avez fait de votre mieux. Et vous avez Kirby, vous savez. Ce gamin pourra rabibocher ses sœurs en un clin d'œil.

Eh bien, c'était vrai. Kirby avait envoyé une lettre hebdomadaire aux filles au cours des six dernières semaines, avec à chacune avec une petite note sur ce que faisait sa sœur. Si quelqu'un pouvait jouer les pacificateurs, c'était lui.

— J'espère que oui, accepta-t-il.

Cela semblait être un bon moment pour partir, alors il se détourna, seulement pour être stoppé net.

— Aaron ?

— Monsieur ? dit-il en se retournant.

— Je déteste presque poser la question comme si j'étais un vieillard inquiet, mais je suis vieux et je n'ai pas caché que je réfléchissais à ne pas me présenter aux prochaines élections. Et si je ne le fais pas, vous savez que je vous demanderai d'avancer et de vous présenter.

Merde.

— Oui, monsieur… et je suis honoré.

Aaron savait ce que Larx ressentait. Il n'existait pas grand-chose qu'il détestait plus que l'idée d'être le seul adulte sur lequel tout le monde pouvait compter.

— Eh bien, ne le soyez pas. C'est un travail merdique et on ne dort pas. Mais c'est plus facile avec une aide à la maison.

— Oui, monsieur, répondit-il avec une grimace. Je suis au courant de cela depuis dix ans.

— Je sais. Et pourtant, vous n'avez jamais cherché une autre madame George.

Oh, bon sang. Un nuage de sueur revêtit tout son corps à la perspective de mentir à Eamon ou même d'esquiver la question. On ne faisait pas cela à un homme dont la femme avait cuisiné pour votre famille une fois par semaine sous prétexte de « juste faire un extra ». Ou à un homme qui avait gardé des biscuits dans son bureau pendant dix ans au cas où les enfants de ses adjoints seraient obligés de faire leurs devoirs au poste de police. Ce n'était pas juste.

— Ou un monsieur George, dit-il, ses poumons lui donnant l'impression d'être comprimés entre une Volkswagen et une feuille d'acier.

Son chef écarquilla les yeux et resta bouche bée pendant quelques instants.

Aaron sourit faiblement.

— Vraiment ? demanda ensuite Eamon, refermant la bouche et haussant les épaules.

— C'est une histoire de pile ou face, monsieur.

— Eh bien, ce serait plus facile avec une bourgeoise, mais cela ne me regarde pas. Je dis juste que vous n'avez pas à le faire seul.

Aaron ferma les yeux pour empêcher la brûlure derrière eux de devenir incontrôlable.

— Merci, monsieur, dit-il doucement. Je devrais rentrer chez moi, à présent.

— Gail fait des cookies ce soir, fils. Elle en préparera pour Kirby demain.

Argh, zut. Aaron dut se détourner parce qu'il n'était pas au meilleur de sa virilité à l'heure actuelle.

— C'est vraiment gentil de sa part, monsieur. Je demanderai à Kirby de rédiger un mot de remerciement.

— Nous les attendons avec impatience chaque fois.

Kirby avait tendance faire des dessins sur ses mots de remerciement. Le dernier avait représenté un cochon se roulant dans les cœurs et les marguerites et reniflant avec bonheur une assiette de cookies fumants.

— Je le lui dirai.

Il partit. Il ne pouvait pas gérer un coup de plus ce jour-là et c'était la vérité.

Kirby faisait consciencieusement ses devoirs sur la table de la cuisine, une sorte de plat Thaï désastreux à base de poulet et légumes mijotant sur la petite cuisinière derrière lui lorsqu'Aaron rentra chez lui.

— Tu es en retard, dit Kirby sans lever les yeux, maniaque à ce sujet.

— Je parlais à mon patron.

Je faisais mon coming out à mon chef, au cas où je pourrais peut-être baiser ton principal. Non, cette dernière phrase restait sous-entendue.

Son fils leva les yeux alors qu'il entrait dans le salon. Le choc familier de voir les yeux bruns de Caroline, entourés d'une épaisse frange de cils, lui retourner son regard envoya une petite décharge d'une douce mélancolie dans le cœur d'Aaron.

— De quoi ? s'inquiéta Kirby.

Il avait une imagination active et de la même manière qu'Aaron ne pouvait pas regarder Larx courir sur cette horrible route sans imaginer le pire, son fils l'imaginait mort s'il avait cinq minutes de retard.

— Du fait d'assister au match de football vendredi soir prochain

— Tu dois faire une patrouille Péquenauds, n'est-ce pas ? dit-il en grimaçant. Pour être sûr que nous ne nous mettrons pas la honte nous-mêmes parce que nous n'avons jamais vu de gens de la grande ville avant.

— C'est assez bien vu. Tu veux venir te faire de nouveaux amis ?

— Des gens qui n'ont pas passé les dix dernières années de leur vie quelque part où la saison de la chasse est considérée comme une excuse légitime pour rater les cours ? J'en suis, dit-il en se redressant.

Kirby était en dernière année de lycée et Aaron pouvait ressentir le besoin de son garçon de sortir de cette petite ville. Il ne le blâmait pas, mais son fils lui manquerait, c'est tout.

— Merci. Eamon a demandé de tes nouvelles. Il prévoit des cookies demain, dit-il en entrant dans la cuisine afin de se verser un verre de jus protéiné fortifiant en vue de sa course.

La substance avait un goût affreusement mauvais, mais Kirby avait créé ce mélange l'an dernier pour lui et cela marchait vraiment. Il était prêt à tout pour s'empêcher de manger des cookies après son service.

— Papa… dit Kirby en grimaçant.

Il revint vers la table en bois usée afin que son fils puisse voir combien il compatissait véritablement.

— Oui. Je sais.

Gail était une adorable femme et ses plats et leurs accompagnements étaient fabuleux. Mais ses cookies…

— Nos poules les aimeront, déclara-t-il, diplomate.

— C'est pour ça que j'ai dessiné le cochon la dernière fois, expliqua son fils en secouant la tête.

— Eh bien, si ton dessin n'avait pas été aussi mignon, peut-être qu'elle aurait compris. Comment va le dîner ?

— Il sera prêt lorsque tu auras fini de courir, répondit rapidement le jeune homme. Donc, tu pourrais peut-être me laisser finir ma chimie. Larx sera énervé si ce n'est pas parfait.

— D'accord. Mais je vais commencer à courir avec Larx le matin à partir de maintenant, si ça rentre dans ton organisation.

— Tu vas quoi ? s'exclama son fil en le fixant comme s'il lui était poussé une autre tête.

— Je, euh, tu sais, dit-il en jouant avec son verre vide. Larx et moi allons courir. Le matin. Ainsi, il n'aura pas à le faire sur le bord de la route. Ce qui te faisait flipper.

— Oui. Oui, c'est vrai, reconnut Kirby en clignant lentement des yeux. Mais je ne m'attendais pas à ce que tu l'invites à courir. C'est comme un super service personnalisé de luxe, papa. Je ne suis pas sûr que tu puisses aller plus loin pour les citoyens, même dans cette ville.

— Eh bien, Larx n'est pas tout le monde, déclara Aaron, imperturbable. C'est le principal.

Kirby avait eu un visage doux et rond lorsqu'il était enfant, mais il avait développé une mâchoire forte et de hautes pommettes en grandissant. Il avait les cheveux blond foncé de son père et, un jour, il serait un bel homme. Cependant, pour l'instant, c'était un bel adolescent. Le genre qui servait de modèle aux anges.

Du moins jusqu'à ce qu'il fronce les sourcils et arbore son expression qui disait « c'est n'importe quoi ».

C'était le cas en ce moment.

— Je vois des machinations d'adultes en cours ici, déclara-t-il. Je ne sais pas comment ni pourquoi, mais cela ne présage rien de bon pour les autres.

— Euh, aurais-tu regardé trop de science-fiction, fiston ? répliqua Aaron en rentrant dans la cuisine en agitant son verre vide.

— Oui, papa, avec toi. Donc, ne fais pas semblant de ne pas savoir de quoi je parle.

— Pas la moindre idée. Je vais me changer et aller courir. Je reviens dans une demi-heure. Au revoir !

Ce n'était pas joli, mais les retraites l'étaient rarement.

Cette nuit-là, il s'endormit avec le souvenir de Larx en tête, quand ce dernier le regardait en plissant les yeux, le dos bien droit et avec un peu de douceur dans le sourire.

Il rêva qu'il s'était avancé jusqu'à respirer la chaleur de l'effort de Larx, jusqu'à sentir son souffle sur son visage.

Il rêva que leurs lèvres se touchaient dans un simple baiser.

ACIDE CHROMIQUE ET ALCOOL

— D'ACCORD, JEUNES gens, une interrogation rapide. Est-ce que nous sommes prêts ?

— Prêts, Larx !

Il leva les yeux sur sa classe et sourit. Ils lui avaient répondu en chœur et il aimait quand ses étudiants jouaient avec lui.

— C'est bon à savoir ! D'accord, quelles sont les quatre mesures que nous utilisons pour évaluer les substances chimiques ?

Une forêt de mains se leva dans les airs.

— Kimmy !

— Particules !

— Isaiah !

— Moles !

— Christiana !

— Masse !

— Kirby !

— Volume !

— Bravo ! Kellan, qu'est-ce qu'on utilise pour l'analyse qualitative ?

— La loi de Coulomb, monsieur !

— Excellent et selon la loi de Coulomb, quelle est la formule qui nous renseigne sur la force électrostatique ?

Et l'exercice se poursuivit

Lundi, ils avaient expérimenté, chargeant des boules de métal, utilisant un pointeur laser pour mesurer la distance à laquelle elles se repoussaient et avaient appliqué cela aux mouvements des électrons. Mais, aujourd'hui, ils devaient tirer les enseignements de ces expériences. Après l'expérience et la rédaction du rapport du laboratoire, ils auraient un test afin de voir s'ils pouvaient associer ce qu'ils apprenaient dans un livre avec ce qu'ils vivaient dans la vie réelle et ce serait un pas de plus vers la réussite du test de Programme avancé.

— Très bien, les félicita-t-il lorsque l'exercice fut terminé. Maintenant, je veux que vous rédigiez vos rapports de labo avec l'aide du manuel, afin que nous puissions traiter l'expérience en laboratoire de lundi. Vous avez environ vingt minutes, donc je ne veux voir que vos manuels de laboratoire et toute conversation devra porter uniquement sur ma classe et mon cours. Est-ce clair ?

— Oui, Larx, répondirent-ils tous, comme si celui-ci ignorait qu'ils allaient passer vingt minutes à parler du match de football, de danse et de qui sortait avec qui.

Cela n'avait pas d'importance. Ce qui importait, c'était le temps qu'il leur donnait. La façon dont ils l'utilisaient faisait la différence entre les étudiants responsables et les fainéants de dernière minute.

Il avait été, à peu de choses près, dans la dernière catégorie, donc il avait une bonne dose de compréhension à cet égard.

Il se promena, néanmoins, de table en table, vérifiant si quelqu'un avait des questions. Il se prépara intérieurement au pire lorsqu'il s'approcha de la table de Kirby et Christiana. Le fils d'Aaron George et sa propre fille le regardaient avec de la malice dans leurs yeux.

—Alors, jeunes gens, vous avez des questions ?

— Oui, Larx, répondit Christiana sur un ton guilleret. J'en ai une. De quoi parlent deux hommes d'âge moyen lorsqu'ils vont courir à l'aube ? Les esprits curieux veulent savoir.

Il la fusilla du regard, souhaitant qu'elle ressemble à sa mère parce qu'alors, il pourrait faire sa tête de mule comme il l'avait fait avec Alicia pendant tout leur mariage. Mais non, elle ressemblait trait pour trait à sa propre sœur aînée, qui était morte d'une leucémie alors qu'il était à l'université. Il avait adoré Lila, il voulait juste être comme elle, avait attendu avec impatience les visites qu'elle lui rendait à sa résidence lorsqu'il s'était retrouvé confus et perdu dans un endroit où il n'aurait jamais pensé aller. Il n'avait aucune chance lorsque Christi le regardait avec ses sourcils sombres arqués et ses yeux bruns étincelants.

— Nous parlons de notre ingrate progéniture, bien sûr, rétorqua-t-il avec suffisance. Et comment nous pensons qu'ils devraient obtenir de meilleures notes et effectuer plus de corvées, de sorte que nous puissions récupérer chaque dernière nano joule de valeur avant de financer leur lancement dans le grand monde.

Ils levaient si haut les yeux au ciel qu'il était surpris qu'ils n'aient pas de maux de tête.

— Tu es drôle, papa, bouda-t-elle. Très drôle. Tu es parti pendant une heure ce matin.

18

— Eh bien, cela veut dire que je serai une heure plus tôt à la maison ce soir, Christi-lulu-belle… Est-ce que cela ne te rend pas heureuse ?

— Non, lui murmura Kirby avec frénésie. Dis-lui que ça ne nous rend pas heureux. J'utilisais cette demi-heure pour étudier et maintenant mon père veut connaître ma journée !

— Dis à ton ami que cela rend son père très heureux, puisqu'il n'a plus qu'un enfant à la maison et qu'il aimerait que celui-ci revienne chez lui après l'université, répondit-il en parlant directement à Kirby.

Celui-ci grogna, un son très semblable à celui d'Aaron, chaque fois que leur conversation matinale devenait trop personnelle.

— Dites à mon père que je ne suis pas une pétasse décérébrée comme ma sœur aînée et que je reconnais qu'il a été un super père et un type bien, donc j'apprécierais qu'il ne me cuisine pas à chaque fois qu'il rentre dans la maison. J'essaie d'étudier !

— Je cours juste avec lui, protesta Larx. Je ne suis pas son conseiller familial. Avons-nous *d'autres* questions ?

— Oui, pensez-vous que nous allons gagner ce soir ? demanda Kirby, plissant ses yeux bruns comme s'il savait exactement à quoi ressemblerait le match de ce soir si les Tigres de Colton ne gagnaient pas.

— Je n'en ai aucune idée. J'espère que tout le monde passera un bon moment.

Sur ce, il se tourna vers sa table suivante et deux de ses élèves préférés.

— Isaiah, Kellan, dites-moi que vous êtes prêts pour ce soir.

Isaiah Campbell, un garçon d'un mètre quatre-vingt-dix toujours en pleine croissance, sourit calmement à Larx, le fixant de ses yeux bruns limpides à travers une frange épaisse de cils.

— Je suis prêt, monsieur, dit-il en baissant timidement la tête.

Il n'était pas seulement le joueur de football stéréotypé. Étudiant au tableau d'honneur, membre du club de théâtre et adolescent adorable, Isaiah était un de ces supers étudiants qui apparaissaient peut-être une fois tous les deux ou trois ans. Larx enseignait depuis vingt-quatre ans, et le plaisir de croiser un jeune comme celui-là, gentil, intelligent, talentueux dans mille domaines, ne s'était toujours pas émoussé. Il existait très peu de métiers permettant réellement de lancer des êtres humains sans pareil dans ce qui serait, espérons-le, une vie extraordinaire.

— Je m'en doutais, dit-il chaleureusement

Il se tourna ensuite vers l'ombre d'Isaiah, un mètre soixante-douze d'énergie bondissante et incontrôlable qui tressaillait comme une proie tout en ayant le corps d'un prédateur lanceur de ballon.

Kellan Corker, bouc émissaire de sa famille et âme perdue, était le quaterback. D'après Andy Jones, l'entraîneur en chef de l'équipe de football américain, Isaiah était la seule chose qui permettait de garder Kellan, qui souffrait de TDAH, concentré sur le terrain. Apparemment, lorsqu'ils étaient étudiants de première année, Kellan avait failli se faire expulser, ce qui aurait été dommage, car l'entraîneur était doué pour faire du football américain un sanctuaire pour les jeunes qui en avaient le plus besoin. Isaiah avait été, en fait, beaucoup plus intéressé par le club de théâtre, mais Jones avait vu la dévotion presque servile de Kellan envers son ami et avait décidé de l'utiliser. Il avait fait d'Isaiah un receveur et maintenant, lorsqu'ils étaient tous les deux sur le terrain, ils étaient imbattables.

— Comment vas-tu Kell, as-tu pris ton Adderall ce matin ?

— Oh, oui, j'ai eu la permission d'en prendre une autre dose ce soir, gloussa le jeune homme. Je resterai debout, oh, jusqu'à l'aube, mais je peux le faire !

— Ce n'est pas bon pour toi, dit Isaiah en donnant un doux coup de coude à son ami.

— Je gère totalement, dit Kellan en hochant la tête, ses mèches noires rebelles flottant autour de lui.

Si Larx avait eu un fils, il aurait beaucoup ressemblé à Kellan Corker avec ses cheveux noirs, ses yeux verts, petite boule spasmodique bourrée de trop d'énergie et d'idées. Larx adorait Isaiah, mais Kellan était le jeune pour lequel il pourrait faire la différence.

— Eh bien, rappelle-toi que c'est juste un match de football, dit-il en faisant un clin d'œil. Ne te fais pas griller la cervelle pour ça, que ferait ton copain sans toi ? dit-il en faisant un clin d'œil à Isaiah.

— Il a une petite amie, répliqua Kellan avec une expression boudeuse. Il ne remarquera même pas que je suis un zombie bavant.

— C'est elle qui me l'a demandé ! protesta Isaiah. C'est le bal, la semaine prochaine. Tu peux avoir un rencard, toi aussi !

— Oui, parce que les filles adorent quand j'oublie ce qu'elles disent au milieu d'une phrase. Je devais y aller tout seul et toi aussi, mais cette fille…

— Quelle fille ? intervint Larx, se demandant qui pourrait bien s'immiscer dans le dangereux duo.

— Julia Olson, lâcha Kellan.

Larx écarquilla les yeux sans pouvoir s'en empêcher et inspira brusquement par le nez.

— Oh… oh… Isaiah.

— Oui, grimaça-t-il. Je suppose qu'elle a le béguin pour moi depuis un moment et elle m'a, comme… pris de court. Et c'était au milieu du déjeuner et tout le monde regardait et… si je disais non, c'était… comme… totalement…

Il se mordit la lèvre.

— Tu ne voulais pas l'embarrasser, traduisit Larx.

Cependant, il avait un mauvais pressentiment à ce sujet. Julia Olson, arrière-petite-fille de l'homme qui avait fait don de ses biens à l'école et dont une route portait le nom, était une jeune fille flippante, très flippante.

Son grand-père avait fait fortune en vendant un lot de terres à des promoteurs qui avaient créé un village touristique entier dans le nord de la ville. Cela avait permis à une petite colonie d'artistes et d'artisans de créer leurs entreprises à Colton, car le flux touristique des quatre mois entre mai et août les soutenait pendant tout le reste de l'année. Un bon nombre de ces touristes revenaient avant Noël et amenaient des amis, ce qui signifiait que les campeurs et ceux qui louaient des chalets dans cette région contribuaient également à maintenir la ville en vie.

Cependant, cela avait rendu les Olson très riches et très puissants. De toute évidence, le père de Julia avait été un vaurien gâté et arrogant, selon tous les témoignages, et il passait beaucoup de temps à l'étranger, laissant Julia chez elle avec son ancienne reine de beauté de mère.

Sa mère qui s'était vouée corps et âme à vivre sa vie à travers celle de sa fille.

Des concours de beauté lorsqu'elle était enfant, des leçons de théâtre et d'élocution à l'adolescence, Julia était la version poupée parfaite d'une fille à qui on avait dit toute sa vie que son joli visage et ses liens familiaux l'emportaient sur ce que tout autre adulte lui disait.

Sans sa famille, la ville n'aurait pas d'école, merci beaucoup !

Contrarier Julia parce qu'il voulait passer du temps avec Kellan n'était pas de bon augure pour un joueur de football timide, qui préférerait courir dans les coulisses pendant le spectacle de printemps plutôt que d'attraper un ballon devant la ville entière.

— Elle se sent seule, dit Isaiah en haussant les épaules. Ça la rend méchante. Je… je ne voulais pas aggraver ça, mais…

Il se mordit la lèvre avant de préciser sa pensée.

— C'est juste un bal, n'est-ce pas ?

— Oui, bien sûr.

Il se souvenait de Sacramento où il avait vu une gamine comme Julia détruire la carrière d'un professeur. L'étudiante avait mené une chasse aux sorcières pour amener Dana à changer sa note et l'administration avait cédé, ce qui avait énervé Larx. Lorsque le comité d'éducation de Colton lui avait confié le rôle de principal, il s'était juré qu'il ne laisserait jamais une étudiante comme celle-ci, avec des parents puissants, foutre en l'air la vie de quelqu'un d'autre.

— Juste…

Bon sang. Comment pouvait-il expliquer son pressentiment ?

— Fais attention, Isaiah, reprit-il. Chaque fois qu'elle parle avec toi, te demande quelque chose que tu ne veux pas faire, envoie un e-mail à Kellan. Informe-le. Je sais que tu essayais d'être gentil, mais…

— Elle n'est pas gentille, murmura Kellan. Elle est folle. Je veux dire… folle. Vous savez que c'est elle qui a jeté du parfum sur le serpent de Mme Pavelle, n'est-ce pas ?

— Bruce ? s'exclama Larx ressentant une douleur inattendue.

Nancy Pavelle, la professeure de biologie, avait gardé une couleuvre rayée pendant trois ans. Ils avaient nourri ce serpent tous les vendredis après-midi, surveillant attentivement pour s'assurer que le pauvre Bruce pouvait manger la souris mise dans sa cage. Il n'avait pas été très brillant, mais était affectueux et gentil et il était mort après avoir été entièrement aspergé de parfum par quelqu'un. Nancy et lui avaient passé des heures à essayer de laver la peau du serpent, mais, finalement, cela n'avait pas fonctionné. Le parfum était toxique, Bruce en avait trop absorbé et il était mort.

— Elle a tué Bruce ?

— Mme Pavelle lui avait donné une mauvaise note, vous vous souvenez ?

Oui. Larx s'en souvenait. Nancy était une petite femme potelée avec des joues rondes et l'habitude de sauver les créatures les moins aimées de Dieu. Des serpents, des lézards, un poisson affreux qui s'en prenait à tout ce qui s'approchait de son aquarium, Nancy y compris. Elle avait été étonnamment ferme face au vieux Nobili et, contrairement à la pauvre Dana, elle avait eu un dossier avec elle pour la soutenir. Ils avaient pensé que le parfum était un accident, un jeune qui n'avait pas fait attention et qui n'osait pas le dire. Mais découvrir que c'était délibéré ?

22

— Pourquoi n'en as-tu parlé à personne ? demanda-t-il, consterné et pleurant à nouveau le serpent Bruce.

— Parce qu'elle est folle ! cracha Kellan. Parce qu'elle pourrait nous détruire avec une méchante rumeur et personne à l'école n'osera rien dire contre elle. M. Albrecht ne l'a fait passer que parce qu'elle l'a menacé de dire à ses parents qu'il l'avait tripotée !

Larx le fixa, horrifié. Merde. Nobili n'aurait-il pas pu attendre que Julia soit diplômée avant de prendre sa retraite ?

— Il a fait ça ?

— Non, intervint Isaiah en riant presque. Est-ce que vous plaisantez ? M. Albrecht peut déjà difficilement regarder les filles dans les yeux lorsqu'elles portent des tee-shirts moulants. S'il en touchait une accidentellement, il ferait probablement un malaise vagal.

Oh Dieu merci.

— J'espérais que c'était le cas, marmonna-t-il. D'accord, Isaiah, tu vas au bal avec une fille vraiment effrayante. Kellan doit t'accompagner. Kell, tu dois inviter une fille que tu apprécies et en qui tu as confiance, d'accord ?

— Oui, d'accord, acquiesça celui-ci avec une grimace. Juste comme des amis.

Plus tard, Larx s'en voudrait parce même si rien n'avait cloché jusqu'à ce moment-là, il penserait qu'il aurait dû le voir, qu'il aurait dû s'en apercevoir.

Mais il ne l'avait pas fait et il se sentirait très mal à ce sujet pendant longtemps.

Il regarda à nouveau les deux garçons, tous deux appuyés sur leurs tables avec une sorte de sérieux qu'il chérissait chez les étudiants. La plupart d'entre eux étaient comme tout le monde. Ils avaient des espoirs et de bonnes intentions. Ils étaient deux des meilleurs.

Il ouvrit la bouche pour dire quelque chose, n'importe quoi, mais deux étudiants ayant un vrai problème l'appelèrent et il sursauta violemment devant le bureau de Kellan.

— Tenez-moi au courant, dit-il avant de s'éloigner.

Cependant, après le cours et pendant sa journée en tant que principal, il continuerait à penser à eux et s'inquiéterait.

Quelque chose à leur sujet… à propos de la façon dont Kellan regardait Isaiah, comme s'il ne pouvait pas voir derrière les yeux bruns du jeune homme et la manière dont Isaiah suivait Kellan dans tout ce qu'il faisait, pour l'aider à garder les pieds sur terre…

Quelque chose.

Cela lui rappelait le shérif adjoint courant à côté de lui sur Olson Road en bottes de randonnée, lui demandant gentiment de ne pas se blesser.

— Larx ? Larx ! Larx !

Larx se secoua et se concentra sur Yoshi, ce qui fut difficile parce que pendant un instant, son visage n'avait été plus qu'un flou beige sur les murs oppressants du bureau du directeur. Il réussit finalement à se focaliser sur son adjoint, dont les cheveux noirs décoiffés et la barbe fournie ne lui donnaient pas l'air plus âgé comme il l'espérait, et il essaya de se souvenir de ce dont ils parlaient avant que son esprit ne s'évade.

Il se souvenait presque… les chars de la rentrée… des affaires et des voitures à toit ouvrant… il l'avait presque…

Et puis il bâilla.

— Désolé, Yosh. Je dois encore m'habituer à courir le matin au lieu de l'après-midi.

— Comment ça se passe ? George et toi vous entendez bien ?

Larx dut sourire. Courir avec Aaron était motivant, en fait. En matière de course à pied, l'homme n'était pas aussi lent qu'il l'avait prétendu et Larx s'amusait à le pousser, juste un peu plus vite, un peu plus fort. Lorsqu'il en avait assez, Aaron le frappait sur la tête avec sa casquette de baseball et Larx ralentissait le rythme et puis, souvent, ils commençaient à parler.

Des enfants, d'abord. Parce qu'ils avaient ça en commun. Olivia manquait férocement à Larx maintenant qu'elle était partie et Aaron avait l'impression d'être dépassé avec son aînée.

— *Tu lui envoies des textos ? avait-il demandé. Tu sais, quand elle est à l'école ?*

— *Lui envoyer un SMS pour lui dire quoi ? avait répondu Aaron, à bout de souffle. Que je pense que quelqu'un braconne du poisson et que je dois appeler les services de Chasse et Pêche ?*

— *Envoie-lui des jolis trucs de chatons, lui avait-il conseillé, leurs pas et leurs souffles haletants tombant en rythme avec une aisance confortable dans la lumière grise de l'aube. Ça fonctionne comme un charme.*

Il s'était retourné juste à temps pour voir Aaron sourire comme un petit garçon découvrant un lézard pour la première fois, et sa poitrine…

Il ne s'en était toujours pas remis.

— Ça se passe bien, dit-il en secouant pour se réveiller. Café… J'ai besoin de plus de café.

— Autant que j'ai besoin que ma mère me dise de me marier. Prends un jus de fruits, bon sang !

Larx fronça les sourcils en le regardant. Yoshi était gay et dans le placard avec tout le monde sauf Larx et le timide artiste avec lequel il vivait. Tane Pavelle était le frère cadet de Nancy. Il s'était échappé de la petite ville qui lui servait de prison après le lycée, mais après une série de mésaventures dont il n'avait jamais parlé, il était revenu en ville pour diriger une des petites galeries touristiques qui maintenait Colton en vie.

Yoshi avait postulé pour un poste d'enseignant vacant l'automne suivant le retour de Tane. Larx, qui avait gagné la confiance de Nancy et Yoshi après la première année, était l'une des rares personnes au courant. Et, en retour, son collègue connaissait presque tous les détails du divorce de Larx, qui n'avait pas été joli.

Yoshi était probablement la seule personne avec qui il pouvait parler de Kellan et d'Isaiah. Ou de la manière stupide dont tout son corps s'éveillait alors qu'il se dirigeait vers la petite maison à deux étages d'Aaron sur la piste forestière.

Cependant, il n'était pas encore prêt à parler de cette deuxième chose.

— Yosh, qu'est-ce que tu sais à propos de Julia Olson ?

— Je n'arrive pas à trouver un mot assez négatif, répondit-il en aspirant de l'air entre ses dents. Et je parle trois langues. Français, espagnol et anglais.

— Kellan dit que c'est elle qui a tué Bruce, le serpent.

— Bruce ? s'exclama-t-il, son large visage se tordant de douleur. Elle a tué Bruce ? Je dois demander à ma grand-mère si elle connaît un mot en japonais, parce que je te le dis…

— Oui. C'est mauvais. Elle a le béguin pour Isaiah Campbell… Elle lui a demandé d'être son cavalier pour le bal de la semaine prochaine. Tu sais…

— Il est trop intelligent pour cette merde, dit Yoshi avec une grimace.

— N'est-ce pas ? Mais j'ai un mauvais pressentiment. Il a dit oui pour ne pas l'embarrasser, mais…

— Oui. J'ai compris. Il faut éviter de nourrir les trolls.

— Elle en est un de première catégorie.

— Espérons qu'elle ne chiera pas dans les bois. Et tu as évité la question sur le shérif adjoint George.

— Tu l'as rencontré. Solide, amical, beaux yeux.

Merde.

— Je le savais ! chantonna Yoshi.

— Quoi ? Je plaisantais. Il a de beaux yeux, bleus, clairs et des rides de rires aux coins, mais je ne faisais que les mentionner, comme une note humoristique. Ce n'était rien.

Arrête de me regarder comme ça !

— Tu l'aimes bien, répondit son ami en attaquant son sandwich à l'œuf.

— Nous courons entre amis ! Je sais que tu résistes à tout exercice physique…

— Je fais du Pilates, lui répondit-il doucement.

— Peu importe. On ne flirte pas quand on court. C'est une règle.

Le bruit de leurs pas dans ce qui était presque un sprint à la mort et la casquette d'Aaron qui essayait de toucher Larx pour le faire ralentir. Et lui ralentissant juste un tout petit peu, juste assez pour laisser le chapeau frôler son bras à la tentative suivante. Pour qu'ils puissent courir côte à côte à nouveau. Pour qu'ils puissent parler.

— C'est un bureau vraiment minable, commenta Yoshi, dont la remarque semblait venir de nulle part.

Mais Larx le connaissait mieux que personne.

— Je n'ai pas choisi le décor, dit-il en observant les lambris oppressants des années soixante, le tapis vert, les fauteuils inconfortables des visiteurs.

— Je me demandais… commença son collègue en prenant une autre bouchée de son sandwich, la mâchant vivement avant de l'avaler. Comment était le bureau du principal lorsque tu allais à l'école ?

— Des murs beiges, couleur punaise, répondit Larx promptement. Un bureau bon marché en Formica. Des piles de dossiers partout.

— Je parie que tu y vivais pratiquement, dit Yoshi en se léchant les doigts après la dernière bouchée de sandwich.

— J'avais un lit de camp. Pourquoi parlons-nous de ça ?

— Je dis juste que tu es un menteur tellement mauvais que je ne peux pas imaginer que tu t'en sois sorti sans problème au lycée. Oublie le lit de camp, tu avais probablement une salle de bains, un placard et une plaque chauffante.

26

Larx le dévisagea, même si son ami n'était pas loin du camp improvisé qu'il avait dans le bureau du principal. Cependant, vers la fin de sa terminale, il avait surtout été nostalgique. Johnny Erikson et lui étaient devenus des amis à ce moment-là, parce que le principal l'avait dissuadé de détester le monde avant que celui-ci ne le déteste à son tour. Larx avait appris à aimer le dévouement qui l'avait sauvé de lui-même.

Il avait vécu pour le redonner.

— À propos de quoi exactement ai-je menti ? demanda-t-il à Yoshi.

Yoshi haussa les épaules et ouvrit un sac de chips barbecue et en offrit à Larx. Ce dernier en prit machinalement, puis il jura intérieurement parce qu'il avait soudain envie de tout le sac.

— Tu as dit qu'il avait de beaux yeux. C'est vrai. Il a de très beaux yeux. Mais tu ne plaisantais pas, tu le pensais. Tu l'apprécies… admets-le.

— Il devient un ami.

Ce n'était rien de plus que la vérité.

— Tu n'arrêtes jamais de penser à ça, tu sais. Pourquoi maintenant ? Vous vous êtes rencontrés lors de parties de football, de réunions parents-professeurs, de soirées de rentrée… Pourquoi te proposerait-il subitement de courir ensemble maintenant ?

— Parce que je viens de commencer à courir sur le bord de la route ? répliqua-t-il en haussant les épaules.

Et comme Johnny Erikson qui n'avait pas voulu voir Larx se perdre dans son propre entêtement, Aaron était intervenu.

— Ou peut-être parce que nous avez tous les deux un peu de chemin à faire avant que vos enfants ne soient plus à la maison et que vous puissiez soudain vivre à nouveau pour vous-même.

Larx fronça le nez et vérifia machinalement son téléphone. Olivia lui avait envoyé un SMS comme sept fois par jour, réclamant son attention *juste à ce moment-là* bien qu'ils « adultaient » (son mot) tous les deux.

— Toi, mon ami, tu as une idée hautement idéalisée de ce que sont des enfants quittant le nid, lui répondit Larx avec tristesse.

Les sept textos par jour étaient ce qui restait de la vingtaine de SMS affolés et demandeurs qu'il recevait chaque jour au début, lorsqu'Olivia était partie à San Diego en août.

— Et toi, mon ami, tu as besoin d'une vie sexuelle. Ou d'une vie amoureuse. Ou n'importe quelle vie qui n'implique pas cette école et tes enfants.

27

— Est-ce que tu es shooté ? demanda Larx platement. Cela ressemblait à un sandwich salade œuf, mais on ne sait jamais. Est-ce que Tane a encore mélangé de la peinture ?

Il sourit d'un air conspirateur avant de poursuivre.

— As-tu ingéré du plomb avec ton sandwich, Yoshi ? Parce que j'aurais pu jurer que tu viens de me dire de faire des avances à un homme probablement hétéro, *un adjoint du shérif,* dans cette minuscule ville péquenaude. Je suis peut-être bi, mais en tant que principal de l'école…

— Bi, répéta Yoshi sur un ton maussade. Vraiment, Larx ? Bi ?

— J'aime les femmes, répondit-il doucement.

Parce que c'était vrai. Simplement pas autant que les hommes. Une vérité qu'il regrettait amèrement d'avoir dite à son ex-femme, non pas parce qu'elle le détestait, mais parce qu'elle s'était défoulée sur leurs enfants. Le drame du divorce était heureusement resté confidentiel, mais il avait été plus qu'heureux de prendre ses enfants et de déménager le plus loin possible de Sacramento et de l'administration moralisatrice qui préférait virer ses professeurs plutôt que de les soutenir.

— Ferme là, Principal Larkin, aboya Yoshi. Je suis ton meilleur ami. Tu te souviens ? Et tu viens de me dire que cet homme avait de beaux yeux.

— Eh bien, même les hétéros seraient d'accord. On ne voit pas souvent cette nuance de bleu, marmonna-t-il en volant une autre chips.

Il avait oublié son propre repas et ne pourrait probablement pas manger avant de réussir à voler un hot-dog au stand de l'Association des Parents d'Élèves, ce soir.

Yoshi lui jeta une chips et Larx l'attrapa et la mangea.

— Mange, lui dit son ami en lui jetant le sachet encore plein. Je vais aller te chercher un jus de fruit. Tu as besoin que quelqu'un prenne soin de toi, Larx. Je jure devant Dieu, j'ai assez de mal à m'assurer que Tane se souvienne qu'il vit ici, sur Terre, et non dans un endroit d'inspiration divine. Cet homme peut prendre soin de toi. Ne gâche pas tout.

— Ne devions-nous pas organiser une parade ? marmonna Larx, mais son ami se dirigeait déjà vers le distributeur le laissant manger ses chips.

Hummm. Larx pouvait finir les chips tout seul.

MATCH

— BONSOIR ! DIT Aaron avec un signe de tête à la famille qui passait les portes en regardant avec appréhension tous les visages pâles du côté des locaux. Bienvenue à Colton ! Le principal Larx là-bas s'assurera que vous êtes plus que bien installés !

Il sourit d'une manière rassurante et le père de famille lui rendit son sourire par pur réflexe, ses yeux clignotant prudemment de l'insigne d'Aaron au terrain, ses épaules tendues. Merde.

Aaron flirta avec optimisme avec la petite fille qui le fixa de ses yeux bruns graves avant de cacher son visage dans l'épaule de sa mère, les barrettes en plastique brillant dans ses cheveux longs bouclés cliquetant contre son manteau rose bouffant.

— Je te promets que nous allons faire de ce match un moment amusant.

Le père hocha la tête, la mère acquiesça et toute la famille regarda Larx qui sourit et leur donna un ticket de tombola gratuit pour l'habituel cadeau de la mi-temps.

— Avancez, messieurs dames, du côté des gradins visiteurs. Nous avons un stand de hot-dogs, des vendeurs de pop-corn et quelque part, par-là, le club scientifique vend du chocolat chaud pour financer notre voyage à Monterey. Je suis le principal, les gens m'appellent Larx, et si vous avez une question ou si quelque chose vous préoccupe ou que vous voulez vous réjouir parce que vos joueurs ont gagné, je suis ici à votre service.

La famille se détendit et rit, puis Larx en fit des tonnes pour leur trouver une place dans les gradins. Il s'inclina devant la petite fille, serra la main du père et fit un clin d'œil à la mère et soudain tout allait bien.

Il revint à temps pour saluer la famille suivante et Aaron se tourna vers la prochaine et fit de son mieux, mais ce n'était pas facile.

— Ce n'était pas toi, tu le sais, dit Larx en apparaissant à côté de lui après qu'une famille entière était passée comme s'il n'était pas là. C'est ce bling-bling effrayant sur ta poitrine. Ça fait flipper les gens.

— Tu sembles d'accord avec ça, répliqua sèchement Aaron et Larx leva les yeux au ciel.

— Hé, quand tu étais aussi pourri que moi, si tu n'étais pas assez proche du poulet de service pour l'appeler par son prénom, tu *n'étais* pas un garçon heureux.

Ce n'était pas là première référence qu'Aaron entendait à propos de la jeunesse dissipée de Larx.

— Tu parles bien, Larx, mais je commence à penser que c'est tout.

Le principal rejeta la tête en arrière et rit, le son faisant des trucs étranges et impressionnants au creux de l'estomac d'Aaron.

— Un jour, shérif adjoint, je t'impressionnerai et te terrifierai avec toutes les choses horribles et immorales que j'ai faites lorsque j'étais adolescent.

— Je ne le crois pas !

— Anthony ! s'exclama Larx avec une chaleur sincère dans sa voix en se tournant vers le nouvel intervenant. Shérif adjoint, permets-moi de te présenter un vieil ami, Anthony Spano, qui m'a connu lorsque j'étais un jeune professeur débutant, bien avant le bureaucrate chevronné que je suis maintenant.

Anthony Spano faisait peut-être un mètre soixante-dix, mais il avait une allure militaire qui le faisait paraître plus grand de quelques centimètres. Des cheveux noirs, des yeux bleus et un corps qui avait peut-être été athlétique, mais qui était maintenant bien en chair… Il n'était pas désagréable à regarder, cependant.

Aaron en eut le ventre noué.

— Anthony, que fais-tu ici ? Où sont ta femme et tes enfants… bon sang, ils doivent être… dit Larx en frissonnant.

— Adolescents, confirma son vieil ami. C'est terrible. Je ne peux même pas.

— Tu ne peux même pas quoi ? demanda Larx en le fixant dans l'air glacé de la nuit en montagne, les lèvres tremblantes.

— C'est une phrase complète de nos jours. Ça me rend fou. Je ne peux même pas, expliqua-t-il en levant les yeux au ciel et Larx se mit à rire.

— Alors qu'est-ce que tu fais ici, ce soir ? As-tu été transféré ?

— L'endroit n'était pas le même sans toi, Larx, répondit-il en haussant les épaules. Et Johnstone est un foutu salaud. Oui, j'ai été transféré. Cette école a un personnel jeune, optimiste et tout ça. Ça me rappelle toi, lorsque tu as commencé.

Aaron vit que Larx fondait presque face à cette déclaration.

— Oh, merde, Anthony. C'est si bon de te voir, mon pote !

Ils s'enlacèrent avec force, la silhouette dégingandée de Larx se drapant sur le petit homme comme un chiot adolescent.

— Tu vas t'asseoir avec moi ? demanda Anthony. Et où est le principal ? J'ai entendu dire que c'était un nouvel enfoiré, progressiste, et tout ça. Probablement ton type d'homme.

Aaron éclata de rire, sa jalousie envolée. C'était un vieil ami. Lui aussi saluait ainsi des gars de son travail et le sourire machiavélique sur le visage de Larx lui disait tout ce qu'il avait besoin de savoir sur son passé. La rébellion n'avait manifestement pas cessé lorsqu'il avait quitté le lycée.

— Non… s'exclama Anthony, les yeux écarquillés. Non ! Ils n'ont pas fait ça ! Un idiot t'a nommé Dieu ? C'est foutrement horrifiant, voilà ce que c'est !

— Oh, il ne s'est pas laissé faire facilement, intervint Aaron en faisant signe au prochain groupe familial passant les portes, les gens lui souriant avant de s'installer dans la tribune des visiteurs. Ils ont dû le traîner malgré les cris et les coups de pieds. C'était légendaire, les enfants venaient chez nous nous raconter comment la campagne se déroulait.

— Ça, c'est le Larx que je connais, répondit Anthony en souriant d'un air ravi à Aaron. Quel a été le pourcentage de pertes ? Quelles concessions ont-ils dû faire ?

Larx fixait Aaron avec surprise et celui-ci lui fit un clin d'œil.

— Ils ont dû le laisser enseigner le Programme Avancé de Chimie et il voulait que son meilleur ami soit son adjoint… expliqua Aaron en luttant pour garder un visage neutre.

— Il ne m'a pas encore pardonné ! les informa Larx.

— Je ne le blâme pas, commenta Anthony en riant. Je t'aurais tué. Quoi d'autre ?

— Je n'ai rien obtenu d'autre, murmura Larx en jetant un coup d'œil amusé sur Aaron.

— Oui, mais qu'a-t-il tenté ? Nous parlons de Larx, là.

— Il voulait entraîner l'équipe d'athlétisme, déclara Aaron. Yoshi, son adjoint, a mis le holà, cependant, arguant du fait que Wonderboy était humain.

— Quelque chose à propos de pas assez d'heures dans la journée, ajouta Larx comme si Aaron ne l'avait pas vu travailler pendant le temps qu'il réservait à son jogging.

— Oui, tu as toujours été ainsi. Vous auriez dû le voir après la naissance de son premier enfant. Il se levait tôt pour planifier ses cours, enseignait toute la journée, entraînait l'équipe d'athlétisme, supervisait une soirée dansante et rentrait chez lui pour prendre le bébé en charge. C'était de la folie. Je lui demandais ce qu'il avait enseigné ce jour-là et il disait « Je ne sais pas, Tony, tout ce qui sortait de mon cul ! »

Aaron rit. Larx, lui ? Il avait l'air gêné.

— Je savais, dit-il en dardant son regard sur Aaron. Je savais ce que j'enseignais. C'est juste… tu sais… plus facile de parler devant les enfants.

Le cœur d'Aaron se mit à battre fortement dans sa gorge. Quelque chose dans la manière dont Larx rougissait, son regard passant d'Anthony à lui, lui coupait un peu le souffle.

Il veut que je pense du bien de lui

— Je comprends, le rassura-t-il. Une question de réactivité.

Larx lui sourit et Aaron dut détourner le regard. Ce faisant, il se rendit compte que l'afflux de personnes avait ralenti.

— Larx, ils vont commencer, tu dois aller à la tribune et prononcer le discours d'ouverture, d'acc' ?

— Oui, je vais aller là-bas, acquiesça-t-il. Je cours à la tribune et je vous rejoins dès que possible, les gars… Aaron, j'ai une radio, mais tu peux toujours me faire sonner sur mon portable si c'est moins grave.

Il se retourna pour traverser la foule jusqu'à la tribune située au-dessus du côté des locaux et s'arrêta un instant.

— Hé, Aaron. Si tu vois Christiana ou Kirby, demande-leur s'ils ont besoin de plus de fournitures. Il devrait y avoir un autre gros Thermos et quelques autres boîtes de chocolat en poudre à la buvette. Ces abrutis de l'Association des Parents d'Élèves feraient mieux de ne pas avoir pris mon chocolat en poudre, ajouta-t-il, son visage s'assombrissant. J'ai acheté ce mélange avec les fonds du club scientifique.

Sur cette note, il commença à fendre la foule rapidement et Aaron fit signe à Jim Parks, l'un des deux autres shérifs adjoints en service sur le match de football.

— Jim, tu peux peut-être fermer cette porte ? Ensuite, tu peux te poster côté des locaux, je prendrais le côté visiteurs et Percy gardera la porte pour les derniers retardataires.

Jim hocha la tête et prit sa radio pour appeler Percy Hardesty, qui se trouvait du côté des locaux où il parlait apparemment avec sa famille. Percy était un autochtone et, franchement, il était exactement le type de Péquenauds dont Eamon s'était méfié lorsqu'il avait demandé à Aaron de superviser la sécurité du match. Aaron l'avait envoyé du côté des locaux sous prétexte que plus cet homme resterait loin des gradins des visiteurs, mieux c'était.

— Jim ? demanda-t-il avec hésitation.

— Oui, je vais garder un œil sur lui. Ce crétin n'a jamais croisé un civil qu'il ne pouvait pas harceler.

Aaron grogna. Oh oui. Mais ils devaient travailler avec lui. Aaron se tourna vers Anthony avec un sourire, l'appréciant déjà.

— Je suis désolé, dit Anthony en se tournant vers les gradins, je ne connais pas votre nom.

— Aaron George. Larx a les manières d'un élève de sixième, ce n'est pas de votre faute.

— Oui, eh bien, c'est pour ça qu'il est si génial en cours, approuva Anthony en riant. Il a toujours été l'un d'entre eux. Je suis franchement surpris qu'ils aient réussi à le faire entrer dans l'administration. Il a toujours été plus proche de combattre l'établissement que de le rejoindre.

Cela ne surprit pas Aaron.

— Eh bien, ils l'ont fait chanter avec le pire deuxième choix dans trois comtés. Je pense que c'est pour ça qu'il a cédé, expliqua-t-il à Anthony en lui faisant signe de le précéder dans la partie centrale des gradins. Je dois rester dans l'allée, mais si vous vous installez sur la première rangée, nous pourrons papoter comme des commères.

— Oh, vous devez être bon pour lui, s'exclama Anthony en riant. C'est un mec génial, mais, bon sang, il est pire que les jeunes, vous savez ? Il a toujours besoin d'un adulte pas loin de lui.

Oh oui, Aaron savait.

— Je pense qu'il a besoin d'un peu plus d'espace que la plupart des gens, dit-il, diplomate. Comme ma fille aînée. Ils ont besoin de déployer leurs ailes et ne pas avoir des gens leur disant quoi faire.

Un autre rire, celui-ci un peu cynique.

— Oui… Jusqu'à ce que, soudainement, ils aient absolument besoin qu'on leur dise quoi faire. Larx avait toujours besoin d'un peu d'aide pour se contrôler. Merde, il a presque frappé un administrateur une fois en défendant une enseignante. Ce type était un connard et Larx ? Il avait un faible pour Dana…

Aaron écoutait avidement le vieil ami du principal lui raconter des histoires d'un autre Larx, quelqu'un de plus jeune et plus idéaliste, avec un tempérament fougueux et… selon les mots d'Anthony, une sacrée grande gueule.

Puis la voix de l'homme dont ils parlaient retentit dans les haut-parleurs et brusquement, la fanfare entra afin de jouer l'hymne national. Aaron les regarda avec admiration se diriger vers les tribunes des locaux pour donner le rythme.

— *Allez ! Bats-toi ! Gagne !*

— Hé, ces jeunes sont plutôt bons. Nous avons une base de tambours décente, mais là, c'est tout le tralala. Je pense avoir vu un hautbois !

— Ma fille cadette jouait du basson, c'était quelque chose à voir, acquiesça Aaron. Mais oui. Ils sont parmi les meilleurs dans cette partie de l'État. Larx m'a dit que l'entraîneur de l'équipe de football était énervé parce que l'orchestre s'était absenté pour une de leurs compétitions, un samedi soir de match. Larx lui a répondu qu'il était juste énervé parce que la fanfare avait une meilleure chance de gagner que l'équipe. Il a dit que ça avait faillir finir en bain de sang.

Anthony ricana et Aaron essaya de ne pas se réjouir. Oui, il avait lui aussi des histoires sur Larx.

Le coup de sifflet résonna et Larx se dirigea vers eux. Il progressait lentement, s'arrêtait et parlait avec les personnes côté locaux, saluait les jeunes, serrait la main des parents. Au moment où il arriva du côté des visiteurs, la moitié du premier quart temps était déjà terminée et, heureusement, tout semblait tranquille. Mais, aussi, personne n'avait encore marqué.

— Alors, dit Anthony en regardant l'avancée saccadée de Larx. Donc, nous avons un shérif adjoint et un principal…

— Et le principal adjoint, ajouta Aaron, saluant Yoshi dans les gradins.

Celui-ci le salua en retour, de sa place entre Mme Pavelle, la professeure de biologie, et son frère. Nancy le salua aussi, mais Tane ignora totalement Aaron. Celui-ci se demanda qui Tane pensait tromper. Tout le monde savait que Yoshi et lui vivaient ensemble et Aaron aurait parié sur une chambre d'amis remplie de fournitures d'art et sans lit. Cependant, on ne parlait pas de choses comme ça, pas à Colton.

— Donc, à quoi devons-nous l'honneur d'avoir du personnel hautement gradé de ce côté du stade ?

— Nous essayons juste de faire bonne impression, monsieur, dit Aaron, sèchement. Étant donné que votre tribune est un peu cosmopolite pour les autochtones, nous avons pensé que vous offrir un service d'accueil complet avec des tickets de tombola et du chocolat chaud vous impressionnerait et vous aiderait à vous sentir proche de nous.

— Vingt ans de travail dans des lycées culturellement diversifiés. Vous aviez peur des gens de couleur. Suis-je proche ? grogna Anthony.

— Même pas un peu, répondit-il en le regardant dans les yeux. Nous avons déjà joué dans votre école et nous savons que votre entraîneur et vos joueurs sont des gens corrects. Nous n'avons pas peur *de* vous. Nous avons peur *pour* vous. Nous voulions nous assurer que si vous gagniez, vous receviez l'accueil le plus amical de notre public et cela incluait le plus grand nombre possible d'entre nous dans vos tribunes.

— Oh, dit Antony, la lueur guerrière dans ses yeux s'estompant un peu. Oui, ça ressemble plus à Larx. D'accord.

Il réfléchit un moment avant de continuer à parler.

— Hé, c'est vous qui nous avez aidés, il y a deux ans, n'est-ce pas ? Après le match de basket ? Je n'étais pas là, mais l'entraîneur m'a raconté que les hommes du shérif et certains des enseignants avaient aidé à ramener nos étudiants chez eux.

— C'était moi avec Larx et Yoshi juste là, acquiesça Aaron en se détendant lui aussi. Nous avons de bons jeunes ici. Mais les parents doivent être poussés à coups de pied et de cris pour entrer dans le XXIe siècle. Nous faisons de notre mieux.

— Oui, c'est pareil pour nous, répondit-il.

Ils restèrent silencieux pendant une minute. Larx réussit finalement à traverser la foule. Il s'arrêta près d'Aaron et, pendant un moment, ils se tinrent côte à côte, concentrés sur le jeu.

— Alors, dit Larx assez proche et assez doucement pour qu'Aaron incline la tête. Anthony t'a raconté tous mes vilains secrets ?

Aaron lui sourit, combattant l'envie soudaine de… oh, merde, *caresser* sa joue. Merde, une des choses qu'il ne devait jamais faire en public !

— Il m'a dit que tu n'avais pas beaucoup changé depuis ton arrivée ici, il y a sept ans, révéla-t-il en lui adressant un clin d'œil.

À son grand désarroi, Larx eut l'air blessé.

— J'ai un peu changé, dit-il tristement. Tu n'aurais peut-être plus besoin de m'éloigner d'une bagarre.

— Je ne sais pas si tu dois éteindre tout le feu en toi, Larx, répondit-il en haussant les épaules. Je pense qu'il te sert bien.

Et cette fois ce n'était pas son imagination. Il *sentit* la chaleur émaner du corps du principal.

Il rougissait. Sous la veste, le bonnet en laine et l'écharpe aux couleurs bleu et blanc, Larx rougissait.

— C'est gentil de ta part, shérif adjoint, déclara Larx et ainsi la douleur disparut.

Pour la première fois, Aaron voulait savoir pourquoi Larx avait divorcé. Quelque chose lui avait fait perdre confiance en lui.

— Alors, tu trouves qu'ils jouent comment ?

Larx regarda le terrain d'un air critique. Comme beaucoup d'enseignants, il ne croyait pas qu'ils allaient gagner, mais il soutenait les étudiants.

— Le gamin MacDonald joue les gros durs, dit-il en fronçant les sourcils. Et les jeunes commencent à le remarquer. Kellan lance exclusivement à Isaiah, comme s'il ne faisait confiance à personne d'autre sur le terrain. Les plaqueurs défensifs sont assoiffés de sang alors que l'attaque adverse joue la plupart du temps un match rapide. Je n'aime pas ça du tout, Shérif Adjoint. Je n'aime vraiment pas ça.

— Je vois ça, acquiesça Aaron. Qu'en est-il du côté des locaux ?

— Nous ne recevrons pas beaucoup d'aide de leur part, dit Larx en le regardant et secouant la tête avec sobriété.

La foule haleta soudain et Larx et Aaron restèrent bouche bée, les yeux fixés sur le terrain. Aaron souhaita furieusement avoir la possibilité de rembobiner la vie réelle.

— As-tu vu ça ? demanda-t-il bêtement.

— Ai-je vu notre quaterback attaquer son ailier offensif ? Oui, oui, je l'ai vu.

Ils commencèrent ensuite à courir pour traverser le terrain. Lorsque Larx arriva, l'entraîneur était en train de gérer une dispute intense entre Kellan et MacDonald. Les deux adolescents avaient arraché leurs casques et le regard que Kellan lança à Larx était rempli d'un tel soulagement et d'une telle gratitude qu'Aaron recula pour observer le travail de l'homme.

— Euh, Kellan ? dit Larx en souriant gentiment. Je suppose que tu as une raison pour ça ?

— Il utilise des mauvais mots, Larx, acquiesça-t-il furieusement. Des méchants. L'autre équipe s'énerve. C'est un connard, monsieur, et ce n'est pas bien.

— Tu viens de dire « connard » abruti ! gronda Curtis MacDonald et Kellan reporta son attention sur lui.

— Ce n'est pas la même chose et tu le sais ! Tu fais en sorte que ces gens dans les gradins s'agitent en hurlant des merdes racistes et plus personne ne voudra venir jouer contre nous !

Oh !

Larx se tourna vers MacDonald, qui était sur le point de dire quelque chose lorsque l'arbitre s'approcha de lui. Génial. Lloyd Albrecht, le crétin enseignant depuis deux ans et assoiffé de pouvoir que l'école avait utilisé pour le pousser à prendre le poste de principal, soutien de l'équipe locale.

— Il ne disait que des bêtises, dit Albrecht. C'est ce que font les garçons, Larx. Ce n'était pas méchant.

— Bien sûr, si tu penses qu'une émeute est une promenade de santé, ce n'était pas méchant du tout. Une telle attitude devrait entraîner l'expulsion du joueur, Albrecht. Tu ne devrais pas laisser les jeunes faire ton foutu boulot.

Oups, son langage. Aaron entendait de plus en plus le Larx qui traînait probablement avec Anthony Spano dans la salle des professeurs.

— Curtis, va chercher ton sac. Tu es expulsé.

— Est-ce que tu plaisantes ? aboya l'entraîneur Jones. C'est un des meilleurs plaqueurs offensifs que nous ayons !

— Eh bien, si nous avions tant besoin de lui, on aurait dû lui apprendre les bonnes manières, rétorqua Larx en le fixant du regard. Encore un exemple, un seul… Je me moque de que c'est, que ce soit un mot, un son, un geste ou une expression faciale, un incident de plus sur la couleur de peau de l'adversaire et j'arrêterai ce match. C'est compris ? Je monterai à la tribune et je m'excuserai auprès de l'équipe adverse et leur expliquerai que nous sommes incapables de nous comporter décemment, puis je demanderai aux hommes du shérif et à cette foutue fanfare d'escorter ces gens bien élevés jusqu'à leurs voitures pendant que nos parfaits parents resteront assis et se demanderont pourquoi leurs géniaux petits anges se sont transformés en enfoirés racistes sur le terrain de football. Est-ce que vous me comprenez ?

Aaron fixa l'entraîneur Jones et se demanda s'il allait faire un infarctus sur le terrain. Il savait que Larx était un agitateur, mais ça ? C'était gravement et incroyablement guerrier.

Mais, apparemment, cette fougue avait fait son chemin.

— MacDonald, va chercher tes affaires, dit Jones en hochant férocement la tête. Un mot de plus et tu es viré de l'équipe, plus de matchs. Pour tous les autres, temps mort, on se regroupe autour du banc !

Larx se tourna pour suivre MacDonald et s'arrêta un instant.

— Kellan ?

— Oui, monsieur ?

— Tu as bien fait. Je suis incroyablement fier de toi. Ne laisse personne dire qu'insulter les autres est normal.

— Oui, monsieur !

Le visage du jeune homme brilla alors de fierté. Il se tourna vers les joueurs qui arrivaient du terrain, et naturellement, il prit sa place à côté de son grand receveur, Isaiah Campbell. En dépit de leur différence de taille, ils coururent vers le banc, parfaitement synchronisés.

Comme Aaron et Larx le matin.

Larx se dirigea vers la ligne de touche et, alors que la foule hululait et sifflait, il saisit le bras de Curtis MacDonald et l'accompagna vers la porte, pointant furieusement du doigt le père de l'adolescent dans la foule et lui faisant signe afin qu'il vienne à leur rencontre.

Aaron était déchiré. Il devait retourner à son poste et se tenir aux côtés de l'équipe adverse, mais Curtis était un grand garçon de ferme blond construit comme un tracteur. Son père était un grand péquenaud chauve charpenté comme un train de marchandises. Aaron établit un contact visuel avec Jim Parks et désigna de la tête le côté des visiteurs, puis il suivit Larx. Ce dernier était peut-être soupe au lait, mais Aaron n'aimait pas la tournure que tout ceci prenait.

Ils attendirent près de la billetterie, Curtis mijotant comme un creuset de fer et Larx trépignant d'impatience alors que le match reprenait.

— Larx, lui dit calmement Aaron alors qu'ils regardaient Billy MacDonald descendre au pas de charge dans les gradins.

— Oui ?

— C'était vraiment impressionnant. Je veux juste que tu le saches. Ne t'inquiète pas d'avoir changé ou quoi que ce soit. Tu as gardé les bonnes choses.

Larx lui sourit de toutes ses dents et Aaron sentit une autre de ces torsions inconfortables dans son estomac. Un ami, oui. Un collègue, parfois. D'accord. Un membre de la communauté ? Absolument. Un pote de course à pied ? Bien sûr.

C'était ainsi qu'Aaron Georges pensait au principal Larkin.

Aaron pensa soudai à quelque chose. Une pensée évidente, mais avant qu'il ait pu en parler à Larx, Billy MacDonald passa la porte bruyamment.

— Qu'est-ce qui s'est passé, bordel ? cracha-t-il.

— Votre gamin lançait des insultes racistes à l'autre équipe, répondit tranquillement Larx. On ne joue pas comme ça. Il recommence dans

38

n'importe quel contexte et il n'est plus dans l'équipe. Pour l'instant, il rentre chez lui.

— Quoi ? Vous avez expulsé mon fils pour ça ? s'indigna MacDonald, les yeux exorbités.

Larx se pencha vers l'avant, baissa la tête et attendit que Billy s'incline lui aussi vers l'avant. Lorsqu'il prit la parole, il le fit doucement.

— Vous voulez être responsable d'une bagarre sur le terrain, Billy ? Parce que si ça arrive, on devra arrêter le match. Voulez-vous être responsable d'une émeute ? Il y a des femmes et des enfants dans ces tribunes. Je me fous de savoir comment vous pensez qu'on devrait les appeler, mais ce sont des *femmes* et des *enfants*. Votre fils déclenche une émeute dans *mon école* et je le ferai arrêter pour chaque bleu, chaque nez cassé, chaque os brisé. Et si quelqu'un était blessé plus sérieusement ? Et si quelqu'un était tué ? Vous voulez qu'il soit jugé parce que c'est un abruti raciste dont le père ne vaut pas mieux ?

Larx avait élevé la voix sur la fin et il s'arrêta, reprit son souffle et continua d'une voix plus calme.

— C'est ce que vous voulez ?

Billy MacDonald ne fut pas impressionné. Il regarda autour d'eux comme s'il se rendait compte qu'ils se trouvaient dans un endroit relativement privé, puis il croisa les yeux d'Aaron.

Celui-ci inclina la tête et haussa les sourcils dans un défi sans équivoque. Billy cracha sur le sol.

— Surveillez vos arrières, espèce de tapette. Personne n'expulse mon fils d'un match.

— Je viens de le faire. Maintenant, sortez d'ici. Et, Billy ?

L'homme se retourna pour le regarder dans les yeux.

— Il est exclu de l'école pour une semaine. Il ratera la parade et le bal. Vous pouvez vous blâmer pour cela. Partez.

— Papa ! gémit Curtis.

Son père l'attrapa par le bras et le traîna vers la nuit noire.

— Peux-tu vraiment l'exclure pour la semaine pour ce que son père a fait ? demanda Aaron.

— Je peux si son fils m'a fait flipper pendant tout ce temps, marmonna Larx. Je voulais juste que Billy réfléchisse la prochaine fois avant d'ouvrir sa bouche.

— Larx ? Tu es un gros dur.

Le principal sourit et il se détendit visiblement.

— Merde, marmonna-t-il en regardant ses mains. Je tremble. Bon sang.

— Chute d'adrénaline ? demanda Aaron, se retenant de prendre cette main tremblante dans la sienne et le calmer.

— Probablement une hypoglycémie, admit Larx. Je pense que j'ai mangé les chips de Yoshi pour le déjeuner et c'est tout.

— Tu me tues, Larx ! Tu vas aller t'asseoir près de ton vieux copain et te vanter d'être un dur à cuir. Je vais aller nous chercher des hot-dogs. Anthony en voudra un ?

— Est-ce que Billy MacDonald est un abruti bigot ?

Aaron le regarda fixement, peu impressionné, parce qu'il avait pris les menaces de l'homme au sérieux.

— Trop tôt ? plaisanta Larx, mais Aaron ne céda pas. D'accord, d'accord, oui.

Il se tut et mit la main dans sa poche, mais Aaron refusa d'un geste.

— C'est pour moi, cette fois-ci, dit-il parce qu'il pouvait se permettre de payer des hot-dogs, même avec le salaire d'un shérif adjoint.

— La prochaine fois, je t'emmène dans un vrai restau. C'est moi qui régale.

Aaron sursauta, surpris et heureux, puis il rougit. *Il ne voulait pas penser à cela comme à un vrai rendez-vous.*

Il regarda Larx et lui fit un sourire en coin, mais sans réponse. Larx hochait la tête comme s'il se répétait cette conversation et se confirmait que c'était *exactement* ce qu'il voulait dire.

Aaron se détourna, incertain, puis il se reprit et se dirigea vers la buvette afin d'acheter six hot-dogs et deux sodas géants, espérant qu'il trouverait son fils pour l'aider à transporter tout ce qu'il voulait parce qu'il ne pourrait pas y arriver tout seul.

Il trouva les deux adolescents, leur tour au stand de chocolat chaud venant juste de prendre fin, et il leur acheta aussi des hot-dogs. Ils se rendirent tous aux gradins pendant qu'Aaron et Christiana partageaient leurs plaintes bienveillantes sur le fait que Larx ne mangeait pas.

— Et il rentrera à la maison en mourant de faim. Olivia a commencé à cuisiner, vous voyez ? Il ne lui demandait pas de le faire, mais il rentrait à dix-neuf heures, se mettait juste à jeter des trucs dans une casserole et on mangeait les pires cochonneries qu'il pouvait connaître. Mon plat préféré, c'était un paquet de poulet enrobé de miel, congelé et jeté dans des pâtes avec une boîte de soupe aux champignons.

— Oh, bon sang ! s'exclama Aaron en riant.

— Tu vois, papa, intervint Kirby de l'autre côté. Ça rend mes nouilles thaïlandaises super chouettes, n'est-ce pas ?

— Et, oh, oui, les Spaghillis ! s'écria Christiana. Il avait fait des spaghettis, mais il était épuisé, alors au lieu de la sauce à spaghetti, il a versé un bocal de sauce salsa à la place, vous visualisez ? Et puis, il a essayé de réparer ça avec une boîte de Chili.

— Vous avez mangé ça ? demanda Aaron, très amusé.

— Oh, bien sûr que non. C'est le soir où Olivia a pris le relais. Nous étions à table à essayer de l'avaler et il…

Sa voix baissa, comme si, maintenant qu'elle était plus âgée, elle réalisait que ce n'était pas une histoire aussi amusante qu'elle l'avait été sept ans auparavant.

— Eh bien, il a commencé à pleurer et Olivia l'a serré dans ses bras et a dit « qu'est-ce que tu dirais d'une pizza, papa ?» Mike venait d'ouvrir et ils ont livré.

— Ah, dit Aaron, un autre morceau du puzzle Larx s'emboîtant.

Cette pièce était peut-être sa préférée, il pouvait s'identifier à ce « père vulnérable » à tant de niveaux.

— Eh bien, je sais qu'il a eu de la chance au rayon enfants. Vous êtes la prunelle de ses yeux.

— *Je ne les comprends pas*, se plaignit-il alors que le rythme de leurs pas et leurs respirations se calmaient après leur sprint. *C'est comme si elles avaient douze ans et que la déesse impie de la puberté s'était emparée de leurs corps. Maureen, c'est une chose, elle est en route pour le titre d'enfant modèle. Je sais. Tiff se rebelle, alors que Maureen avance dans les pas de la fille raisonnable. Mais je ne comprends pas pourquoi Tiff me déteste tout à coup.*

— *Elle ne te déteste pas*, dit doucement Larx. *Enfin, c'est probablement l'impression que ça te donne, mais… tu sais. C'est toi qui l'as élevée, sans mère. Elle en veut probablement plus à sa mère qu'à toi.*

— *Tes filles font ça aussi ?* demanda Aaron, découragé.

— *Non*, répondit-il et pendant un moment, Aaron pensa que cela resterait une réponse courte. *Alicia n'était pas… elle n'a pas laissé une bonne impression aux filles. Parfois, je m'inquiète qu'elles soient de si gentilles gamines parce qu'elles ont peur que l'amour leur soit arraché, tu vois ?*

— Et bien, papa est génial, disait Christiana, à présent. Même lorsque tout se passait vraiment mal avec ma mère et tout ça, il ne nous jamais donné l'impression que nous n'étions pas exactement celles qu'il voulait dans sa vie. Et il a fini par apprendre à cuisiner.

Elle rit brièvement.

Aaron voulait en apprendre plus. Il le voulait vraiment. Mais pas maintenant alors qu'ils approchaient des gradins. Larx avait l'air vraiment trop pâle et il pensa qu'il était vraiment temps.

LA SUITE du match se déroula sans incident et écouter Anthony et Larx commenter les temps de jeux sur le terrain fut un régal.

Les Tigres de Colton gagnèrent, mais seulement parce que le receveur vedette des West Wombats de Sacramento avait souffert d'une crampe avant de pouvoir marquer ce qui aurait été le point gagnant.

Anthony était furieux.

— Une banane ! gronda-t-il. Une foutue banane et un verre d'eau ! Foster le leur répète à longueur de temps : la nourriture, l'eau et le sommeil. Bordel de merde !

Aaron se souvint de Larx évoquant la façon dont les professeurs d'anglais juraient comme des charretiers et il croisa le regard de celui-ci.

Larx lui adressa un clin d'œil, puis reporta son attention sur Anthony pour hocher la tête et le rassurer sur le fait que, oui, ce gamin était con comme un manche à balai. Christiana était assise à côté de son père, affichant un sourire narquois alors que les obscénités volaient, et Kirby avait l'air un peu choqué.

— Bon sang, papa, murmura-t-il. Je ne pense pas que des *étudiants* jureraient comme ça.

Larx l'entendit

— Anthony est âgé, il a eu plus de pratique, dit-il pince-sans-rire avant de se tourner vers son ami qui ne semblait aucunement honteux.

Le match se termina et la fanfare apparut, suivie par les joueurs de football. Aaron devait sortir pour surveiller le parking et s'assurer qu'il n'y avait pas de bagarre au moment où les joueurs montaient dans leur bus.

— Pourrais-tu me retrouver avec Kirby, plus tard ? dit-il en trottinant dans l'allée, avant que Percy ne puisse commencer à rudoyer le petit frère de quelqu'un qui était là avec des amis.

— Ça marche ! lança Larx et Aaron compta vraiment là-dessus.

Le parking était, eh bien, comme d'habitude. Les jeunes étaient pleins d'entrain, les parents avaient bu de la bière et étaient plus spirituels qu'utiles. Il y avait des pom-pom girls en uniforme et des joueurs de football ayant quitté leurs équipements et fraîchement douchés pour les rendez-vous. Il vit le quaterback et le grand receveur de l'équipe de Colton courant tranquillement vers le véhicule de quelqu'un dans l'ombre et pensa qu'ils avaient une bonne idée, sortir de la foule avant que quelqu'un les intercepte. Il vit les jeunes de la fanfare monter dans des voitures avec leurs parents, ou leurs amis, en uniforme et, il fallait l'espérer, aller chercher de la crème glacée.

Il y avait trois endroits dans la ville qui servaient de la nourriture après le match : *Pizza Mike. Lindburgers, Frosties and Fries.* Aaron était à peu près sûr que chaque endroit serait rempli par la clique, quelle qu'elle soit, qui régnait là-bas cette année et il se fit une note mentale de passer en véhicule devant chaque endroit sur le chemin du retour. Il ne serait pas dans le 4x4 connecté de la police, mais il portait toujours son uniforme et cela aiderait à calmer les choses s'il était visible.

La zone s'était dégagée aux trois-quart lorsque Christiana et Kirby sortirent, Anthony sur les talons.

— J'ai les clés de mon père, dit Christiana en s'approchant. Il a dit que Kirby et moi pouvions aller manger une glace si c'était d'accord avec vous, tant que vous pouvez le déposer en voiture.

C'était comme entendre les anges chanter une musique céleste parfaite. Larx et lui ? Seuls ?

— Je peux le faire, dit-il en espérant garder une voix neutre. Anthony, vous les accompagnez ?

— Oui, j'ai demandé aux enfants si je pouvais. Cela fait un moment que Christi et son oncle A n'ont pas pu discuter.

— Papa, ils *jurent* ensemble ! marmonna Kirby.

— Tu crois quoi ? C'est Larx qui nous a appris tous les jurons que nous connaissons, Olivia et moi, murmura Christiana.

Aaron songea qu'elle ressemblait beaucoup à son père. Ils continuèrent à bavarder en se dirigeant vers la vieille Dodge Caravan de Larx. Dès qu'ils furent installés, Anthony retourna à l'endroit où Aaron surveillait un groupe de jeunes qui essayaient de se mettre d'accord.

— Où veux-tu aller ?

— Je ne sais pas, où tu veux aller ?

— Tu veux aller… ?

— Non, trop de gens, pourquoi pas… ?

— Non, mon père sera là.

— On pourrait aller… ?

Et ainsi de suite jusqu'à ce qu'Aaron veuille crier « laissez tomber, les crétins. Tout le monde sait que vous vous rendez sur le terrain vacant sur le côté de l'école pour vous saouler, vous envoyer en l'air et contribuer à la collection de préservatifs sous les buissons ! » Il ne pensait pas que cela passerait bien auprès des parents, donc il garda cela pour lui.

Anthony regarda le regroupement avec le même cynisme.

— Vous pensez que les parents de l'un d'entre eux sont absents ? Ça pourrait donner des reines du bal de la promo enceintes dans le groupe.

— C'est la fanfare. Ils utilisent des préservatifs, parce qu'ils doivent aller à l'université.

Anthony rit, puis tendit la main.

— Shérif Adjoint, c'était un plaisir de vous rencontrer.

— Vous aussi, monsieur. C'est bon de rencontrer un ami de Larx.

Anthony fit alors une pause, semblant incertain, puis il baissa la tête et la voix afin qu'Aaron soit obligé de s'approcher de lui.

— Écoutez, si je dépasse les bornes, dites-moi d'aller me faire foutre. Mais Larx… c'est un type bien. Son ex était un sacré numéro et il a besoin de quelqu'un pour s'occuper de lui. Vous pourriez être bon pour lui, c'est tout ce que je dis. Bon pour lui.

Il s'interrompit et serra à nouveau la main d'Aaron avant de trottiner dans l'obscurité pour trouver sa voiture.

Aaron resta pour presser les enfants de se rendre vers leur lieu de fête préféré et leur conseiller de conduire prudemment.

UNE HEURE… Cela prit une heure à Larx pour finalement quitter le stade. Il fut le dernier à sortir et les lumières brillantes au-dessus du stade qui avaient été éteintes continuaient à rougeoyer alors qu'il passait la porte et fermait la chaîne.

Aaron avait déplacé sa voiture jusqu'à l'entrée et Larx lui fit un signe de la main en s'approchant.

— Merci de m'avoir attendu, haleta-t-il. Ça m'a pris plus de temps que je le pensais !

— Oui, c'était un grand cirque… un tas de singes.

— Et le grand gorille n'a aucune chance, dit-il en souriant avant de faire des bruits de oo-oo et de gratter ses aisselles.

— Allez, grand gorille, laisse-moi te ramener chez toi.

— Oh, mec. Je suis toujours affamé. Tu n'as pas encore faim ?

Aaron devait réfléchir à ce sujet.

— Deux hot-dogs, dit-il comme si Larx n'avait pas été là.

— Mais… la crème glacée ! Et du café ! Allez, *Frosties et Fries* est toujours ouvert et la plupart des jeunes seront partis. Qu'est-ce que tu en dis ?

Plus de temps en compagnie de Larx ? Sans courir ? En l'absence d'adolescents, de vieux amis ou d'une ville entière ?

— Bien sûr. Pas de glace pour moi, cependant. J'essaie toujours de perdre dix kilos.

Larx eut l'air déçu pendant un moment puis il se reprit.

— Tu pourras manger de la mienne. Je vais en prendre une double.

— Tu es incorrigible, dit Aaron en riant.

Il appuya sur la télécommande de son 4x4 et fit signe à Larx de monter. Quand il eut démarré la voiture et mis le chauffage, parce que la température avait chuté vers les dix degrés, Larx reprit la conversation comme s'ils ne s'étaient jamais arrêtés.

— Tu as entendu Anthony, je suis le rebelle sans cause. Incorrigible fait partie de ma description de poste.

— C'est sûr.

Tout comme charmant, drôle et dévoué.

— Je ne sais pas quoi faire pour te prouver que je suis un mauvais garçon, déclara Larx. Je suis une terrible escroquerie : ami du shérif adjoint, principal, père et en dessous de tout ça, un voyou des rues désinvolte. C'est tragique !

Aaron se mit à rire de sa folie et y réfléchit ensuite. Ce n'était peut-être pas tout à fait idiot. Peut-être que son ami essayait de lui dire quelque chose.

— Pourquoi ?

— Parce que les pois sont verts, répondit Larx rapidement.

— Tes enfants ont dû être perdus, répliqua Aaron avec un petit rire. Pourquoi est-ce si important que je croie que tu es un mauvais garçon ?

Et juste ainsi, l'énergie bourdonnante de Larx se calma.

— Eh bien, parce que…, dit-il comme s'il choisissait ses mots. Parce que si tu dis quelque chose sur toi à quelqu'un et qu'il ne te croit pas, il… il apprend à connaître une personne qui n'est pas vraiment toi.

— Et si je te disais que je ne suis pas si intelligent et que je te demandais simplement de me donner des détails de mauvais garçons ? Est-ce que ça ira ?

Larx rit.

— J'étais en colère, dit-il après quelques instants. Mon père était parti. Ma mère travaillait tout le temps et il n'y avait que ma sœur et moi. Mais elle est tombée malade pendant ma première année de lycée. Je détestais ce monde pourri. Mes notes ont chuté, j'ai agacé tous mes professeurs. J'ai été arrêté plusieurs fois. Petits larcins, vandalisme. Les problèmes habituels d'un adolescent.

— Qu'est-ce qui a changé ? demanda Aaron, souffrant pour lui.

Bien sûr, cela s'était passé longtemps auparavant. Cependant, longtemps auparavant aussi, Aaron avait rencontré une jeune femme et en était tombé amoureux. Elle lui manquait toujours, même s'il avait vécu presque aussi longtemps sans elle qu'avec elle.

— Deux choses en fait, répondit Larx, presque aussitôt. L'une était que ma sœur a été en rémission pendant ma deuxième année de lycée et une fois qu'elle s'est sentie mieux, elle a commencé à me botter les fesses.

— Elle l'est toujours ? demanda-t-il en souhaitant que ce soit le cas.

— Non, répondit Larx en fixant la vitre pendant que l'autoroute filait, les ombres s'entrelaçant sous un ciel dégagé. Elle est décédée pendant ma première année à l'université. Nous savions tous que cela pourrait arriver. Et donc, je venais de passer ces deux années à me comporter comme un abruti. Tout ce temps que j'aurais pu passer avec elle et qui aurait pu être le bon moment.

— Je suis désolé.

— Tu n'as pas inventé le cancer, répliqua Larx en le regardant, ses dents brillant dans l'obscurité.

— Quelle était la deuxième chose ?

— Mon principal au lycée. Johnny Erickson. Un type bien. Il a dû sauver mes fesses de l'expulsion au moins une douzaine de fois. Il m'emmenait dans son bureau et me parlait… il me parlait simplement. Comme à un être humain. Et il a commencé à me promettre que si j'arrêtais de me fourrer dans les ennuis, je pourrais être assistant de bureau et nous pourrions passer plus de temps à parler et moins à donner et recevoir des coups de pied au cul.

— Un gars bien, déclara Aaron.

— Le meilleur.

— Alors, pourquoi as-tu lutté si fort pour ne pas être le principal ?

— Quoi ?

Aaron le vit du coin de l'œil marquer un temps d'arrêt et il sourit

— Tu as admiré cet homme, pourquoi ne voulais-tu pas être comme lui ? continua-t-il.

— Parce que je ne pouvais pas, répondit Larx, comme si c'était aussi simple. Erickson était le meilleur. Je ne pouvais pas me mesurer à lui. Je veux dire… pas moyen. Je me suis battu bec et ongles contre chaque principal que j'ai eu. Tu connais l'exercice… ils sont tous « les résultats des tests, les chiffres, les règles ! ». Je nourrissais l'esprit de tous les jeunes, je leur enseignais et les règles pouvaient aller se faire voir !

— Comment ça s'est passé pour toi ? demanda Aaron d'une voix douce.

— Je ne préfère pas en parler maintenant

Aaron sentit son estomac se figer et chacun de ses instincts de policier commença à lui murmurer que c'était *là* que se trouvait la véritable histoire.

Mais ils étaient proches. Leur conversation dans la voiture était une des choses les plus intimes qu'Aaron avait connues en dix ans.

— Et toi ? demanda Larx dans le silence. La loi et l'ordre, toute ta vie ?

— Cela ne m'a pas vraiment aidé, reconnut Aaron. Sortie de l'école, dans l'armée, ma famille était si fière. Je me suis marié, j'ai eu des enfants, mes parents sont décédés, ma femme est morte dans un accident de la route et, suivant les règles, j'ai eu trois enfants qui sont probablement pires de m'avoir comme père.

— Non ! protesta Larx et une partie de la passion était de retour dans sa voix. Ce n'est pas vrai. Kirby t'adore, Maureen pensait que tu étais tout pour elle. Ne renonce pas à ton aînée. Elle est juste… tu sais. Comme moi. En colère. Elle regrettera toutes les mauvaises paroles qu'elle t'a adressées. Et tu dois continuer à lui tendre un rameau d'olivier parce que tu ne peux pas savoir quand elle va l'accepter.

— Je lui ai envoyé genre douze vidéos de chatons, déclara Aaron. Rien.

— Bon, tu sais. Tu devrais peut-être essayer les chiots. Ou des alpagas ou des lapins. Ou tu sais, des animes.

— Des quoi ?

— Tu sais, l'animation japonaise. Christiana est folle de ce truc. Je vais lui demander de m'envoyer quelques photos que tu pourras lui transmettre.

— Tu sais, ce n'est pas que ton aide n'est pas appréciée… dit Aaron en riant

— Je n'abandonne pas, répondit Larx, les yeux brillants dans l'obscurité. Sérieusement. Nous ne pouvons pas laisser notre shérif adjoint se sentir vaincu ! Où la ville puiserait-elle de l'espoir ?

— Dans son principal dévoué, bien sûr, dit Aaron courtoisement et l'éclat de rire de Larx fut sa récompense.

— Donc, tu continueras d'essayer ?

Bien sûr, il le ferait.

— Tant que tu continueras à courir avec moi le matin, déclara Aaron, parce que, bon, il était un opportuniste éhonté.

— D'accord. Demain aussi.

— Bon sang, tu ne dors jamais ? gémit Aaron.

— Eh bien, je vais être honnête : si je ne cours pas demain, j'irai m'occuper de mon potager, donc c'est probablement plus responsable de te laisser dormir.

— De toute façon, je travaille, avoua Aaron. Nous sommes tous éparpillés pendant les week-ends, donc personne ne sacrifie les réunions de famille.

— Et tu vas probablement à l'église, dimanche, renchérit Larx, l'air découragé.

— Non. Et toi ?

— Dieu, non ! s'exclama-t-il en ricanant alors, se rendant probablement compte de l'ironie du blasphème après l'avoir dit. Non. Pas d'église pour la famille Larkin. Je suis surpris de cela de ta part, par contre.

Aaron réfléchit à cela soigneusement. Les religions créaient ou brisaient parfois des relations.

— Ce n'est pas que je ne crois pas, dit-il après quelques instants.

Ils étaient arrivés à *Frosties et Fries* et il se gara dans le parking, s'assurant qu'ils avaient une bonne demi-heure avant la fermeture pour qu'il puisse au moins terminer la conversation.

— Il existe une puissance supérieure, je le crois. Je l'ai vu dans les yeux de ma femme. Dans mes enfants. Mais je suis fatigué. J'en ai marre que les gens utilisent ce symbole et je m'en moque comme de ma première chaussette. Ce truc autour de ton cou ne te donne pas le droit de juger pendant que tu donnes des coups de pieds aux chatons et que tu frappes les orphelins.

— Je le sais, dit Larx. Mais waouh.

— Waouh, quoi ? demanda Aaron en le regardant, espérant ne pas voir de censure ou de critique.

Le sourire de Larx le rassura.

— J'allais juste dire que ma famille était méthodiste lorsque j'étais enfant et qu'il n'y avait pas d'église ici, donc je ne me sentais pas à l'aise d'y aller.

— Eh bien ça aussi, sauf que nous étions unitariens [3], répondit Aaron en riant

— Eh bien, même ton église est chic, répliqua le principal avec un rire.

Aaron soupira et se décida pour un peu d'honnêteté.

— En plus. Après la mort de ma femme, je… j'étais en colère aussi. Pas tant que ça, mais comme tu l'as dit. Je ne me sens pas à l'aise.

— C'est bon à savoir. Tu veux venir m'aider avec mon jardin si je n'ai pas fini ?

— Quelle est ma récompense ?

Larx sembla y réfléchir.

— Il me reste une dernière courge et des tomates et je crois que j'ai encore des tubercules à extraire. Tu dis que tes poules pondent encore et j'ai échangé des tomates en conserve avec cette petite laiterie artisanale qui sert les B & B.

— Chez Bessie ?

— Celle-là. Bref. J'ai du fromage frais et des hamburgers qui rappellent le temps où on utilisait de vraies vaches. Je ne sais pas ce que ça va devenir, mais entre Christiana et moi, ça devrait être quelque chose d'à peu près correct.

— Pas de Spaghilli ? demanda Aaron en sortant de sa voiture pendant que Larx hurlait d'indignation.

— Qui t'a parlé de ça ?!

LA CONVERSATION, sans la course à pied, sans les enfants, fut aussi bien à l'intérieur du *Frosties* que dans la voiture. Aaron mangea quelques cuillérées de la glace de Larx juste pour lui faire plaisir et éluda l'histoire de son temps dans l'armée pendant Tempête du Désert.

3 Le méthodisme est une doctrine protestante, tandis que l'unitarisme est une doctrine chrétienne.

— Mauvais ? demanda Larx, sérieusement.

— J'ai appris à utiliser une arme, répondit Aaron en haussant les épaules.

— Désolé.

— Pourquoi ? demanda Aaron en haussant les sourcils.

— Parce que je ne pense pas que tu sois un homme violent. Ça a dû être une transition difficile.

— Ma femme ne l'a jamais su, avoua-t-il en fermant les yeux. Elle n'arrêtait pas de dire que j'étais un héros. Je n'avais pas les mots pour lui expliquer. Tu ne te sens pas héroïque. Tu te sens…

— Effrayé ? demanda Larx.

Aaron ouvrit les yeux et le vit, penché en avant, les bras croisés sur la table devant lui, ses yeux bruns ouverts et compatissants.

— Oui.

— Je suis désolé que tu aies eu peur, Shérif adjoint, dit-il doucement.

Puis, il prit la cuillère et offrit une autre bouchée de la douceur sucrée sur la table.

— C'est le seul remède que j'ai.

Aaron fit glisser la glace avec une gorgée de café, puis regarda autour de lui. L'endroit était définitivement vide, leur petit box rouge étant le seul encore occupé. JoAnna, la propriétaire, et les deux étudiants qu'elle employait essuyaient toutes les autres tables et balayaient le carrelage noir et blanc. Il avait reçu un SMS de Kirby, une demi-heure auparavant, lui indiquant qu'il était en sécurité chez lui. Larx avait reçu un texto similaire, environ dix minutes plus tard et il avait levé les sourcils d'une manière significative.

— Personne n'a prévu de faire de nous des grands-parents accidentels, ce dont je suis reconnaissant.

Ils avaient ri sur le moment, mais Aaron était soudain tout à fait conscient de son devoir de ramener Larx chez lui et de le livrer à sa fille.

— Nous devrions y aller, dit-il.

Larx soupira et gratta une dernière cuillérée de crème glacée caramélisée.

— Oui, quand c'est l'heure d'aller jardiner, c'est l'heure.

— Tu dois jardiner pour que je puisse venir dimanche.

— Marché conclu, répliqua Larx, son sourire si brillant qu'on aurait pu croire qu'il était bordé d'or.

Cependant, la conversation qui avait été si fluide sur le trajet vers la glace et dans le petit box rouge mourut sur le retour vers la maison de Larx, et celui-ci passa son temps à regarder Aaron, l'air tendu.

— Quoi ? demanda Aaron alors qu'il abordait l'allée de Larx.

— Rien, répondit le principal, donnant l'impression d'être sur la défensive.

Mais il ne fit pas un mouvement pour sortir de la voiture alors qu'Aaron se garait.

Aaron commença à s'agiter. Il avait garé la voiture et s'était tourné vers Larx, surpris de voir que celui-ci s'était tordu et était en train de retirer sa ceinture de sécurité.

— Quoi ? répéta-t-il, la bouche sèche, le cœur battant brusquement dans ses oreilles

Larx était juste là.

— Pourquoi ? demanda Larx, sa voix un peu irrégulière.

— Pourquoi quoi ? Pourquoi sommes-nous assis dans le noir ? Pourquoi est-ce que j'ai mangé cette crème glacée ? Pourquoi…

Le doigt de Larx sur sa bouche l'hypnotisa. Il se tut instantanément et se concentra sur la sensation de la peau rugueuse de ce doigt poussant la peau douce de sa bouche.

— Pourquoi m'as-tu demandé de courir avec toi ? demanda-t-il,

La pression sur la bouche d'Aaron diminua, mais le doigt resta là. Il eut besoin de quelques inspirations pour se rendre compte qu'il caressait le bord de ses lèvres.

Tout… Ses mamelons, ses oreilles, sa poitrine, ainsi que tous les points oubliés au sud… se mit à tinter.

Pendant un instant, Aaron faillit sortir le mensonge « je m'inquiétais pour ta vie ». Cependant, Larx était… oh, bon sang… juste là.

— Ton torse, avoua-t-il précipitamment. Tu avais enlevé ton tee-shirt et ton dos et ta poitrine étaient en sueur.

La bouche de Larx sur la sienne avait le goût du plus doux des paradis.

Merde, combien de temps ? Il s'était passé combien de temps depuis que quelqu'un l'avait embrassé ainsi ? Comme si une langue inquisitrice pouvait trouver l'intimité de l'âme. Aaron ouvrit la bouche et laissa entrer Larx, accueillant sa langue curieuse et sa manière d'envahir sa bouche.

Aaron gémit, glissa les doigts sur le cuir chevelu de Larx, les emmêlant dans ses longs cheveux. *Ne bouge pas, bon sang. Oui. Juste là.*

Larx inclina sa tête en arrière en accord avec la main d'Aaron dans ses cheveux

Et il gémit.

Aaron s'abreuva de ce gémissement. Il le prit sur les lèvres de Larx et le fit sien. Tout cela, ce baiser, leurs deux corps chauds pressés dans les limites de la voiture, c'était glorieux, intime, décadent, des instants comme il n'en avait plus vécu depuis la mort de sa femme, y compris les coups rapides pendant la saison touristique.

— Ah-ah ah, dit Larx en s'éloignant, attrapant la nuque d'Aaron afin de s'assurer un effet de levier. Shérif adjoint, c'était… inattendu.

— Le baiser ? demanda Aaron, confus. Ça fait un moment que j'en ai envie.

— Je le voulais encore plus, répliqua Larx en inspirant, plaçant son front contre celui de son ami. Merde. Tu n'aurais pas pu attendre que nos enfants aient fini l'école pour faire ce mouvement ?

— C'est toi qui as enlevé ton tee-shirt pendant un mois !

Larx rit, impuissant. En face d'eux, le porche s'éclaira au rez-de-chaussée et ils s'écartèrent l'un de l'autre avec empressement.

— Tu dois y..

— Je dois…

Larx s'arrêta, la main sur la poignée de la portière et il tendit la main pour caresser la celle d'Aaron à l'endroit où elle reposait sur le siège.

— Nous devons voir où ça ira, dit-il en hochant la tête. À dimanche, Aaron.

— À dimanche, Larx. Attends…

Mais le principal avait déjà claqué la porte. Il s'arrêta devant le porche et se retourna, faisant signe à Aaron qui pencha sa tête, impuissant, contre le volant.

— Bon sang, Larx ! se plaignit-il. Quel est ton prénom ?

Derniers goûts d'été

— Tu ne veux pas rester ? demanda Larx à Christiana. Il fait chaud, il y a de la poussière, des insectes, toutes les bonnes choses de la vie.

Il avait passé toute la journée précédente dans le jardin, mais cela n'avait pas suffi. S'il travaillait dur, il pourrait tout faire ce week-end et, ensuite, une fois qu'il aurait brûlé la pile de déchets, le jardin serait prêt pour la nouvelle saison.

Sa fille leva les yeux au ciel, mais elle rit, ce qui était son intention.

— Voyons voir… t'aider à faire ton jardin ou aller passer le dernier jour chaud de l'année dans la piscine de Jessica. Hum… dilemme, dilemme…

— Super, dit Larx, taquin. Rappelle-toi, les serpents aiment les piscines à cette période de l'année.

— Tu es nul, papa, s'exclama-t-elle, les yeux ronds. Tu es vraiment le pire des pères. Je ne te donnerai pas de petits-enfants, même pas un chat.

Larx regarda le porche où le chat d'Olivia et les *trois* de Christi tentaient d'être ultras décontractés au soleil. Le fait était qu'ils surveillaient pour voir si des souris tenteraient de s'échapper de la pile de sacs en papier qu'il mettait dans le cercle préparé pour le feu. Un jeu auquel Larx et ses filles avaient joué avec beaucoup d'enthousiasme au cours des sept dernières années.

— Bien sûr, disait-il, à présent, sa bouche frémissante. Tu vas partir dans le grand monde et vivre sans un chat. Ça me semble aussi probable que le soleil devenant vert tout à coup.

Mais Christi ne l'écoutait même plus.

— Chut, ordonna-t-elle en agitant sa main. Regarde. Est-ce que tu vois ça, Trigger ? dit-elle à son chat roux. Est-ce que tu vois ? C'est là-dedans… C'est là-dedans… ça arrive…

Ils s'arrêtèrent tous les deux et se concentrèrent sur les sacs d'aliments qui bruissaient dans la lumière dorée du soleil de fin septembre. Larx et Christi échangèrent des regards joyeux. Ça venait. Les vermines se préparaient… tout allait arriver…

Trigger releva ses énormes oreilles et ses yeux verts s'ouvrirent alors qu'il sortait de son repos somnolent. Tous les muscles de son corps étaient

53

en alerte et tel le prédateur vicieux qu'il était, il s'abaissa pour mieux se faufiler jusqu'à son terrain de chasse.

— Oh… tu ne vas pas le laisser te battre, n'est-ce pas, Toby ? Tu ne vas pas laisser Trigger attraper toutes les souris !

Toby, l'écaille de tortue à poils longs, prit le flanc gauche de Trigger et Trixie le délicat calicot noir prit à droite. Delilah était le seul chat à ne pas s'intéresser au carnage sur le point de se produire.

C'était une vieille siamoise, sourde et à moitié aveugle, qu'Olivia avait ramenée à la maison au cours de leur première année à Colton. Larx, désespérant de redonner à ses filles une partie de la normalité qui leur avait été volée, avait accepté ce chat et avait dépensé promptement tout l'argent supplémentaire de la petite famille pour s'assurer qu'elle vivrait le plus longtemps possible. Sept ans auparavant, le vétérinaire lui avait donné un an à vivre. Larx pensa qu'elle avait le droit de dormir pendant que les jeunes s'amusaient, et qu'elle avait le droit de se moquer du vétérinaire.

Mais les trois plus jeunes, les chatons de Christiana « oh, papa, ils m'ont suivi à la maison », étaient totalement prêts à *jouer*.

Ils se déplaçaient avec la précision d'une escouade de pirates assassins, balançant des fesses, les moustaches frémissantes.

Trigger grimpa le premier sur la pile, puis il sauta en l'air, atterrit sur les sacs et fit sortir leurs proies à l'air libre.

Toby et Trixie étaient en position et les pattes volèrent alors qu'elles attrapaient, brisaient, croquaient et tuaient souris après souris. Trigger sauta du tas de sacs et se précipita dans la mêlée, ses griffes cliquetant alors qu'il choppait les corps poilus dans la poussière et brisait les petits cous avec une joie assoiffée de sang !

Oh, le carnage !

Oh, la souris party.

— Oh, les idiots incompétents ! Vous en avez laissé échapper une ! gémit Larx. Vous en avez laissé une s'enfuir !

Effectivement, une des souris, une des plus grosses, mais apparemment rusée, avait réussi à traverser la barrière mortelle formée par Toby et Trixie et s'échappait. Là, elle se dirigeait tout droit vers la maison.

Christi, qui était plus proche, courut droit sur une ligne d'interception, puis se retourna et s'accroupit comme la princesse guerrière qu'elle était.

Puis la princesse guerrière sauta en l'air et couina comme un cochon d'Inde lorsque la créature courut sur son pied chaussé d'une sandale.

— Aïe, Christi !

— Beurk ! Des petits pieds, petits pieds, petits pieds.… Papaaaaaaa ! Des petits pieds dégoûtants sur ma peau nue !

— Christi, la souris !

— Oh, merde ! s'écria-t-elle en se rétablissant rapidement avant de tourner les talons et foncer jusqu'au porche.

Là où Delilah ouvrit un œil sur la souris presque victorieuse et la plaqua avec une patte décontractée.

— Oh ! s'écria Christi. Bien joué, Delilah.

La chatte bâilla et leva la patte et frappa à nouveau la souris au moment où celle-ci commençait à s'éloigner. Elle leva des yeux amusés sur Christi puis répéta le processus et elle continuerait probablement jusqu'à ce que la petite briseuse de blocus à fourrure cesse de bouger pour toujours.

— Oh, répéta Christi. Delilah, espèce de chatte sadique. Je suis impressionnée.

Elle mit sa main dans la poche arrière de son short en jean, sortit son téléphone, prit une photo et joua ensuite avec l'écran.

Empilage des sacs de grains, l'une des souris a été assez gentille pour se donner en sacrifice à ta déesse vieillissante.

Le téléphone de Larx bourdonna dans sa poche arrière et il savait qu'il avait lui aussi reçu ce texto et toute la conversation s'en suivant. Il sourit lorsque Christi revint vers lui, rougissante et heureuse, ayant oublié toute menace de le priver de ses petits-enfants.

— Eh bien, maintenant que le divertissement est terminé, je vais me dorer la pilule, dit-elle en riant.

Elle se dirigea vers son vélo, un des trois rangés sous le porche, et commença à mettre son casque. Elle avait laissé une serviette de plage et une bouteille d'eau sur la table de pique-nique et elle les glissa dans le panier derrière le siège.

— Tu seras de retour pour le dîner, n'est-ce pas ? demanda Larx avec appréhension.

Les routes passaient d'un peu hasardeuses à carrément dangereuses dès que le soleil se couchait. Tous leurs vélos étaient équipés de phares et de réflecteurs, juste au cas où, mais c'était son travail de s'inquiéter.

— Je pense, oui, dit-elle en lui faisant un clin d'œil. Est-ce que Kirby vient ?

— Je ne suis pas sûr. Aaron a dit qu'il se plaignait d'avoir des devoirs. Pourquoi ? demanda-t-il ensuite parce qu'il était le père. Tu as le béguin pour lui ?

Cela ne suscita aucune indignation. Elle avait entendu cette question sur les garçons et les filles la plus grande partie de sa vie.

— Non, répondit-elle gaiement. Il est gentil et j'apprécie d'être avec lui. Mais, tu sais, je le connais depuis sept ans. L'embrasser serait comme boire du Coca-Cola sans caféine.

— Inutile et dégoûtant, répondit-il en riant parce qu'elle avait déjà utilisé cette explication.

— Oui.

Elle s'arrêta de jouer avec son casque et devint subitement très calme.

— Mais, euh, papa ?

Larx déglutit. Cela semblait sérieux.

— Oui ?

— Je... si le *père* de Kirby est, tu sais, un soda que tu apprécies ?

— Oh, bon sang.

— Oui. Verse-toi un verre avec de la glace et apprécie-le, d'accord ?

— Je vous ai promis...

Et il l'avait fait. Il avait été totalement honnête avec les filles depuis le début. Sur les raisons ayant poussé leur mère à vouloir divorcer et aussi à s'en prendre soudain à ses filles aussi bien qu'à lui. Et il leur avait promis qu'il ne ferait plus jamais rien susceptible de toucher à leur vie, à leur stabilité.

— Oui, parce que nous étions petites ! répliqua Christi en riant. Mais je pars à l'université dans deux ans et tu seras seul ici.

Elle se mordit la lèvre avant de conclure sa phrase.

— Et je ne veux pas que tu sois seul.

Oh, charmant. La charité.

— J'ai des amis ! rétorqua-t-il, piqué au vif.

— Yoshi a son *propre* petit ami ! répondit-elle avant de redevenir sérieuse. Pense simplement à ça, d'accord, Papa ? Tu n'as pas besoin d'être grave et sérieux à la fois, mais... tu sais. Penses-y.

Comme s'il pensait à autre chose depuis ce jour sur Olson Road.

— Christi... écoute, quel que soit... le sujet auquel tu veux que je réfléchisse, tu dois me rendre un service, d'accord ?

— Bien sûr.

— Ne le dis pas...

— À Olivia ? Parce que nous avons échangé par texto à ce sujet hier. Elle pense que tu devrais te lancer parce que le père de Kirby est une vraie bombe.

56

Larx devrait être habitué à ce genre de sentiments, vingt ans de paternité auraient dû le préparer à avoir l'impression d'être sur le pont d'un petit bateau venant de se faire écraser par une baleine.

— Euh, ce n'est pas génial, mais j'allais dire « ne le dis pas à *Kirby* ».

Parce que les enfants se parlaient, n'est-ce pas ? Et si le fils d'Aaron n'était pas au courant, s'il ne le soupçonnait pas ou si son père n'était pas aussi ouvert avec ses enfants que Larx l'avait été avec Christi et Olivia…

Mauvais. Tout simplement totalement désastreux.

— Oh ! s'exclama Christi, l'air de ne pas y avoir pensé. Tu crois qu'il n'a pas compris que son père avait le béguin pour toi ?

— Il a le béguin pour moi ? demanda-t-il avant de pouvoir s'en empêcher, tellement il se sentait heureux.

— Papa, bon sang. Tu étais en train de parler du match avec Oncle Tony et vous regardiez le match et il te regardait comme si tu étais de l'eau. C'était totalement évident.

Il ne put qu'afficher le sourire timide qui semblait l'envahir.

— Vraiment ? Comme si j'étais de l'eau ?

— Après un voyage dans le désert, répondit-elle en lui retournant son sourire. Oui. Mais si Kirby n'aborde pas le sujet en premier, je ne dirai rien. D'accord ?

Larx hocha la tête, espérant que la rougeur de l'embarras pourrait passer pour l'exposition au soleil.

— Mais, euh, écoute. Fais-moi une faveur et ne parle pas, tu sais, de ce qui nous a fait quitter Sacramento. D'accord ? Je dois d'abord le lui dire.

— Tu n'as rien fait de mal ! s'exclama-t-elle, consternée.

— Tout le monde n'est pas du même avis, répondit-il en ressentant sa troisième ou peut-être trois millionième pointe d'anxiété à ce sujet. Aaron est assez *loi et ordre*, chérie. Cela pourrait tout casser.

— Je ne le pense pas, dit-elle en fronçant le nez. On se voit au dîner !

— Attends, c'est tout ? Tu ne penses pas et tu pars ?

— Oui ! Amuse-toi pendant mon absence ! dit-elle avec un rire taquin.

Elle enfourcha son vélo et décolla et Larx resta seul avec son jardin en jachère, un champ plein de souris mortes et de gros chats parfaitement contents d'eux-mêmes.

IL SE reprit et travailla après cela. Il récolta ses derniers légumes vivants, déracina les morts et les ajouta à la pile à brûler. Il avait chaud, était en sueur, couvert de terre, mais avait presque fini lorsque son téléphone bourdonna à nouveau. *Juste encore une plante… attends, je dois enlever les tuteurs et les poser sur le porche pour l'année prochaine et les supports à tomate aussi. Et, oh non ! J'ai failli oublier d'arracher les lignes de haricots verts. Tout pourrira si je les laisse jusqu'après les pluies.* Et il continua ainsi et avait *encore* presque fini lorsqu'Aaron arriva de l'avant de la maison, une main dans la poche arrière de son jean, son tee-shirt tendu sur sa large poitrine. Il souriait avec indulgence et le cœur de Larx s'arrêta un instant, simplement à le regarder, beau et confiant, dans les longues traînées d'ombre que le soleil laissait à travers les pins en se couchant.

Merde.

Était-il si tard ?

— Oh, bon sang ! glapit-il en jetant une dernière poignée de haricots verts morts sur la pile de déchets. Je suis vraiment désolé ! J'ai perdu la notion du temps. Oh, merde ! J'aurais dû me doucher avant que tu arrives !

Il ramassa le panier géant rempli de courges, de pommes de terre et de tomates et se dirigea vers l'avant en évitant les petits corps des souris.

Aaron rit, prit le panier et, tout naturellement, l'embrassa sur la joue. Le temps s'arrêta. Le cœur de Larx se figea. Le monde cessa de tourner, les ombres cessèrent de s'étirer et pendant un instant, tout s'arrêta.

Larx tourna la tête pendant cet instant et captura la bouche d'Aaron pour un autre baiser, celui-ci sur les lèvres, avec un peu de langue.

Il recula, le temps recommença à s'écouler et Aaron et lui se regardèrent, graves.

— Ne t'inquiète pas d'être en retard, dit Aaron d'une voix douce. Je vais laver les légumes pendant que tu te doucheras.

Christiana avait raison, Aaron le regardait comme s'il était de *l'eau.*

Larx hocha la tête sans dire un mot et ouvrit la porte moustiquaire coulissante avant de faire signe à Aaron d'entrer pendant qu'il ôtait ses sabots couverts de boue et piétinait sur place afin de faire tomber la poussière de ses pieds nus.

— Bienvenue chez les Larkin, dit-il en suivant Aaron. Tu es passé devant le garage, en venant ici, c'est là que nous gardons les vieilles fournitures pour les loisirs créatifs, des décorations de Noël et des outils de jardinage.

— Mais pas ta voiture, observa Aaron.

— Non, non, c'est pour ça que nous avons construit l'abri menant au garage. Parce que, tu sais… la neige.

— Oui, oui, je connais. Les enfants et moi étions sûrs de mourir la première fois que nous l'avons vu tomber.

— C'est blanc, ça tombe du ciel, c'est une magie maléfique, approuva Larx, qui comprenait parfaitement. Et ça arrive chaque année.

Il n'avait pas neigé à Sacramento depuis quarante ans… c'était agréable de rencontrer quelqu'un qui avait aussi des problèmes avec cette transition.

— Donc, dans la maison, en venant du jardin, nous avons cette entrée inutile qui mène à la cuisine.

Aaron regarda autour de lui en hochant la tête.

— On pourrait croire que c'est une salle à manger, mais tu as… dit-il en faisant un geste vers la cheminée à double paroi énergivore qui bloquait la vue sur le salon.

— Oui, ce n'est pas génial. Quoi qu'il en soit, nous avons parfois des amis pour Thanksgiving et nous amenons la table de pique-nique du porche et nous l'installons ici. Ou les filles font leurs devoirs sur le petit bureau dans le coin, c'est pratique aussi.

— Je suppose que tu as un bureau ? demanda Aaron en arquant un sourcil.

— Pas vraiment, grimaça-t-il. J'en avais un et, ensuite, c'est devenu une salle de jeux pour les filles, puis une salle pour les chats et une salle de jeux vidéo et, voilà…

Il pointait du doigt la table de cuisine à présent propre et une pile de papiers et un ordinateur portable posé sur le sol près du vaisselier intégré.

— Voilà, mon bureau.

— Situé à portée de main du réfrigérateur, gémit Aaron en tapotant son estomac. C'est pour ça que j'ai converti la chambre d'amis en bureau peu de temps après notre emménagement. Je mangerais tout notre stock, sinon.

— Qui a dit que je ne le faisais pas ? railla Larx en souriant.

— C'est mal, répliqua Aaron en grimaçant. Simplement mal. Il suffit que je regarde de la glace pour prendre cinq kilos.

— Oui, mais c'est le boulot, dit Larx sérieusement. J'ai été mis en congé avec obligation de traitement, il y a quelques années et j'ai pris dix kilos par mois. C'est à ce moment-là que j'ai su que je devais partir de là-bas.

Aaron haussa les sourcils et Larx lui prit le panier de légumes des mains. Eh bien, c'était peut-être mieux maintenant qu'après le dîner, non ?

Si Aaron décidait soudain qu'il devait rentrer chez lui, Larx saurait où ils en étaient et ils pourraient prétendre que les deux baisers et quelques semaines à courir ensemble n'avaient pas eu lieu.

— Congé avec obligation de traitement ? demanda Aaron d'un ton calme.

— Peux-tu attendre que j'aie pris une douche avant que nous ayons cette conversation ? demanda Larx prudemment en soupirant.

Aaron repoussa une partie des cheveux en sueur du front de Larx, un geste curieusement tendre et intime qui tordit le cœur de celui-ci.

Oh… C'était un geste qui recelait tellement de promesses.

— Raconte-moi maintenant, dit Aaron. Tu pourras prendre une douche ensuite et je couperai les légumes.

— Je suis censé cuisiner pour toi, répliqua Larx avec un pâle sourire, mais il avait le ventre noué.

— Est-ce que cela a quelque chose à voir avec ton divorce ?

Larx regarda fixement l'évier et posa les légumes sur le comptoir.

— Tu vois, j'étais un petit bâtard excité à l'université, sautant sur tout ce qui bougeait, dit-il en bouchant l'évier et faisant couler l'eau. Filles, garçons… bon sang.

Cela n'avait pas l'air impressionnant, vu qu'Aaron avait risqué sa vie pour son pays, au même âge.

— Lila venait de mourir, continua-t-il âprement. Ma mère est décédée environ un mois après…

— Tu étais seul, dit Aaron en fermant le robinet. J'ai compris.

Larx hocha la tête et ramassa la brosse à légumes et une pomme de terre.

— Alors, j'ai commencé à enseigner et je suis sorti avec Alicia à peu près en même temps. Nous nous sommes mariés parce que… Parce qu'elle était enceinte, d'accord ? Et pendant un moment, tout allait bien. Nous avons eu Olivia, puis Christiana et puis… soupira-t-il. Et puis Alicia a fait une fausse couche. Nous avons été tristes pendant un moment. Mais, pour elle, eh bien… les hormones sont vraiment un truc merdique quand tu es une femme, tu sais ?

— Je me souviens, dit Aaron, de sa voix grondante et réconfortante.

Il prit la patate presque blanche de la main de Larx et lui en donna une autre. Larx avait nettoyé la peau et tout.

— Donc, pas de sexe… pendant longtemps. Presque un an. Et je ne l'ai pas trompée parce que je ne suis pas comme ça. Ce n'est pas…

— Ce n'est pas ce que font les gentils, déclara Aaron.

— J'essaie, dit son ami en lui adressant un bref sourire reconnaissant. Mais j'ai eu beaucoup de temps pour fantasmer sur le sexe et je me suis rendu compte que 80 % de mes fantasmes concernaient des hommes. Et ça m'a frappé… je ne voulais vraiment faire l'amour avec Alicia. Vraiment pas. Mais c'était ma femme et elle était triste, alors je continuais à tout essayer pour la rendre heureuse.

— Larx, c'est la pomme de terre la plus propre du monde. Prends-en une autre.

Il tendit la propre à Aaron qui fouilla dans le placard sous le plan de travail, par intuition apparemment, et sortit une passoire dans laquelle les mettre.

— Donc, finalement, nous avons encore fait l'amour. Mais je savais. Je savais que j'étais plus attiré par les hommes que par les femmes et je devais faire semblant avec ma femme, mais nous étions ensemble. Nous avions les filles et c'était notre devoir de nous assurer qu'elles étaient heureuses, n'est-ce pas ?

Il regarda Aaron, essayant de fouiller dans son âme, peut-être à travers ses beaux yeux bleus, voulant s'assurer qu'ils partageaient cette valeur fondamentale.

— Le travail le plus important au monde, confirma celui-ci.

— C'est ce que je me suis toujours dit, acquiesça Larx, nerveux, en attrapant le reste des pommes de terre dans le panier afin de les jeter toutes dans l'évier et recommencer avec la brosse à récurer. Quoi qu'il en soit, il y a huit ans, ce gamin entre dans ma salle durant le déjeuner. Et il est dans un sale état. Il pleure, il a des coupures aux bras, ses notes sont tombées dans les toilettes et il est juste à bout de nerfs, tu connais.

Aaron hoche la tête comme s'il savait.

— Alors, il entre dans ma salle et me dit qu'il est un monstre qui ne mérite pas de vivre parce qu'il est gay et tu sais quel était le climat dans ce pays à l'époque, n'est-ce pas ?

— Tous les politiciens qui voulaient immoler les gays ? Oui. Je me souviens, dit-il l'air triste comme s'il avait lui aussi une histoire à ce sujet.

— Oui, confirma Larx en fermant les yeux et abandonnant les pommes de terre, avant de se retourner et de s'appuyer contre l'évier en croisant les bras. Alors, j'ai dit à ce gosse que j'étais bi. Que tout allait bien. Qu'il méritait une belle histoire d'amour et que les conneries du lycée passeraient et que j'en étais la preuve vivante.

— C'était gonflé, dit doucement Aaron.

— La pire idiotie que j'ai faite de toute ma vie, révéla Larx en grimaçant. Le gamin est rentré chez lui et a dit à ses parents qu'il était gay. Et quand son père a menacé de le chasser de la maison, il a dit que ça allait parce que Larx était gay et qu'il n'avait pas eu peur.

— Oh, merde, dit Aaron en sourdine.

— Et voilà qu'on m'appelle et qu'on me dit de prendre contact avec mon représentant syndical, puis je rencontre le directeur des ressources humaines et mon administrateur, qui est le même qui aime laisser des enfants mener des chasses aux sorcières sur les enseignants qui les ont mal notés. Et ils ont lu cette lettre menaçant de me poursuivre pour pédophilie.

— Oh, mon Dieu, Larx !

Celui-ci secoua la tête et balaya sa sympathie d'un geste de la main.

— J'ai été mis en congé rémunéré, c'est ce qu'ils font lorsqu'ils ne savent pas quoi faire à ton propos. Ils devaient prouver que j'avais fait des choses horribles à ce gamin et ils devaient prouver que je l'avais rendu gay, ce que les parents prétendaient, et ils ne pouvaient rien prouver de tout cela. Mais, merde, ils ne pouvaient certainement pas me laisser enseigner à nouveau, n'est-ce pas ?

— Alors, qu'as-tu fait ? demanda Aaron à Larx qui était toujours incapable de le regarder.

— Eh bien, j'avais moi-même d'excellents représentants syndicaux qui m'ont tous deux assuré que je n'étais pas un pervers. L'un d'eux a trouvé un arrangement, l'autre a sauvé mon titre. Mais cela a pris du temps. J'ai obtenu mon diplôme d'administrateur pendant les dix-huit mois qu'il leur a fallu pour résoudre le problème, révéla-t-il en haussant les épaules. Je ne vivais pas chez moi pendant ce temps-là de toute façon.

Aaron posa une main sur son épaule, mais Larx ne pouvait pas se laisser réconforter. Pas maintenant.

— Parce que je suis rentré chez moi et j'ai dit à Alicia ce que j'avais fait et elle m'a mis à la porte. Ce qui était… je ne sais pas. Vraiment pas bien parce que…

— Tu étais resté avec elle lorsqu'elle avait eu des problèmes, dit Aaron.

Larx réussit à croiser son regard. Il fixa ensuite son carrelage, conscient qu'il y avait des trous là où il s'était fissuré.

— Mais, apparemment, j'étais méchant et diabolique, comme l'a dit… quel était son nom ? Cette pouf qui se présentait à la présidence ?

62

— Sarah Palin ? Avec Michelle Bachmann ? dit Aaron.

— Oui, celle-là, répondit Larx. C'est ce qu'elle a dit. Bref, Alicia était à la maison avec les enfants et je pouvais les voir le week-end au moins. Mais j'ai commencé à remarquer qu'elles n'étaient plus aussi soignées lorsque je les avais. Olivia avait les cheveux très longs et il y avait des nœuds dedans à chaque fois.

Il avait dû l'emmener chez le coiffeur pour les faire couper et ils avaient pleuré tous les deux parce qu'ils étaient longs, sombres et beaux.

— Elles portaient des vêtements trop petits pour elles et elles mouraient de faim à chaque fois que je venais les chercher. J'ai commencé à poser des questions et il s'est avéré qu'Alicia... ne prenait plus soin de nos enfants. Elle leur avait dit tout de suite qu'elles étaient les enfants d'un pédé et qu'elles ne méritaient pas qu'on prenne soin d'elles.

— Oh, mon Dieu ! s'exclama Aaron.

Son air horrifié fut comme un baume pour l'âme de Larx.

— Je ne crois pas... je pense qu'elle ne s'est jamais remise de l'enfant que nous avons perdu, dit-il en déglutissant, cette douleur se réveillant à nouveau. Et quand le monde nous est tombé dessus, c'était comme si elle se disait : « Oh, c'est un signe ! C'est la faute de Larx et je dois me repentir ! »

— C'est horrible, gronda Aaron. Ce... ce n'était pas de ta faute. Rien de tout cela.

Larx lui sourit, la lèvre tremblante.

— Eh bien, oui. Mais mes enfants, Aaron... Elle s'en prenait à mes filles. Donc, j'ai demandé à mes représentants syndicaux de me donner le nom d'un ténor du barreau et j'ai utilisé l'argent de l'accord pour la poursuivre devant le tribunal des affaires familiales. Cela n'aurait pas dû marcher, n'est-ce pas ? Mais, apparemment, un bon nombre de mes anciens collègues m'aimaient bien. Ils ont été assignés à comparaître pour venir témoigner. C'était vraiment humain de leur part parce que je n'avais pas le droit d'entrer en contact avec eux, donc ils ne m'avaient pas vu depuis un an et demi et tous, un à un, ils ont dit que j'étais l'un des meilleurs enseignants et pères qu'ils connaissaient. Et l'enfoiré d'administrateur avait été muté depuis et... les avocats. Ceux d'Alicia n'avaient même pas pensé à demander à toutes les personnes qui avaient tenté de m'immoler par le feu.

— Donc, tu as eu la garde de tes enfants, dit Aaron, hochant la tête comme s'il avait compris.

— Je l'ai eue, acquiesça Larx en retour. Et j'ai eu le boulot ici et mes filles et moi avons...

— Une famille.

Larx croisa alors son regard, une boule dans la gorge suite à sa confession, sa poitrine serrée et douloureuse de tout ce que cela pouvait signifier.

— Oui. Une famille.

Aaron s'appuya contre le comptoir avec Larx et posa un bras solide et rassurant sur son épaule.

— C'était dur pour toi, dit-il. De me le dire.

Larx hocha la tête et se pencha vers lui.

— Tu as un enfant à la maison, Aaron. Mes filles savent tout. Je leur ai dit pourquoi leur mère était devenue folle. Je leur ai dit qui j'étais et ce que j'avais fait. Nous n'avons aucun secret. Je savais qu'Olivia s'amusait avec son petit ami avant que tu les surprennes… Je lui avais donné la pilule. Mais je ne sais pas pour Kirby et toi. Ce que nous faisons, tous les deux, nous pouvons le garder secret aussi longtemps que tu le veux. Mais tu dois savoir que, parfois, ce n'est pas aussi long que tu le souhaites.

— Donc, tu t'es dit que c'était le moment de me raconter ça ? dit Aaron en embrassant sa tempe.

— Je pensais que c'était juste.

Aaron resserra ses bras et une bouffée d'air souleva les cheveux de Larx.

— Va te doucher, principal Larkin. Je vais décider quoi faire avec tous ces beaux légumes et nous allons dîner. Et, peut-être que si ta gamine promet de ne pas regarder par la fenêtre, je t'embrasserai correctement avant de partir. Et demain, nous irons courir un peu plus longtemps. Parce que j'aime beaucoup ta compagnie. Comment cela se fait-il ?

Larx se retourna, pensant qu'il allait reculer pour pouvoir parler un peu plus, mais Aaron l'embrassa, doucement d'abord, puis plus passionnément, avec la langue, les mains sur ses hanches, tournant son corps pour le presser contre le plan de travail. Larx gémit, sept ans de libido refoulée se déchaînant alors qu'il passait ses mains derrière Aaron et s'emparait de fesses étonnamment fermes. Il se plongea dans ce baiser comme un homme mort de soif sombrant dans un lac pur de montagne. Comme si se noyer lui sauverait la vie.

Il le voulait. Il le voulait tellement qu'il en sanglotait et lorsqu'Aaron recula, il couina de désir.

— Chut… le calma Aaron en effleurant doucement sa joue avec ses lèvres. Ça va arriver, Larx. Mais mon fils vient dîner et ta fille…

Larx recula brusquement, regarda dehors et vit que les ombres avaient presque disparu dans un ciel orange.

— Elle sera bientôt là, marmonna-t-il. Oh bon sang. Désolé. Pardon. Tu as raison. Je dois aller me doucher et ensuite nous pourrons préparer le dîner et…

— Larx, le coupa Aaron en riant avant de lui donner un bref baiser passionné. Ne t'inquiète pas pour ça. Tout va bien. Toi et moi, c'est bon. Le dîner peut être un peu en retard. Ta gamine m'aidera à faire la cuisine lorsqu'elle rentrera. Nous allons gérer ça, d'accord ?

Larx acquiesça et laissa échapper un soupir.

— Bien, dit-il, la poitrine toujours douloureuse depuis sa confession. Je vais juste aller…

— Va te ressaisir. Rappelle-toi que je serai de retour demain matin. Ça va aller.

Larx réussit à lui adresser un sourire tremblant, puis il s'enfuit pour laisser l'eau chaude le ramener à la normale.

Il lava la poussière de son corps, shampouina ses cheveux en sueur et cela l'aida à retrouver son sang-froid, mais une fois qu'il se fut essuyé et eut enfilé un jean et un tee-shirt confortable, il réalisa quelque chose.

Aaron l'avait embrassé. Il l'avait réconforté. Il lui avait promis de ne pas s'enfuir.

La normalité était une toute nouvelle conception maintenant, pas si mal, mais nouvelle, comme ce qu'Olivia et Christiana ressentaient à propos d'un nouveau genre de monde et Larx avait besoin de le découvrir à nouveau.

Il redescendit dans la cuisine avec un peu d'espoir et un vrai sourire.

Christi était déjà là et Aaron et elle étaient en train de couper des pommes de terre et de faire sauter des légumes en discutant de la meilleure façon d'utiliser ce qu'ils avaient. On frappa à la porte alors qu'il arrivait dans la cuisine. Il ouvrit à Kirby et le conduisit vers le salon afin de contourner le chaos dans sa petite cuisine.

— Ils sont occupés, expliqua-t-il. Nous allons mettre la table.

Kirby rit et Larx pensa que si les enfants qu'il avait eus avec Alicia lui ressemblaient à lui, ceux d'Aaron étaient un heureux mélange de leur père, grand et blond, et d'une femme qui était, de toute évidence, une beauté délicate et fine. Kirby était un garçon d'apparence angélique et ses sœurs étaient magnifiques aussi.

Larx était heureux pour Aaron. Il semblait avoir aimé sa femme de tout son cœur. Cela devait être réconfortant de la voir grandir dans leurs enfants.

— Alors, dois-je dire à tout le monde que j'ai dîné chez le principal ? demanda Kirby, se tenant debout l'air mal à l'aise à côté de la table, attendant que Larx lui donne quelque chose à faire.

Larx fouilla dans les tiroirs du vaisselier et sortit une pile de sets de table qu'il remit au jeune homme avant de passer au tiroir des couverts.

— Seulement si tu penses que cela va améliorer ta crédibilité dans la rue. Parce que tu vois, le principal Larx est plus dur à cuire qu'un gang de motards, n'est-ce pas ?

— Euh, oui. Bien sûr. C'est que tout le monde dit, avoua le jeune homme un peu plus détendu en acceptant une poignée de fourchettes et de couteaux.

— Je le savais ! s'exclama Larx en souriant. As-tu entendu cela, Aaron ? Je suis un dur à cuire !

— Bien sûr, Larx, répondit celui-ci en le regardant d'un air sardonique avant de couper une autre pomme de terre en tranches fines. C'est ce que tu es. Un éducateur public dur à cuir. Tu auras ton propre film, bientôt.

— Fichu hétéro.

Oh, il aimait avoir des gens autour de lui avec qui plaisanter. Il se souvenait de la première fois qu'Olivia lui avait répondu lorsqu'elle était enfant. « Purée, papa, je ne sais pas où j'ai pu trouver mon sens du sarcasme. Tu as des idées ? » Elle avait dix ans et cela l'avait titillé parce que cela signifiait qu'il élevait une personne avec qui il pourrait parler en tant qu'adulte.

Ils continuèrent à plaisanter. *L'éducateur public dur à cuire fait de la paperasserie… un fou avec un ordinateur et un stylo ! L'éducateur public dur à cuire enseigne le leadership aux étudiants ! Peut-il réussir assez vite le pliage d'œillets en papier ? L'éducateur public dur à cuire enseigne aux premières années ! Qu'est-ce qui va émerger en premier, son tempérament ou leur idiotie ?* Il avait peut-être, cette fois, rencontré un adversaire à sa hauteur !

— Ta-da ! Le plat est prêt, donc si la table est mise, nous pouvons manger, déclara Christiana alors qu'ils riaient encore tous.

— C'est quoi, ce plat ? demanda Kirby, suspicieux. Ça ne ressemble à rien de que j'ai pu manger.

— Ma famille appelle ça « boustifaille », révéla-t-elle effrontément. Et cela peut prendre plusieurs formes. Papa, avons-nous de la sauce salade Panera ? Le truc asiatique ? Parce qu'Aaron a fait une salade aussi et c'est celle que je préfère.

Larx se pencha dans le vieux réfrigérateur et attrapa deux bouteilles… parce qu'il aimait les trucs asiatiques, mais la sauce ranch était assez universelle, et revint à table, notant que Christiana et Kirby s'étaient assis côte à côté, laissant leurs pères l'un à côté de l'autre.

Il jeta un regard ironique à sa fille et celle-ci lui retourna un sourire neutre, puis il s'aperçut que Kirby et son père avaient leur propre conversation télépathique.

— C'est tout, dit-il à voix haute, faisant sursauter tout le monde. À partir de maintenant, toute conversation pendant le repas doit être verbale. La communication non verbale ne peut être utilisée que si nous sommes kidnappés par des extraterrestres et que nous devons prévoir un plan d'évacuation. Est-ce que c'est clair ?

— Mais Larx, se plaignit Kirby, comment vais-je pouvoir me plaindre de mes devoirs ?

— À voix haute, bien sûr, répondit-il sérieusement. Ainsi, je peux me réjouir comme tous les bons professeurs des Programmes Avancés, sachant que j'ai fait mon travail.

Ils continuèrent à plaisanter pendant qu'ils mangeaient le plat – en fait, un délicieux mélange sauté de courgettes, pommes de terre, tomates, steak haché et ail – et même pendant le dessert.

Seul Larx savait qu'Aaron garda fermement, et pendant toute la durée du repas, son genou contre le sien, la chaleur de sa cuisse ferme le brûlant directement à travers leurs jeans.

KIRBY PARTIT peu de temps après la fin du débarrassage et du rangement et Christi monta à l'étage pour « se doucher et se détendre », ce qui était souvent le code de fin des devoirs qu'elle n'avait pas eu le temps de faire pendant le week-end. Larx et Aaron s'attardèrent autour d'un café et parlèrent de… eh bien, de n'importe quoi.

— Ton fils te ressemble beaucoup, dit doucement Larx. Mais il ressemble à ta femme aussi.

Aaron prit une gorgée de café et le regarda avec des yeux bleus calmes.

— Ma femme. Elle était belle, dit-il en haussant les épaules. J'aurais aimé que tu puisses avoir ce que Caro et moi avons vécu.

— C'était bien ? demanda Larx, ressentant le besoin de savoir lui aussi.

— Oui. Je savais que j'aimais aussi les hommes, mais ça n'aurait pas été une épreuve de n'aimer qu'elle pour le reste de ma vie.

— C'est bien, acquiesça-t-il après un moment.

Qu'avait-il espéré ? Plus de saleté ? Plus de sang ? Mais Aaron n'était pas préparé, comme lui, à babiller, à plaisanter et à parler. Larx devrait être plus patient s'il voulait savoir ce qui se passait dans le cœur d'Aaron George.

— Bien ? répéta ce dernier sans le quitter de son regard bleu par-dessus la tasse de café.

— Tu sais ce qu'est l'amour, dit simplement Larx. Tu as eu le plaisir de le vivre. Je suis jaloux, en fait. De ta femme et de toi, je suis désolé qu'elle soit partie. Je le suis, même si ça veut dire que tu ne serais pas là dans ma cuisine. Mais tu étais heureux avec quelqu'un.

Il ne voulait pas dire l'évidence.

Il n'avait jamais vécu ce genre de plaisir et il le voulait désespérément.

Aaron hocha simplement la tête, puis, étonnamment, il posa sa main sur celle de Larx.

— Tu es bien pour moi, dit-il sans sourire. Tu as beaucoup d'une pom-pom girl en toi pour un principal, dit-il enfin se mordant timidement les lèvres.

— Allez, Shérif adjoint, allez ! répliqua Larx en souriant.

Ils rirent ensemble et ramenèrent la conversation sur des amis qu'ils avaient rencontrés à Sacramento, bien des années auparavant.

Larx raccompagna Aaron jusqu'à son SUV à vingt-et-une heures, parce qu'ils devaient se lever tôt le lendemain matin tous les deux. On n'arrêtait pas de courir, ni pour un homme ni pour un rendez-vous, n'est-ce pas ?

— Alors merci, monsieur le Shérif adjoint, d'être venu partager notre récolte automnale, déclara-t-il officiellement. Cependant, je veux que tu saches que je te dois toujours un dîner après les hot-dogs.

Aaron ouvrit sa portière et se retourna. Il saisit la ceinture du jean de Larx et le tira vers l'avant jusqu'à ce que leurs entrejambes se touchent, mais gardant assez d'espace pour qu'ils puissent se parler.

— Un rendez-vous, dit-il. Quelque part en dehors de la ville.

Larx hocha la tête, hypnotisé. Il aurait dit oui à une liaison dans une chambre d'hôtel avec un nom d'emprunt et une voiture volée.

— Mais pas parce que j'ai honte. Ou parce que je veux garder cela secret pour toujours, précisa Aaron en le sortant de ses fantasmes à moitié réalistes et de ses plans à la James Bond de rendez-vous sous couverture.

Larx répondit avec une inspiration. Oh. C'était mieux que James Bond.

Aaron hocha la tête et lécha lentement sa lèvre inférieure.

— C'est nouveau entre nous, dit-il doucement. Mais dès que je serai sûr que je veux vieillir avec toi, Larx, ne t'inquiète pas. Je le dirai à mon patron. À mes enfants. On fera des projets.

— D'accord, chuchota-t-il, refusant de penser à la commission scolaire, mais Aaron lut dans ses pensées.

— Ne crois pas que je ne sais pas non plus ce que tu risques, dit-il gentiment. Donc, lorsque tu prendras ce risque, je veux que tu le prennes pour quelque chose que tu pourras tenir jusqu'au bout du monde et pour lequel tu pourras dire « Voilà ! C'est nous ! » et nous pourrons le faire ensemble.

Parce qu'il l'avait fait seul, la dernière fois. Il l'avait fait plus que seul. Il l'avait fait en étant rejeté et insulté.

— Merci, dit-il, tellement ému qu'il n'arrivait même pas à sourire.

— Ne me remercie pas encore, chuchota Aaron. Attends après le baiser. C'est plus poli.

Ses lèvres étaient douces et fermes sur celles de Larx, qui ouvrit les siennes pour lui, franchement accueillant. Cet homme était si réel contre son corps, ce baiser autant communicatif qu'avide. Il répondit au baiser, racontant à Aaron l'excitation et le désir, le besoin et la peur. Aaron le saisit par l'arrière de sa tête, l'immobilisa et pilla sa bouche, parlant de sécurité et de gentillesse. Parlant de tendresse charnelle, de la douceur d'un moment de sexe fébrile.

Larx gémit et se plaqua contre ce solide mur de muscles tandis qu'Aaron s'appuyait contre la voiture, ouvrait les bras et devenait un port d'attache contre toutes ses tempêtes. Larx se frotta contre lui, son sexe gonflant, son corps fourmillant, le souvenir du sexe bourdonnant dans sa poitrine qui refusait de rester immobile.

Aaron glissa sa main sur l'arrière du jean de Larx et le pétrit, le bloquant en place alors que ce dernier poussait ses hanches contre lui, gémissant lorsqu'il réalisa qu'ils étaient séparés par des jeans et rien d'autre.

— Impatient, chuchota Aaron dans le creux de l'oreille de Larx.

— Aagh ! gémit celui-ci en enfouissant son visage dans l'épaule d'Aaron.

Cela inclina son corps, déplaçant son aine hors de contact et, oh, bon sang, Aaron glissa sa main vers le devant de son short et...

— Oh... oui, soupira Larx alors qu'Aaron enveloppait son érection d'un poing solide. Oh, s'il te plaît.

— Ça fait longtemps ? plaisanta-t-il en le caressant. Tu avais besoin de cela depuis un bon moment, n'est-ce pas ?

— Ouiiiii...

Larx ne pouvait plus réfléchir, ne pouvait même pas lui rendre la pareille. Il avait les genoux faibles et s'accrochait aux hanches d'Aaron à deux mains, les serrant fermement sur cet appui pendant que son corps... son corps se rappelait ce qu'*était* le sexe. Des années. Pas depuis Alicia et pas avec quelqu'un qui...

— Oh... gémit-il parce qu'Aaron passait son pouce sur son gland. Oh, waouh.

Il le caressa encore un peu, coulissant dans le liquide séminal perlant sur son gland.

— Tu es doué, chuchota Larx, presque en larmes.

— C'est ma première fois avec un homme, avoua Aaron en serrant fermement sa base.

— Quo... Oh, merde ! s'exclama Larx en le mordant à l'épaule, confus et au bord de l'apogée.

— J'ai dit que j'étais bi... je n'ai jamais dit que j'avais déjà été avec un homme, le taquina Aaron.

Ses caresses devinrent de plus en plus poussées, de plus en plus rapides jusqu'à ce que Larx gémisse, baise son poing, impudique dans sa cour comme il ne l'avait plus été depuis l'université. Il eut le souffle coupé, se retrouva incapable de penser lorsque son apogée explosa derrière ses globes oculaires et si Aaron n'avait pas couvert sa bouche avec la sienne, il se serait déshonoré en gémissant assez fort pour réveiller les chats.

En l'occurrence, il sanglota à moitié dans le baiser, le corps tremblant, les yeux brûlants de l'intensité de l'orgasme, sous le coup de l'émotion, du choc de ne plus être seul.

Finalement, sa respiration se calma et il s'effondra contre la poitrine d'Aaron, étourdi.

—Je… euh… commença-t-il en se reculant pour observer l'expression béate de son ami dans le crépuscule profond. Je viens d'être masturbé par la main d'un homme vierge, dans ma propre cour.

Il était vraiment surpris.

Les dents d'Aaron brillèrent dans la lumière de la lune ascendante.

— Attends simplement et tu verras ce qui peut arriver si nous avons un lit, répliqua-t-il en riant.

Puis, alors que Larx était encore perdu dans ce qu'ils venaient de faire, il se redressa, retira sa main du short, l'essuyant sur le sous-vêtement de son amant dans le même mouvement. Il lui donna ensuite un baiser dur et rapide sur la bouche avant de se glisser dans le SUV.

— À demain, de bon matin, dit-il en fermant sa portière sur l'expression abasourdie de Larx.

Puis il partit, laissant son hôte rentrer en courant chez lui et se précipiter dans la salle de bain pour prendre une seconde douche avant de se coucher.

HERBES SÈCHES

LARX LUI envoya un texto avant de quitter sa maison et Aaron attendit son arrivée dehors, dans l'obscurité.

Aaron reconnaîtrait le bruit sourd des chaussures de tennis de Larx sur la terre rouge du chemin forestier dans son sommeil. Les matins étaient froids, début octobre, et Larx courait avec une casquette de baseball et un sweat à capuche, mais Aaron pouvait jurer qu'il connaissait les genoux noueux de coureur de l'homme.

Alors que Larx s'approchait, il pouvait sentir l'aura de sa chaleur et l'odeur propre de la sueur du sportif.

Chaque fibre de son être, chaque vaisseau sanguin, chaque particule, connaissait Larx, voyait en lui un ami, un allié, un compagnon potentiel. La dernière fois qu'il avait senti ce bourdonnement dans sa poitrine et son aine… ? C'était quand Caro l'avait regardé après une longue journée de farniente au lit et avait dit : « Je pense que nous devrions nous marier, d'accord ? »

Bien sûr qu'il avait pensé à cela. En fait, elle ressemblait beaucoup à Larx. Ils étaient tous les deux gentils, impulsifs, sarcastiques, occupés.

Beaux.

Il regarda Larx approcher de sa foulée de coureur régulière et rythmée et ressentit cette même affinité. Cette même joie.

Je tenais son sexe dans ma main.

Et il se sentait dur, endolori et excité. Bon sang, quand s'était-il envoyé en l'air la dernière fois ? Deux ans auparavant ? Les enfants étaient allés au parc Six Flags à Vallejo et il leur avait réservé une chambre afin que ses filles n'aient pas à faire le voyage de retour dans la nuit.

C'était drôle, il pouvait se souvenir où étaient les enfants, mais il n'arrivait pas à se rappeler la femme avec qui il avait passé la nuit. Elle ne lui avait pas couru après non plus et il était presque certain qu'elle avait loué une résidence pour deux mois cette année-là.

En y repensant, il pouvait se rappeler chaque évènement communautaire, chaque réunion de parents d'élèves, chaque match de football, chaque évènement scolaire auquel il avait assisté et pendant lequel il avait eu l'occasion de parler à monsieur Larkin, l'enseignant des enfants.

Chacun d'eux.

Aaron connaissait Larx. Son corps se souvenait de celui de l'homme comme il se souvenait des repères de la maison.

— Tu vas rester planté là ? l'interpella Larx, à peine essoufflé.

Aaron franchit la dernière ligne droite et le rejoignit. Ils dévalèrent la piste, dépassèrent le dernier quartier résidentiel et s'engouffrèrent dans les arbres. C'était pour cette partie de la course qu'ils se couvraient, parce que les bois restaient sombres jusqu'à environ midi et le redevenaient vers seize heures. Ils pouvaient voir leur souffle contre le rempart des ombres.

— Alors, bien dormi la nuit dernière ? demanda Larx, entamant la conversation.

— Comme un bébé, mentit Aaron.

Il s'était endormi, souffrant et perdu dans les affres du désir.

— Oui. Moi aussi

Ils coururent à pas feutrés pendant un moment.

— Donc, pas d'hommes, dit Larx dans le silence.

— Je savais que je les désirais, répondit Aaron calmement.

Il avait suivi comme un toutou son meilleur ami pendant l'école primaire et avait été dévasté lorsque celui-ci était tombé amoureux en troisième. Il avait rêvé que le quaterback du collège le suçait. Il avait ardemment désiré un homme rencontré pendant sa formation militaire de base. Il connaissait l'homosexualité, la bisexualité et en savait assez pour savoir qu'il n'était pas curieux. Il voulait cela.

— Donc… moi ?

— Je te désirais assez pour te faire savoir que je te voulais.

Larx s'arrêta net, posa ses mains sur ses hanches et le fusilla du regard.

— Je t'ai ouvert mon cœur, hier soir, bon sang. Sois franc.

Aaron soupira.

— Je le savais, dit-il en haletant aussi. Mais… Larx. 1988… C'est en 1988 que nous avons eu notre diplôme au lycée.

— 1990, marmonna Larx.

— Formidable. SIDA… tu te souviens de ça ?

— Bien sûr, mais…

— Mais j'aimais aussi les femmes. Je les appréciais suffisamment pour que ça ne soit pas une corvée, dit-il en donnant un coup de pied dans

73

un caillou et le regardant disparaître dans l'obscurité. Mais… mais ne pas te parler ? Ne pas te connaître mieux ? Ça aurait été une épreuve, d'accord ?

Larx hocha la tête et se remit à courir, luttant pendant quelques pas pour retrouver sa foulée. Aaron garda le rythme, se demandant combien de temps il resterait fâché.

— Je n'ai jamais été avec un puceau avant, dit-il, réussissant à rire diaboliquement malgré leurs efforts physiques.

— Tais-toi, répliqua Aaron en le frappant sur le bras.

— Non, sérieusement. Je vais devoir être doux avec toi.

— Arrête ça.

— Comme, tu sais, si je te fais une fellation, est-ce que tu vas paniquer ? M'imaginer avec des seins juste pour garder ta virilité ?

— Tu n'es pas si mignon que ça, grommela Aaron, soulagé de voir qu'il allait bien.

— Je pense que si. Parce que tu sais… C'est moi qui vais ouvrir la porte de ton placard, rétorqua Larx en bondissant de quelques pas avant de se retourner, les bras écartés dans la pose classique d'une bimbo de jeu télévisé. Ta da !

Aaron grogna et fonça dans l'intention de l'atteindre et le frapper ou l'embrasser. Mais Larx se retourna et s'enfuit, le laissant essayer désespérément de le suivre.

Oh, merde… il gagnait. Il allait semer Aaron, le laissant persévérer tout seul comme un damné. Et juste au moment où il allait hurler et le traiter de lâche de s'enfuir ainsi, Larx se retourna à nouveau, à peine visible dans l'obscurité.

— Attrape-moi, maintenant, dit-il avant de sortir en courant du chemin.

Aaron le suivit, choqué parce que ce qui avait ressemblé à un virage aléatoire était en fait un petit sentier, probablement utilisé par les rangers ou les travailleurs forestiers. Un petit bâtiment se dressait à une vingtaine de mètres dans les bois, vraisemblablement rempli de matériel d'arpentage et de fournitures de secours. Aaron arriva juste à temps pour voir Larx disparaître derrière.

— Larx, où es-tu ? demanda-t-il en ralentissant suffisamment pour scruter l'ombre.

La main de Larx jaillit et le saisit au col, le tirant contre le bâtiment tandis que sa bouche s'écrasait sur lui avec une chaleur étourdissante.

— Comment savais-tu… ?

— Que c'était ici ? compléta Larx en tirant sur sa lèvre inférieure. Je l'ai vu la semaine dernière. J'ai vérifié.

Larx s'empara de sa bouche, profitant de la surprise d'Aaron et s'en servant pour prendre totalement le dessus. Ce dernier ne posa plus de questions.

Pour une fois, quelqu'un d'autre prenait la responsabilité de tout.

Aaron n'avait eu aucune idée qu'il en avait besoin, jusqu'à ce que cela se produise. Larx prit le baiser, prit son plaisir, prit la décision de voler du temps à la vie. Il passa ses mains avec assurance sous le tee-shirt d'Aaron, ignorant la sueur, et pétrit plutôt ses pectoraux. Super. Oh, waouh. En général, vous ne tâtonniez pas votre propre poitrine pendant que vous vous masturbiez... Aaron avait tendance à faire au plus simple.

L'attention de Larx le rendait faible et il dut s'adosser au mur, perdu dans la brume du baiser, le laissant faire ce qu'il voulait.

Ce que voulait Larx, c'était repousser le tee-shirt d'Aaron et rompre le baiser pour refermer ses lèvres autour de son mamelon.

Aaron eut besoin de toute sa volonté pour rester debout et il ôta la casquette de baseball de Larx dans le but de fourrer ses doigts dans ses cheveux.

Oh... oh, oui. Oui. Ça. C'est juste là.

— Larx, murmura-t-il.

Larx se déplaça vers l'autre mamelon, tirant avec ses lèvres, jouant avec sa langue et ses dents et Aaron poussa ses hanches en avant, inconsciemment, à peu près sûr de jouir instantanément, même si cela signifiait retourner chez lui avec un short mouillé.

— Oh, oh. Larx, je vais... oh !

Larx s'accroupit, descendant le short d'Aaron dans le même mouvement.

Ce dernier le fixa, choqué de se retrouver nu et offert à l'air libre. Larx se pencha vers l'avant et lécha doucement son gland, puis il fixa son compagnon, l'air sérieux.

— Nous pouvons attendre un lit, puceau, dit-il calmement, chaque mot soufflant contre la peau humide d'Aaron.

— Alors, je devrais te tuer, souffla-t-il, affaissé contre le bâtiment.

C'était ridicule. Ils étaient des adultes. Aaron était *un représentant de la loi*. Larx était... oh, bon sang. Peu importait ce qu'il était. Il avait la bouche ouverte et enveloppait ses lèvres autour de son gland et...

Larx était le maelström, le feu, la passion qui manquait à sa vie.

— Aahhh.

Larx s'était reculé et jouait dangereusement avec sa langue, son souffle et les bords précautionneux de ses dents, enflammant Aaron, puis ôtant ce brusque éclair d'excitation jusqu'à ce qu'il soit à deux doigts de pleurer.

— Larx, supplia-t-il. S'il te plaît… vite, cette fois. Nous irons lentement la prochaine fois. Je te le promets… ah !

Jusqu'à la racine. Larx le prit jusqu'à la base et serra sa bouche en une longue et lente traction.

Cela faisait si longtemps. Si longtemps qu'Aaron n'avait pas senti une main sur sa peau, à part la sienne. Si longtemps qu'une personne qu'il voulait, qu'il désirait ardemment ne l'avait pas touché.

Si longtemps qu'il avait rencontré monsieur Larx, le professeur de sciences des enfants et qu'il y pensait.

Merde.

Larx leva la main pour chatouiller ses testicules et Aaron fut perdu.

— Merde !

Ce fut le seul avertissement qu'il donna, mais que fit Larx ? Il n'hésita même pas, il déglutit fort et vite jusqu'à ce qu'Aaron soit à sec, tremblant, étourdi et observant avec émerveillement le soleil se levant à travers la base des arbres.

Il tira doucement les cheveux de Larx, reconnaissant envers lui lorsqu'il remonta son sous-vêtement et son short en se relevant. Larx se pencha vers lui et lui lança un regard anxieux. Alors Aaron sourit, inclina le menton et l'embrassa.

Il reconnut le goût de sa propre jouissance, Caro aimait aussi cette manœuvre. Cependant, embrasser Larx était encore nouveau et se goûter dans sa bouche offrait à Aaron une satisfaction surprenante.

Sien. Sa semence. Son homme. C'était simplement basique.

— Ça allait ? s'inquiéta Larx en reculant.

Aaron le tourna et glissa ses bras sur ses épaules, l'attirant contre son corps.

— Chut. Aucun souci. Regarde. Le soleil se lève. Profitons de la vue.

ILS DURENT se dépêcher après cela, parce que le délai entre leur temps d'exercice et le moment de partir au travail était très court pour tous les deux.

76

Kirby était déjà parti lorsqu'Aaron rentra chez lui et trouva une note disant *Tu devrais courir plus vite* sur la table, à côté d'un muffin au son.

Sale gosse. Il mangea le muffin alors qu'il sortait de la maison après sa douche, toujours en rémanence de ce qui s'était passé ce matin-là.

Inspiré par la note de Kirby, il fit défiler les mèmes sur Jurassic Park lorsqu'il fut au travail, en trouva sur un T-rex et il l'envoya le lundi à Tiffany dans l'espoir que cela la fasse rire.

Archaïque.

Eh bien, ce n'était pas *papa, tu es un idiot*, donc il le prit comme une victoire

Cependant, alors qu'il fixait son téléphone, il décida d'être à fond dans le sentimental et envoya un texto à Larx avec un visage souriant et *Bonne course, ce matin.* Niais et avec un sous-entendu salace, mais Larx ne serait pas viré ou outé non plus.

C'est ce que je me disais aussi, fut la réponse de Larx et Aaron dut se pencher sur la série de symboles l'accompagnant.

— Euh. 8, égal, égal, D, ligne tortillon, supérieur à zéro ?

Cela n'avait pas de sens. Il recula le téléphone et plissa les yeux.

8==D~~>0

Il vit quelque chose qui avait l'air obscène.

Oh, merde. Je ne savais pas qu'on pouvait illustrer une pipe avec du code ASCII.

Les esprits créatifs n'ont pas de limites. Tu veux recommencer ?

Plus que je ne veux respirer. Quand ?

Je n'en ai aucune idée. À ce rythme, on devra peut-être attendre les vacances de Thanksgiving.

Noooonnnnnn

Je pensais que nous étions des adultes qui pouvions attendre le moment et l'opportunité.

Je suis vieux. Vieux et décrépit. Je pourrais mourir avant de te voir nu. Ce serait une tragédie.

Je suis d'accord. Mais je n'ai pas de solutions. Donne-moi un peu de temps, cependant. J'avais l'habitude de trouver des solutions pour m'envoyer en l'air.

J'aime cette compétence. Tu devrais l'acquérir à nouveau.

Je vais m'efforcer de le faire... oups, la cloche sonne !

Aaron fixa son téléphone pendant un embarrassant moment après cela, jusqu'à ce qu'Eamon sorte de son bureau et réclame son attention.

— George, verriez-vous un inconvénient à être de nouveau de service pour le football ?

— Pour les festivités de la rentrée ? Pas du tout.

Au moins, Larx serait là, sans parler de leurs enfants, pour faciliter la surveillance.

— Vous vous attendez à des problèmes ?

— Pas nécessairement, répondit son chef ne passant une main dans ses boucles rases et grises. M. Olson s'est à nouveau absenté et la mère de Julia… n'est pas aussi autoritaire, dirons-nous, pour fixer des limites à sa fille. Si elle décide de se rendre à Tahoe comme elle l'a fait le week-end dernier, il pourrait y avoir une sacrée fête dans cette onéreuse maison.

Aaron cessa de fixer son téléphone et mobilisa son attention.

— Ces fêtes sont de plus en plus importantes, commenta-t-il.

Ainsi que les rumeurs qui s'en dégageaient. Kirby avait, en fait, consulté les réseaux sociaux pour s'assurer qu'il n'y avait pas eu d'atrocités commises. On entendait trop parler aux nouvelles de jeunes gens agressés alors qu'ils étaient inconscients pour qu'Aaron puisse supposer que tout se passait bien chez les Olson simplement parce que personne ne s'était plaint.

— Je vais demander à Kirby s'il a entendu quelque chose.

— Et au principal Larkin aussi, dit Eamon sérieusement.

— Oui, Larx aussi. Il le saura.

Aaron remit son téléphone dans sa poche et se pencha sur sa liste d'enquêtes du matin.

Eamon ne bougea pas, mais resta debout, le regardant pensivement.

— Euh, vous avez besoin d'autre chose ?

— Non, pas vraiment. J'ai eu de bons retours sur la façon dont cet homme s'est comporté vendredi soir, tout le monde a dit que vous étiez à ses côtés, mais que c'était lui qui avait parlé principalement.

— C'est son école, monsieur, répondit-il après avoir essayé de se souvenir s'il s'était mal conduit.

— C'est vrai, assura Eamon en souriant. Ne faites pas attention à moi, Aaron. Je suis juste soulagé pour l'école, c'est tout. Les écoles secondaires sont de plus en plus compliquées à gérer de nos jours. Nobili était un homme bien, mais il n'a pas pris sa retraite assez tôt. Je pense que Larkin et vous ferez un bon tandem là-bas.

— Merci, dit-il en luttant contre la rougeur menaçant d'envahir son cou. Ça se passe mieux… avec certaines personnes.

Eamon le fixa brusquement en haussant les sourcils.

— Oh, dit-il sur un ton neutre.

— Oh, quoi ? demanda Aaron, sentant la couleur gagner du terrain.

— Rien, fils. Simplement Larkin et vous… Faites attention tous les deux. C'est tout. Soyez juste… vous savez. Prudents.

— Nous le serons, monsieur, répondit-il, ne faisant même pas semblant de ne pas savoir de quoi il parlait.

— Je vous soutiendrai, mon garçon. Je suis prêt à prendre ma retraite et vous êtes un atout pour cette ville. Tenez-moi au courant.

C'était tout ce qu'il pouvait demander.

— C'est nouveau entre nous, dit-il doucement.

— Ça ne restera pas longtemps secret, dit Eamon avant de rire doucement. Pas avec ce rougissement. Bon sang, fils, quel âge avez-vous ?

Il s'en alla, riant encore doucement et Aaron resta un moment assis, essayant de ne pas cacher son visage comme un gamin. Apparemment, on n'était jamais assez vieux.

— Oui, je tendrai l'oreille, déclara Larx, le lendemain matin, pendant leur course. Cette gosse me donne la chair de poule de toute manière, elle me fait penser à mon ex-femme, honnêtement.

Aaron frissonna, à nouveau en colère. Ce qui l'avait le plus ému, c'était lorsque Larx avait essayé de trouver une raison au comportement de son ex. Qu'il avait essayé de lui pardonner autant qu'il le pouvait.

Quand on est jeune, on pense que le bien est une question de devoir, d'honneur et de loyauté et Larx l'avait démontré. Mais il avait montré de la compassion et Aaron était impressionné.

Un homme si bon. Certaines personnes croyaient qu'ils n'existaient pas.

Et ce que sa femme avait fait…

— Tu penses que Julia est si mauvaise ? demanda Aaron en fronçant les sourcils. Je sais pour les fêtes, mais…

— Le fait est que les gens supposent que les étudiants sont innocents. Qu'ils peuvent être mal compris par les enseignants et… cela arrive parfois. Ils pensent que si les parents prenaient des cours pour ça, s'ils arrêtaient de boire ou de travailler trop, l'enfant pourrait grandir comme par magie et serait un être humain décent.

— Et, parfois, ça arrive, répliqua Aaron en le frappant au bras parce que Larx prétendait avoir été ce gamin.

— Oui, mais ça m'a demandé beaucoup de travail. L'espoir que le gosse apprendra est ce qui nous aide à *travailler,* que tu le croies ou pas. Mais quelques fois, les dommages sont déjà faits. Réfléchis, nous passons quoi, cinquante-cinq minutes par jour avec entre quinze et quarante jeunes ? Que pouvons vraiment réussir à faire pendant ce temps-là ?

— Autant que l'adolescent vous laissera faire ? hasarda Aaron, n'ayant jamais réfléchi à cela auparavant.

— D'accord. Et ils sortent de leurs mères avec une personnalité de base déjà composée. Est-ce que ce gamin est anxieux ? Timide ? Nous pouvons l'aider, mais il est né ainsi. Le jeune est-il agressif ? Agité ? Eh bien oui, les parents font que cela arrive, mais, parfois, maman et papa s'occupent d'un gamin qui est agité en premier lieu. Olivia se spécialise en théâtre. Christiana en science. Elles aiment toutes les deux les chats.

Larx était remonté et Aaron était tout aussi heureux d'être son seul interlocuteur. Pour une fois, il pouvait vraiment le suivre.

— Alors qu'est-ce que cela a à voir avec…

— Julia Olson ? dit-il en donnant un coup de pied dans un caillou sur le chemin, le ratant et tournant dans un effort pour garder son équilibre. C'est une psychopathe. La vanité et l'arrogance travaillant sur un esprit faible ou un truc comme ça. C'est une citation de Jane Austen. Olivia était une fan. Mais c'est comme la citation… Julia avait les prédispositions innées d'une psychopathe et ses parents ont raffiné ce minerai à l'état pur.

— Tu t'es déjà heurté à ce genre de minerai ? demanda Aaron en frissonnant malgré lui

— Une amie à moi, confirma Larx. Elle a eu… eh bien, une année merdique. Je ne peux pas le dire mieux. Et l'administration était vraiment responsable de ça. Ils n'étaient pas subtils, le principal avait l'habitude d'entrer dans sa classe juste pour voir si elle se planterait.

— Effrayant, dit Aaron qui avait travaillé avec des patrons comme ça auparavant, dans l'armée et en dehors.

— Oui, et ses notes n'étaient pas en ordre… pas de sa faute. Son ordinateur était un vrai bazar, le département informatique ne l'avait pas mis à jour depuis des années. Mais cette gamine avait senti le sang et elle a décidé de tuer. Dana n'avait rien fait de mal, mais la façon de faire de cette adolescente ? C'était effrayant. Entre l'administrateur et Ashley, c'était une chasse aux sorcières. Ils auraient aussi bien pu allumer le feu de joie dans sa classe pour la brûler sur le bûcher.

— Que s'est-il passé ?

— À la fin ? Pas grand-chose. Dana a changé les notes de la gamine parce qu'elle avait besoin de ce travail. L'étudiante a été diplômée parce que c'est qu'ils font. L'abruti de proviseur est resté encore une année à casser les pieds à tout le monde. Mais Dana était une épave. Pendant des mois, elle a à peine souri pendant ses cours. Elle a mis son ordinateur à jour avec son propre argent. Elle n'a enseigné que le manuel et aucun des trucs géniaux qui l'avaient rendue si bonne au début. Je suis presque sûr qu'elle a développé un ulcère. Donc, d'un côté rien et de l'autre...

— Un foutu gâchis, concéda Aaron.

Ils avaient atteint la partie de la piste où ils contournaient les arbres et couraient sur le bord d'une prairie. Le soleil les frappait à ce moment-là et Larx, un peu en avance sur Aaron, était comme baigné d'or.

Larx se retourna, croisa ses yeux et son expression changea. Soudain, ni l'un ni l'autre ne pensait plus à Julia Olson et à la manière dont une gamine narcissique, gâtée et égoïste pouvait jouer avec la vie de quelqu'un.

— Oui, répondit Larx en répondant à une question qu'Aaron n'avait pas posée. Oui.

Aaron lui sourit, ses pieds battant, ses poumons fonctionnant, son sang pompant et son cœur... tombant.

Ils coururent en silence pendant un moment, puis Aaron revint à leur conversation avec un soupir.

— Alors que faisons-nous ?

— Faire ? grogna Larx. Eh bien, le bal est un système fermé. Les jeunes doivent y arriver à vingt heures et cela se termine à vingt-trois heures trente. Ils peuvent partir plus tôt, mais le roi et la reine du bal sont couronnés vers vingt-trois heures et, crois-moi, Julia pense qu'elle a une chance, donc elle ne manquera pas cela.

— Agréable, commenta Aaron avec aigreur.

— Je suis d'accord. Maintenant, la fête pourrait arriver plus tard, je ne vais pas te mentir, mais habituellement...

Il se retourna suffisamment pour qu'Aaron puisse le voir agiter les sourcils.

— Tout le monde veut s'envoyer en l'air pendant le bal de rentrée, déduisit-il.

— Bingo. Encore une fois, aucune garantie, mais c'est ce que les jeunes ont fait depuis que je suis ici. Chaque école a ses traditions.

— Je t'entends. Dans certaines écoles, c'est le jour de l'école buissonnière, dans d'autres, c'est tomber enceinte pendant le bal de promo...

— Ici, elles veulent coucher pendant le bal de rentrée et en finir avec ça. Tu comprends.

Ils suivaient maintenant la courbe les ramenant vers la maison d'Aaron et celui-ci en était irrité. Regarder l'esprit de Larx travailler était plutôt génial et il en voulait plus.

— Je comprends. Alors le match de vendredi ?

— Bien. Il y a le feu de joie de l'école après le match et le bal de rentrée le soir suivant. Le feu de joie est en face d'Olson Road dans cette clairière…

— Je sais ça, dit Aaron avec tristesse.

— Oui… Baby Lane. En tout cas, je peux faire deux choses. La première est d'envoyer un e-mail général à tous les parents des dernières années pour leur rappeler que les infractions graves à l'encontre de la politique de l'école peuvent empêcher un étudiant d'obtenir son diplôme. Je mettrai « être en état d'ébriété, causer du désordre, se faire arrêter ou se faire surprendre dans des positions moralement compromettantes… »

Larx dut reprendre son souffle. Beaucoup de grands mots.

— Bla bla, haleta Aaron. Bla-bla

— Exact, dit-il, ses pieds continuant à frapper le sol. Donc, je peux le faire et je peux adresser un appel supplémentaire pour des superviseurs. Si nous mettons en place une entrée et un périmètre, les jeunes ne pourront pas aller et venir du feu de joie et personne ne peut aller à la fête et revenir au feu de joie ou au bal pour rassembler ses copains. Certains jeunes enfreindront les règles parce qu'ils sont stupides. Mais ils ne sont pas tous idiots. Nous mettons la peur de Dieu sur les plus timides et nous pouvons gérer les fauteurs de troubles.

C'était un plan solide, qui indiquait beaucoup d'expérience en matière de psychologie de la foule. Eh bien, cela faisait partie de son boulot, n'est-ce pas ?

— Cela aidera, acquiesça Aaron en ralentissant considérablement parce que c'était le moment de la récupération pour lui.

Larx ralentissait habituellement ici lui aussi, puis il courait les deux kilomètres et demie suivants avant de repasser en phase de récupération à nouveau. Aaron n'était pas sûr du résultat sur son entraînement, mais il savait qu'il était très reconnaissant de pouvoir profiter de la compagnie de Larx.

— Eh bien, merde, s'exclama Larx en cessant de balancer ses bras, puis les posant sur ses hanches pour les deux cents derniers mètres.

— Eh bien, merde, quoi ? demanda Aaron, heureux de ne plus être en train de courir.

Larx détourna le regard vers l'horizon rayonnant de soleil et sa maison.

— Nous avons raté notre fenêtre pour nous embrasser, dit-il sans ironie, les sourcils froncés. J'étais… Tu sais. J'avais hâte d'y être.

— Eh bien, je ne sais pas quoi… dit Aaron en riant doucement, sachant que cela avait été pareil pour lui.

— Christiana reste chez une amie, samedi soir, dit hâtivement Larx. Je connais les parents, Schuyler est une bonne gamine, donc je ne l'abandonne pas à la fête privée de Julia Olson. Elle déteste cette fille de toute façon.

— Oh, dit Aaron, surpris.

— Je ne sais pas jusqu'à quelle heure tu laisses Kirby seul ou…

— Je dois parfois travailler le soir, avoua Aaron. Mon fils s'en sort bien habituellement. Il ne va pas au bal, donc je peux juste, tu sais, être en retard.

— Faisons notre propre feu de joie, dimanche, proposa Larx, tout à coup timide. Alors, si ça te dit de revenir, nous pourrions faire griller des hot-dogs et des guimauves.

— Je… dit Aaron.

Il fit une pause. Le ferait-il ? Il ne savait pas. Il n'était jamais eu de rendez-vous avec quelqu'un qu'il appréciait.

— Je veux rester toute la nuit, un jour, avoua-t-il.

— Nous devrons peut-être attendre un an, dit Larx en pressant son épaule avec sympathie, semblant déprimé. Je comprends. Les enfants et les rendez-vous… ce n'est pas si drôle que ça.

— Il devrait y avoir un jour férié pour ça, déclara Aaron. Les parcs d'attractions devraient être à moitié prix. Nous pourrions mettre des bracelets arc-en-ciel aux bras de nos enfants, les envoyer à Six Flags et nous pourrions rester à la maison et nous occuper entre adultes.

— Nous allons devoir nous contenter de l'université, dit Larx.

Puis, probablement sous le coup d'une impulsion, il saisit le bras d'Aaron et l'attira pour un baiser rapide sur la bouche.

— Bonne journée, Shérif adjoint. Préviens-moi si Eamon ou toi avez des questions, d'accord ?

Aaron ferma les yeux, le voulant plus près de lui avec une férocité douloureuse.

— Larx ? dit-il soudainement troublé.

— Oui ?

— Tu… bon sang. Je ferai ce que je peux pour samedi soir, d'accord ?

— D'acc', répliqua-t-il en souriant.

Il partit ensuite en trottinant sur la route comme s'il n'avait jamais rompu le rythme de sa foulée.

Aaron remonta son allée et franchit la porte d'entrée, se demandant comment il allait dire à son fils qu'il allait participer à une soirée pyjama.

Quelque part, il doutait que cela se passerait bien.

ÉTINCELLES

— ALORS, JEUNES gens, tout le monde a-t-il son rapport entièrement tapé et prêt à être rendu ?

La cloche avait sonné et Larx empilait les feuilles de papier avant de les attacher avec un joli trombone. Le test avait lieu le lendemain, vendredi et, espérons-le, les étudiants auraient le week-end pour se détendre. Il n'avait jamais été le genre de sadique qui donnait de gros devoirs après les évènements scolaires. En quoi était-ce juste ? Surtout que le football, les pom-pom girls et les drames faisaient partie des choses pour lesquelles les adolescents venaient à l'école.

Les deux garçons s'approchèrent du bureau de Larx, l'air incertain, leur travail serré dans leurs mains. Ils n'avaient pas l'air en forme, en fait. Pâles, les yeux lourds, le poids de la misère du monde sur leurs épaules. Ils s'étaient traînés dans la classe de Larx toute la semaine avec l'air de deux patriotes condamnés à la guillotine.

Il était presque sûr que ce qui se passait avec Kellan et Isaiah ne pouvait pas être résolu avec un rapport de laboratoire et un score gagnant dans un match de football. Mais, merde, il allait l'espérer quand même.

— Oui, Larx, dit Kellan en lui remettant les deux rapports et les notes dactylographiées les accompagnant.

— Merci, ils ont l'air bien, dit-il sincèrement sachant qu'Isaiah n'accepterait rien d'autre que les meilleurs efforts de son ami. Vous êtes prêts pour le week-end ?

Ils firent quelque chose que Larx avait connu pendant son mariage. Olivia voulait une friandise et Larx, à jamais bon prince, était d'accord, mais Alicia avait le dernier mot. S'ensuivait une consultation oculaire, de Larx à Alicia et vice-versa. Si la réponse était oui, Alicia lui donnait. Si la réponse était non, c'était lui qui le disait.

Dans le cas présent, la réponse était non.

— Oui, tout est prêt ! répondit Kellan avec un faux entrain.

— Les garçons, dit-il en priant pour trouver de la patience. Tout va bien ?

Encore cette conversation silencieuse et, pendant un moment, il sembla que le non l'emporterait encore.

— Euh, les gars, je n'ai pas que ça à faire. Je suis le principal, vous vous rappelez ?

— Monsieur Larx ? dit finalement Kellan.

— Non, siffla Isaiah en lui donnant un coup de coude.

— J'ai peur, insista Kellan. Elle... elle dit toutes sortes de choses.

— Quelles sortes de choses ? demanda Larx en serrant les dents.

— Je lui ai dit que nous irions au bal en tant qu'amis, déclara Isaiah, les joues brûlantes. Elle a dit...

Il jeta un coup d'œil à son ami avant de poursuivre.

— Elle a fait paraître ça si laid !

— Des rumeurs à propos de nous, intervint Kellan et sa façon de regarder Isaiah disait à Larx tout ce qu'il avait besoin de savoir.

— Ces rumeurs ne devraient pas vous blesser, dit-il sachant qu'elles le feraient, mais qu'elles ne le devraient pas. Si elles sont fausses, vous le savez. Si elles sont vraies, alors, ça ne peut pas rendre la vérité laide. Est-ce que vous comprenez ? Toutes ces horreurs sont dans son âme. Elles ne sont pas en vous, à moins que vous laissiez faire.

Une sorte d'espoir passa sur le visage de Kellan et il se tourna vers Isaiah.

— C'est vrai, dit-il, l'air triste et rêveur.

— Mon père... dit Isaiah en le fixant, une blessure dans ses yeux marron.

— Mes parents sont..., dit Kellan en frissonnant. Ils seront aussi fâchés. Mais il a raison. Ce n'est mal que si nous le prenons ainsi.

— Ce ne sont pas seulement des rumeurs, avoua Isaiah en regardant Larx pour la première fois depuis le début de la conversation. Elle dit ça comme... si... « Si vous êtes comme ça, les gars, je vous étriperai comme des poissons ».

Ils semblaient tous les deux très malades.

— C'est violent, dit carrément Kellan. Je veux dire...

— Nous sommes des joueurs de football. Nous nous faisons frapper, charger, nous avons l'habitude de tous ces trucs de domination, n'est-ce pas ? dit-il en souriant comme s'il avait besoin de le rappeler à Larx.

— Mais pas comme ça, dit Larx, consterné. D'accord, écoutez.

Il jeta un coup d'œil sur la salle vide et réfléchit à la façon de gérer cela. Tout d'abord, cette fille essayait de les intimider et il ne pouvait pas le permettre.

— Je vais envoyer un e-mail à la psychologue du district pour qu'elle vienne s'entretenir avec ses parents et elle. Je ne donnerai pas vos noms, mais cela doit passer au-dessus de moi. Vous a-t-elle menacé par écrit ?

— Non, répondit Isaiah. Mais elle nous l'a dit à tous les deux, nous avons fait ce que vous nous aviez conseillé, Larx. Aucun de nous n'a été seul avec elle.

Larx sentit son estomac se serrer pour contrer la colère. Ce n'était pas bon, pas pour ces garçons, pas pour Julia et pas pour l'école.

— Elle le saura, assura Isaiah, mais pas comme s'il avait peur. Elle saura que c'était nous.

— C'est vrai. Ce qui rend encore plus important ce que vous ferez ensuite.

Ils le fixèrent avidement et il se pinça l'arête du nez.

— Vous avez deux choix. Premier choix, vous rasez les murs. Vous agissez comme si vous aviez honte, arrêtez de vous parler et vous vivez votre vie en craignant que tout ce que vous faites n'attire l'attention d'une manière que vous n'appréciez pas. Et ça, que les rumeurs soient vraies ou non, vous comprenez ?

Ils hochèrent la tête et il soupira de soulagement. Personne ne l'avait dit. Personne n'avait utilisé les mots « gay », « bi » ou « deux garçons amoureux ». Cependant, ils étaient tous sur la même longueur d'onde.

— Quel est le second choix ? demanda Kellan, n'appréciant manifestement pas le premier.

— Le deuxième choix vous appartient. Vous pensez que quelque chose cloche dans ce qu'elle dit ? Ou c'est juste la façon dont elle le dit ?

— Je déteste qu'elle salisse cela, dit Isaiah avec un niveau de haine et de désespoir dans sa voix que Larx ne pouvait qu'approuver.

— Donc, si vous vous appropriez les rumeurs avant qu'elle ne les répande, vous pourriez leur enlever tout leur poids, dit-il en gardant sa voix neutre. Tout ce qu'elle a, ce sont des propos qu'elle peut tenir dans votre dos. Si vous trouvez des tee-shirts « Hétéro, mais pas borné », allez-y. Il paraît que Target en vend. Rejoignez la GSA [4] et discutez de la façon de

4 A Genders & Sexualities Alliance (GSA) Alliance pour les genres et les sexualités.

87

ne pas effrayer les gens. Nous avons besoin de personnes hétéros là-bas, n'est-ce pas ?

Il leur sourit, le ventre toujours serré.

Les yeux de Kellan devinrent brillants et rouges et il les essuya avec la paume de sa main.

Isaiah saisit l'autre main de son ami et prit une inspiration frémissante.

— Larx ?

— Oui ?

— Nous ne sommes pas hétéros.

Le principal hocha la tête et haussa les épaules, ses propres yeux brillant un peu aussi.

— Je suis heureux pour toi, dit-il d'une voix sincère. Pour tous les deux

Comme Isaiah se servait de sa main libre pour essuyer son visage, Larx prit la boîte de Kleenex offerte par les étudiants et la leur tendit.

— Asseyez-vous, dit-il. On peut parler. Je vous ferai un mot d'excuse pour votre prochain cours.

Ils l'ignorèrent parce qu'ils étaient adolescents. Kellan se tourna dans les bras d'Isaiah et se mit à sangloter comme un enfant.

Larx se leva discrètement et s'arrêta près des deux jeunes gens.

— Venez me voir dans mon bureau lorsque vous serez prêts. Je vais fermer la porte en sortant.

Il se détestait de faire cela. Il voulait être dans cette pièce, le père en lui exigeant de les prendre dans ses bras et les embrasser.

Cependant, il ne pourrait pas les protéger s'il était appelé à comparaître pour répondre d'accusations d'agression sexuelle et, lui plus que quiconque, savait que c'était une réelle possibilité, surtout si les parents des garçons n'étaient pas d'accord.

Larx ne s'était jamais considéré comme un adulte auparavant, mais alors que la porte se refermait derrière lui, fermée de l'extérieur, mais pas de l'intérieur, il entendit le son cynique de quelqu'un couvrant ses arrières.

— Tu as fait quoi ? demanda Yoshi, consterné.

— Je les ai laissés se ressaisir, marmonna Larx. La porte était ouverte, d'accord ? Parce qu'il faisait beau, dehors. Donc, j'ai fermé la porte et je les ai laissés seuls.

Les deux adolescents étaient venus le voir une demi-heure plus tard, pâles, mais recentrés et demandant un mot d'excuse pour leur prochain cours.

— Vous voulez parlez ? leur avait-il demandé tranquillement.

— Non, monsieur, avait répondu Isaiah en regardant Kellan pour confirmation, cette fois. Nous avons un plan. Ne vous inquiétez pas. Vous avez…

Il avait dégluti et souri avec toute la bravade de sa jeune âme avant de poursuivre.

— Vous nous avez beaucoup aidés. Nous nous occupons du reste. Nous pouvons nous comporter en hommes, ne vous inquiétez pas.

Larx avait ouvert la bouche pour dire… plein de choses. Qu'il n'y avait rien de lâche à ne pas vouloir que tout le monde fourre son nez dans leurs affaires. Que leurs vies leur appartenaient. Mais il savait que c'était faux, que ce n'était pas vrai, que c'était mauvais de leur laisser croire que c'était tout. Cependant, Isaiah et Kellan venaient de lui serrer la main et s'en allaient. Pendant un instant, Isaiah avait serré l'épaule de son ami et celui-ci s'était laissé aller contre lui, puis Isaiah avait lâché son épaule et le moment avait pris fin. Deux joueurs de football pour gagner le grand match. À présent, Yoshi lui rappelait, à juste titre, qu'il en avait peut-être trop fait.

— Je leur ai dit qu'ils pouvaient vivre dans la peur et agir comme s'ils avaient fait quelque chose de mal ou qu'ils pouvaient être maîtres de tout ça. J'ai supposé qu'ils étaient hétérosexuels, dit-il, sur la défensive, se haïssant parce qu'il espérait qu'ils feraient leur coming out et souhaitant que cela améliore tout à long terme.

Il savait que sa propre vie aurait été à la fois plus facile et plus difficile s'il l'avait fait.

— Écoute, je ne dis pas que tu as eu tort, Larx. Je demande si tu as fait quelque chose qui te laissait sans protection.

— Non, affirma-t-il catégoriquement. La porte est restée ouverte jusqu'à ce que je le les aie laissés. Je ne leur ai rien dit de personnel. Toutes mes déclarations étaient fondées sur le fait qu'ils étaient hétéros jusqu'à ce qu'ils me disent le contraire.

Si quelqu'un savait de quoi il pouvait être légalement tenu responsable, c'était Larx.

— Les as-tu pris dans tes bras ? Leur as-tu tapé l'épaule ?

— Les ai-je attirés, nus, dans une ancienne danse tribale gay ? lança Larx. Non, Yoshi ! Je ne peux pas les protéger si je ne garde pas mon travail.

89

— Je suis désolé, répondit son ami en frottant sa bouche avec sa main. Je suis désolé. C'est tellement dangereux. Je me fiche de ce que dit la loi. Des lois comme celle-ci sont annulées tous les jours.

— Écoute, tu rates quelque chose. Le fait est que cette fille a proféré des menaces physiques.

— Contre deux grands joueurs de football !

— Contre deux adolescents qui respectent les règles ! protesta Larx. J'ai vécu avec les mauvais garçons, Yoshi. Ne laisse pas ton sexisme t'aveugler sur cette fille. Les jeunes comme elle sont dangereux... Des jeunes qui se sentent impuissants, surtout. C'est pour ça que les filles... La misogynie fait faire des choses horribles aux gens et s'entendre dire que tu n'as pas de pouvoir ou que tu n'as pas ton mot à dire sur ta vie amènent les gens à se comporter sournoisement et durement pour en trouver.

Julia était un cas classique, ce qui n'était pas du tout une consolation alors qu'elle menaçait deux adolescents que Larx voulait envoyer à Gaytopia pour qu'ils puissent grandir en sécurité et heureux.

— Que sommes-nous censés faire d'elle, Larx ? L'enfermer ?

Oui, oui, enfermez là pour que son cœur moche et méchant ne puisse pas s'en prendre à ces jeunes innocents dont je suis censé m'occuper.

— J'ai appelé la psychologue du district et j'ai contacté Heather...

— Perkins ? La présidente du conseil ?

— Oui. Je lui ai dit que la jeune Olson menaçait de répandre des rumeurs au sujet de deux joueurs de football si l'un d'eux ne sortait pas avec elle et je lui ai demandé l'autorisation d'aborder le thème du chantage lors du rassemblement scolaire de demain.

— Vraiment ? demanda Yoshi en passant ses mains dans ses beaux cheveux noirs jusqu'à ce qu'ils soient pleins d'électricité statique. Comment ça s'est passé ?

— Eh bien, Becky arrive demain pour une réunion avec l'adolescente et sa mère. Heather m'a dit qu'elle me recontacterait. Si je n'ai pas de réponse avant le rassemblement, je prendrai ça pour un oui.

— Bon sang, Larx, tu vas perdre ton boulot ! s'exclama-t-il en laissant échapper un grondement.

— Oui, gronda Larx. Je pourrais. Mais tu sais quoi ? Au moins, je connais les conséquences. Au moins, je sais pourquoi je joue, n'est-ce pas ?

Son adjoint s'enfonça dans son siège en face de lui, enfouissant son visage dans ses bras comme un élève de CM2.

— Tu ne devrais pas avoir à refaire ça, dit-il après un moment.

Yoshi avait des sourcils noirs plutôt denses et on aurait dit qu'ils étaient en guerre au-dessus de ses yeux.

— Tu sais pour mon amie ? demanda Larx, ce souvenir si clair que c'était comme s'il avait été téléporté par satellite dans sa tête.

— Oui ?

— Elle a vécu dans la peur pendant un mois ou deux… vraiment. Elle enseignait juste le manuel, ne donnait pas ses propres cours. Mais tu aurais dû connaître Dana. Elle avait cette façon d'introduire la littérature comme si vous la viviez. Un jour, alors qu'elle parlait d'*Hamlet*, elle m'a dit qu'elle perdait les étudiants. Elle pensait que cette pièce était juste… l'alpha et l'oméga de son sujet et tout dans le manuel était sec comme de la poussière. Et cela l'a frappée. « Pourquoi suis-je là ? »

— Qu'est-ce qu'elle a fait ? demanda Yoshi qui aimait *Hamlet*, lui aussi.

— Elle a pris le texte et a dit : « Vous tous, que pensez-vous des amis de Hamlet ? Rosencrantz et Guildenster ? » Ses étudiants la regardaient. Puis elle a dit : « Jeunes gens ! Si vos amis vous disaient qu'ils rapportent toute *vos* conneries à votre beau-père, à quel point seriez-vous heureux ? »

— Un point que j'essaie de faire valoir chaque année sans le mot *conneries*, répliqua Yoshi avec un petit rire.

— Eh bien, c'était dans une école de centre-ville, Yosh. La plupart des lycéens étaient ravis. Les chasseurs de sorcière ont dit : *Langage inapproprié !*, mais tu sais que ce que Dana m'a dit ?

— Quoi ?

— Elle m'a dit qu'Hamlet était sa croix à porter. Si elle ne donnait pas quelque chose à ses élèves, elle considérerait ça comme un échec.

Yoshi prit une profonde inspiration et hocha la tête.

— Si nous ne protégeons pas ces deux garçons…

— Alors, à quoi servons-nous ? compléta Larx en hochant la tête en retour.

CE SOIR-LÀ, il eut une conversation avec Christiana pendant qu'Olivia était sur haut-parleur.

— Vraiment ? demanda Olivia, mais elle ne semblait pas fâchée. Tu es prêt à recommencer, papa ?

— Non, répondit-il sombrement en regardant Christiana. Je ne le suis pas. Mais…

— Mais il ne peut pas la laisser gagner ! éclata Christiana. Livie, cette nana est… elle est diabolique. Elle a tué Bruce !

— Bruce est mort ? répliqua Livie, horrifiée. Pourquoi personne ne m'a dit que Bruce était mort ?

Sa voix s'estompa comme si elle avait tourné la tête pour parler à quelqu'un à côté d'elle.

— Pas Springteen, abruti, le serpent de compagnie de ma classe, continua-t-elle.

Larx et Christi se regardèrent et ricanèrent malgré la gravité de la situation et la remarque suivante d'Olivia leur fut adressée.

— Nous sommes derrière toi, papa, dit-elle doucement.

Larx pouvait l'imaginer, enroulant le bout de ses cheveux bruns autour de son doigt pendant qu'elle parlait, comme lorsqu'elle réfléchissait quand elle était petite.

— Papa, euh, comment ça va affecter… tu sais. Cette chose que tu ne m'as pas encore dite parce que tu n'étais pas prêt.

— Les filles ! se plaignit-il, mortifié.

— Tu savais, déclara Christi, totalement impénitente. Je te l'ai dit. Tu savais.

— Oui, mais tu étais supposé faire semblant de ne pas savoir jusqu'à ce que je te le dise !

Le rire heureux d'Olivia dériva par le haut-parleur, réchauffant Larx malgré son embarras.

— Ça va, papa. Nous, nous approuvons, dit-elle avant de reprendre son sérieux et continuer avec la voix de l'adulte qu'il avait élevée. Mais lui, est-ce qu'il approuve ?

— Nous le saurons demain, dit-il avec un soupir. Nous courons tous les matins à l'aube.

— Tu ne fais que courir ? demanda Olivia, son nez froncé retentissant dans sa voix. Papa… bon sang. Tu dois arranger ça.

— Je vais à une soirée pyjama demain soir. Ce soir aussi, si je peux m'arranger. Je fais ma part.

— Bon travail. Je suis fière de toi. Papa, tu dois avancer et coucher avec lui.

— Personne ne vous a donné la permission de grandir, gémit Larx. Je n'ai pas approuvé. Il n'y aura plus d'ingérence dans ma vie amoureuse à partir de maintenant, compris ?

Il ne réussit plus à parler. Elles riaient trop fort pour l'entendre.

Olivia raccrocha et Larx resta dans ce silence étrangement serein entre sa plus jeune fille et lui. Il essaya de se concentrer pendant un moment sur son livre, un mystère romancé de Karen Rose, mais franchement le méchant principal ressemblait beaucoup trop à son ex-femme. Il n'y arrivait pas. Il posa son livre et se pinça l'arête du nez.

— Papa, il faut l'arrêter, dit Christi comme si elle s'attendait à ce qu'il proteste.

— Ça pourrait avoir des conséquences vraiment merdiques pour ta vie sociale, dit-il, car c'était important qu'elle le sache.

Vous promettiez à vos enfants, la santé, la sécurité, la nourriture, un avenir au mieux de vos capacités. L'amusement si vous pouviez le gérer, le Happy meal occasionnel, les jouets pas *seulement* pour leurs anniversaires ou Noël et les gros câlins lorsqu'ils avaient le cœur brisé. Si vous le pouviez, vous promettiez de ne pas laisser vos opinions sociales détruire les chances de votre enfant d'avoir une enfance normale et heureuse.

Larx avait déjà foiré ça une fois. Il ne voulait vraiment pas le refaire.

— Ma vie sociale va bien, déclara Christi, complaisamment. Schuyler et moi nous sommes embrassées deux fois. C'était plutôt génial. Nous allons recommencer. Nous allons peut-être même en venir aux préliminaires, mais ne le dis pas à ses parents. Le fait est que je ne veux pas que Julia Olson me tombe dessus pendant que je fais des câlins avec ma petite amie ou qu'elle me hurle dessus si je me sépare d'elle et décide de choisir un garçon le semestre prochain.

Larx essaya d'entendre ses propres pensées par-dessus les grincements de son cerveau.

— Schuyler et toi ?

— Oui. Est-ce que tu l'as vue, au moins ? dit Christi en hochant la tête. Torride. Très sexy. Je l'ai observée cet été et j'ai réalisé que ses fesses étaient comme… waouh. De toute manière, tu ne fais pas que protéger Isaiah et Kellan…

— Je n'ai jamais dit leurs noms ! s'exclama-t-il, paniqué.

— Papa, s'il te plaît. Ne t'inquiète pas, c'est confidentiel, tout comme oncle Yoshi et oncle Tane. Mais tu vois ? Tu rends ça plus sûr pour eux aussi. Et pour Schuyler et moi, parce que je voulais vraiment aller au bal avec elle, mais elle avait trop peur.

— Tu n'as pas pensé à me le dire ? demanda-t-il, le cerveau un peu embrouillé.

— Es-tu d'accord avec cela ? demanda-t-elle, toute sa bravoure disparue.

— Bien sûr !

Comment ne pourrait-il pas l'être ?

— C'est juste…, essaya-t-il de dire, sentant sa lèvre inférieure trembler. Tu grandis si vite.

Cette fois, au lieu de lever les yeux au ciel comme elle le faisait habituellement, elle se leva, vint s'asseoir sur le canapé et s'appuya sur lui alors qu'il passait son bras autour de ses épaules.

— Je veux être ton bébé pour toujours, dit-elle, probablement juste pour lui faire plaisir.

Il s'en moquait. Il avait besoin qu'on le ménage, ce soir en particulier.

— Tu le seras, promit-il, combattant la brûlure dans ses yeux en embrassant sa tempe.

— Je n'ai pas peur, assura-t-elle d'une voix un peu triste. Mais je sais que tu as peur pour moi. Ne t'inquiète pas. Personne ne doit savoir.

— Aaron doit savoir, répondit-il avec un rire sans humour.

— C'est la partie qui te fait peur ?

— Oui.

LARX SE réveilla tôt, le manque de sommeil le rendant apathique. Après avoir essayé de se rendormir pendant une heure, il abandonna et commença à courir tôt. Il avait déjà parcouru la boucle lorsqu'Aaron sortit de chez lui et il était prêt à recommencer juste pour calmer son agitation.

— Quoi de neuf ? demanda Aaron en commençant à s'étirer pendant que Larx courait sur place, essayant de rester chaud.

— Euh… tu te souviens de la gamine Olson ?

Aaron écouta pendant qu'il s'étirait, puis pendant qu'ils couraient et il réfléchit ensuite en silence pendant qu'ils continuaient à courir. Sans faire les idiots, sans s'arrêter pour s'embrasser derrière une dépendance ni aucune de leurs distractions habituelles, ils eurent fini avec environ dix minutes d'avance.

Larx s'arrêta, attendant qu'il dise quelque chose. N'importe quoi. Qu'il lui dise qu'ils devaient calmer le jeu pendant un moment pendant qu'il essayait de flinguer sa carrière une fois de plus. Qu'il lui dise qu'ils devaient oublier ça totalement. Qu'il lui dise qu'il était un abruti total d'avoir laissé l'histoire se répéter une fois de plus. Qu'il lui dise…

— Bébé, viens à l'intérieur. Tu es épuisé. Laisse-moi te faire un petit-déjeuner et te ramener chez toi, d'accord ?

— Quoi ? demanda Larx, se sentant stupide.

— Petit-déjeuner. Café, précisa Aaron en lui saisissant la main.

Larx sentit sa nervosité disparaître, remplacée par un sentiment de calme dont il n'avait pas ressenti le besoin.

— J'étais juste… Il fallait que tu le saches, dit-il, certain que cela avait été sa motivation.

— C'est toi qui avais besoin que je le sache, répliqua Aaron avec perspicacité en tirant son compagnon à travers son jardin arrière, passant devant le local technique de la piscine – ce qui rendit Larx désespérément jaloux – puis un parcours pour chien vide et traversant ensuite un porche arrière assez vaste avec des brumisateurs aériens pour les chaleurs parfois sauvages de l'été.

— J'avais besoin de savoir quoi ? Merde, Shérif adjoint, c'est un bel endroit.

— Les parents de Caro sont riches, répondit-il calmement en retirant son chapeau en entrant. Ils nous ont aidés pour l'acompte.

— Tu ne m'as jamais proposé de nager ? Sept ans. Je suis déprimé.

— Si je t'avais vu dans un Speedo, ma vie aurait changé. Je n'étais pas prêt pour ça, dit Aaron en levant les yeux au ciel.

— Oh. Es-tu… ? Es-tu… ? essaya de dire Larx en fermant les yeux.

— Prêt pour cela, maintenant ? termina Aaron en se retournant alors que Larx était sur ses talons.

Ils se retrouvèrent soudain face à face et, chaud et en sueur ou pas, Larx voulait plus que tout tomber dans ses bras et qu'il le serre contre lui. Voulait qu'un autre adulte lui assure, juste un instant, qu'il faisait de son mieux, même s'il ne le faisait pas bien.

— C'est le cas ?

— Oui. Viens ici.

Oh oui. Ils s'embrassèrent avec des lèvres glacées et des bouches chaudes, Larx fondant dans ses bras, contre sa large poitrine. Il frissonna, conscient du froid qu'il ressentait depuis le matin précédent. Le baiser était plus réconfortant que sexuel et Larx l'avait rompu et avait posé sa tête sur l'épaule d'Aaron avant d'entendre le bruissement derrière eux.

— Euh, papa ?

Larx sursauta, mais Aaron serra juste ses bras autour de ses épaules.

— Kirby, tu avais une question ?

Si Larx n'avait été pas aussi proche de son cœur et ne l'avait pas senti battre contre son oreille, il n'aurait jamais deviné à quel point cela faisait peur à son ami.

— Oui, répondit enfin le jeune homme après une éternité. Beaucoup, probablement. Mais ça peut attendre. Larx, je peux en parler à votre fille ?

Larx ne put s'empêcher de rire un instant.

— Seulement si tu veux en savoir plus sur ma vie que tu ne l'as jamais voulu.

— Je lui en parlerai quand même, répondit Kirby après un nouveau silence provocateur qui sembla durer une éternité. Mais ne t'inquiète pas, papa. Je… je ne vais pas raconter ça à l'école ou ailleurs. Juste… tu sais.

— Je m'attends à un interrogatoire, dit Aaron, regardant enfin par-dessus son épaule. C'est promis. Je répondrai à chaque question aussi honnêtement que possible.

— Mais, pour l'instant, je dois aller préparer mon sac à dos. J'ai compris.

— Je vais courir pour… commença Larx en se redressant.

— Nous prendrons le café et le petit-déjeuner lorsque tu auras fini. Je pars tôt afin de pouvoir raccompagner Larx chez lui pour qu'il se change.

— D'accord.

Kirby disparut comme promis et Larx resta là sans vie privée, sans dignité et aucune idée de ce qu'il devait faire ensuite.

— Pourquoi as-tu fait ça ? demanda-t-il doucement d'une voix rauque.

— Parce qu'ainsi, tu n'as plus Kirby comme excuse pour t'enfuir.

— Ce n'était pas pour ça que je… répondit-il en clignant des yeux.

Aaron se tourna vers la cuisine, continuant à détourner le visage.

— Bien sûr que si. Tu l'as dit à peu près six fois, rétorqua-t-il.

Il se dirigea vers la cafetière et l'alluma, puis il prit du café dans un pot près de la machine et remplit le filtre. Larx tendit la main vers la carafe et Aaron la lui tendit sans réfléchir. Il la remplit, attendant toujours qu'il termine sa phrase.

— Quoi ? Qu'est-ce que j'ai dit ? finit-il par demander.

Aaron termina de remplir la machine et posa le pot sur sa base

— Tu as dit : je comprendrais si tu veux arrêter.

— Tu viens de le dire à ton fils, répliqua Larx en prenant une profonde inspiration avant de la laisser sortir.

— On n'arrête pas.

— Tu n'aurais pas dû…

— On n'arrête pas, répéta Aaron, d'un ton ferme. Je sais que c'est ce que tu t'attendais de ma part, Larx. Mais ça n'arrivera pas. On n'arrête pas.

— Compris, acquiesça Larx en se mordant la lèvre. Mais pourquoi ? Deux semaines…

— Non. J'ai dû te regarder de loin et penser à toi. Sept longues années. Toi et moi, c'était gravé dans la pierre depuis notre premier baiser. Cela m'a juste pris jusqu'à ce matin pour le comprendre. Il y a une préparation pour muffins dans le placard. Peux-tu…

— Ils seront cuits lorsque tu auras fini de te doucher.

Préparation pour muffins, huile et œufs. Larx pouvait le faire même en dormant.

— Bien. Je serai là dans vingt minutes, répondit Aaron, sa bouche pincée en une grimace de colère et de douleur.

Larx ne savait pas comment réparer cela, pas avec le garçon de son compagnon dans sa chambre et le fait qu'il devait être à son travail dans moins de deux heures.

— Je suis désolé ?

Ou embarrassé. Désolé fonctionna, cependant.

— Moi aussi. Je suis désolé que tu aies pensé devoir faire ça tout seul, répliqua Aaron en se dirigeant vers le palier de l'escalier.

Il s'arrêta en passant près de Larx et posa un gros baiser sur sa bouche, qui ne laissa aucune confusion possible à celui-ci.

— Oh, dit-il bêtement alors qu'Aaron reculait.

— Oui. C'est ça.

Aaron disparut dans l'escalier, laissant Larx ramasser les morceaux de son cerveau et commencer le petit-déjeuner.

IL Y avait des muffins chauds et du café prêts lorsqu'Aaron descendit en uniforme. Il émanait de lui une sorte de fiabilité et de solidité à le voir en pantalon à pinces avec sa veste et sa casquette. Quelque chose qui criait « Je prendrai soin de vous ! »

Larx n'était pas sûr de ce qu'il devait faire de cette impression. Il avait supposé qu'Aaron utilisait cette capacité pour ses enfants seulement, parce que c'était là qu'elle devait servir. Il n'avait aucune idée qu'il pourrait en rester un peu pour lui. Il devait évidemment réévaluer son opinion de l'homme, parce que le sous-estimer l'avait gravement blessé.

— Tu es beau, dit-il avec un demi-sourire. Je n'ai jamais cru que les uniformes, c'était mon truc.

— Et maintenant ? demanda Aaron en se mordant timidement la lèvre.

Larx eut la curieuse sensation d'être sur l'océan alors qu'une énorme vague géante se formait devant lui. Il pouvait rester là où il se tenait, attendant d'être englouti, ou bien nager vite et fort, briser la crête de la vague et la chevaucher.

Son souffle se précipita, éclata dans sa poitrine et son esprit répéta « Je ne peux pas, je ne peux pas, je ne peux pas… »

Puis son cœur eut un énorme battement du genre « Tu y es déjà ».

Et, juste comme ça, il se retrouva au-delà de la partie effrayante, il fut sur le sommet de la vague et surfa avec une exaltation qu'il n'avait jamais ressentie, pas même en saut à l'élastique, ni lors d'un saut en parachute, pas même pendant le sexe avec cet homme qu'il avait vraiment aimé juste avant d'avoir son diplôme et de sortir avec Alicia.

— Oh, bon sang, murmura-t-il, fixant Aaron, se sentant perdu, retrouvé, affamé, se rassasiant de la vue du visage ahuri de son compagnon en même temps qu'il se fustigeait pour son minutage foireux.

— Quoi ? dit Aaron en passant devant lui pour attraper son muffin et la tasse en aluminium que Larx avait récupérée dans l'égouttoir et remplie de café.

— Je n'ai jamais su ce que ça faisait, dit Larx, trop abasourdi pour garder son monologue interne à l'intérieur. Je pensais que c'était ce qu'on ressentait lorsqu'on tenait son bébé pour la première fois.

Cela sonnait familier tout à coup.

— Mais tu as une chance avec les bébés, continua-t-il. Tu peux les convaincre. Tu peux être le meilleur père possible et espérer que ça ira pour eux. Mais toi, tu es un adulte. Je ne sais pas comment te faire ressentir la même chose. C'est terrifiant.

— Larx ?

— Je dois y aller, marmonna-t-il.

Ses mots montèrent ensuite à son cerveau et il fixa le micro-ondes dans le coin de la cuisine carrelée d'Aaron.

— Je dois vraiment y aller, affirma-t-il. Je suis le principal, je dois être à mon poste avant que les jeunes arrivent. C'est la règle.

Larx n'avait jamais été génial avec les règles, mais il avait intégré celle-là.

— Papa, tu es prêt à partir ? J'ai traîné dans ma chambre et envoyé un texto à Christiana. Elle m'assure que mon monde ne s'écroulera pas.

— Oui, viens chercher un muffin et un peu de café, répondit Aaron, semblant moins sûr.

Il se retrouva brusquement dans l'espace de Larx, le regardant dans les yeux, ses doigts chauds sous son menton. Larx avait toujours pensé qu'Aaron avait de beaux yeux, bleus comme les océans.

— Larx, ça va ?

Je suis simplement tombé amoureux de toi. J'aurais préféré tomber d'un immeuble. J'ai une peur bleue.

— Super. Remarquable. Splendide, répondit-il d'une voix rauque avec un grand sourire. Kirby, tu as dit que tu avais envoyé un texto à Christi ?

— Oui. Elle est étrangement décontractée à ce sujet.

— Elle a eu un moment pour s'habituer à cette idée, admit Larx. Je leur ai dit lorsque nous avons déménagé ici. Donc, ça va, si toi, tu trouves ça un peu bizarre.

Il regarda Aaron avec l'air de s'excuser et recula de quelques pas.

— Sens-toi libre de me passer sur le grill comme une saucisse, si tu en as besoin, dit-il, retrouvant une partie de son équilibre.

Voilà ce qu'il faisait. Il parlait aux jeunes. Il interprétait le monde pour eux. Il le rendait moins effrayant et moins déroutant à mesure qu'ils grandissaient. Il pouvait le faire.

— Oui, eh bien j'ai dit à Christi que je venais à l'école avec vous deux. Vous prenez la même voiture, aujourd'hui ?

— Oui, dit Larx en faisant quelques pas de plus, se mordant la lèvre au fur et à mesure que l'écart entre lui et Aaron se creusait. Nous sommes à ton service, tu auras bientôt un cours accéléré sur l'association gay/hétéro.

— Marché conclu, déclara Kirby. Je suis sur le point d'être éclairé.

— Eh bien, je te promets que c'est comme la science, assura Larx à Kirby. Plus ton esprit est ouvert, moins ça fera mal.

Kirby rit et ils se rendirent à la voiture.

Le trajet jusqu'à la maison par le chemin forestier fut rapide et tendu et alors qu'ils s'arrêtaient derrière le jardin à côté de la maison. Aaron hocha la tête vers son fils.

— Va à l'intérieur, fiston. Est-ce que tout va bien entre nous ?

— Bien sûr. Ce n'est pas parce que tu es devenu gay que tu n'es pas mon père.

Il se faufila hors de la voiture et Aaron se mit à rire, le soulagement apparaissant sur son visage blanc comme la neige. Larx attrapa la poignée de la porte et s'apprêtait à sortir lorsque son compagnon l'arrêta d'un simple contact de sa main.

— Quoi ? demanda-t-il.

— J'ai cinq minutes pour me doucher, m'habiller et me raser, dit Larx en lui jetant un coup d'œil. Je dois me dépêcher, Aaron.

Le grondement de frustration d'Aaron était si typiquement masculin que Larx se détendit un peu. Il se retourna et l'embrassa sur la joue.

— Je serai à l'école toute la journée, dit-il calmement. De sept heures trente à la dernière braise du feu de joie. Chaque fois que je te verrai, ce sera comme… des vermicelles sur de la crème glacée, d'accord ?

— Je me montrerai, déclara Aaron, un bref sourire passant sur ses lèvres minces. Mais ça ne veut pas dire que je n'ai pas hâte d'avoir un petit plus dans ton jardin. Surtout maintenant que les enfants savent.

Oh waouh.

— Comme un rencard, dit Larx. Comme… comme si Kirby ne trouvait pas trop étrange…

— Soirée pyjama, dit Aaron, en souriant. Bon sang, oui, il y a un avantage ! J'avais presque oublié.

— Merde, nous vieillissons, s'exclama Larx en commençant à rire. Tu te rappelles quand le sexe était une priorité et pas un avantage ?

Il commença à sortir et Aaron l'arrêta à nouveau, avec un baiser cette fois.

Ah, le vin avant le travail, jamais une bonne idée.

— Larx ? dit-il d'une voix gutturale.

— Oui ?

Il sentait si bon, une odeur de propre mêlée à de l'après-rasage et au cuir de sa veste

— Le sexe avec toi est une priorité.

Larx sourit et sortit finalement du SUV.

IL GÉRA ses trois tâches en un temps record, probablement parce qu'il avait mangé un muffin au son, une demi-heure plus tôt. Il portait jean, cravate et blazer et se dirigeait vers l'école en minibus avec les enfants cinq minutes plus tard que d'habitude.

— Alors, quelles sont vos intentions envers mon père ? demanda Kirby dès qu'ils furent sur la route.

— Je vais le kidnapper et lui faire subir un lavage de cerveau jusqu'à ce qu'il rejoigne les rangs des éducateurs impies sous mon influence.

— D'accord, c'est dur de trouver ça bizarre alors que vous êtes visiblement le même professeur sarcastique que j'ai eu au cours de mes trois années de lycée, s'esclaffa Kirby. Sérieusement.

Larx prit une profonde inspiration et regarda Christi, qui semblait très amusée, avec un air d'excuse.

— Kirby, est-ce que ton père est sorti avec quelqu'un depuis que ta mère est décédée ? À ta connaissance ? Vous a-t-il présenté quelqu'un, à tes sœurs et toi, en disant : c'est quelqu'un d'important dans ma vie ?

— Non, répondit calmement le jeune homme.

— Moi non plus, depuis mon divorce.

Christiana lui tapota le bras comme elle l'avait fait lorsqu'elle était petite et qu'il avait été submergé par son devoir de père. Olivia avait eu le même geste.

— Donc, je ne le saurais pas si ce n'était pas sérieux, dit Kirby, derrière eux, en soupirant. C'est ce que vous me dites ?

— Je dois m'inquiéter de mon travail, dit Larx en haussant les épaules. Ton père aussi. Cela ne devrait pas être une affaire si importante, mais ça l'est. Voilà.

— C'est foutu, pardonnez-moi de le dire, commenta Kirby après un moment. Papa est probablement assez paniqué, mais… ça devrait être une histoire de famille. Pas une affaire.

— Tu prêches un converti, monsieur, dit Larx en riant à moitié.

Il entra dans le parking, plus ou moins conscient qu'il était allé un peu plus vite que d'habitude parce que son corps était encore agité.

— Alors, est-ce que je commence à vous appeler papa ?

Larx stoppa net alors qu'il entrait dans le parking et les deux adolescents éclatèrent de rire.

— Bon sang, non, s'exclama-t-il. Même mes filles m'appellent Larx.

Il se gara, coupa le contact, puis se tourna vers Kirby avec espoir.

— Est-ce que ça va aller ? demanda-t-il. Ce n'est pas ainsi que ton père envisageait de te le dire. Je paniquais un peu sur un problème et il…

— Il a choisi de s'occuper de vous plutôt que de me laisser dans l'ignorance, commenta Kirby avec perspicacité. C'est… c'est mon père. Il a géré les règles de mes sœurs de la même façon.

— Ton père est l'homme le plus direct que j'aie jamais rencontré, dit Larx en réalisant, au moment où il le disait, que c'était la stricte vérité. Je... je ne voudrais pas lui faire de mal, pour aucune raison.

— D'accord, gronda Kirby. Je... suis toujours vraiment confus, vous savez ? Mais je pense surtout que je vais avoir ça en tête pendant un moment. Est-ce que ça va ?

— Bien sûr. Tu es prêt pour le test d'aujourd'hui ?

— Aaahh !

Il était clair qu'il l'avait complètement oublié.

— Partez en cours tous les deux... Christi, voilà mes clés. Si quelqu'un demande...

— Je les ai volées, je t'ai chloroformé et tu es attaché dans un placard, récita-t-elle consciencieusement.

La politique du district était que les jeunes ne devaient pas avoir de clés. Celle de Larx était que s'il ne pouvait pas donner les clés de l'école à sa fille, il ne lui donnerait pas non plus ses clés de voiture ou le numéro de sa carte de crédit.

— Ça, c'est bien ma fille ! soupira-t-il en fermant les yeux. Alors, j'ai un truc à faire ce matin. Si ça déborde sur le cours, j'enverrai quelqu'un pour surveiller l'examen.

— Waouh, dit Christi en sortant de la voiture. Ça, le match et le feu de joie ? C'est comme si tu payais pour ce que tu as fait lorsque tu étais adolescent.

— Oui. Aïe, dit-il après réflexion. Cela signifie que cela pourrait empirer sérieusement.

Les deux jeunes rirent, puis se dirigèrent vers leur classe et Larx redressa sa cravate. La journée promettait d'être longue.

FLAMMES

LARX PARLAIT si vite qu'Aaron pouvait à peine le suivre à travers le haut-parleur Bluetooth de son véhicule.

— Tu y crois, toi ? rageait-il. La psy de l'école dit que c'est une bombe à retardement et cette saleté d'Heather Perkins dit qu'elle peut être pom-pom girl pour le match, participer au bal et... oh, bon sang, j'ai failli annuler le feu de joie. J'ai failli le faire, mais non, Perkins n'a fait que lécher les bottes de la mère de cette fille et... oh, merde, Aaron. Isaiah lui a dit qu'il ne pouvait pas l'accompagner au bal au cours du déjeuner et les deux garçons semblaient... eh bien, mieux que pendant toute la semaine. Je ne sais pas ce qu'ils ont prévu, mais Julia... est juste restée assise, l'air innocent avec ses yeux bleus et sa mère...

Aaron frissonna d'empathie avec lui. Il avait déjà rencontré Whitney Olson auparavant. Petite, brune et aux yeux bleus, elle semblait « adorable » au premier abord. Il avait assisté à une collecte de fonds du Shérif que les Olson avaient organisée et alors qu'ils faisaient la queue pour des canapés, il l'avait regardée interagir avec quelques-uns des citoyens les plus en vue de la ville. Ils s'étaient souri, avaient plaisanté et s'étaient demandé mutuellement des nouvelles des enfants.

Puis chaque personne qui s'était avancée vers elle et avait initié la conversation avait pris peur.

Il avait regardé Fred Olson, le propriétaire de l'épicerie locale et apparemment un lointain cousin de son mari, s'approcher d'elle pour lui parler.

— Bonsoir, Whitney. Vous serez soulagée de savoir que nous avons remédié à ce petit problème de stockage de votre vin préféré. Ça nous a coûté une petite fortune, mais, vous savez, pour notre cliente préférée, c'est un plaisir.

— Oh, s'était-elle exclamée, l'air « adorable » et « surpris ». Vous avez fait tout ça pour moi ? Je me sens si mal à ce sujet. Je ne fais pas si souvent des achats dans votre magasin.

Fred n'avait même pas cligné des yeux, mais Aaron avait visualisé les vagues de rage meurtrière bouillonnant autour de lui et s'était imagniné que la conversation précédant celle-ci avait dû être sept fois plus horrible. Fred n'était pas le seul commerçant ou enseignant qu'elle avait maltraité. Aaron l'avait regardé s'approcher de l'amie de Larx, Nancy Pavelle et, même alors, avant que Larx et lui ne se soient rapprochés, il avait retenu son souffle.

— Nancy, c'est tellement agréable de vous voir ici. Je ne savais pas que vous assistiez à des réceptions comme celle-ci.

— Mon mari et mon frère sont policiers dans cette ville. C'est notre façon de nous assurer que nous prenons bien soin d'eux ici.

— Des policiers. Vraiment merveilleux. Vous savez, je parlais avec ma fille, l'autre jour, et elle ne tarissait pas d'éloges à votre égard.

— C'est drôle parce que lorsque je lui ai dit que je ne changerais pas sa note, chaque mot dans sa bouche n'était qu'insultes. Je crois que j'ai laissé un message sur votre téléphone à ce sujet après l'avoir collée.

Il avait été si effrayé par le venin dans le regard de Whitney qu'il avait reculé.

— Vous n'avez pas changé cette note, dit-elle, une expression figée sur son visage. Pourquoi ? Julia m'assure qu'elle a fait son travail.

— Votre fille m'a remis un travail recopié et écrit de la main d'une autre personne, Whitney. Là encore, j'ai téléphoné à votre domicile, j'ai appelé sur votre portable et j'ai envoyé une copie de ce travail chez vous.

C'est à ce moment-là qu'Aaron avait vu la femme se mettre au travail. Elle s'était approchée suffisamment près de Nancy pour qu'il s'inquiète qu'elle soit armée. Il n'avait pas été assez proche pour entendre ce que Whitney avait dit, mais il avait apprécié la réponse de l'enseignante.

— Mon frère est franc sur cette partie de son passé, madame Olson. Il n'a jamais essayé de le cacher. Sa clientèle ne vient pas de Colton, donc parler au monde entier de son passé de toxicomane ne changera rien à ses affaires. Cependant, essayer de me faire chanter me donne une très mauvaise opinion de vous.

Donc, Aaron était prêt à entendre le pire de cette femme avant même que Larx ne l'appelle et ne lui raconte tout. Mais il était sûr que cela avait été beaucoup plus effrayant pour Larx.

— La mère de Julia m'a regardé, à un moment donné, et m'a dit, « vous m'avez fait annuler mon voyage à Tahoe pour ça ? ».

— Qu'est-ce que tu lui as répondu ?

— J'ai dit : « Madame, je vous ai probablement épargné des milliers de dollars de dégâts. La moitié de l'école prévoyait d'assister à la petite fête de votre fille, ce week-end, et je parie que vous nous auriez blâmés pour ça aussi ! »

Aaron inspira brusquement, impressionné par le courage de Larx ou par sa témérité. L'un ou l'autre.

— Et ?

— Julia a gémi : « Qui est-ce qui vous l'a dit ? » Ce qui démontre qu'elle est bête à manger du foin parce que je n'ai même pas mentionné la date puisqu'il s'agissait d'une pure spéculation de notre part. Et sa mère ? Madame Olson a dit : « j'étais au courant. Pensez-vous que je n'aurais pas supervisé la fête ? » Julia avait l'air de vouloir pleurer parce que, de toute évidence, elle était censée être sans surveillance et maintenant sa fête sera entièrement supervisée. D'un côté, je pense que c'est génial, mais de l'autre... ?

— Tu ne la veux pas près de ton école pendant les festivités.

— L'un ou l'autre. Isaiah a rompu publiquement pendant le déjeuner aujourd'hui, ce qui est bien parce que...

— Il a des témoins, dit Aaron en hochant la tête alors qu'il tournait à gauche sur la route tournant autour du lac Mustang à proximité.

Les gens riches, les Olson et d'autres membres importants de la ville, vivaient dans les grandes maisons de la rive nord et ils avaient habituellement leur propre sécurité privée. Mais il y avait aussi des chalets. Certains étaient occupés, d'autres étaient loués en été ou en hiver. Il aimait garder un œil dessus au cas où des squatteurs décideraient d'y vivre. Cela s'était déjà produit et il avait une liste des propriétaires afin de pouvoir appeler si nécessaire.

— Mais c'est mauvais parce que...

— Elle les appâte pour les harceler, proposa Aaron, pensant toujours que des témoins étaient une bonne chose pour ne pas énerver l'adolescente déjà psychotique.

— Oui. Alors, Dieu sait ce qu'elle va faire, et tu sais quoi ? Nous ne lui faisons aucune faveur. Sa mère lui a enlevé une possibilité de prendre une décision indépendante et elle semblait prête à pleurer. Elle doit rentrer chez elle, à présent, et vivre avec cette femme. Je serais probablement moi aussi en train de prier pour que ma mère parte quelques jours et pouvoir coucher avec l'équipe de football !

Aaron ne put s'empêcher de rire. C'était agréable de savoir qu'il figurait sur la liste des personnes de confiance de Larx et c'était facile de se rendre compte qu'il y était : Larx non censuré était comme un whisky pur, seulement pour les cœurs forts et les esprits éclairés.

— Et tes garçons ? demanda-t-il, scrutant la route jusqu'au bleu cristal du lac, puis regardant à nouveau.

Quelque chose flottait juste au-delà de la crique suivante. Aaron gara son véhicule sur le grand bas-côté, saisit sa radio, son téléphone et il s'aventura le long de la langue de terre bordant la crique pour jeter un coup d'œil pendant qu'il continuait à parler avec Larx. C'était peut-être un tronc d'arbre, auquel cas il appellerait le vieil Harold qui avait un bateau de pêche et des amis avec des filets. Ils n'avaient aucune fonction officielle, mais ils aimaient patrouiller sur le lac et le garder propre en ôtant les débris qui pourraient blesser les gens qui l'utilisaient.

— Les garçons sont… eh bien, ils avaient l'air heureux après l'école, dit Larx sur un ton inquiet.

Il expliqua ensuite à Aaron qu'il était multitâches, lui parlant alors qu'il aidait à mettre en place le feu de joie. Aaron espéra que les seules autres personnes qui écoutaient cette conversation étaient des professeurs parce que Larx jurait comme un charretier lorsqu'il était agacé. Aaron aimait ça, bizarrement, cela se rapprochait des actes d'un mauvais garçon et chez Larx, c'était incroyablement attirant.

— C'est leur dernier match de football de la saison régulière. S'ils gagnent, ils auront droit à un sport-étude. S'ils perdent, eh bien, Isaiah a encore ses chances vers la plupart des universités d'état.

— Et Kellan ?

— Je suis en train de le proposer pour des bourses spéciales. Il souffre d'un important TDAH et étant donné ses notes et sa participation sportive, c'est un modèle. Cependant, je veux juste qu'ils partent et rejoignent l'université de leur choix pour qu'ils puissent vivre comme ils l'entendent.

— Oui, acquiesça distraitement Aaron. Je pense que c'est une bonne idée. Euh… oh. Oh, merde.

Oh, non. Il avait déjà vu ça dans l'eau, il avait travaillé sur quelques cas comme celui-ci, en fait. La forme pâle qui flottait là-bas n'était pas un rondin, ce n'était pas un poisson et ce n'était pas un bateau renversé.

Ce n'était plus humain non plus.

Merde.

— Oh, merde quoi ? dit Larx.

La fermeté de sa voix était rassurante, cela signifiait que malgré tous les problèmes qu'Aaron pouvait avoir, Larx serait là pour lui, lorsqu'Aaron aurait besoin de quelqu'un.

Et il avait besoin de quelqu'un parce ce genre de cas était toujours rude.

— Larx, je vais devoir te rappeler. Je pense que nous avons un problème. On se voit au match ou au feu de joie, d'accord ?

— Oui, Aaron. Euh, fais attention à toi.

Attentionné ? Autre chose ?

Aaron inspira profondément et se concentra sur la préoccupation de Larx. Cela faisait longtemps que personne n'avait été inquiet pour lui. Il avait, en fait, consacré la majeure partie de son énergie à rassurer les enfants afin qu'ils ne pensent jamais à la dangerosité du travail de leur père.

C'était agréable d'avoir quelqu'un s'inquiétant pour lui. Il l'admettait, d'autant plus maintenant.

— Ça ira, bébé. On se voit plus tard.

Il raccrocha ensuite et sortit sa radio de sa ceinture.

— PC du Shérif Adjoint Aaron George. Je me situe à l'extrémité nord du lac Mustang, à environ trois kilomètres au sud de la promenade Pinto. Me recevez-vous ?

— Bien reçu, Aaron. Que se passe-t-il ?

— Pourriez-vous contacter Eamon et Cheryl de Recherches et Sauvetages ? Nous avons un cadavre dans l'eau, non loin de l'autoroute. Terminé.

— Oh merde.

La voix d'Angie, endurcie par des années de tabagisme et de beaucoup de whisky après les heures de travail, devint presque insupportablement rauque.

— À quel point est-ce grave ?

Aaron ne voyait pas grand-chose du bord du lac, surtout parce que le cadavre nu et boursouflé était à plat ventre dans l'eau. Cependant, il pouvait voir l'important gâchis d'os et de matière qui aurait dû être l'arrière du crâne.

— C'est très mauvais, Ange. Tu dois lancer l'alerte aussi vite que possible. Compris ?

— Bien reçu. Accroche-toi, Aaron, les renforts arrivent.

Il répondit et raffermit sa résolution et son estomac. Il était temps de mettre son réflexe de déglutition en mode Kevlar et d'agir comme un représentant de la loi au lieu d'un soupirant énamouré.

107

CELA L'OCCUPA jusqu'à la fin du match et il arriva juste à temps pour voir les Mustangs de Colson battre leur école sœur, les Tortues Tyack, 17 à 14. Aaron se dirigea vers l'endroit où se tenait Larx, près des gradins des locaux cette fois, et le salua de la tête. Larx hocha la tête, ses yeux bruns sérieux.

— J'ai entendu parler du corps, dit-il à voix basse. Mauvais ?

— Je te donnerai des détails plus tard, répondit Aaron laconiquement, hochant la tête sans en dire plus.

— Reçu cinq sur cinq, répondit son compagnon, gardant ses yeux concentrés sur la progression vers le but sur le terrain, mais d'une voix cependant compatissante.

— Comment ça se passe ici ?

— C'est tendu, dit-il en hochant la tête vers l'endroit où les pom-pom girls se tenaient au garde-à-vous, sourire en place, les yeux rivés sur le jeu.

Julia était une copie conforme de sa mère, ses cheveux noirs, ses yeux bleus, ses charmantes petites joues. Son sourire était un rictus mortel et Aaron remarqua qu'il existait au moins un espace supplémentaire entre elle et les deux filles de chaque côté d'elle.

— Je vois ça, déclara Aaron. Les garçons ?

— Isaiah a marqué les deux touchdowns, dit Larx avec un sourire montrant sa fierté. À moins de blessures dans les matchs de championnat, ils devraient avoir au moins un bon début tous les deux.

Christiana passa devant eux à ce moment-là, main dans la main avec une minuscule fille blonde aux courbes affirmées.

— Bonsoir, Christi, lui dit Aaron en inclinant la tête, une main sur le bord de son chapeau.

La jeune fille sourit, mais regarda son père, inquiète.

— Papa, euh, tu connais Schuyler.

— Bonsoir, Schuyler, c'est un plaisir de te voir.

On aurait dit que Larx avait rendu sa voix plus chaleureuse et plus paternelle. Aaron les regarda attentivement tous les deux pour voir ce qui se passait.

— Bonsoir, Principal Larkin, couina la jeune fille. C'est... euh... c'est bon, euh...

— Je suis si heureux de savoir que Christi et toi sortez ensemble, dit Larx, Aaron étant le seul à avoir entendu son petit soupir pour se calmer.

Christi croisa ensuite ses yeux surpris et afficha une expression sardonique bien au-delà de son âge.

— Oh, dit Aaron à sa place

— Oui, répliqua-t-elle.

— Vraiment ? demanda la poupée en porcelaine, ses grands yeux bleus mouillés fixant Larx.

— Bien sûr, ma chérie, répondit-il en lui adressant un clin d'œil en retour. C'est parfait.

Schuyler sourit nerveusement et Christi tira sur sa main.

— Christi ! appela Larx. Est-ce que je te verrai au feu de joie, ce soir ?

— Non, nous partons après le match. Je passerai probablement la nuit chez elle aussi, l'informa-t-elle avant d'emmener Schuyler dans les gradins.

Elles s'assirent, à l'aise et adorables, et Aaron essaya de s'adapter à cette nouvelle.

— Vraiment ? demanda-t-il à voix basse.

— Apparemment, c'est la semaine du coming out de Colton, répondit Larx, ses lèvres affichant un sourire amusé.

— Je n'ai pas reçu le mémo.

— Soyez un peu vigilant, Shérif Adjoint. C'est important.

Aaron le fusilla du regard, mais, à ce moment-là, Craig Stevens siffla un tir au but et ils eurent tous les deux d'autres choses à faire.

ILS EURENT besoin de beaucoup moins de temps pour évacuer les parents sur ce match. Larx dut quitter Aaron et les autres shérifs adjoints pour s'occuper de la suite. Il distribua des lampes de poche aux membres du personnel participant et envoya tout le monde le long de la piste de cross-country à l'arrière de l'école. Ils traverseraient Olson Road et emprunteraient un autre chemin menant à la clairière où la construction de bois et d'amadou attendait d'être incendiée.

Plusieurs clubs vendraient du chocolat chaud et du cidre, l'Association des Parents d'Élèves proposerait des hot-dogs et des biscuits et le quaterback et son camarade d'élection allumeraient le feu.

Les traditions étaient en place.

Aaron faisait partie de ceux qui surveillaient les arrières du déplacement, donc il dut se dépêcher lorsque l'appel général passa à la radio.

— *Larx et les Shérifs adjoints, vous devez escorter l'équipe du chemin jusqu'au feu de joie. Pouvez-vous vous en charger ?*

— *Pourquoi ?* demanda la voix de Larx, forte et claire.

— *Isaiah et Kellan veulent, euh, faire une sorte de déclaration,* dit l'entraîneur Jones avec hésitation. *L'équipe est derrière eux, mais peut-être devrions-nous faire preuve de solidarité ?*

Aaron, les yeux écarquillés, se mit à courir sur la piste dans le but de trouver Larx et rejoindre les autres représentants de l'ordre et les membres du personnel avant que l'équipe de football n'arrive.

Larx avait dû avoir la même idée parce qu'il l'attendait, rouge et essoufflé, lorsqu'il fit irruption dans la clairière.

— Alors, haleta Aaron. Tu crois ?

— Totalement.

— Ça va être amusant.

— Oh, bon sang, s'exclama Larx. Je suis tellement content d'avoir exclu MacDonald.

— Je suis tellement heureux que ce soit toi et pas Nobili, souffla Aaron.

L'équipe de football entra alors dans la clairière et toute l'école applaudit. Ils se déplaçaient en un groupe serré avec Kellan et Isaiah au milieu, cependant, même avec tous corps pressés le long du chemin, Aaron pouvait voir que les deux garçons se tenaient la main.

Les acclamations se calmèrent et l'école retint son souffle, « Sweet Georgia Brown » retentissant fortement dans le silence. Larx s'approcha de l'entraîneur Jones avec un micro sans fil et le groupe s'ouvrit brusquement.

Larx murmura dans l'oreille de Jones, qui ferma les yeux une seconde et hocha la tête. D'accord, ils allaient faire cela correctement.

— Donc, dit Jones en regardant Larx qui hocha la tête, selon la tradition, le quaterback du lycée allume le feu de joie et il peut choisir la personne qui l'assistera. Cette année, c'est Kellan Corker et…

Il prit une profonde inspiration avant de conclure.

— Son petit ami, le receveur Isaiah Campbell.

Pendant un moment, même les grillons se turent. Puis Larx, que Dieu le bénisse, commença à siffler et à applaudir. L'équipe de football et le personnel du lycée le rejoignirent, puis entourés des adultes autour d'eux, les lycéens firent de même.

Ils applaudirent.

Ils sifflèrent, tapèrent dans leurs mains et crièrent.

110

— Bravo ! Super ! Félicitations !

S'il y eut des insultes chuchotées, des regards dégoûtés, ils restèrent invisibles. L'équipe se sépara et les deux adolescents marchèrent main dans la main jusqu'au bûcher où Larx les attendait avec un briquet à barbecue et un long morceau de bois fin avec une torsade de papier au bout.

Aaron ne put entendre ce que Larx leur dit, mais Isaiah prit le cierge et Kellan mit le feu à la torsade de papier.

Ils jetèrent ensemble le starter dans le cœur du feu de joie et reculèrent lorsqu'il s'embrasa.

Puis, alors que la foule les applaudissait à nouveau, ils s'embrassèrent.

Cette image resterait gravée à jamais dans l'esprit d'Aaron. La silhouette de deux garçons s'embrassant devant le feu de camp, le vieux bois mort brûlant, l'amour nouveau devant l'espoir d'une nouvelle lumière.

Si seulement cela pouvait être aussi facile.

Larx attendit que le baiser se termine avant de s'avancer et de serrer la main des garçons, suivi par Yoshi, puis Nancy Pavelle. Le reste du personnel suivit jusqu'au dernier, même le petit morveux qui avait aidé à arbitrer le match de la semaine précédente.

Aaron regarda autour de lui, essayant de mesurer l'humeur. La fanfare jouait à nouveau, « Somewhere Over the Rainbow », parce que tous les musiciens de la fanfare étaient apparemment des crétins sarcastiques. Les autres jeunes semblaient s'être réunis par groupe d'affinités. Il regarda les pom-pom girls courir vers les joueurs de football, sans doute dans l'espoir de savoir ce que les garçons avaient dit dans le vestiaire et comment s'était déroulée toute la scène. Julia n'était pas parmi elles. En fait, elle se tenait dans un coin, envoyant des textos depuis son téléphone et s'essuyant soigneusement les yeux avec un mouchoir qu'elle sortit de sa poche. Elle tournait complètement le dos au feu de joie et, pendant un instant, Aaron se sentit mal pour elle.

Elle avait le cœur brisé comme n'importe quelle adolescente. En fait, elle souffrait probablement beaucoup tous les jours. Indépendamment de ce qui l'avait façonné, les coups de marteau avaient dû être assez brutaux, car elle semblait se déchaîner tout le temps comme un animal acculé.

Mais, comme pour ce dernier, toute offre d'aide serait accueillie avec des crocs et des griffes et Aaron n'avait pas trop de compassion à perdre.

Kirby interrompit ses rêveries en sortant de l'obscurité, saluant d'un geste de la main les amis avec lesquels il traînait.

— Qu'en penses-tu ? demanda-t-il prudemment à son père en hochant la tête vers l'endroit où les deux adolescents étaient encore félicités par le personnel et les amis.

— Je pense que le monde a parcouru un long chemin, répondit Aaron tout aussi attentivement.

— Mais pas encore assez long, termina Kirby qui était doué pour lire dans ses pensées.

— Je suis désolé, répondit-il en adressant un regard troublé à son fils. C'est… une mauvaise journée, en quelque sorte. J'adorerais que ce soit le cas pour eux. Comme dans un film. Le feu de joie enfle, la foule se déchaîne, le feu d'artifice, heureux pour toujours, tout le monde obtient une bourse, hourra !

— Ça ne fonctionne pas ainsi, déclara Kirby.

Aaron jeta un bras autour des épaules de son fils parce que celui-ci le laissait encore le faire. Si quelqu'un savait qu'un baiser, une famille heureuse ou un beau moment n'était pas une fin en soi, c'était l'enfant qui avait attendu dehors sous la pluie que sa mère vienne le chercher le jour où elle n'était jamais arrivée.

— Je suis inquiet, c'est tout. Et pas seulement pour eux.

— Tu veux ton propre bonheur, n'est-ce pas, papa ?

— Oui, admit-il. Est-ce si mal ?

— Non.

Bon sang, il était fatigué. Il ne savait pas comment Larx pouvait encore se déplacer comme un singe sur piles électriques, mais Aaron avait sorti un corps du lac aujourd'hui, gonflé et mangé par les poissons. Un homme, selon toutes les apparences, uniquement vêtu d'un caleçon. Ah oui, il n'avait plus de visage.

La récupération avait été difficile et compliquée et l'identification presque impossible. Ils avaient demandé à un médecin légiste de Sacramento de venir pour aider à identifier les restes puisque leur coroner n'éprouvait aucun à problème à dire « Non, je n'ai pas les compétences ».

Au-delà de l'odeur, des ravages faits par les animaux et de la laideur de la mort, Aaron avait surtout été attristé par le gâchis. Suicide ? Meurtre ? Quoi qu'il en soit, cela avait été insensé, violent et horrible. Il voulait en protéger ses enfants. Il souhaitait aussi en protéger Larx et ses filles. Et cela s'étendait aux jeunes autour du feu de joie, des adolescents stupides, joyeux, excités, qui attendaient avec impatience un avenir qu'ils ne pouvaient même pas imaginer.

— Papa ? dit Kirby dans le silence.

— Pardon, dit-il en laissant tomber son bras. Je suis juste fatigué, tout à coup. Vas-y, dit-il en faisant le mouvement de le pousser avec ses doigts. Va jouer avec les autres jeunes, d'accord ?

— Oui, acquiesça Kirby. Écoute, je peux rentrer à la maison tout seul ce soir si tu as besoin de rentrer dormir.

— Non, répondit Aaron en secouant la tête. J'ai dit à Larx que je l'aiderais à nettoyer. Je serai sûrement à la maison après toi. Mais viens me voir avant de partir et je ferai la même chose pour toi.

Kirby acquiesça et s'éloigna. Aaron alla retrouver Larx.

Il était entouré de membres du personnel, tous souriants, mais aucun d'entre eux n'était heureux.

— Savais-tu qu'ils allaient faire ça ? demanda Yoshi alors qu'Aaron s'approchait.

— Je n'en avais pas la moindre idée, dit Larx, ressemblant tellement à un enfant de chœur qu'Aaron eut des soupçons.

— Tu savais quelque chose, n'est-ce pas ? demanda Nancy, les yeux plissés.

Il haussa les épaules parce qu'elle avait visiblement fait mouche.

— Oui, je savais qu'il existait quelque chose entre eux, déclara Larx. Je leur ai dit de traiter le sujet de front ou bien il les rendrait malheureux. Ce ce qu'ils ont fait. Protéger leurs arrières est notre travail, à présent.

— Bien sûr, déclara l'entraîneur Jones avant de regarder ses collègues en levant les yeux au ciel. Je dois dire que j'étais un peu fier de participer à cette soirée. Rendre l'école sûre. C'était comme la semaine dernière lorsque nous nous sommes comportés avec classe. J'espère que nous pourrons continuer à faire le bien, n'est-ce pas ?

— Moi aussi, dit Larx, en se détendant enfin un peu. Mais vous savez que le bazar commencera demain au bal et vous recevrez un paquet de textos. Alors, peut-être vaudrait-il mieux ne pas vérifier vos téléphones jusqu'à lundi parce que nous allons avoir besoin de toutes nos forces.

— Nous devrions faire un pacte, dit Nancy et ils joignirent tous leurs mains au milieu parce que, visiblement, la majorité des enseignants étaient comme Larx et n'avaient pas mûri depuis la cinquième.

Aaron les regarda tous faire le serment solennel de ne pas vérifier leur boîte vocale pendant le week-end. Puis ils crièrent tous ensemble.

— *Pause !*

Puis ils se séparèrent pour errer dans la foule comme les bons superviseurs qu'ils étaient et, sans surprise, Larx gravita du côté d'Aaron.

Là où était sa place.

— Donc, ça, c'était inattendu, murmura Aaron.

— Le pacte ? Non. Ce n'était que nous.

— Le soutien à part entière.

— Oh, c'était joli maintenant, dit Larx en reniflant. Attends que les parents commencent à nous attaquer comme des chiens. Et le conseil scolaire va avoir son mot à dire, crois-moi. Non, je sais que ça a l'air d'être un soutien à 100 %, mais nous aurons de la chance si nous arrivons à un 60/40 à la fin.

— Aïe, commenta Aaron en aspirant de l'air entre ses dents.

— Ils ont peur, Aaron, expliqua-t-il en haussant les épaules. Le changement est étrange. La seule chose dont je suis sûr, c'est qu'ils veulent le meilleur pour les jeunes. Que ressens-tu quand tu vois ce que nous avons vu ce soir ?

Il laissa tomber une partie de son armure avant de continuer son explication.

— Eh bien, tu penses que c'est ce qu'il peut y avoir de meilleur. Mais lorsque tu as une bande de parents hurlant dans tes oreilles ?

— Tu commences à douter de ton jugement, déclara Aaron, qui comprenait.

Les policiers ne pouvaient pas se le permettre. Il fallait avoir confiance en soi dans chaque action, parce que le gouvernement vous donnait une arme à feu et supposait que vous saviez ce que vous faisiez. Les enseignants n'avaient pas de fusils, ils avaient leurs connaissances de la nature humaine et la croyance que les gens faisaient des erreurs.

Il était brusquement fier d'être un policier.

— Je sais que tu as compris. Désolé. C'est comme ça que nous, on fonctionne, approuva-t-il avant de lui demander, au son de la fanfare jouant « Just Give Me a Reason » de Pink ! : À quel point était-ce mauvais ?

Aaron frissonna et, même s'ils ne pouvaient pas se toucher, avoir Larx ici était si… réconfortant. Si chaleureux. Avant, quand il rentrait du travail, Caro lui versait une bière, ils s'asseyaient et ils parlaient de sa journée. Puis elle lui demandait avec hésitation à quel point cela avait été mauvais et il laissait glisser. Cependant, les jours vraiment durs, elle insistait et il se mettait à parler. Le simple fait de savoir qu'il n'était pas seul avec l'horreur dans sa tête rendait cette dernière presque supportable.

— Nous ne connaissons pas encore son identité, dit-il doucement. Il n'avait plus de visage. Ce n'était pas un fusil de chasse, non plus. Un 45. C'était...

Il frissonna.

— Un cauchemar, dit doucement Larx.

Puis, comme pour ponctuer cette pensée, un cri brisa les ténèbres, fractura l'espoir autour d'eux.

Fracassa leurs cœurs.

Incendie de Forêt

— LES TOILETTES ! s'écria Larx en sprintant le long du feu jusqu'à l'extrémité arrière du champ.

Il avait dû signer le formulaire d'acquisition de trois toilettes mobiles, qui avaient été installés sur une petite base en face du bassin d'eau. C'était lui qui avait accroché une lampe à piles sur le piédestal parce qu'il n'avait pas voulu qu'il y ait un accident dans le noir. Il fut donc facile de suivre cette balise une fois qu'ils eurent quitté la lueur orange réconfortante du feu.

Aaron courut sur ses talons, produisant des sons qui auraient pu être « laisse-moi passer en premier », mais c'étaient les jeunes de Larx et il n'allait pas le laisser faire.

Larx arriva à la lampe et vit une silhouette se débattre sous le poids d'un gros corps mou de plus d'un mètre quatre-vingt.

— Isaiah ?

— Zay, s'écria Kellan derrière lui sur un ton angoissé.

Aaron et lui étaient sur les talons de Larx alors qu'il allait aider l'adolescente se débattant sous le fardeau disgracieux.

Joy Bradley était une fine jeune fille, musclée, mais petite et dès que Larx arriva pour l'aider avec le corps d'Isaiah, elle haussa les épaules et les laissa, Aaron et lui, l'aider à l'allonger sur le sol.

Isaiah respirait, mais chaque respiration faisait monter un peu de sang entre ses lèvres. Larx en rechercha la cause et constata que son abdomen était une plaie géante et sanguinolente et qu'ils étaient tous, Larx, Aaron et un Kellan en pleurs, couverts de sangs.

Il fixa la peau, les muscles et les viscères lacérés et essaya de ne pas vomir. C'était lui, l'adulte. Ses adolescents avaient besoin de lui.

— Aaron, rameute les troupes, dit-il d'une voix rauque. Nancy ! cria-t-il.

Cette dernière, bénie soit-elle, courut à travers la foule, déboutonnant sa chemise de flanelle en arrivant.

— Nancy, tu es formée pour ça, je vais me mettre à l'écart. Dis-moi ce dont tu as besoin et je te le fournirai, d'accord ?

— Plus de bandages, déclara-t-elle calmement. De l'eau. Il doit boire s'il le peut. Des couvertures pour le garder au chaud, une pour Kellan aussi parce qu'il a l'air en état de choc. C'est un début. Allez, Larx. *Maintenant !*

Il avait une mission. Oh, merci, Nancy, il avait quelque chose *à faire.* Yoshi partit chercher de l'eau. Christiana s'occupa des couvertures, Kirby des rouleaux de bandages et des écharpes. Tout le monde donna son butin à Larx. Il remit l'eau à Kellan et le chargea d'essayer d'humidifier la langue d'Isaiah. Kirby fut chargé de couper les bandages et de les donner à Nancy aussi vite qu'il le pouvait. Larx enveloppa Kellan dans une couverture et laissa le garçon pleurer tranquillement et veiller à garder le blessé calme. Il fit reculer Nancy lorsqu'elle eut fini de le bander et couvrit Isaiah avec une grande couverture rose à froufrous avec Minnie Mouse dessus, puis il s'agenouilla à côté du garçon et lui prit la main en lui disant que tout allait bien se passer, qu'il avait été courageux ce soir, qu'il avait un bon avenir et que Kellan était là, attendant de l'étreindre.

Il serra cette main et força Isaiah à serrer la sienne jusqu'à ce qu'Aaron le relève et lui dise de bouger parce que les secouristes étaient là et que c'était leur travail à présent. Larx entoura de ses bras un Kellan en sanglots, le serra contre lui, le tint et le soutint, conscient qu'il pleurait lui aussi en public, entouré de ses jeunes, et qu'il ne pouvait pas s'arrêter.

Aaron se tenait là, une main ferme sur son épaule, jusqu'à ce que Yoshi s'avance et emmène Kellan, disant à Larx qu'ils allaient à l'hôpital et de les rejoindre après. Aaron, Larx et le reste des enseignants commencèrent le rassemblement, s'assurant que les lycéens avaient prévu leurs retours ou qu'ils pouvaient appeler leurs parents. Eamon Mills se présenta, son uniforme mal boutonné après une soirée passée dans son lit, probablement reconnaissant d'être trop vieux pour faire face aux conneries du lycée et choqué et attristé à ce sujet à présent.

Eamon et Aaron s'entretinrent brièvement et intégrèrent Larx dans le cercle. Aaron devait partir et suivre l'ambulance. Après un regard scrutateur et un bref signe de tête, c'est ce qu'il fit. Larx n'avait jamais autant voulu suivre quelqu'un de toute sa vie, même pas lorsqu'Alicia avait dû subir une césarienne pour Christiana et qu'il avait dû quitter la pièce pendant qu'ils pratiquaient l'incision. Cependant, il ne pouvait pas partir. C'était lui, l'adulte. Les enseignants, et les lycéens avaient besoin d'une personne familière, gentille. Le département du shérif représentait l'autorité, la loi. Larx, lui, représentait l'ordre.

Pourtant, il fut soulagé lorsque son téléphone bourdonna dans sa poche indiquant un texto d'Aaron juste au moment où Eamon commençait à parler.

Je te tiendrai au courant. Tiens bon. Envoie-moi un SMS lorsque tu auras fini.

— Le shérif adjoint George ? demanda le shérif Mills.

— Oui, monsieur, acquiesça-t-il. Il me dit qu'il me tiendra au courant pour Isaiah.

— Eh bien, nous apprécions que vous soyez resté ici et que les enfants se sentent en sécurité. Maintenant, voilà ce que nous allons faire.

Sur ce, Eamon lui expliqua que trois de ses hommes et lui allaient garder l'entrée de la clairière et vérifier les lycéens pendant qu'ils sortaient, tandis que deux autres gardaient les parents à l'extérieur sur le côté de l'école.

— Vous devez envoyer quelques enseignants à l'avant pour dire aux parents d'attendre, puis nous nous assurerons que tous les enfants sont en sécurité.

— Ils ne vont pas gober ça, déclara Larx. Vous devriez probablement les vérifier par lots et les faire sortir. Les parents patienteront s'ils savent que les enfants sortent.

— C'est une très bonne idée. D'accord, donc vous envoyez vos enseignants, mes gars font un examen visuel des enfants pendant qu'ils sortent et nous les laisserons traverser la passerelle pour empêcher les parents de faire un scandale.

— J'aime ce plan !

Eamon applaudit vivement en adressant un clin d'œil à Larx et ce fut le signal. Ils se mirent au travail.

Larx et Eamon mirent un peu d'ordre dans la folie, puis ils eurent une conversation tranquille avec Joy.

— J'ai ouvert la porte des toilettes, dit-elle d'une voix cassée. Je... Il était appuyé contre, je pense, parce que lorsque j'ai ouvert, il est juste tombé. Dans mes bras.

Elle se regarda d'un air lugubre, son blouson couvert de sang et le joli pull vert qu'elle portait en dessous irrémédiablement perdus.

— D'accord, dit Larx, essayant de ne pas penser au sang sur lui, semblable à du soda renversé. Joy, te souviens-tu s'il y avait quelqu'un d'autre dans la zone autour des toilettes mobiles ? D'autres lycéens, d'autres adultes ? N'importe qui ?

— Non, principal Larkin, répondit-elle. Je… il est juste tombé sur moi, je ne pouvais plus respirer et j'avais tellement peur de le laisser tomber et…

La pauvre jeune fille fondit en larmes.

Il envoya un texto à Nancy afin que les parents de Joy viennent jusqu'au feu de joie et il leur donna le numéro de la psychologue du district en leur disant de l'appeler ce soir-là et demain matin pour s'assurer qu'elle avait bien reçu leur message.

Il appela Becky lui-même alors qu'ils s'éloignaient pour l'informer des évènements et l'avertir qu'elle devrait prévoir de rester à Colton toute la semaine. Eamon patienta jusqu'à ce qu'il ait fini et commença à lui poser des questions en se basant sur ce que Joy avait dit.

— Donc, cette fille a découvert Isaiah, elle a juste ouvert la porte des toilettes mobiles et il est tombé.

Larx jeta un coup d'œil vers l'endroit où deux techniciens des scènes de crime – la totalité du personnel du département – avaient entouré de ruban plastique toute la zone des toilettes et la pelouse encerclant le bûcher. Toute preuve existant dans le cercle autour du feu avait été piétinée au-delà de toute identification possible au moment où les forces de police étaient arrivées, Eamon avait été le premier à l'admettre, et il n'y avait rien à faire. C'était seulement grâce à la réaction rapide du personnel que les lycéens n'avaient pas tous fui dans la nuit.

— Oui, monsieur, déclara Larx en réponse. Elle a crié, nous avons levé les yeux et elle essayait de le retenir.

— Donc, la personne qui l'a poignardé était assez grande pour le renvoyer dans la pièce et claquer la porte, dit Eamon.

— Oui, acquiesça Larx après réflexion. Forte, mais pas grande.

Il détestait y penser, mais c'était important, aussi il se força à poursuivre.

— Les toilettes ne sont pas en position très élevée, mais la blessure était basse sur son abdomen. Ce devait être quelqu'un de petit.

— Bonne observation, fils. Je vois, acquiesça-t-il. D'accord, à quel angle était-il tombé ?

Larx ferma les yeux et réfléchit.

— Vers l'avant. Alors, il s'est appuyé contre la porte jusqu'à ce que quelqu'un l'ouvre.

— D'accord. Donc, si c'est une personne petite, sans aucun effet de levier, comme vous dites, elle a probablement attendu qu'il ouvre la porte, puis l'a poignardé dans l'estomac et a claqué la porte à nouveau, commenta Eamon.

— Oui, nous devrons attendre les résultats des experts légaux, mais je pense que c'est peut-être comme ça que ça s'est passé.

Il savait où tout cela allait mener. Larx, les histoires de meurtres et les émissions sur les crimes… Il devrait peut-être écrire son propre livre.

— Donc, nous avons dépassé ce moment où nous partons du principe qu'il s'agit forcément d'un garçon, parce que c'était un crime *si* sanglant, dit sagement Eamon. Suspectez-vous quelqu'un ?

Sa peau le démangeait. Il rêvait d'une douche. Il voulait son canapé dans sa petite maison confortable et il aspirait à entendre que son étudiant allait s'en sortir.

— Une fille posait des problèmes aux garçons, dit-il. Je ne dis pas que c'est elle qui l'a fait, mais vous voudrez peut-être vérifier quand même.

— Nous pourrions aller la chercher dès maintenant, dit Eamon, ce qui semblait logique pour quelqu'un ne connaissant pas la situation.

— Sa mère est Whitney Olson, l'avertit Larx. Mettez des points sur vos I, des barres à vos T et assurez-vous d'avoir des preuves tangibles avant de l'interroger.

— Oh bon sang, murmura-t-il. C'est ça. C'est ce qui s'est passé ? Ce gamin a été vidé comme un cerf parce qu'il l'a larguée ?

— Eamon, est-ce que quelqu'un vous a informé de ce qu'Isaiah et Kellan ont fait juste avant qu'il ne soit retrouvé poignardé ?

Larx le mit rapidement au courant pendant qu'ils observaient les étudiants passer rapidement la zone éclairée par les projecteurs et disparaître le long du chemin menant à leurs parents de l'autre côté.

Le flux d'élèves fut interrompu par les râles stridents de Julia Olson alors que la suppléante Parsons l'éclairait avec une Maglite. Larx fit un signe de tête à Eamon et l'homme plus âgé s'avança, brandissant sa propre lampe torche en parlant d'une voix grave et uniforme.

— Jeune fille, on se calme à présent. Tu dois sortir tes mains de tes poches.

Larx regarda fixement la silhouette dans les traits de lumière et son cœur s'arrêta. Julia portait son pull de pom-pom girls avec un blouson par-dessus. Les deux vêtements étaient blancs avec des parements bleus. La veste était en feutre épais et imperméable à l'eau.

120

Cependant, celle de Julia semblait avoir essayé de repousser du Coca Black Cherry toute la soirée plutôt que de l'eau et Larx sentit son estomac se figer.

— Non, dit-elle d'une voix stridente. Non et vous me mettez en retard, espèces d'idiots. Ma mère m'attend et...

Ses mains bougeaient dans tous les sens comme si elle serrait quelque chose.

Eamon dégaina son arme.

Larx n'avait jamais ressenti une telle horreur de toute sa vie. Une arme. Pointée sur une fille de dix-sept ans. Un horrible et *mortel* pistolet sur une toute petite fille.

Qui pouvait être armée d'un couteau après avoir commis un acte odieux.

— C'est juste mon téléphone, sanglota-t-elle en sortant ses mains tremblantes.

Plus tard, Larx se consolerait en se disant que si Eamon avait été un homme plus faible, plus effrayé, il lui aurait tiré dessus sans se poser de questions parce qu'elle faisait actuellement ce que redoutaient les forces de l'ordre.

— Vous voyez ? C'est mon téléphone. Mon téléphone et, maintenant, ma mère va vous poursuivre en justice et...

— Jeune fille, dit Eamon, l'arme toujours pointée sur elle, la voix toujours dangereuse. J'ai besoin que tu laisses tomber ton téléphone et que tu mettes tes mains derrière ta tête.

— Ce n'était pas moi, sanglota-t-elle. Vous ne pouvez pas m'arrêter parce que je ne l'ai pas fait. Je le jure. Ce n'était pas moi.

Cependant, à cet instant, elle était prise dans six faisceaux lumineux de Maglite provenant de la totalité des suppléants du comté dans la région. Alors qu'elle levait les mains, il apparut qu'elles étaient couvertes de peluches blanches et brillantes adhérant à la saleté du sang séché.

Eamon garda le faisceau de sa lampe sur Julia pendant que, très lentement, Jim Parks s'avançait et refermait des menottes autour de ses poignets minces. Eamon sortit un sac en plastique lorsqu'il eut fini et il ramassa le téléphone, enveloppant un autre sac autour et le tenant soigneusement.

Ils entendirent une demande pressante et ce qui ressemblait à un rouleau compresseur s'écrasant dans la broussaille alors que Jim commençait à lire ses droits à l'adolescente.

— Comment osez-vous ! gronda Whitney Olson. Comment osez-vous !

L'apparence soignée de la femme avait été malmenée par sa randonnée à travers les bois, son survêtement à la mode était entortillé autour de son corps et ses cheveux pendaient jusqu'à ses épaules. Julia laissa échapper un petit gémissement et, même menottée, elle s'écroula au sol en sanglotant.

— Madame Olson, lança Eamon en se tournant vers la femme en rengainant son arme. Je vous suggère de vous occuper d'appeler un avocat pour votre fille. Un avocat pénaliste, pas fiscaliste.

— Vous n'avez pas le droit d'arrêter ma fille. Pas du tout !

— Elle est couverte de sang, déclara Eamon de la voix trop raisonnable que l'on utilise lorsqu'on parle à un enfant hystérique. Un jeune homme a été poignardé ici par quelqu'un de sa taille. Quelqu'un de fort, mais pas grand et votre fille a du sang partout sur sa veste.

Ceci étant dit, il siffla bruyamment et les deux experts légaux près des toilettes levèrent les yeux. Eamon fit un signe à l'une d'entre eux qui s'avança, une trousse à la main.

— J'ai besoin que vous vous occupiez de sa veste et de ses chaussures avant que nous l'emmenions au poste. Oh ! s'exclama-t-il en tendant le téléphone. Prenez ceci aussi.

— Oui, monsieur. Je l'accompagnerai au poste pour le reste.

— Merci, Andrea. Appelez le Comté de Placer, ils ont des laboratoires que nous n'avons pas. Vous devrez prendre des échantillons sur le garçon dès que nous pourrons accéder à lui.

— Ce n'est pas un problème, Eamon, répondit-elle en jetant un coup d'œil en coin à Whitney, qui fulminait. Isaiah est l'un des nôtres. Nous prendrons soin de lui.

Julia fut conduite vers le poste par Andrea et une inspectrice de Colton, JoBeth Frazier, la mieux à même de s'occuper de ce cas. Eamon resta pour affronter Whitney Olson.

— Je vais vous poursuivre en justice, Shérif. J'attaquerai l'école, tout le comté, gronda-t-elle. C'est ridicule. La moitié de l'école est probablement couverte de sang. J'ai entendu dire que le pédé avait saigné comme un cochon lorsqu'il a été poignardé.

— Pardon ? dit Larx, sa fureur lui nouant l'estomac. Isaiah Campbell est étudiant ici et il se bat pour sa vie. Vous devez lui montrer du respect !

— Comme celui que vous avez montré en laissant deux pédales s'embrasser devant le feu de joie ? railla-t-elle.

Larx se raidit violemment.

Puis Eamon parla et Larx fut soudain beaucoup plus attentif à un fait bien plus important que son besoin de frapper une femme, ce qu'il aurait déploré un jour ordinaire.

— Comment êtes-vous au courant du baiser des garçons ?

Larx rejeta sa tête en arrière au pouvoir contenu dans la question et il vit Whitney se raidir aussi.

— Ma fille m'a envoyé un texto, répondit-elle avec dignité. Désespéré.

— Eh bien, nous vérifierons les enregistrements téléphoniques pour être sûrs, acquiesça Eamon.

La mère de Julia bafouilla et chercha son téléphone, puis elle s'éloigna hors de portée de leurs oreilles, sans doute pour appeler son avocat. Larx se rendit compte que, pour une fois, il ne serait pas au centre de la colère de Whitney Olson.

Il n'avait absolument pas envie d'être au bureau du shérif.

— Eamon, lorsque tout ceci sera réglé, est-ce que je pourrai me rendre à l'hôpital pour prendre des nouvelles d'Isaiah ?

— Oui, monsieur, acquiesça Eamon. Je pense que ce serait une bonne idée.

Larx avait donc un but, quelque chose pour le soutenir au cours des prochaines heures. Il avait aussi Kirby qui faisait partie d'un des derniers groupes à être fouillés et qui maintenait un flux d'informations intermittent avec son père.

— Comment ça va ? demanda Larx en attendant qu'on s'occupe du groupe de Kirby.

— Isaiah est en chirurgie, à présent, répondit le jeune homme. Apparemment, son père se comporte comme un abruti avec Kellan et mon père fait en sorte que Kellan ne perde pas son sang-froid.

— Oh, zut, est-ce que quelqu'un a dit aux parents de Kellan où il se trouve ?

Le sourcil levé de Kirby devait être un héritage de sa mère parce que Larx ne se souvenait pas avoir vu autant de sarcasme dans l'expression d'Aaron.

— Les parents de Kellan ? Je vous demande pardon, Principal Larx, mais vous vous souvenez de qui nous parlons, n'est-ce pas ?

Oui. Oh, merde. Les parents du jeune homme ne se seraient peut-être même pas déplacés si c'était lui qui s'était retrouvé au bloc opératoire.

— Oh, bon sang, marmonna-t-il. Nous allons devoir le ramener chez lui.

123

Il ne pouvait même pas imaginer à quel point ce serait nul. Il regarda Kirby, et le fils d'Aaron et lui se jetèrent un coup d'œil entendu.

— Nous devons le ramener chez nous, déclara Kirby.

Il tapa furieusement un texto pendant un moment, puis il leva les yeux.

— Christi et lui sont aussi amis, ajouta-t-il.

Larx sortit son propre téléphone et garda un contrôle serré sur les scénarios qu'il avait impitoyablement rejetés depuis que le premier cri de Joy avait brisé le silence. Et si Christi avait été là ? Et si elle avait été blessée ? Et si cela avait été Kirby dans ces toilettes ? Oh, mon Dieu. Et si ?

Il n'envoya pas de texto, préférant l'appeler parce qu'il avait besoin d'entendre la voix de sa fille.

— Papa ?

— Christi, chérie, je déteste interrompre ta soirée pyjama, mais je vais avoir besoin de ton aide. Quelqu'un a été blessé.

Il exposa la situation en phrases courtes, en mode principal plutôt que père, mais il ne prit conscience de l'importance de la différence qu'en entendant Christi parler, la voix cassée.

— Oh, papa, je suis tellement désolée… oui, je suis chez Schuyler… Nous irons d'abord à l'hôpital, puis chez nous, d'accord ?

Il ne put s'empêcher de rire. Il avait eu quelques projets pour Aaron et lui, seuls.

Il aurait dû se rappeler qu'en tant que parent, vous n'étiez jamais seul.

— Oui, chérie. Ça me paraît bien. Donne-moi une heure ou deux, d'accord ? dit-il avant de raccrocher et de regarder Kirby. Puisque je t'ai emmené à l'école ce matin, je suppose que nous partons ensemble, toi et moi.

— Oh ! s'exclama-t-il en se frappant le front. J'ai vraiment oublié. Ça a vraiment été une journée des plus bizarres !

Larx gloussa alors, un son tendu à deux doigts de l'hystérie. Il se reprit et posa sa main sur l'épaule du garçon.

— Elle défie les lois de la physique, de la gravité et du continuum espace-temps, affirma-t-il.

Kirby se mit à rire, à rire et à rire encore. Larx céda à son tempérament permanent de père et enveloppa son bras autour de l'épaule de l'adolescent jusqu'à ce qu'il essuie ses larmes et reprenne son souffle.

Le feu de joie était passé des flammes aux braises au moment où ils arrivèrent dans la zone d'inspection éclairée et Kirby fut la dernière personne à passer. Larx le fit attendre à côté de lui pendant qu'il parlait une fois de plus avec Eamon.

— Je vais à l'hôpital, si vous avez besoin de moi, dit-il. Si ses parents ne viennent pas chercher Kellan, je le ramènerai chez moi.

— Existerait-il une raison quelconque pour laquelle ses parents ne viendraient pas le récupérer ? demanda le shérif avec perspicacité.

— Leur fils a fait deux passes décisives au cours du match et ils n'étaient pas là, déclara Larx en se passant une main, récemment nettoyée, dans les cheveux. Je suis presque sûr qu'ils ne vont pas sauter de joie lorsqu'ils apprendront que son petit ami est à l'hôpital. Je…

Aaah ! C'était là où il s'embourbait. La ligne entre vos enfants et vos jeunes, où la dessine-t-on ?

— Ce doit être la nuit la plus pourrie de sa vie, Eamon, reprit-il. Il aura des amis chez moi et sera en sécurité. Je voudrais lui donner ça.

— Si je ne vous vois pas ce soir, approuva Eamon, je passerai chez vous demain de bon matin pour l'interroger.

Oh mon Dieu. Merci d'avoir laissé cet homme gentil avec sa lampe de poche, ses cheveux gris et sa présence solide voir que c'était la bonne solution.

— Merci, Eamon.

— Je suppose que je verrai aussi le shérif adjoint George ?

— Je pense qu'il sera rentré chez lui, répondit Larx en clignant des yeux.

Parce que quatre gamins pleurant dans le salon… qui avait besoin de ce genre d'ennuis ?

Cependant le shérif Mills le fixa, imperturbable.

— Je préférerais le trouver chez vous en train de boire du café en pyjama, Principal Larkin.

— Euh…

— Parce que vous avez eu tous les deux une longue journée.

— Oui, eh bien…

— Et je pense que vous avez tous les deux besoin d'attention, poursuivit implacablement Eamon. J'aime m'assurer que mes adjoints ont un endroit où aller lorsque tout part de travers. Un endroit où il fait bon vivre.

— C'est, euh, oui. Bonne idée. Bonne discussion. Bien sûr, Aaro… le shérif adjoint George sera chez moi, buvant du pyjama dans un café. Ou quelque chose comme ça. Oui, shérif, bonne idée.

— Larx, dit ce dernier avec un sourire fatigué.

— Oui, monsieur ?

— Allez retrouver votre famille et rentrez chez vous. Nous allons prendre le relais. J'espère que les garçons vont bien. Les deux. Vous avez fait du bon boulot, ce soir. Ça aurait pu devenir un sacré bazar à plusieurs niveaux, mais ce n'était pas le cas. C'est dû en partie à George, mais surtout à vous. Si votre conseil scolaire vous pose des problèmes… à propos de quoi que ce soit… ? Dites-le-moi. Je leur expliquerai une chose ou deux au sujet des êtres humains merdiques et comment on ne peut pas toujours anticiper les comportements diaboliques, d'accord ?

Larx hocha la tête et s'essuya la bouche d'une main tremblante, légèrement ému par la gentillesse de ce représentant de l'ordre.

— Merci, Eamon. À demain.

— À demain.

Larx et Kirby parcoururent le sentier forestier d'un pas fatigué. Larx remarqua que quelqu'un, probablement du département du shérif, avait allumé les lampadaires dans les arbres avant que les enfants ne retournent vers leurs parents. Cette pensée lui donnait l'impression d'être protégé d'une manière ou d'une autre, comme s'il n'était pas le seul à tous les surveiller.

Ils restèrent raisonnablement calmes pendant que Larx conduisait pendant la demi-heure nécessaire pour arriver au petit hôpital du comté. Larx essaya de ne pas penser à Isaiah effrayé et souffrant dans l'ambulance. Ou à Kellan, craignant pour la vie de son petit ami.

C'est drôle comme les gens ne pensent pas toujours aux choses les plus évidentes jusqu'à ce qu'un évènement les frappe juste comme il faut.

Parce qu'à cet instant, Larx prit conscience du métier d'Aaron et ce fut comme un coup en plein dans son plexus solaire.

Peut-être était-ce d'avoir vu Eamon pointer son pistolet sur une adolescente. Ou le fait que lui-même portait encore le sang d'Isaiah. Peut-être parce qu'il pensait à Kellan et à quel point il devait être effrayé, mais, soudain, Larx réalisa qu'Aaron portait une arme et qu'il était censé se retrouver en danger.

Ce jour-là, Larx se retrouverait peut-être dans une ambulance, priant un dieu sans nom d'avoir pitié de l'homme qu'il aimait.

Il devait avoir fait un bruit ou Kirby devait avoir la même pensée parce que le fils d'Aaron parla dans l'obscurité.

— Papa a été blessé deux fois. Une fois juste après la mort de ma mère.

— C'est comme si tu lisais dans mes pensées, marmonna Larx.

126

— Vous seriez stupide si vous n'y pensiez pas, répliqua Kirby en riant à moitié. Papa aime faire comme si ce n'était pas important, mais il prend son pistolet tous les matins. Il porte du Kevlar et c'est le pays des armes à feu ici. Alors on y pense.

— Comment a-t-il été blessé ? demanda Larx, presque effrayé de poser la question.

— Il a été heurté par une voiture, révéla l'adolescent. Quelques coupures, quelques bleus. Nous sommes restés avec la sœur de notre mère pendant un moment.

— Tu as une tante ?

Oh, tout ce qu'il ignorait.

— Tante Candace. Elle vient parfois à Noël. Elle ne s'est jamais mariée, alors vous savez, elle gravite autour de sa famille ou de son petit ami. Elle est bien. Elle vous apprécierait, en fait.

Larx gronda, ne sachant pas si le gamin essayait de le réconforter ou s'il voulait juste continuer son histoire.

— Alors, il a été blessé ?

— Oui. Je me souviens que tante Candy est venue me chercher à l'école et que j'étais vraiment bouleversé parce que c'était elle qui était venue lorsque ma mère est morte et…

Il frissonna fortement et Larx pensa qu'il savait maintenant ce que Kirby raconterait à son thérapeute lorsqu'il serait adulte.

— Tu as cru que ton père ne rentrerait pas à la maison, dit-il, son cœur s'effondrant.

— Oui. Puis ma tante m'a dit qu'il allait bien et qu'il voulait que je ne m'inquiète pas et c'était bizarre. Comme une de ces suggestions hypnotiques, vous voyez ? J'étais tellement effrayé que mon père soit blessé que j'étais dans un état vraiment réceptif. Candy a dit : « Ton papa ne veut pas que tu t'inquiètes ». Alors, j'ai arrêté. Maintenant, chaque fois que je commence vraiment à paniquer à propos de lui, de ce qu'il fait et que je me demande s'il va rentrer chez nous ou pas, je me souviens de ces mots : « Ton papa ne veut pas que tu t'inquiètes ». Je ne sais pas pourquoi cela fonctionne, mais c'est le cas.

Larx essaya. *Aaron ne veut pas que je m'inquiète.*

Rien ne changea pour lui.

— Je pense que c'est une magie puissante, déclara-t-il à regret. Cependant, je ne crois pas que cela va fonctionner avec moi.

127

— Pourquoi pas ? demanda Kirby. Est-ce parce que vous êtes trop vieux ?

— Non, grogna Larx, sans se sentir offensé. Je pense que ça a fonctionné pour toi parce que tu te sentais aimé. Ta mère avant sa mort. Sa sœur. Ton père. Je pense que c'est comme... Quel est le mot ? Un charme ? Un...

— Un talisman, offrit-il.

— Ton professeur d'anglais est largement sous-payé, observa Larx. Mais oui. Un talisman. Je n'en ai pas encore.

Ils arrivèrent à l'hôpital. Larx trouva une place de stationnement. Il coupa le moteur et s'adossa à son siège. L'horloge du tableau de bord indiquait deux heures trente. Il n'avait pas l'habitude de tenir aussi longtemps sans dormir. Pensait-il être de retour à l'université ?

— Larx ? dit doucement Kirby.

— Oui, désolé, dit-il en se secouant. Allons trouver ton père.

— D'accord. Je veux juste que vous sachiez quelque chose.

Larx fit un gros effort pour se reconnecter au présent. C'était important pour le fils d'Aaron.

— Je t'écoute.

— J'espère que mon père pourra vous donner le talisman, ou quoi que ce soit, pour vous aider à ne pas vous inquiéter. Ce serait génial d'avoir à nouveau deux adultes à qui parler. Même si je suis censé être adulte moi-même.

Larx lui sourit et il sortit de la voiture. Il passa un bras autour des épaules du garçon alors qu'ils se dirigeaient vers l'hôpital et Kirby n'émit pas la moindre objection.

FIÈVRE

LE PÈRE d'Isaiah était aussi grand que son fils, avec des cheveux blonds clairsemés, des muscles qui avaient cédé la place à la graisse et un nez de buveur.

Pete Campbell portait une salopette et un tee-shirt pour son travail de spécialiste des cloisons sèches et ne voyait aucune raison de se changer lorsqu'il avait fini. Il était venu directement assister au match de son fils, vêtu à l'identique avec une veste en plus et son épouse, une femme d'une taille surprenante, autrefois jolie et mince, portait un jean et sweat-shirt rose. Elle regardait son mari avant de répondre lorsqu'Aaron lui parlait.

— Qu'est-ce qu'on a fait à mon fils ? demanda tout d'abord Pete avant de regarder Kellan. Qu'est-ce ce voyou fait ici ?

— Kellan est l'ami d'Isaiah, dit raisonnablement Aaron. Nous avons pensé que votre fils apprécierait de le voir lorsqu'il sortirait du bloc.

— Le garçon n'est pas de la famille, gronda l'homme. Mais peu importe.

Aaron et Kellan échangèrent un regard navré pendant un instant avant que le premier ne poursuive son travail.

— Monsieur Campbell, nous avons des personnes au feu de joie qui travaillent afin de découvrir ce qui s'est passé.

— Vous étiez là ! Qu'est-ce que vous faisiez ?

— Je parlais au principal à côté du feu parce qu'il faisait très froid, dit Aaron espérant humaniser la situation. Les enfants allaient aux toilettes. Cela aurait dû être sans danger, un peu flippant pourquoi pas, mais ça ne l'était pas. Je me demande juste si Isaiah vous aurait dit quelque chose à propos de quelqu'un qui aurait pu être en désaccord avec lui après le match de ce soir.

Aaron et Kellan se regardèrent à nouveau et le policier secoua la tête d'un air sombre. Cette situation avait un tel pouvoir explosif.

— Eh bien, il m'a dit qu'il avait des problèmes avec une fille, déclara Lizzie Campbell d'une voix hésitante. Il ne voulait pas l'accompagner au bal et elle devenait insistante.

— C'était vraiment stupide, marmonna Pete. Un rendez-vous avec une jolie fille. Je ne comprends toujours pas pourquoi il n'a pas dit oui.

— Parce qu'elle ne l'intéressait pas, déclara Kellan. Elle est un peu folle, franchement et il m'aime.

Aaron pouvait clairement entendre le sous-entendu.

— Est-ce qu'il te l'a dit ? demanda Lizzie en levant les yeux vers son mari avant de sourire.

— Oui, affirma Kellan. C'est lui qui me l'a dit.

— Il ne nous dit plus rien, dit-elle avec nostalgie. Je suppose que c'est parce qu'il vieillit.

— Il avait peur de ce que vous diriez, lui expliqua l'adolescent. Il... il devient une personne différente de vous deux. Il ne croit pas que vous apprécierez.

— Qu'est-ce que ça veut dire ? demanda Pete en arrêtant de faire les cent pas et en se tournant vers Kellan avec une lenteur délibérée.

— Ça veut dire qu'il m'aime, répondit-il d'une voix douce, mais ferme. Ce que le shérif adjoint George essaie de vous dire, c'est qu'Isaiah et moi avons fait notre coming out devant toute l'école au feu de joie, ce soir. Nous nous sommes embrassés et nos professeurs nous ont félicités et nous ont dit qu'ils nous soutenaient. C'était génial. Mais maintenant...

Il raffermit sa voix, qui s'était mise à trembler.

— Maintenant, Isaiah se bat pour sa vie et nous ne savons pas qui l'a blessé. Nous devons dire au policier si quelqu'un a pu vouloir le blesser parce qu'il... il m'a embrassé devant le feu et que tout le monde a vu...

Aaron passa son bras autour des épaules du garçon et resta là, chaud et solide, tandis que Kellan se maîtrisait et que les parents d'Isaiah tentaient d'intégrer ce qu'il venait de dire.

— Mon fils a fait quoi ? hurla Pete.

— Calmez-vous, dit Aaron avec toute l'autorité qu'il put trouver en s'approchant de l'homme. Kellan vient de vous dire une information difficile à entendre, mais vous savez quoi ? Il a raison. Isaiah se bat pour sa vie. Quand il reprendra connaissance, vous pourrez être en colère contre lui d'être lui-même ou être heureux que votre fils ait survécu. Il pourrait mourir. Maintenant. Voudriez-vous qu'il meure sans jamais vraiment savoir qui il est ?

S'il vous plaît, oh s'il vous plaît, oh s'il vous plaît.

— Il était... il est... est-ce que mon fils est gay ? demanda Pete, stupéfait avant de se retourner et regarder sa femme. Est-ce que tu le savais ?

— Non, murmura-t-elle, le visage soudain gris.

Elle se tourna et le fusilla du regard.

— Comment le pourrais-je ? continua-t-elle. Tu ne le laisses jamais parler à table au dîner ! Pourquoi penses-tu qu'il ne nous l'a pas dit ? Parce que quoi qu'il dise, il se fait rembarrer !

Pete se débattit avec cela pendant une minute.

— Lizzie, notre garçon a des projets. Aller à l'université. Il est notre fils unique... pourquoi voudrait-il partir ?

— Parce qu'il pourrait être avec moi, en partant, chuchota Kellan en s'essuyant les yeux. Parce que mes parents préféreraient me tuer plutôt que je sois un pédé.

Lizzie Campbell surprit Aaron en tapotant maladroitement le bras de Kellan et en essayant de le calmer pendant que son mari regardait juste dans le vide.

— Mon fils a un petit ami ? demanda-t-il comme si le mot était étrange sur sa langue.

— Oui, monsieur, répondit calmement Aaron. Connaissez-vous quelqu'un qui aurait pu vouloir le blesser à cause de ça ?

— Comment le saurais-je ? répondit-il, sortant brusquement de ses gonds. Alors que je n'étais même pas au courant.

Il se laissa tomber sur sa chaise lentement et regarda sa femme essayer de materner un Kellan timide et malheureux, qui tentait d'effacer les taches de sang sur ses vêtements.

Aaron soupira et appela un infirmier pour obtenir deux blouses. Il sauva le pauvre garçon des soins agités de Lizzie et l'emmena à la cabine de douche des soins de longue durée. L'équipe médico-légale avait déjà effectué les prélèvements sur Kellan. Il était temps d'enlever le sang.

— Je serai juste derrière la porte, promit-il. Lave-toi, je vais voir si je peux te trouver un sweat-shirt et tu te sentiras un peu mieux pour attendre.

Kellan hocha la tête et disparut, laissant Aaron envoyer un texto à Kirby pour qu'il lui donne des nouvelles de ce qui se passait au feu de joie.

Selon son fils, Larx bottait des fesses et notait des noms Aaron en était plutôt fier. C'était quelque chose... Larx gardait la tête froide, était intelligent, drôle, même dans les situations les plus graves. Aaron pensa avec nostalgie qu'il aimerait le voir étalé sur son lit, nu et sexy, blaguant.

La nuit fut longue. Il regretta presque d'avoir été sur la scène, d'être celui qui avait fini avec Kellan à l'hôpital parce qu'il voulait faire quelque chose, n'importe quoi, au lieu d'attendre pour savoir si le camarade de classe de son fils allait vivre.

Kellan sortit de la douche et ils retournèrent dans la salle d'attente. Aaron continua à envoyer des SMS à Kirby et, à un moment donné, Kellan s'endormit, sa tête inclinée sur l'épaule d'Aaron avec tant de confiance que cela lui coupa presque le souffle.

Ces jeunes leur avaient fait confiance, à eux les adultes, pour les garder en sécurité. Aaron ressentait son échec jusque dans la moelle de ses os.

Il avait commencé à somnoler, ses rêves vacillant entre un front de lac froid, un cadavre boursouflé et une obscurité confuse et orangée recouvrant Larx de sang. Des pas claquant dans le couloir le secouèrent avec suffisamment de force pour que Kellan se soulève à moitié endormi et se frotte les yeux.

— Shérif adjoint George ?

Aaron cligna des yeux à plusieurs reprises et sourit. La fille de Larx portait un pyjama en flanelle rose avec des chats et des lapins, son blouson et des espadrilles arc-en-ciel. Sa copine portait un bas en molleton violet avec Snoopy dessus et un sweat-shirt à capuche Hello Kitty. Ensemble, elles illustraient à la perfection le mot « adorable » et elles portaient toutes les deux des tasses thermos fumantes dégageant une odeur de chocolat et une assiette de muffins frais.

— Un peu de cuisine sur le tard ? demanda-t-il avec un clin d'œil.

Il se leva, s'étira, puis accepta les tasses et en remit une à Kellan.

— Papa a appelé et nous a demandé si nous pouvions venir tenir compagnie à Kellan jusqu'à ce qu'il soit prêt à rentrer avec nous.

— Avec vous ? dit Kellan en bâillant.

Christi s'était perchée sur la chaise à côté de lui, ressemblant à un doux oiseau endormi.

— Oui. Avec nous. Dans notre salon. Toi, moi, Schuyler, Kirby lorsqu'il arrivera. On fera une soirée pyjama dès qu'on saura qu'Isaiah va bien. Tu es d'accord avec ça ?

— Je n'ai pas à rentrer chez moi ? demanda Kellan d'un ton plaintif, vulnérable et visiblement effrayé.

Christi appuya sa tête sur son épaule, se blottissant comme une enfant.

— Non, répondit-elle en donnant l'impression que c'était normal. Parce que mon père est génial et les parents de Schuyler sont très bien aussi.

Elle adressa un sourire séducteur à celle-ci pendant qu'elle continuait sur sa lancée.

— Ils nous ont donné du chocolat chaud et, comme nous avions du temps, nous avons fait des muffins. Allez, mange. Je sais que tu n'as pas eu l'occasion de le faire après le match.

Schuyler s'assit de l'autre côté de Kellan et le tenta avec les muffins. Aaron songea que la fille de Larx était un vrai miracle. Elle était comme son père qui répandait le bon sens, la bonne volonté et une générosité authentique.

On pouvait parfois lire le cœur d'un homme à travers ses enfants et, en ce moment même, sa fille disait des choses merveilleuses sur Larx.

À cet instant, le chirurgien franchit la double porte et devint l'homme le plus important du monde.

Il était couvert de sang. Ce dernier recouvrait sa blouse, tachait le masque pendant de son cou et se répandait dans les endroits qu'il n'avait pas saturés.

Aaron se sentit étourdi en le regardant et il entendit à temps un doux gémissement pour se tourner et voir la mère d'Isaiah s'effondrer dans les bras de son mari.

Pete Campbell la rattrapa, la tint contre lui et caressa doucement ses cheveux comme s'il réconfortait un oiseau blessé.

— Il est stable, dit le chirurgien à toute vitesse. Mais nous ne sommes pas sûrs d'avoir tout réparé. Vous pourrez le voir un bref instant avant qu'on le mette sous sédatif et qu'on lui donne des analgésiques parce qu'il va avoir une nuit très agitée.

Il regarda son public.

— Monsieur et madame Campbell ? Voulez-vous commencer ?

Ils se regardèrent et Lizzie Campbell tendit la main.

— Kellan, dit-elle d'une petite voix. Veux-tu venir avec nous ?

L'adolescent hocha la tête, s'essuya le visage et Aaron le poussa doucement en avant.

Il s'avança vers le médecin, détestant ce qu'il devait faire par la suite pendant qu'ils suivaient tous les trois une infirmière vers la porte des soins intensifs.

Cependant, le médecin comprit immédiatement.

— Vous devez trouver celui qui a fait ça, n'est-ce pas ?

— Oui. Tout ce qu'il pourra nous dire nous aidera. Il s'est fait poignarder en sortant des toilettes. C'est…

— Furieux, sournois et lâche, dit le médecin avec une colère farouche.

Il avait une cinquantaine d'années et probablement les cheveux gris sous sa calotte.

— Ce gamin n'aurait dû être ici pour rien de pire qu'une blessure au genou. Ce truc que je viens de réparer ? commenta-t-il en secouant la tête. Sacrément dégueulasse.

Aaron hocha la tête sans rien ajouter. C'était à peu près ce qu'il ressentait. Eux tous.

— Dites-moi juste quand je pourrai lui parler, dit-il doucement. Cela m'aiderait beaucoup.

Le docteur acquiesça d'un signe de la tête, puis il disparut.

Ils attendirent environ cinq inconfortables minutes avant que les parents d'Isaiah et Kellan sortent en trébuchant des soins intensifs, aussi pâles que des morts. Aaron voulait presque plus réconforter le garçon que faire son travail, mais Christi Larkin était là, prenant totalement en charge l'adolescent blanc comme un linge. Aaron se moquait de savoir à quel point Kellan était gay. Il était sûr qu'une jolie jeune fille faisant tout un plat de lui alors qu'il se sentait très triste était un des miracles de la vie. Il laissa la fille de Larx faire sa magie et suivit l'infirmière au-delà des doubles portes.

La télémétrie moderne était généralement réglée de telle sorte que tous les bips et les alarmes retentissent au poste des soins infirmiers et non dans la chambre du patient. Le bip régulier de ces machines manquait à Aaron, parce que les respirations calmes qu'il entendait dans la pièce n'étaient tout simplement pas assez actives pour le rassurer.

Mais Isaiah était conscient lorsqu'il entra, respirant doucement à travers les sondes à oxygène collées à ses narines.

— Shérif, mima-t-il avec sa bouche.

Bon, ses entrailles étaient en grande partie scotchées avec de la foi et de la colle. Aaron était presque sûr qu'un de ses poumons avait été perforé. Respirer devait être douloureux. Il n'allait pas discuter de son titre réel d'adjoint.

— D'accord, Isaiah, dit-il en gardant sa voix douce. Tu as des chances limitées de parler. Laisse-moi poser des questions et si tu peux hocher la tête, fais-le.

Isaiah hocha la tête juste assez pour que ce soit visible.

— As-tu vu qui a fait ça ?

Il secoua la tête négativement.

— Bon, ça aurait été trop facile.

Un léger sourire, qu'Aaron lui rendit. Brave enfant.

— Une fille ou un garçon ? demanda Aaron pensant qu'il devait s'en tenir aux basiques.

Isaiah fronça les sourcils, une ligne apparaissant entre ses sourcils.

— Fille ?

— Dur à dire ?

— Portait. Noir. Sur le visage. Réfléchis. Je l'ai vu. Poitrine.

Il se battit pour inspirer de l'oxygène pendant une minute et Aaron essaya de reconstituer ce qu'il avait dit.

— Donc, ton agresseur portait des vêtements noirs ?

Le blessé hocha la tête.

— Et quelque chose de noir autour de son visage.

Isaiah eut une inspiration sifflante et douloureuse et Aaron leva la main.

— Autour de son visage et tu sais que c'était une femme parce qu'elle avait des seins ?

C'était une supposition hâtive, mais Isaiah n'avait plus grand-chose en lui.

Il hocha la tête, l'air soulagé.

— Tu ne sais pas qui c'était, c'est ça ?

Il secoua la tête, puis parla.

— N'était pas. Jule…

— Ce n'était pas Julia Olson ? dit Aaron en prenant une rapide inspiration.

Isaiah avait les yeux bruns les plus remarquables. Ils ne vacillèrent pas et ne tressaillirent pas alors qu'il secouait la tête et Aaron soupira. Il avait reçu le texto d'Eamon indiquant qu'ils avaient mis Julia en détention. Cela n'allait pas bien se passer.

Mais ce n'était pas la faute d'Isaiah.

— Tu as bien fait, dit-il doucement.

Il entendit des pas derrière lui et leva les yeux pour voir l'infirmière qui l'attendait pour le raccompagner dans la salle d'attente.

— Kellan ? demanda le blessé, sa voix palpitant de tout ce qu'Aaron savait, mais qu'Isaiah ne pouvait pas dire.

— Il va chez Larx pour la nuit. Ne t'inquiète pas. Il ne sera pas seul.

Isaiah sourit juste un instant avant que ses yeux ne se referment et il tomba dans un sommeil réparateur.

Aaron suivit l'infirmière en envoyant des textos à la vitesse de la lumière et les réponses qu'il obtint ne le rassurèrent pas.

135

Nous avons mis la fille en garde à vue. Elle était couverte de sang.
Isaiah dit que ce n'était pas elle.

Il existe de bonnes chances qu'elle sache qui l'a fait. Mais vous avez fait votre travail. Rentrez chez vous avec Larx. Une longue journée nous attend demain.

Rentrez chez vous avec Larx ? Aaron entra dans la salle d'attente, fixant son téléphone, son cerveau fonctionnant au ralenti.

Il entendit la voix de Larx.

— D'accord, tout le monde. Il est temps de se répartir dans les véhicules. Christi et Schuyler dans la voiture de Christi. Kirby, voici les clés du minibus. Je sais où sont les bosses, n'en ajoute pas si tu peux. Kellan, je te laisse décider avec qui aller. Tout le monde est prêt à aller s'écraser sur mes canapés et manger mes céréales demain matin ?

Il obtint un consensus, puis il embrassa sa fille et son amie, perplexe dans son pyjama Snoopy violet. Kirby s'avança en affichant une expression espiègle, alors Larx l'embrassa aussi.

Il se tourna ensuite vers Kellan et lui tendit les bras.

Le garçon s'élança et se serra férocement contre lui.

— Ça va bien se passer, murmura Larx.

Aaron n'entendit pas de réponse, cependant, il vit Kellan hocher la tête contre sa poitrine avant de le relâcher finalement.

— Kellan, dit la mère d'Isaiah d'une voix hésitante, l'adolescent levant les yeux. On se voit dans la matinée. Les heures de visite sont à partir de dix heures, donc, quand tu voudras.

— Merci, madame Campbell, répondit-il avec un bref sourire. Je serai là.

— Alors, tu ferais mieux de dormir, avertit Larx en faisant un signe de tête à Kirby qui prit ses clés comme si elles étaient en verre.

Les jeunes s'en allèrent, Kirby hochant la tête vers son père en passant.

— On se voit chez Larx, dit-il avec désinvolture.

Puis ils partirent, laissant Aaron s'accroupir contre le mur, épuisé.

Larx leva les yeux, tout aussi fatigué, et sourit comme si Aaron lui avait donné une force supplémentaire.

— Shérif adjoint, il me semble que je viens de donner mes clés à un adolescent sans scrupules, dit-il formellement. J'aurais besoin que tu me conduises chez moi lorsque tu auras fini ici.

Aaron était trop fatigué pour rire, mais il réussit à sourire avant de se tourner vers les parents d'Isaiah.

— Reposez-vous tous les deux, leur dit-il, sachant que c'était inutile. Ils vous installeront des lits si vous le demandez. C'était vraiment gentil de votre part d'inviter Kellan à venir demain. Voici ma carte. Envoyez-moi un message si vous avez besoin de quoi que ce soit et je vous le ferai parvenir demain par la personne qui accompagnera Kellan. Vous me tenez au courant et je fais de même, d'accord ?

Ils acquiescèrent et Larx apparut à côté de lui, sa propre carte de visite à la main.

— Pareil pour moi, dit-il avant de sortir un stylo de la poche de sa chemise et écrire au dos. C'est le numéro de la psychologue de district. Elle n'est pas seulement là pour les élèves. Si vous avez besoin de lui parler de quoi que ce soit, vous l'appelez, d'accord ?

— Notre fils est gay, dit M. Campbell, l'air bourru, la mâchoire tendue, semblant perdu.

— Oui, acquiesça Larx. Il est aussi vraiment courageux. Un beau joueur de football. Un bon étudiant. Un metteur en scène incroyable selon Mme Graves, sa professeure de théâtre.

— Toutes ces qualités font partie de lui, dit Lizzie Campbell en souriant, sa voix fière et calme avant de regarder son mari sans hésitation ou peur. Il est toujours notre fils.

Pete haussa les épaules, puis il la prit dans ses bras et ils eurent une de ces conversations silencieuses que seul un vrai couple pouvait avoir.

C'était le moment de partir.

Aaron se traîna lamentablement jusqu'à son SUV et il tint la portière pour Larx avant de s'installer à son tour. Il ferma la porte avec un bruit sourd pour contrer l'air glacial de la nuit et il lui vint à l'esprit qu'il était enfin seul avec Larx.

Ils se regardèrent pendant un moment dans l'obscurité calme. Larx avait les yeux fatigués et le visage marqué.

Aaron n'était pas sûr de savoir lequel des deux avait bougé en premier, mais il eut vite fait d'épingler Larx contre le dossier du siège et de le dévorer avec une faim insatiable.

Aah ! Il avait si bon goût… chaud et si masculin, un peu comme du chocolat chaud et des muffins, mais surtout comme de la force. L'acceptation aussi. Oh, bon sang, quelqu'un qui était là avec lui à la fin de la journée, fort et prêt à le soutenir, même pour le pire.

137

Larx gémit, ses doigts tirant avidement sur les cheveux d'Aaron et tous deux se battirent un instant pour savoir qui contrôlerait le baiser. Puis une chose merveilleuse se produisit.

Larx céda. Il s'abandonna, ouvrit la bouche, se détendit et laissa Aaron s'emparer de lui avant de ravager méthodiquement et complètement sa bouche, ses sens et sa maîtrise de soi. Il glissa ses mains sous la chemise d'Aaron et pétrit sa poitrine comme un chat, pinçant les tétons de temps en temps, mais faisant surtout glisser ses paumes sur la peau d'Aaron.

Ses caresses étaient comme une force vitale nourrissant suffisamment Aaron pour le réveiller, lui donner de l'espoir, le ramener à la maison.

Il se recula et posa son front contre celui de Larx, leur respiration assez rapide pour embuer les vitres.

— C'est quoi cette histoire de séjourner chez toi ? demanda-t-il.

— L'idée de ton patron, l'informa Larx, haletant. Qui a dit qu'il viendrait demain et qu'il voulait te trouver en train de boire du café en pyjama.

Aaron émit un petit rire enroué et s'écarta suffisamment pour démarrer la voiture.

— Ça devra être ton pyjama, il le sait, n'est-ce pas ?

— Il sait quelque chose, apparemment, parce qu'on n'entend pas ce genre de recommandation de la part d'un élu, dit Larx, pragmatique.

Aaron ne réussit pas à s'en empêcher. Son rire devint un vrai rire et il sortit du parking de l'hôpital, remerciant Dieu de ne pas avoir à rentrer seul chez lui.

ILS SE briefèrent pendant le trajet. Aaron s'arrêta lorsqu'ils arrivèrent à la maison de Larx et se rangea soigneusement derrière le minibus garé.

— Est-ce que tu vois ça ? demanda-t-il en pointant du doigt l'arrière en travers du véhicule. Tu as donné tes clés à un gamin qui n'est même pas capable de se garer droit.

— Hé, c'est toi qui lui as appris, répliqua Larx en riant, sa voix rauque et presque aphone. Tu remarqueras peut-être que la voiture de Christi est bien garée, elle.

C'était le cas, la petite berline rouge était parfaitement rangée très près du mur de l'abri pour voiture.

— Ton enfant est trop parfaite. Je ne peux pas croire qu'elle est de toi.

138

— Moi non plus, mais chut. Je ne veux pas qu'elle se mette à la recherche de son vrai père à ce stade. Ça me déprimerait.

Aaron ne put s'empêcher de l'embrasser de nouveau. Encore. Puis encore. Il durcissait, ce qui était une agréable surprise, mais pas le but. Le fait était qu'il avait besoin d'être rassuré, avait besoin de l'avoir dans ses bras, là, de le serrer fort et Larx ne lâchait pas non plus.

Il avait aussi besoin de lui.

Cependant, Aaron l'embrassait de plus en plus lentement et le risque de s'endormir à l'avant du véhicule pendant qu'ils se pelotaient augmentait à chaque baiser. Il se recula enfin et ils bâillèrent tous les deux.

— C'est bien, mais il est temps de redevenir des adultes, murmura Larx.

— Parle pour toi. Je pense que les adultes ont des relations sexuelles.

— Peut-être. Pas quand ils sont si vieux qu'ils préfèrent dormir, dit Larx, semblant amer.

Aaron embrassa une joue rugueuse de barbe, puis ils sortirent de la voiture. Larx ouvrit le chemin jusqu'au salon à l'avant de la maison, où ils s'arrêtèrent et regardèrent, surpris.

Christi avait récupéré les grands poufs souples de sa chambre et les deux qui demeuraient habituellement chez Olivia avec les chats, et elle les avait étendus sur le sol avec des couvertures. Christi avait dû donner à Kirby un vieux survêtement à Larx et Kellan était toujours en blouse d'infirmier, mais ils étaient pelotonnés les uns contre les autres parmi les oreillers.

Les enfants, les amis, se réconfortaient quand ils le pouvaient.

Larx s'accroupit près de sa fille et la secoua doucement.

— Papa ?

— Nous sommes rentrés. Je réveillerai Kellan demain matin quand le shérif passera, mais dormez jusque-là.

— Oui. Kirby dit que son père reste, répondit-elle en bâillant, se réveillant assez pour lui adresser un sourire taquin. Vous feriez mieux d'être habillés lorsque je viendrai vous voir.

— Tu es une vraie comique, dit son père en levant les yeux au ciel et en lui ébouriffant les cheveux. Dors et garde tes forces pour le spectacle de demain.

Elle rit et Larx se leva. Après avoir allumé à l'extérieur et éteint la cuisine, il monta dans sa chambre.

— Laisse tes vêtements dans le panier, dit-il calmement pendant qu'Aaron regardait autour de lui.

Un grand lit avec un cadre en bois dominait la pièce, mais il y avait une grande commode assortie de l'autre côté. Les tapis étaient d'un beige uni, mais l'un des murs et les moulures étaient vert chasseur et l'effet était audacieux et confortable. Larx avait accroché quelques gravures encadrées, Green Day, Smashing Pumpkins, Nirvana. Aaron rit en reconnaissant la musique de ses vingt ans.

Il fit ce qu'on lui avait demandé, tellement épuisé qu'il ne lui vint pas à l'esprit qu'il se tenait en caleçon et tee-shirt devant un homme qu'il trouvait attirant jusqu'à ce que celui-ci lui jette des vêtements au visage.

— Prends ta douche en premier, déclara Larx, pragmatique. Je dois aller…

Il indiqua de la main ses vêtements ensanglantés.

— … Je dois faire tremper tout ce que je porte dans de l'eau froide et du bicarbonate de soude.

— Mets mes affaires à tremper aussi, acquiesça Aaron.

Les corps flottants étaient un sacré bazar. Il avait délibérément omis de penser à ce qui maculait son pantalon depuis des heures.

— Oui, répondit Larx en commençant à se déshabiller.

Aaron resta là, le fixant stupidement pendant un moment, pensant : *Allez, Larx, laisse-moi voir ton torse.*

Larx se figea alors qu'il tirait son tee-shirt par-dessus sa tête, et croisa les yeux d'Aaron.

Il sourit bêtement, comme un adolescent. Il détourna les yeux, se mordit la lèvre, puis étudia ses pieds alors qu'il ôtait ses tennis.

— Tu vas vouloir prendre ta douche avant que je remplisse le lavabo, dit-il. Euh… tu sais. L'eau.

— Oui.

Larx lui jeta un coup d'œil en coin, puis il fixa à nouveau ses chaussettes froissées.

— Nous allons… tu sais. Ça va arriver.

— Promis ? demanda Aaron, sentant son propre cou et ses joues chauffer.

— Oh oui, dit Larx en rencontrant son regard, une expression affamée si clairement inscrite sur ses traits que même Aaron pouvait la voir. Je… oh oui.

— Merci mon Dieu, dit Aaron, voyant sa poitrine se gonfler, sa respiration s'accélérant juste à cette pensée.

— Dieu merci.

Cela dit, il rassembla ses vêtements propres et se tourna vers la salle de bains attenante, pensant que tout ce dont il pourrait avoir besoin serait là.

SE GLISSER dans le lit de Larx, sous son édredon en coton vert et la couverture supplémentaire, était presque d'un confort surréaliste. Chaque fil tissé était imprégné de l'odeur de Larx, d'assouplissant, du même savon qu'Aaron venait d'utiliser et d'un peu de sueur.

Il ferma les yeux et s'imprégna de ces sensations, jusqu'au vieux chat siamois qui se recroquevilla derrière sa tête. Il se réveilla un peu lorsque Larx, en bas de pyjama et tee-shirt, éteignit et lui donna un coup de coude pour pouvoir s'allonger. Puis ce fut l'obscurité et le léger refroidissement de la peau de Larx, mais avec la chaleur de la chair en dessous. Aaron enroula ses bras autour de ce corps nerveux et vivant et le serra jusqu'à ce que Larx soit totalement détendu contre lui.

— Réveil, marmonna ce dernier.

— D'accord, répondit Aaron.

Ce qui fut la raison pour laquelle aucun réveil ne se déclencha et qu'ils furent surpris tous les deux, le lendemain matin, lorsque Christi ouvrit la porte dans son adorable pyjama.

— Papa ?

— Quoi ? bafouilla Larx en se débattant hors des bras d'Aaron et tombant du lit, l'air étourdi et désorienté, ses cheveux noirs se dressant sur sa tête en pointes comme un porc-épic.

— Euh, calme-toi. Nous avons lancé le café. Mais le shérif Mills est en train de manger des muffins assis à la table de la cuisine.

— Oh, marmonna son père en se levant et posant sa main sur la table de chevet pour se stabiliser. Oh. D'accord. Muffins. Café. Shérifs. Aaron ?

— Juste là, répondit-il, sortant du lit par habitude. Je suis là, laisse-moi juste le temps de me brosser les dents.

— Il y a un autre homme dans ma chambre, dit Larx en riant.

— Pas du matin, n'est-ce pas ? commenta Aaron en croisant le regard amusé de Christi.

— Vous le voyez après trois kilomètres, d'habitude. C'est sans doute seulement pour ça qu'il se souvient de votre nom.

— Ce n'est pas vrai, protesta Larx, indigné. Je me souviens de son nom parce qu'il est mignon.

— Waouh, papa, vraiment ? se plaignit-elle alors qu'Aaron éclatait de rire.

— Christi ? demanda-t-il.

Elle leva les yeux au ciel et partit, fermant la porte derrière elle.

Larx était toujours debout près de la table de nuit, l'air étourdi et Aaron entra dans son espace, passant ses bras sous son tee-shirt et le caressant.

— Tu te réveilles encore ? demanda-t-il doucement.

— Oui. Ouais. Laisse-moi nous trouver des survêtements. Nous devons allumer le chauffage. Est-ce que tu veux des chaussettes ?

Aaron l'embrassa doucement et recula, attendant de voir si ses synapses allaient s'allumer.

Larx le fixa, le regard vide, l'air perdu comme un enfant.

— C'est tellement injuste, dit-il après un moment.

— Café, Larx. Nous réparerons le monde ensuite.

Larx sourit doucement et s'éloigna pour fouiller dans ses tiroirs.

Ils descendirent, portant des sweat-shirts et des chaussettes épaisses, Aaron ayant l'impression que Larx avait fait de son mieux pour les protéger tous les deux du jour à venir.

COUP DE CHAUD

EN TEMPS normal, le café faisait son effet, mais pas tellement ce matin.

— Vous la laissez partir ? demanda Larx pour la énième fois. Elle était couverte de sang.

— Eh bien oui, c'est vrai, reconnut Eamon en buvant son propre café, l'air épuisé, des cernes violets sous ses yeux bordés de rouge indiquant qu'il ne s'était pas encore couché. Ça pourrait même faire d'elle une complice. Mais le garçon a dit à George hier soir, et à moi ce matin, que son agresseur portait du noir, que c'était peut-être une femme, mais que ce n'était certainement pas Mlle Olson.

— C'est logique, Larx, dit calmement Aaron. Elle était couverte de sang parce qu'elle connaissait l'agresseur, mais elle était vêtue de blanc et ses cheveux étaient apprêtés et fortement aspergés d'un de ces produits pour faux chignons. Isaiah l'aurait reconnue.

— Mais… vous ne pouvez pas l'obliger à témoigner ?

— Elle est mineure, déclara Eamon. Nous pourrions l'envoyer devant le tribunal des mineurs pour dissimulation de preuves, cependant, ça ne l'amènerait pas à parler, n'est-ce pas ?

— Sa mère vous botterait les fesses à coup sûr, déclara Larx, désespéré. Son avocat pourrait argumenter qu'il existe mille façons pour qu'elle ait eu ce sang sur elle qui n'auraient rien à voir avec le fait de connaître l'agresseur. Mais…

Il secoua la tête.

— Alors, c'est tout ? Elle revient juste à l'école lundi ? Pas de mal, pas de faute ?

Christi avait préparé le café, leur chocolat et elle s'était attardée près d'eux, écoutant sans vergogne.

Le café se figea dans l'estomac de son père lorsqu'il entendit son rire diabolique.

— Oh, papa. Crois-tu vraiment que quelqu'un va lui parler, à présent… ?

Son ricanement était d'une beauté froide. Larx n'aimait pas voir cette expression sur le visage de son bébé.

— C'est un fantôme. Isaiah est un héros et c'est la salope qui l'a trahi.

— Christi, ça sonne vraiment poétique d'une manière inattendue, mais la laideur engendre la laideur, ma chérie, dit-il en regardant sa fille, l'air impuissant. Je ne pense pas…

— Ça ne marchera pas, de toute manière, dit Eamon, la voix sombre. La première chose que sa mère a faite a été de demander un test VIH sur le sang d'Isaiah. La deuxième a été d'exiger une réunion en urgence du conseil demain soir. Je ne sais pas si vous avez déjà écouté vos messages…

— Non, gémit Larx en se passant une main dans les cheveux. Non, mon téléphone est en charge à l'étage.

— Eh bien, vous allez avoir besoin de plus que du café lorsque vous lirez ces messages. Cette femme fait tout pour que les gens accusent Kellan d'être responsable de la blessure d'Isaiah…

— Mais…

Il agita les mains, regardant Kellan avec horreur. L'adolescent haussa les épaules, pâle, les yeux mornes, visiblement encore sous le choc.

— Elle l'a dépeint comme un amant jaloux et ses parents ont…

Eamon s'interrompit et regarda Kellan d'un air triste.

— Fiston, es-tu sûr de vouloir être là pour ça ?

— Ils ont dit qu'ils ne voulaient plus rien à voir à faire avec leur fils pédé, dit Kellan d'une voix inexpressive. J'aurais de la chance s'ils ne brûlent pas mes vêtements.

— J'ai sauvé quelques boîtes de tes affaires et tes annuaires, l'informa Eamon avec un soupir. C'est ce que j'ai fait avant de venir ici.

Kellan réagit à peine à ces nouvelles.

— Christi ? Kirby ? dit Larx sans hésiter. Pourriez-vous amener ça à l'intérieur et les installer dans la salle de jeux ? Il y a un futon, Kellan, mais aussi des commodes et des étagères. N'hésite pas à mettre des affiches et tout ça. J'essaierai de ne pas trop t'embarrasser à l'école.

— Monsieur Larkin ?

— Fiston, je te serais reconnaissant si tu restais au moins jusqu'à la remise des diplômes, sinon jusqu'à ce qu'on t'installe quelque part dans une université, dit Larx en le fixant dans les yeux. Isaiah et l'entraîneur Jones ont déjà beaucoup travaillé dans ce sens. Ce serait dommage de jeter tout ça aux orties, tu ne crois pas ?

— Oui, monsieur, répondit Kellan en essuyant ses yeux avec le dos de sa main.

— Considère-toi comme ma dernière chance d'avoir un fils, dit-il en essayant d'alléger le moment.

— Je ne compte pas pour du beurre, dit Kirby avec dignité.

Larx en eut le souffle coupé et croisa le regard d'Aaron pour une toute autre raison.

— Des jumeaux ! dit-il vivement en luttant de toutes ses forces contre l'émotion. Fraîchement livrés à ma porte à dix-sept ans. Dieu merci, vous êtes tous les deux élevés. Maintenant, allez déballer.

Les enfants disparurent tous et Larx regarda Eamon, se sentant quelque peu assommé

— Alors, dois-je savoir autre chose pendant qu'ils sont tous occupés ?

— Elle va vous blâmer d'avoir laissé les gamins gays faire leur coming out. Trucmuche, Heather Perkins est là-dedans, son mari, Carl et sa meilleure copine de mani-pedi, Sissy Graham aussi.

— C'est trois des neuf personnes de la commission scolaire, dit Larx, incrédule, en le fixant avec des yeux écarquillés. Comment… ?

— Vous feriez mieux d'appeler des gens, Larx. Chaque enseignant qui sera d'accord avec vous, chaque parent qui a un enfant inscrit à la GSA. Je sais que vous ne vouliez pas de ce poste, mais si ce n'est pas vous, ce sera quelqu'un qui ne protégera pas les enfants comme vous le feriez. Je donne une conférence de presse, cet après-midi. Je vais parler de la façon dont vous avez géré une situation compliquée, que nous soupçonnons que quelqu'un d'extérieur s'est introduit délibérément, de la rapidité avec laquelle Julia Olson a échappé à toute contestation et, oui, je vais mentionner le nom de cette jeune fille et comment sa mère a fait obstruction à la justice. Cependant, nous avons besoin d'un politicien ici. Je sais que vous détestez cette engeance, mais il est temps d'apprendre de leurs astuces, vous comprenez ?

— Mais… mais le bal de ce soir, dit-il, se sentant stupide.

Toute sa journée était réservée à partir de quinze heures parce qu'il devait superviser la décoration du gymnase.

— Eh bien, faites ce que vous pouvez aujourd'hui et occupez-vous du reste demain. Je vous le dis, si vous ne prenez pas les devants, votre école ira à des gens qui auraient laissé une émeute se produire la semaine dernière et personnellement, je n'aime pas les bigots.

Larx acquiesça. Jouer le jeu. Il l'avait fait pendant sept ans, essayant de laisser derrière lui ce qu'il ressentait en public.

145

Si Whitney Olson obtenait ce qu'elle voulait, toute son école serait une zone sans gays, tout cela pour détourner l'attention de la complicité de sa fille dans une tentative de meurtre. Larx détestait cela et il n'aimait pas non plus que les gens puissent être si facilement manipulés.

Cependant, il le comprenait et il savait que c'était la vérité.

— Je vais chercher dit-il.

Il se leva et fit ensuite une pause.

— Euh, Aar... euh, Shérif Adjoint, qu'est-ce que vous faites aujourd'hui ?

Aaron regarda son patron, qui répondit pour lui.

— Il va enfiler un uniforme propre...

— Zut, le lavage, marmonna Larx.

— Il escortera ensuite Kellan à l'hôpital pour qu'il rende visite à son petit ami comme vous l'avez tous les deux promis aux parents d'Isaiah, poursuivit Eamon sans prendre la peine de cacher son sourire. Oui, ils me l'ont dit, ils vous attendent. Ensuite, il raccompagnera le garçon ici et vous aidera à faire ce qu'il faut.

— Je devais brûler mes déchets de jardin demain avant que les vents ne se lèvent et qu'on nous interdise de le faire !

— J'achèterai des hot-dogs et des guimauves au retour, promit Aaron. Je peux m'arrêter chez moi, nourrir les poules et prendre des vêtements pour le bal et un peu plus pour demain.

— Tu ne peux pas aller au bal, protesta faiblement Larx.

— Je veux te voir en costume, déclara Aaron.

Sa main sur l'épaule de Larx était chaude, réelle et le principal leva la main vers son torse par réflexe pour juste la serrer. Puis il se souvint d'Eamon et sursauta.

Je ne suis pas votre ennemi, dit Eamon en souriant doucement. Cependant, vous deux, je sais que c'est nouveau. Je sais que vous êtes des hommes cultivés qui tentaient de mener une bonne vie. Mais cette ville est sur le point d'être sur votre dos au point de pouvoir visualiser votre visite matinale aux toilettes. Vous devez décider, et je parle *d'aujourd'hui,* de ce que vous allez dire publiquement chacun à propos de l'autre. J'ai informé le shérif adjoint George que c'était lui que je choisirai pour le poste de shérif l'année prochaine, et que je maintiendrai cette position jusqu'à ma mort. Mais, Larx, vous pourriez perdre beaucoup de choses, y compris la promesse que vous venez de faire à ce garçon, si vous laissez la ville prendre le dessus sur vous. Alors, parlez tous les deux...

— Je suis d'accord, dit Aaron sans hésitation. Je suivrai Larx. S'il fait son coming out, je ferai le mien. Pas avant. Pas à la presse, à moins qu'il ne le fasse. C'est lui qui doit guider le troupeau. Je suis le gars musclé derrière lui.

— Aah. Le musclé idiot. C'est trop drôle, marmonna Larx. D'accord, Eamon. C'est noté. On en parlera. Je parlerai à mes amis de l'école, peu importe. Si je peux, j'aimerais de pas faire passer le sujet d'avec qui je dors avant l'attaque d'Isaiah, cependant. Je souhaite vraiment savoir qui utilise un putain de gros couteau pour faire des trous dans mes enfants !

— Ou un gros pistolet pour faire des trous dans des gars sans nom dans le lac, déclara Aaron,

Larx gémit, puis il regarda pensivement Aaron.

— Tu penses qu'ils sont reliés ?

— Non… ? dit Aaron en inclinant la tête, l'air de douter.

— Qu'est-ce qui vous ferait penser ça ? demanda Eamon.

— Je ne sais pas, répondit Larx en haussant les épaules. Nous sommes une petite ville, vous savez ? Chaque ville a ses problèmes et la violence ne concerne pas seulement les grandes métropoles, mais deux crimes violents en un jour ? Quelles sont les probabilités ?

— Mais la victimologie est mauvaise, déclara Aaron, impressionnant Larx avec le mot, malgré sa dépendance à la fiction policière. Un homme d'âge moyen a été abattu et jeté à l'eau et un adolescent a été poignardé et laissé pour mort. En dehors de la violence…

— Et le fait que ce sont des crimes personnels, déclara Larx. Tu dois l'admettre, tirer dans le visage d'un homme en sous-vêtement c'est…

Les trois hommes frissonnèrent. Oui, c'était personnel.

— Le truc du couteau était brutal et personnel aussi, dit Eamon en réfléchissant. Vous avez de bons instincts, Larx. Je ne sais pas si nous pouvons encore relier les deux enquêtes, mais je pense que nous pouvons garder cette hypothèse à l'esprit.

Larx acquiesça et regarda Aaron.

— Es-tu sûr qu'ils n'ont pas besoin de toi pour l'enquête de voisinage ou autre chose ?

— Non, le reste des forces de l'ordre fait du porte-à-porte, Larx, dit Eamon en secouant la tête. Une partie de mon travail ne consiste pas seulement à résoudre des crimes, mais aussi à faire en sorte que la ville ne s'auto brûle pas parce que les gens sont des abrutis empotés et inconstants. Vous êtes le cœur de cette bataille en ce moment. Passer des appels et superviser le bal sont comme des batailles tactiques et le shérif adjoint George est votre bras droit.

Il se leva et Larx se leva avec lui.

— Attendez une minute, Shérif Mills, et je vous préparerai un cinquante-cinquante dans un mug de voyage.

— Du chocolat chaud et du café ? dit Eamon avec mélancolie. C'est très aimable Principal Larkin. Vous venez de devenir mon membre du corps enseignant préféré.

Larx laissa échapper un sourire à travers la grisaille du matin.

— Je dois travailler sur mon curriculum vitae dans les prochaines heures. Je ne manquerai pas d'ajouter cela.

UNE HEURE plus tard, les jeunes avaient déballé les vêtements et les affaires personnelles de Kellan et avaient converti la salle de jeux en chambre à coucher pour le jeune homme, pour aussi longtemps qu'il aurait besoin de rester dans un endroit sûr. Christi avait même été jusqu'à sortir des posters de matchs et de vieilles affiches de football du temps où Olivia avait eu le béguin pour l'un des Green Bay Packers et qu'elle n'avait pas jetés. Ils les accrochèrent, ainsi qu'un dessin d'Isaiah que Kellan avait réalisé en cours de dessin. Larx avait ressorti la vieille couette bleu et marron et l'ours qu'Olivia gardait dans son lit lorsqu'elle venait le voir.

— Il y a de l'amour en lui, dit sobrement Christi. Lorsque nous sommes venus vivre ici, au début, Olivia et moi faisions des cauchemars. Larx a gardé cet ours dans son lit. Nous avons dormi avec lui cette nuit-là et il nous a donné l'ours la nuit suivante en disant qu'il avait tous ses bons rêves pour nous garder en sécurité.

— Est-ce que ça a marché ? demanda Kellan timidement, comme si c'était important, alors qu'il enlaçait l'ours.

— Oui, affirma Christi en hochant la tête vers son père. Nous pouvions dormir lorsque cet ours était dans notre lit… Car c'était papa qui s'assurait qu'on nous aimait.

Kellan serra l'ours un peu plus et regarda Larx avec un désir naïf dans ses yeux verts.

— Je peux l'avoir ? Vraiment ?

Larx ouvrit les bras et Kellan se précipita comme n'importe quel enfant qu'il avait embrassé.

— Oui, gamin. Il est tout à toi. Le même amour, je te le promets.

Kellan hocha la tête et posa l'ours sur le coin du futon, au-dessus de son oreiller.

— Pensez-vous que le shérif adjoint George soit prêt à aller à l'hôpital ? demanda-t-il après avoir observé la pièce.

Le sèche-linge s'éteignit à ce moment-là et Larx grimaça.

— Donne-lui cinq minutes, ses vêtements viennent seulement de finir de sécher

Aaron montrait à Kirby comment nettoyer le jardin et finir de construire le bûcher, une tâche que les hommes George s'étaient eux-mêmes assignée, apparemment.

— Euh, Larx ? demanda Kellan, son regard passant de Christi à son professeur et vice-versa.

— Oui ?

— Euh, le shérif adjoint George est-il resté ici la nuit dernière ?

Oh.

— Oui.

— D'accord, dit Kellan en souriant un peu. Je vais… je vais garder le secret.

— Pas trop longtemps, concéda Larx. C'est juste… très nouveau.

— C'est une bonne chose, dit Kellan en hochant la tête pour souligner ces propos. Isaiah et moi, nous ne pouvons pas être les seuls, vous savez ?

— Je sais, dit Larx en tapant dans ses mains pour tous les faire sortir. D'accord, tout le monde, je vais dire à Aaron de s'habiller et nous pourrons nous mettre en route pour le spectacle !

Aaron poussa Christi, Schuyler et Kellan dans le 4x4 avant de sortir lui-même, s'arrêtant une minute pour coincer Larx dans la cuisine.

— Quoi ? demanda celui-ci, son estomac dérangé par toutes les possibilités de se tromper. Y a-t-il autre chose que je ne sais pas ? Un autre moulin à vent à combattre ? Un autre fichu dragon qui se cache dans les arbres ?

— Larx. Chut.

Aaron commença à le faire taire avec un baiser et Larx s'ouvrit à lui avec avidité, ayant besoin de tout le réconfort et de toute la chaleur que son compagnon essayait d'insuffler à ses amygdales avec sa langue insistante.

Aaron recula pour chercher de l'air. Larx se perdit dans ce petit pays imaginaire où ils auraient du temps pour eux.

— Larx ? dit Aaron dans son oreille.

— Oui ?

149

— Je rentre à la maison avec toi après le bal de ce soir. J'aurai des vêtements pour demain et lundi avec moi. Kirby aussi.

— Quoi ?

— Les parents n'ont jamais la maison pour eux seuls, tu le sais, n'est-ce pas ?

— Mais…

— Tout le monde pense qu'on couche ensemble de toute façon. J'aimerais en retirer un peu de sexe.

— Aaron, ce n'est pas une raison…

Il fut interrompu par un autre baiser à faire fondre puis durcir, et sans remords.

— Ce n'est pas pour ça que je veux coucher avec toi, dit Aaron, le souffle court.

Larx l'étudia un moment. Il était si blond, si sérieux et si gentil.

— Ce sera réel, dit-il. Si tu restes toute la nuit, autant en parler à toute la ville.

— Larx, je veux parler de toi au monde entier. Je reviendrai avec des hot-dogs, des guimauves et des duvets. Nous ferons un feu de joie demain parce que nous devons faire quelque chose de normal et nous gérerons ensemble le bal et tout ce que la ville nous fera subir.

Larx ferma les yeux et s'imprégna de cela.

— C'est comme si nous avions été ensemble toute ma vie, avoua-t-il faiblement. Comme si me réveiller avec toi est normal. Comme le travail en équipe, c'est ainsi que nous sommes censés être.

— Alors nous le ferons ainsi, promit Aaron.

Il l'embrassa à nouveau, sur le front cette fois, et Larx se retrouva seul dans une maison calme pour prétendre qu'il était un politicien au lieu d'un enseignant.

S'il n'avait pas eu le goût d'Aaron sur la langue, s'il n'avait pas eu l'impression de le sentir encore sous ses paumes, Larx aurait douté que sa vie avait changé.

Mais elle avait changé et c'était ces changements qui lui donnaient la force nécessaire pour la tâche à venir.

CINQUANTE-CINQ APPELS téléphoniques et une tonne de guirlandes en papier crépon plus tard, Larx se tenait dans le gymnase de l'école, regardant Aaron donner un coup de main, souhaitant qu'ils aient pu rester à la maison

150

avec Christi, Kellan et Kirby. (Hé, hé, allitération !) Il pouffa de rire, ce qui signifiait que oui, il venait juste de dérailler.

— Si tu ne veux pas que tout le monde sache que tu es amoureux de cet homme, tu devrais arrêter de le fixer, dit Nancy, malicieuse.

Larx se secoua, conscient qu'il avait un peu trop regardé Aaron.

— Au point où j'en suis, je pourrais regarder mon chat se lécher sans m'en rendre compte, lui dit Larx, un peu injustement. Je ne fonctionne pas bien avec quatre heures de sommeil. Deux jours d'affilée.

— Oui, je comprends, répondit-elle en bâillant, rappelant à Larx qu'elle avait été beaucoup présente la nuit précédente, elle aussi, qu'elle était la deuxième personne qu'il avait appelée après Yoshi et qu'elle était déjà réveillée.

Elle avait des enfants à l'école primaire, la pauvre. Le football ne laissait aucun répit.

— D'après les rumeurs, tu as été au téléphone toute la journée, poursuivit-elle. Comment ça se passe ?

Larx haussa les épaules. Tous ceux à qui il avait parlé avaient exprimé leur soutien.

— Tout le monde a l'air de ne pas vouloir immoler les garçons. J'ai de l'espoir. J'ai soixante personnes qui viennent en soutien à la réunion du conseil d'administration jusqu'à présent et j'appelle les gens de l'école primaire demain.

— Nous avons besoin déjà besoin d'une plus grande pièce, observa Nancy. J'appellerai Jenny Graves demain. Nous pouvons utiliser l'auditorium.

— Crois-le ou non, j'ai déjà appelé Heather à ce propos ce soir, alors que j'étais au sommet d'une échelle en train d'accrocher des guirlandes, gronda-t-il.

— Tellement toi. Et, oui, j'imagine bien la scène, répliqua Nancy en riant.

Aaron était là pour aider et il s'était retourné à cause d'un mouvement de chaise et il avait perdu son calme.

— Bon sang, Principal Larkin, descends de là et comporte-toi comme si tu étais un fichu adulte !

La déléguée de classe s'était presque fait pipi dessus en riant parce qu'un adulte, *un représentant de l'autorité*, ne venait pas seulement de jurer devant elle, mais avait aussi tancé son principal. Larx avait finalement scotché la fichue guirlande et avait continué sa conversation avec Heather.

— Donc, vous n'allez pas changer de lieu ? avait-il demandé.

— Nous ne voyons aucune raison de le faire en ce moment, avait-elle répondu doucement. La communauté saura que les enseignants sont là. C'est suffisant.

— Il ne suffit pas de « savoir » qu'ils sont là, s'ils sont dans une autre pièce. Ils ont besoin de nous voir, de voir que nous sommes préoccupés par la tentative de meurtre d'un de nos étudiants.

— Nous pensons simplement que l'attitude des enseignants pourrait détourner l'attention du problème. Si vous voulez bien m'excuser, j'ai un autre appel.

Il avait fixé alors son téléphone, indigné, et avait levé les yeux vers Lisa, la pauvre déléguée de classe qui riait encore. Il lui avait souri, mais au fond de lui, il avait mal au cœur.

Des jeunes comme Lisa voulaient faire une différence positive dans le monde. Comment grandissaient-ils pour devenir des gens comme Heather, qui voulaient contrôler le monde différemment ?

Larx sourit à Nancy parce qu'il était fatigué d'être énervé et blessé, mais elle vit à travers lui en une seconde.

— Qu'est-ce qu'elle a dit ? demanda-t-elle avec perspicacité.

C'était une forte femme blonde avec un teint de rousse, qui avait probablement été pétillante et adorable à l'adolescence. Aujourd'hui, elle était aimable, gentille, brillante et plus forte qu'elle n'en avait l'air. Cependant, il était facile de sous-estimer Nancy Pavelle et Larx fit un effort pour ne pas le faire comme les autres.

— Elle nous met dans une salle à côté, dit-il encore furieux.

— Vraiment ?

— Vraiment.

— *Foutrement* vraiment ?

— Foutrement vraiment, vraiment, ma chérie, répliqua Larx en lui souriant, ravi. Nous allons être parqués dans une salle de conférence avec un système de sonorisation pendant que ces conneries nous tomberont dessus.

— Non, dit-elle en secouant la tête. Tout d'abord, nous arriverons tôt, autant que possible.

— Deuxièmement ? demanda Larx en lui souriant, déjà encouragé.

— Eh bien, j'irai en premier. Personne ne m'écoute lorsque je prends la parole dans ces occasions, de toute façon. Je ferai défiler les enseignants dans la salle de conférence pendant mes deux minutes. Tous. Ainsi, les parents sauront combien de personnes sont préoccupées par ce qui est arrivé à Isaiah et que le conseil ne parle pas en notre nom à tous, et certainement pas Whitney Olson.

— J'aime ce plan ! dit-il tirant un certain réconfort de Nancy et de son approche réfléchie. J'aime beaucoup ce plan !

— Bien, dit-elle en lui faisant un clin d'œil. Maintenant, parle-moi du shérif adjoint George et de toi.

Larx la regarda et elle haussa les épaules.

— Quoi ?

— Tu ne penses pas que c'est peut-être un mauvais sujet pour un bal scolaire ? lui demanda-t-il avec insistance.

Elle s'arrêta, fit une pause, puis grimaça.

— Merde. Tu sais quoi ? Cela ne devrait pas l'être. Tu m'as posé des questions au sujet de mes enfants, de mon mari, de mes parents. Pourquoi n'est-ce pas admissible ? Debbie Conrad est là-bas en train de parler de son petit ami et de la façon dont celui-ci lui avait vraiment fait une proposition orale...

— Tu es sérieuse ?

— Elle dit que c'est un motif de rupture.

— Mais les enfants peuvent l'entendre ?

Il commençait à redouter les haussements d'épaules de Nancy.

— Les jeunes ne l'écoutent pas, ils essaient tous de jouer à frotti-frotta sur la piste de danse.

Larx regarda par-dessus les corps se pressant, se concentrant sur tout ce qui le faisait se sentir trop vieux cette semaine et il grimaça.

— Nous devrions probablement faire une manœuvre de traçage à la prochaine chanson.

Nancy acquiesça. La « manœuvre de traçage » consistait à concentrer des enseignants à un bout de la piste et à les faire traverser la foule des danseurs d'un bout à l'autre. Larx était conscient que cela ne garantissait nullement qu'une autre grossesse ne commencerait pas sur la piste de danse, mais une de ces manœuvres toutes les quinze minutes en réduisait probablement la possibilité.

— Mais en attendant, dit Nancy comme s'ils n'avaient pas laissé tomber le sujet, j'aimerais vraiment savoir pour toi et le délicieux adjoint du shérif.

Il regarda autour de lui et la presque totalité des jeunes était vraiment au buffet ou essayait de simuler le sexe sur la piste de danse.

— C'est le début, dit-il heureux qu'il fasse sombre et qu'elle ne puisse pas voir ses joues rouges. Il existe quelque chose. Une relation.

Nous courons ensemble, nous nous pelotons, nous nous suçons, nous échangeons des baisers nécessaires, nous dormons ensemble, nos enfants savent, nos amis savent, c'est réel. C'est réel, c'est réel.

— C'est réel, dit-il après une profonde inspiration. Je... il continue à promettre qu'il ne s'en ira pas.

— C'est bien, dit Nancy en se raclant la gorge avant de lui caresser doucement l'épaule. Tu as été seul trop longtemps.

— Mes chaussettes sont assorties, mes cheveux sont peignés et j'ai une cravate, dit-il en la regardant drôlement. Larx est très autosuffisant, merci.

— Oui, Larx. Tu es un sacré roc. Maintenant, va faire taire Debbie avant que les jeunes commencent à penser qu'une proposition orale est une demande en mariage.

C'était, de fait, une priorité.

— ALORS, PENSES-TU que l'une d'elles se soit retrouvée enceinte ce soir ? demanda Aaron sur le chemin du retour.

— Nous avons fait de notre mieux, affirma Larx en riant, se sentant en sueur, moite et grincheux. Je jure que si j'avais dû faire encore une traversée de la piste de danse, j'aurais commencé à distribuer des préservatifs et à leur dire d'y aller, mais de rester protégé.

— Argh. Ça aurait mis un terme à ta carrière, mais ça l'aurait fait avec panache, au moins.

— Oui, mais cette musique me fait me sentir vieux, dit-il en se relaxant dans son siège pendant qu'Aaron conduisait.

— J'ai entendu du Linkin Park à un moment donné, dit-il.

Larx aussi.

— Je voulais les voir danser, dit-il d'un air désabusé, se sentant stupide et idéaliste. Sais-tu ce que ça signifie pour moi de voir deux garçons danser au bal au lycée ?

— Oui, acquiesça Aaron. Je sais.

— Mais c'était plus que ça. Je voulais les voir danser eux, soupira-t-il, se souvenant de ce souffle de joie qu'il avait ressentie lorsque les garçons avaient fait leur coming out.

Bon sang, était-ce seulement jeudi ?

— Je voulais les voir vivre leur vie sans que le placard leur tombe dessus.

— Ils ont toujours ça.

— Oui, mais ils ont aussi ce qui arrive maintenant. Ils l'ont, et maintenant le conseil d'administration essaie de faire en sorte qu'une femme trouvant l'estomac d'un garçon, parce qu'il a commis la faute d'être gay, devienne notre responsabilité parce que nous avons laissé cet acte se produire. Je ne... je *devrais* comprendre. Je devrais. « Hé, nous n'acceptons pas les gays ! Nous avons peur parce que nous ne sommes pas qualifiés pour faire face à des psychopathes maniant le couteau ! Donc, nous allons confondre les deux problèmes et donner à chacun une raison de haïr ! » Je saisis la stratégie et je sais ce qu'ils essaient de faire, mais je ne comprends pas. Pourquoi ont-ils des responsabilités s'ils sont aussi stupides ?

— Je ne sais pas, Larx, répondit Aaron, son rire amer retentissant dans la voiture. Peut-être parce que les gens intelligents se battent pour ne pas être assis à la place du conducteur, tu ne crois pas ?

— Argh ! s'exclama Larx en se couvrant son visage à deux mains et en luttant contre l'envie de donner un coup de pied dans le véhicule appartenant à son compagnon. Cette réunion du conseil va être une parodie, tu le sais, n'est-ce pas ?

— Non. Parce que tu seras là et je ne sais pas si quelqu'un te l'a dit, Larx, mais tu ne supportes pas les imbéciles.

— Vraiment ?

— Carrément.

— Tu me fais paraître sanguinaire, dit Larx, surpris de s'entendre rire. Je suis vraiment un homme gentil.

— Évidemment que tu l'es.

— Je suis énervé. Quelqu'un a blessé un de mes jeunes.

— Je sais, bébé, dit Aaron, sa voix devenant intime. Tu as l'impression d'être une cocotte-minute. Je suis passé par là. Pas vraiment comme ça, mais tu te souviens de...

— Du cas de Healey, dit Larx, se sentant engourdi. Je me souviens.

Une opération sur une entreprise familiale de marijuana s'était transformée en fusillade avec les shérifs adjoints. Cinq ans plus tôt, se souvint-il.

— Maureen était en deuxième année. Elle était à son entraînement de basket lorsque c'est arrivé. Je me souviens que tu as déposé les enfants à l'école le lendemain et que tu avais toujours ton écharpe.

Il y avait eu une enquête, Aaron avait été en congé payé durant six semaines, pendant que les fédéraux et le comté disséquaient sa vie afin de voir s'il avait pris la mauvaise décision.

— Nous avons vu de la fumée, dit Aaron, sa voix perdue dans le souvenir. Warren et moi sommes allés enquêter, c'est tout. Nous avons appelé, je me suis avancé en premier, il est resté en arrière et, oh bon sang, ces foutus psychopathes avec leurs Uzis ont commencé à nous tirer dessus. C'était fou.

— Tu as été innocenté, dit Larx, la voix rauque.

Il savait que son compagnon avait voulu le rassurer, mais il ne pensait ni à l'enquête ni à la carrière d'Aaron. Il pensait à cette écharpe, à la manière dont il s'était fait tirer dessus et, oh, oh, cela aurait pu être pire et il ne l'aurait jamais connu.

— Oui, mais c'était inconfortable. Je ne vais pas mentir. Cependant, c'est ce qui arrive lorsque tu assumes tes responsabilités, tu sais ?

— Hum, humm, marmonna Larx, peinant à respirer, sa tête prise de vertiges. On t'a tiré dessus.

— Ça allait.

— On t'a tiré dessus ! dit Larx, avec l'impression qu'un cinq tonnes roulait sur sa poitrine et sa tête juste au moment où Aaron s'engageait dans l'allée de la maison. Je vais me rendre au conseil de l'école et tu pourrais te faire tirer dessus !

— Hum, oh.

Larx laissa tomber ses mains et regarda à l'extérieur, s'attendant à voir des gyrophares, des policiers, la maison en feu ou de fichus monstres au point où il en était. Son adrénaline coulait si fort dans son sang qu'il sentait ses paupières palpiter.

— « Hum, oh », quoi ? Les enfants ? Ils vont bien, n'est-ce pas ? Oh, bon sang, j'ai un autre enfant. J'en ai deux. J'ai un fichu Haiku [5] qui dort dans ma salle de jeux ! Et ils pensent que je suis un adulte. Je vais devoir faire mon coming out devant la commission scolaire et tu pourrais te faire tirer dessus !

Aaron coupa brusquement le moteur et tandis que Larx continuait à osciller sur son siège, il déboucla sa ceinture, puis celle de son compagnon, mettant pratiquement sa tête sur ses genoux pour arriver à la boucle.

5 Il s'agit d'un petit poème japonais extrêmement bref visant à dire et célébrer l'évanescence des choses.

156

— Larx, bébé, calme-toi.

— On t'a tiré dessus !

— Arrête de dire ça ! dit Aaron en encadrant son visage avec des paumes froides, le tenant simplement, le regardant dans les yeux et respirant calmement et profondément jusqu'à ce que Larx se reprenne et essaie de calmer sa respiration.

— Je suis… je suis…

— Paniqué. J'ai compris. Respire profondément, Larx. Un. Deux. Trois. Comment ça va ?

— C'est comme si mon cerveau fonctionnait aléatoirement, dit-il avec un émerveillement horrifié, ses yeux le brûlant. J'ai au moins vingt problèmes dont je dois m'inquiéter, de vrais soucis peuvent arriver et tout ce qui ressort au-dessus, c'est que tu t'es fait tirer dessus, il y a cinq ans. Pourquoi est-ce si important ? Sauf que tu aurais pu mourir et je ne t'aurais pas connu et, oh, oh, à quoi ressemblerait le monde sans toi ?

Le baiser d'Aaron ne fut pas une surprise.

Larx ouvrit la bouche et essaya de se détendre, de permettre au contact de le calmer et, dans une certaine mesure, cela fonctionna, mais pas totalement.

Aaron approfondit le baiser, glissant ses mains sur la mâchoire de Larx, puis sur son cou et une partie de l'anxiété s'évanouit, mais pas les yeux brûlants ni la gorge enflée.

Larx frissonna violemment et Aaron s'éloigna de lui pour murmurer à son oreille.

— Laisse-toi aller, Larx. Tu n'as pas être fort tout le temps, maintenant.

Il laissa sortir un gémissement de désir et de frustration mêlés et il se laisser aller, s'effondrant dans les bras d'Aaron. Celui-ci l'attrapa, le serra, le piégeant contre sa poitrine, lui faisant savoir qu'il était là, qu'il allait bien et que Larx pouvait continuer à respirer, un problème à la fois.

Les frissons de Larx s'apaisèrent et il se rendit compte des bonnes choses, la chaleur d'Aaron à travers sa veste de cuir, l'odeur de sueur et d'après-rasage, la sensation de sa joue mal rasée contre la sienne.

Le grondement de sa voix profonde pendant qu'il chantonnait « I Want to Know What Love is » des Foreigner.

— Foreigner ? demanda-t-il en laissant échapper un rire bas.

— Bon sang, gronda Aaron. Je suis tellement fatigué de la pop et du hip hop, ce soir. Je sais que cela me rend vieux, mais j'en ai marre.

— De la daube, marmonna Larx. D'accord ? J'aurais pu tuer pour un titre d'Offspring ou Green Day ou… merde, nous sommes si vieux.

— The Killers, soupira Aaron. Était-ce trop demander ?

Cette fois, ce fut un vrai rire, sans aucune amertume. Il commença à chanter « I Want to Know What Love Is », avec les paroles exactes. Aaron pressa la tête de Larx contre son épaule et ils chantèrent tranquillement ensemble.

— C'est une chanson nunuche, souffla Larx lorsqu'ils eurent fini le refrain.

— Elle m'a beaucoup aidé à m'envoyer en l'air, avoua Aaron.

— Mmm. C'était « Love Song » de Tesla, pour moi.

— Des garçons du coin, commenta Aaron, l'air approbateur. Larx, rentrons. Voir comment vont les enfants, prendre une douche…

— Parce que, oh oh, ces enfants transpiraient, jura Larx avec ferveur.

— Allons nous laver. Puis nous ramperons ensemble dans le lit et… tu sais. Nous pourrons voir ce qu'est l'amour.

— Avec plaisir.

C'étaient de douces paroles mais le cœur de Larx n'était pas au diapason.

— Avec plaisir, répéta-t-il en caressant la joue d'Aaron. N'importe quoi. Où que tu sois. C'est là que je te trouverai.

— Bien sûr, murmura Aaron contre sa tempe.

Une inspiration. Puis une autre. Une troisième. Ils purent ensuite se séparer assez longtemps pour sortir du SUV.

HORS DE CONTRÔLE

LES ENFANTS bougèrent à peine lorsqu'ils entrèrent. Un jeu de Monopoly à moitié fini était posé sur la table basse avec une boîte de pizza et des canettes de soda, montrant une fête d'auto apitoiement bien organisée pour trois adolescents n'allant pas au bal de l'école. Aaron avait eu l'espoir que Kirby prendrait son courage à deux mains et inviterait une fille ou un garçon cette année, mais son fils était si pragmatique. Un peu timide aussi. Il espérait que son fils perdrait sa virginité dans le semi-anonymat de l'université parce que le fait qu'il soit dans une petite ville l'empêchait de le faire d'une manière qu'Aaron n'avait jamais anticipée.

Cependant, la vie sexuelle de son fils n'était pas, heureusement, le souci d'Aaron à l'heure actuelle, s'il devait l'être un jour.

Celle d'Aaron, par contre, allait considérablement s'améliorer. Il s'allongea sur le lit de Larx et s'accouda, attendant que Larx sorte de la salle de bain et vienne s'allonger. Il savait qu'il avait fini de se doucher, puisque l'eau s'était arrêtée depuis cinq minutes. Il avait entendu le brossage des dents, un passage rapide du rasoir électrique et ce qui devait être le contrôle de son odeur corporelle. Puis, juste alors qu'il pensait enfin voir de nouveau la poitrine de Larx, le silence.

— Larx ? demanda-t-il gentiment, se demandant combien le pauvre homme pourrait en supporter avant qu'Aaron ne doive oublier le sexe et lui donner des sédatifs jusqu'à la réunion.

— Oui ?

— J'aimerais vraiment te voir nu.

Il entendit ce léger rire surpris et presque timide auquel il s'habituait.

— Je pense que tu as largement surestimé ce corps sans vêtements.

— S'il te plaît, dis-moi que tu n'es pas debout devant le miroir en te demandant si tu peux le faire.

— J'ai du gris dans mes poils pubiens, déclara Larx.

Aaron dut étouffer son rire sur son biceps.

— Mon pubis, Aaron. Je ne les ai pas regardés depuis sept ans et ils sont devenus gris sans moi.

— Enfile ton sous-vêtement, glisse-toi à côté de moi et nous ferons l'amour en braille, dit Aaron en tendant la main pour éteindre. Il n'y a pas de poils pubiens gris en braille.

La lumière de la salle de bain s'éteignit et Aaron se déplaça pour faire de la place à l'homme en caleçon. Il regrettait un peu de ne pas pouvoir revoir son torse, mais alors que Larx se retournait dans ses bras – un homme musclé, une peau chaude et lisse – Aaron pensa qu'il pouvait vivre avec ce manque pour une fois.

Il captura la bouche de Larx dans un baiser et rien n'empira, donc il continua. Ah, le baiser s'améliora. Les baisers devenaient meilleurs chaque fois. L'haleine fraîche aidait, mais cette fois-ci, ils savaient qu'ils n'allaient nulle part. Ils n'étaient pas dans la voiture, ils n'étaient pas à l'extérieur. Ils étaient dans un lit et Aaron continua à l'embrasser. Il prit de l'élan jusqu'à ce qu'ils soient enfermés dans un baiser à pleine bouche, leurs langues se battant, leur souffle se perdant. Les mains de Larx se posèrent sur les hanches de son compagnon, le tirant vers l'avant jusqu'à ce qu'elles se frottent contre les siennes en un frottement de première classe.

Aaron gémit dans sa bouche et calma son mouvement frénétique.

— Nous allons jouir trop tôt, chuchota-t-il.

Il roula alors, épinglant Larx en dessous de lui, une partie de lui s'excitant lorsqu'il écarta ses genoux, s'assouplit et devint malléable.

— Tu as des projets ? demanda Larx, plein d'espoir et de confiance. Innocent, jeune.

— J'ai envie de te lécher partout, dit Aaron en grignotant son menton, voulant tout lui donner. Mais tu dois participer, tu sais. Dis-moi juste ce qui est bien, ce qui ne fonctionne pas…

— Je me suis lavé deux fois, dit Larx avec candeur. Tu peux tout faire avec la langue. Tu ne peux pas te tromper avec la langue. Lubrification. Pénétration. Tout est bon.

— Oh, waouh ! s'écria Aaron en riant. Tu es vraiment en manque, n'est-ce pas ?

— Huit ans, Aaron. Tu es sexy, tu es… volontaire, dit Larx en remuant son entrejambe contre la queue palpitante de son compagnon. Tu sembles même m'apprécier. Beaucoup. Tu as le poste.

— Le poste inclut de te faire l'amour, j'espère.

Larx hocha la tête, les yeux limpides dans l'obscurité et Aaron l'embrassa à nouveau, passant ses paumes sur ses bras, sur les nœuds des muscles des côtes minces, son estomac, puis sous son caleçon.

160

— Mmmn, chuchota Larx, se détendant davantage à chaque caresse.

Aaron l'embrassa dans le cou, le grignota, aimant les gémissements gourmands que Larx faisait lorsque ses dents s'enfonçaient dans la peau.

Il avait un goût de propre, bien sûr, mais aussi musqué. Aaron le lécha et se fraya un chemin jusqu'à ses pectoraux.

Larx haleta, pétrissant les muscles des épaules d'Aaron avant d'emmêler ses doigts dans ses cheveux.

— C'est super ! s'exclama-t-il en se soulevant contre son compagnon qui le suça un peu plus fort. Génial, fantastique… merde, Aaron, continue de descendre, d'accord ?

Aaron gloussa contre sa peau et sortit une langue pointue. Il balaya, chatouilla, grignota un peu plus bas, à la lisière du caleçon de Larx, repoussant la couette vers le bas alors qu'il se repositionnait.

— C'est excellent, dit-il, excité comme un adolescent. Je vais goûter ton pénis !

Larx éclata de rire et Aaron abaissa son sous-vêtement. Dans la faible lumière de la fenêtre, il pouvait voir l'objet de son désir, la grande chose, ce que beaucoup de gens voyaient comme la différence entre le sexe hétérosexuel et homosexuel.

C'était à la fois peu impressionnant et vraiment incroyable.

Il était long, droit et mince contre l'abdomen de Larx et le gland circoncis était rouge foncé, fuyant lorsqu'il fléchissait. Aaron le lécha lentement, sa langue traînant le long des veines sous la peau.

La peau était étonnamment douce.

Il saisit la queue de Larx dans son poing et la caressa, utilisant le mouvement qui lui plaisait. Il fut récompensé et encouragé en même temps par le gémissement de Larx.

Il lécha le gland, fermant les yeux pour savourer le goût du liquide séminal et le gémissement gourmand de son compagnon.

Il recommença à plusieurs reprises, appréciant la texture de la peau, la douceur du liquide pré-éjaculatoire, les bruits incohérents et étranglés de désir, Larx l'amenant à se frotter contre le lit pour soulager la douleur de son propre sexe.

Larx écarta les genoux, inclina les hanches, lui faisant clairement comprendre qu'il était son banquet et qu'Aaron pouvait le goûter autant qu'il le pouvait.

Aaron voulait le repas total.

Il garda son poing enveloppé autour de la hampe de Larx et continua à exercer cette pression délirante sur le gland avec sa langue et son palais. Il attrapa le lubrifiant qu'il avait pris dans la commode de son compagnon. La bouteille était là, exactement là où il l'avait mis et il souleva le couvercle et en couvrit ses doigts.

Il était multitâche, comme toute personne habituée à ne pratiquer que sur elle-même. Oui, Aaron avait touché son anneau dans l'obscurité au cours des dix dernières années et il avait caressé son propre sexe. Cependant, c'était la coordination qui était dure à gérer.

Il pouvait le faire pour Larx. Avec précaution, conscient qu'il pouvait s'agir d'une intrusion et qu'il lui avait dit que cela n'était pas arrivé depuis un certain temps, Aaron glissa un seul doigt au-delà de la grotte mystérieuse par le petit hublot froncé.

Larx gémit et se recroquevilla, prenant son doigt jusqu'à la deuxième phalange tandis qu'Aaron le faisait un peu tourner, essayant d'étirer l'anneau.

— Oh, bon sang, Aaron… oh. Je ne vais pas tenir…

Il se poussa un peu dans la bouche d'Aaron, juste pour le prouver. Celui-ci relâcha complètement son sexe.

Il se concentra sur sa tâche, repoussant les cuisses de Larx jusqu'à ce qu'il ait les genoux écartées et les fesses ouvertes pour qu'Aaron puisse jouer avec son intimité.

Il retira son doigt et passa sa langue sur le pli de son amant, ignorant le goût vaguement salé du lubrifiant, ayant l'impression qu'il faisait les choses bien, vu la manière dont Larx se débattait, suppliant à bout de souffle.

— Plus, Aaron, oh…

— La patience n'est pas ton point fort, marmonna Aaron, le léchant entre les mots.

— Je te veux en moi ! supplia-t-il et, oh, ce fut ce qu'Aaron fit.

Il se souleva, enleva son boxer et lubrifia son gland avant de couvrir le corps de Larx avec le sien. Doucement, il plaça son érection douloureuse juste à l'entrée étirée et lubrifiée de son amant.

— Larx, es-tu prêt ? demanda Aaron, à l'agonie.

Cela pouvait faire mal, il le savait. Cependant, il voulait être à l'intérieur de Larx autant que celui-ci le voulait.

— S'il te plaît, chuchota Larx en l'attrapant par le cou avec ses mains tremblantes. S'il te plaît.

Aaron poussa lentement, sentant l'anneau de muscles se tendre autour de son gland. Il étudia l'expression de Larx, mais ce dernier avait rejeté la tête en arrière. Son amant ferma les yeux, son visage se détendant alors qu'il s'efforçait d'accepter cette invasion dans le havre de son corps.

Aaron continuait de pousser, frissonnant lorsque la chaleur et la douceur enrobèrent son gland, continuant à s'étendre plus largement alors qu'il poussait à l'intérieur. Larx tremblait sous lui, ses membres étaient souples, ses mains empoignaient les draps et les relâchaient au rythme du désir qui secouait son corps.

Oh oui. Presque là. Presque là.

— Oh oui, soupira Aaron alors qu'il se blottissait fermement dans le cul de Larx.

Son compagnon frissonna autour de lui. Et encore une fois. Il enroula ensuite ses jambes autour des hanches d'Aaron et, les yeux à moitié baissés, trop soumis pour le regarder, il le supplia.

— Baise-moi maintenant, chéri. S'il te plaît. J'en ai tellement besoin.

Waouh. Simplement... Aaron recula, sentant la pression et le glissement de ce canal de muscles, puis il se pencha en avant, sentant la pression exquise autour de son gland. Larx gémit, déplaçant ses mains sur ses épaules et Aaron poussa, recula encore et encore.

— Plus vite !

— Argh !

Plus vite, plus dur. Larx était robuste, fort, avec un corps noueux et patiné, un coureur, musclé et coriace. Aaron poussa en lui, claquant ses cuisses contre ses hanches dans un mouvement satisfaisant et salace à la fois.

Larx gémit, les yeux révulsés, et Aaron sentit les prémices de l'orgasme secouer son corps. Il baissa les yeux juste à temps pour voir un ruban blanc jaillir dans l'obscurité, rayer l'abdomen de son amant, peindre sa poitrine et la petite tâche de poils gris et noirs au centre. Les membres de Larx tremblèrent et serrèrent intimement Aaron en lui...

Ce fut au tour de ce dernier de gémir et il étouffa le son dans le cou de Larx, voulant lécher sa jouissance et le goûter, mais il était trop engagé dans l'acte, *je baise un homme, je baise Larx et il le veut, il a joui, c'est collant et amer sous ma peau*, pour arrêter. Larx tressauta, se tendit, les lèvres serrées dans une tentative de garder le silence.

Si. Incroyablement. Sexy.

L'orgasme d'Aaron le parcourut intensément, resserrant son périnée et son intimité, tirant ses testicules vers le haut en petites boules douloureuses, serrant son estomac et palpitant à travers son sexe dans un spasme géant, presque douloureux. Il mordit l'épaule de Larx et celui-ci émit un son profond, guttural et satisfait qui défiait toute description. Aaron le mordit à nouveau, tout son corps convulsant, son orgasme le berçant assez fort pour noircir sa vision.

Il jouit, jaillit, lâchant tout dans le corps de Larx.

Ce dernier était rassasié, à moitié conscient, magnifiquement soumis à Aaron d'une manière que celui-ci n'avait jamais imaginé, ses cuisses encore écartées, ses mains lui tapotant doucement le cou alors qu'il gémissait à moitié dans l'oreille de Larx.

Oh oh. Oh, bon sang. Ils l'avaient fait et cela avait été magnifique, impressionnant, époustouflant.

Aaron ferma si fort ses yeux que les larmes glissèrent malgré lui et lorsque Larx serra les bras autour de ses épaules, il n'eut d'autre choix que de lâcher prise, s'abandonnant au confort du corps de son amant comme celui-ci s'était rendu à l'invasion de sa chair.

— Oh, Larx, chuchota-t-il lorsqu'il put à nouveau parler, put à nouveau respirer. C'était vraiment très, très…

— Important, dit-il et la désolation de sa voix fit mal à la poitrine d'Aaron.

Oh, Larx, tu n'es pas seul.

— Important, appuya-t-il, léchant une goutte de sueur coulant de la mâchoire de Larx. Nécessaire… oh… Larx, je ne peux pas vivre sans ton corps dans mon lit. Plus maintenant. Il faut que tu le saches.

— D'accord, chuchota Larx, enveloppant complètement ses bras et ses jambes autour du corps de son compagnon, tremblant violemment.

Le sexe d'Aaron glissa et il ressentit la perte de cette chaleur, de cet abri.

— Je ne peux pas… je ne peux pas retourner à la vie avant toi, dit-il d'une voix brisée. Je ne sais pas comment il y a pu y avoir une vie avant toi.

Ils étaient des hommes adultes de presque cinquante ans, mais cela n'avait rien de ridicule. Chaque contact, chaque chuchotement, chaque frisson entre eux était totalement nouveau. Ce n'était pas un jeune amour, c'était pire, plus grand, plus douloureux. Ils avaient déjà perdu avant. Ils connaissaient les dangers de l'amour. Ils étaient quand même tombés amoureux, chuchotant le nom de l'autre dans le noir, leurs corps couverts de sueur et de semence, vulnérables au froid.

Aaron voulait être la seule chaleur dont Larx aurait jamais besoin, mais il finit par tirer la couette autour de leurs épaules et roula sur le côté. Larx se servit du biceps d'Aaron comme oreiller et ils se caressèrent doucement sous la protection de leur couverture douillette, des amants adultes aussi perdus dans l'obscurité que des enfants.

À SIX heures du matin, le téléphone d'Aaron sonna près du lit. Il dut pratiquement ramper par-dessus Larx pour l'avoir et son amant gronda à peine.

— Eamon, dit-il d'une voix blasée, pensant que c'était peut-être le nom qu'il avait vu sur l'écran.

— Shérif adjoint ? Je sais que je vous ai donné congé vendredi soir, pendant que nous faisions le tour du quartier et essayions d'identifier le cadavre, mais nous avons fait une découverte et j'ai besoin de vous.

— Je dois venir ?

Oh oui, il était passionnément *venu* la veille. Aaron eut besoin d'une minute et dut se secouer avant de réaliser que les seules personnes qui voudraient évoquer ça, c'étaient Larx et lui.

— Oui, monsieur. Notre équipe de recherches a trouvé du sang sur un des quais du lac. C'est un appontement privé, il dessert dix des résidences autour et nous avons des mandats pour fouiller les terrains et les garages de chacune de ces maisons.

Eh bien, c'était un gros travail, cependant, en général, ils pouvaient être laissés à la charge des pauvres suppléants qui travaillaient le week-end.

— Et vous avez besoin de moi pourquoi ?

— Parce que l'un des noms sur la liste des propriétaires était Olson.

— Olson ? dit Aaron, soudainement, bien réveillé.

— Whitney et Carl Olson.

— Oh, merde !

Le côté du lit où il dormait s'appuyait contre le mur, donc il bougea afin de s'adosser.

— Avez-vous parlé à l'un des deux ? Leur avocat ? Qui que ce soit ?

— Vous voyez, c'est là que nous avons besoin de vous. Ce sera une surprise complète et totale et, si vous êtes là, nous pouvons visiter trois maisons en même temps, ce qui signifie…

— Nous pouvons les surprendre, dit-il avec excitation, se laissant totalement glisser et atterrissant sur le sol avec un bruit sourd. De bon matin, sept heures, nous avons trouvé le corps, trouvé le sang, nous pouvons inspecter la maison de tout le monde. Oh, bonjour, Mme Olson, nous ne savions pas que c'était vous, quelle surprise, auriez-vous une idée de ce qui flottait dans votre lac, il y a deux jours ?

— C'est ce que je disais, répondit Eamon avec un rire décidément inamical.

— Je suis totalement pour, murmura Aaron.

Il se leva en frissonnant. Ils n'avaient pas allumé le chauffage la nuit dernière, Larx était probablement un de ces païens qui attendaient qu'il fasse vraiment froid avant de le faire, ce qui signifiait qu'Aaron se déplaçait nu dans une pièce tellement froide qu'il pouvait voir son souffle.

— Laissez-moi juste m'habiller.

— Rendez-vous à l'entrée des Mustang Estates, lui dit Eamon. J'apporterai le café, cette fois, si vous promettez de m'amener un peu de la potion cinquante-cinquante de Larx demain.

— Je le lui dirai, répondit-il.

Il s'arrêta alors qu'il sortait un caleçon de son sac à dos, réalisant que cela voulait dire qu'il aurait passé trois nuits d'affilée chez Larx.

— Est-ce que cela va poser un problème ? demanda doucement Eamon.

Les joues d'Aaron brûlèrent et il enfila au plus vite son sous-vêtement pendant qu'il parlait.

— J'essaie de trouver un rythme de soirée pyjama, marmonna-t-il.

— Un rythme ? Fils, si vous vous intégrez aussi facilement dans la vie d'un homme que dans sa cuisine, votre rythme est de dormir dans son lit et de vous y réveiller, puis d'aller dormir dans son lit et de vous y réveiller. Bon sang, dois-je vous expliquer où mettre votre queue ?

Aaron enfila son tee-shirt.

— Non, monsieur, dit-il, tout son corps transpirant maintenant. Nous avons compris cela par nous-mêmes.

— Je suis soulagé de l'entendre. Maintenant, bougez votre cul et arrivez. Vous avez quarante-cinq minutes.

Eamon raccrocha et Aaron enfila son pantalon et glissa son téléphone dans sa poche arrière. Puis il enfila sa chemise kaki et attacha son badge avant de la boutonner et de boucler son étui. Il sortit son arme à feu qu'il

166

avait emballée dans une sacoche fermée à clé et l'installa à sa place avec des doigts habitués à cette tâche.

— J'avais oublié, marmonna Larx depuis le lit, le faisant sursauter.

Aaron attrapa les chaussettes et des bottes dans le sac, puis il se dirigea vers le bord du lit, repoussant un peu son compagnon afin de pouvoir s'asseoir.

— Oublié quoi ? demanda-t-il en gardant sa voix douce.

Il voulait penser à Larx chaud et endormi alors qu'il était prêt à affronter sa journée.

— Ton arme et toi.

Ils avaient été dans l'obscurité la nuit précédente. Larx n'avait donc pas pu être obsédé par les cicatrices d'Aaron, mais celui-ci savait qu'ils devraient en parler.

— Oui. J'en ai une, admit-il en se penchant pour embrasser la tempe de Larx. Je la sors rarement, mais cela m'arrive.

— Un amant si doux, bredouilla-t-il en prenant la joue d'Aaron en coupe. Difficile de croire que tu portes une arme.

Le cœur d'Aaron gonfla au point de le faire souffrir, il saisit la main de Larx et déposa un baiser dans sa paume.

— Je serai toujours ton doux amant, promit-il. Mon travail ne changera jamais ça, d'accord ?

— Marché conclu, répondit Larx en souriant, sa main glissant mollement. Où vas-tu ?

— Je vais signifier un mandat à la famille Olson.

— Pour de vrai ? demanda-t-il en essayant d'ouvrir les yeux.

— Pour de vrai, affirma Aaron. Je t'appellerai lorsque j'aurai fini. Je pourrai peut-être revenir avec un café.

— Contente-toi de revenir en un seul morceau, Shérif adjoint. Pas de nouveaux trous. C'est tout ce que je te demande.

— Commence le feu de joie sans moi si je ne peux pas arriver avant l'après-midi, dit-il, juste pour le côté pratique. Demande peut-être à Kirby d'aller chercher d'autres vêtements si Christi amène Kellan à l'hôpital.

— Autant me lever maintenant, gémit Larx.

— Absolument pas ! s'exclama Aaron en riant, en lui mettant une main sur le bras pour le maintenir immobile.

La bouche de son compagnon avait peut-être dit « je me lève », mais ses muscles étaient relâchés et mous.

167

— Toi, mon ami, tu vas rester ici et dormir au moins jusqu'à huit heures. Je sais que tu as une journée d'appels téléphoniques et d'amélioration de l'habitat devant toi, mais le moins que tu puisses faire, c'est de dormir suffisamment pour y arriver.

— Tu es très autoritaire. Avoir été l'actif n'a pas fait de toi mon patron. Attends que ce soit mon tour. Je serai si doux et si soumis à toi que le lendemain, tu devras vérifier pour être sûr que c'était ma queue dans tes fesses.

Aaron éclata de rire, ne sachant pas si c'était le sommeil ou l'homme qui parlait, mais pensant qu'il était drôle et décomplexé ainsi.

— Je saurai certainement à qui appartient le sexe dans mon cul, murmura-t-il à côté de l'oreille de Larx avant de mordiller son lobe quelques instants. Maintenant, sois gentil et j'allumerai ton chauffage avant de partir.

— Tu m'aimes, gémit-il, totalement hédoniste.

Ce n'était même pas une question. C'était aussi simple et réel que tomber amoureux de sa femme l'avait été.

— Bien sûr, chuchota Aaron à son oreille.

Puis il l'embrassa sur la joue une fois de plus et s'éloigna avant que Larx réalise ce qu'il avait dit et panique à ce sujet. Ce n'était rien de plus que la vérité.

MOINS D'UNE heure plus tard, le shérif Mills et l'ensemble des adjoints se tenaient en petit groupe près du bureau de service d'Eamon, attendant leurs assignations de mandat.

— Tout le monde sait où aller ? demanda Eamon.

Ils savaient, bien sûr.

— Les cours, les locaux techniques des piscines, les dépendances, les garages, dit Aaron, vivement. Nous n'avons pas d'autorisation pour la maison. Si nous trouvons un élément intéressant, nous demandons à Andréa et Gracie de le recueillir et de procéder à des analyses.

Il pointa du doigt les deux expertes médico-légales avant de poursuivre son explication.

— Si nous trouvons du sang, des corps ou des armes, nous avons une cause probable et nous pouvons fouiller la maison. J'ai tout couvert, patron ?

Eamon acquiesça.

— Vous devez couvrir vos arrières, dit-il sérieusement. Ces gens sont riches. La majorité d'entre eux ont des avocats pour leur pipi matinal et si vous éternuez sur leurs Bentley, nous serons les seuls à en payer les frais. Est-ce clair ?

— Oui, monsieur.

Aaron regarda Warren Coolidge avec qui il avait l'habitude de travailler lorsqu'ils faisaient ce genre de procédure.

— Tu veux que je fasse l'intermédiaire pendant que tu fouilles un peu ?

— Je sais que c'est une garce finie. Tu es le bienvenu pour t'occuper d'elle.

Aaron acquiesça et se souvint de l'opinion de Larx sur le fait que les deux crimes étaient liés.

— Écoutez, soyez vigilants sur tout. Vêtements, signes de destruction de preuves, couteaux de chasse…

— Mais… il n'a pas été abattu ?

— Deux crimes violents en quoi ? demanda-t-il en soupirant. Deux, trois jours ?

Warren était plus jeune qu'Aaron, beau, avec des yeux bleus encadrés de cils noirs et une bouche bien rouge, mais il avait une sorte d'esprit tranquille, peu instinctif. Aaron l'avait souvent vu sans sa chemise, mais jamais, pas une seule fois, il n'avait ressenti le besoin de le suivre partout et de le supplier de ne pas courir sur la route. Il commençait à se rendre compte à quel point il avait apprécié la personnalité de Larx et pas seulement sa belle poitrine scintillante.

Enfin, *finalement*, Warren arriva à la même conclusion que Larx, la veille.

— Tu penses que le gamin poignardé est lié à l'autre crime ?

— C'est une idée, répondit Aaron en haussant les épaules.

Il se souvenait de Larx disant que Whitney était arrivé en retard, à bout de souffle, les cheveux mouillés. Mustang Estates était à environ vingt minutes du lycée. Quinze si tu filais comme si tu étais couvert de sang et que tu ne voulais voir personne. Combien de temps avaient-ils attendu l'ambulance ? Pendant combien de temps les ambulanciers s'étaient-ils occupés d'Isaiah avant de partir pour l'hôpital ? Combien de temps avait-il fallu pour rassembler les lycéens et lancer la recherche ? Assez longtemps pour qu'une femme puisse courir vers sa voiture, rentrer chez elle, prendre une douche, puis revenir ?

Réfléchis... Réfléchis... Réfléchis... Eh bien, tout dépendait de l'endroit où elle avait garé sa voiture, n'est-ce pas ?

Il se souvint d'avoir vu Julia dans un coin en train de taper furieusement un texto, et pas à un ami dans la foule.

— George ! aboya Eamon.

— Oui, monsieur, nous partons, répondit Aaron en se concentrant sur l'instant présent.

Warren était venu avec Eamon et Aaron lui fit signe de monter en voiture avec Gracie.

Son estomac vibrait d'anticipation, un frisson d'électricité l'enveloppait. La dernière fois qu'il avait ressenti ce frisson, Warren et lui frappaient à la porte d'une petite entreprise de marijuana et c'était pour cette raison qu'il avait entendu le déclic de l'arme avant le premier coup de feu. Écouter ce bourdonnement avait sauvé sa vie et celle de Warren, ce jour-là. Il espérait que cela leur servirait aussi bien aujourd'hui.

Sur le domaine Olson, la maison principale faisait à peu près la longueur d'un demi-pâté de maisons. Elle était située sur un kilomètre carré de la propriété et avait l'air grande, mais pas monstrueuse.

Du moins jusqu'à ce qu'Aaron ait propulsé le SUV de l'unité par-delà la longue allée en béton, au sommet de ce qui avait été autrefois une petite colline.

— La piscine, le local technique, le garage...

— Le garage pour quatre voitures, marmonna Warren.

— La cour...

— Jusqu'où ? demanda Gracie.

La maison elle-même avait une cour de taille décente, clôturée par un chef-d'œuvre en fer forgé d'environ un mètre vingt de haut. Mais, au-delà de celui-ci, la propriété elle-même s'étendait sur quelques acres et alors qu'Aaron s'arrêtait devant la maison des invités sur le côté de la maison et scannait cette étendue, il vit la fumée d'un feu récemment allumé.

— Commence par le feu, dit-il d'un air sombre. Cela fait partie du terrain, ça compte.

— C'est un endroit parfait pour essayer de se débarrasser de preuves, concéda Gracie. D'accord, les gars, Aaron voici votre équipement au cas où vous trouveriez la scène de crime.

Elle lui tendit un petit paquet scellé contenant des gants et des chaussons, ainsi qu'un sac et des pinces pour les petites choses.

170

— Attends au moins que nous ayons délivré le mandat, dit Aaron sèchement, empochant le matériel, cependant.

Son estomac bourdonnait. Il se dirigea vers la porte, Warren dans son dos, tandis que Gracie continuait jusqu'au garage qui s'étendait de l'autre côté de la maison. Elle attendrait son signal, mais le fait était que le mandat n'avait pas besoin d'être notifié ni qu'une personne soit présente sur la propriété. C'était une courtoisie, comme l'avait dit Eamon. Une façon de se couvrir.

Il frappa fortement à la porte, peu surpris lorsqu'une gouvernante ébranlée répondit à la porte.

— Pouvons-nous parler à la maîtresse de maison ? demanda-t-il poliment.

La femme, la quarantaine, le visage ridé et stoïque, regarda vers l'arrière en levant les yeux

— Elle n'est pas bien en ce moment, dit-elle doucement. Que puis-je faire pour vous ?

Aaron sortit la copie du mandat que Whitney voudrait certainement donner à son avocat.

— Pouvez-vous donner ceci à Mme Olson et lui dire que nous allons fouiller son terrain, son garage et toutes les dépendances de sa maison ? Nous aurons besoin d'ouvrir la porte du garage. Si cela ne se produit pas dans un délai raisonnable, nous devrons forcer l'ouverture et je ne peux pas promettre que ce sera fait sans dégâts. Selon ce mandat, si nous trouvons une cause probante dans l'une des parties extérieures, nous pouvons nous concentrer ensuite sur l'intérieur, donc elle doit en être informée.

Bon sang, faites que ce soit à l'extérieur, pensa-t-il d'un point de vue strictement pragmatique. Il détesterait être chargé de fouiller cet endroit, les chances de rater un petit détail dans un endroit aussi grand étaient stupéfiantes.

La femme prit le papier avec un mouvement presque frénétique, comme si elle avait souvent l'habitude d'esquiver des mots de colère, puis elle acquiesça, visiblement apeurée.

— Je le lui donnerai, dit-elle. Mais elle ne sera pas heureuse.

À cet instant, Aaron attrapa un bruissement à la périphérie de sa vision et il leva les yeux, juste à temps pour voir le bord d'une chemise de nuit blanche vaporeuse disparaître.

— Madame Olson ? appela-t-il en faisant un pas à l'intérieur. Madame Olson ? Nous fouillons votre propriété en ce moment et celles

171

de vos voisins. Il est possible qu'un fugitif dangereux se soit réfugié sur le terrain ou dans cette zone, si je pouvais avoir un instant de votre…

— *Allez vous faire voir !* cria Whitney.

Aaron secoua la tête.

— Eh bien, marmonna-t-il. Je suppose qu'elle va appeler son avocat.

Il salua la pauvre gouvernante, qui allait passer une très mauvaise matinée, et sortit, fermant la porte derrière lui. Il se dirigea vers Gracie et ils traversèrent le grand espace devant le garage. Ils étaient au milieu de la deuxième porte lorsqu'Aaron entendit le son inimitable d'un moteur performant se remettant à peine d'un démarrage à froid venant de derrière la porte devant laquelle ils passaient. Il saisit instinctivement le bras de Gracie et la tira violemment, les dégageant tous les deux sur le bord de la deuxième porte, qui explosa derrière eux. Aaron continua à courir, relevant Gracie lorsqu'elle trébucha et il se retourna à temps pour voir Julia Olson, le visage crispé de peur, dirigeant ce gigantesque véhicule en bas de la colline. Elle fonça, conduisant d'une manière si inexpérimentée qu'entre l'inclinaison et la vitesse, elle faillit quitter la route.

Elle réussit cependant et s'éloigna, laissant Aaron et Gracie, leurs cœurs battant à tout rompre et tremblants tous les deux de la montée d'adrénaline.

— Eh bien, au moins, nous n'avons pas à leur demander de nous laisser entrer, dit Aaron en regardant les restes de la porte fracturée dans l'allée.

— Euh, Aaron ? demanda Gracie, les yeux exorbités. Est-ce que ça ressemblait à une voiture que tu aurais donnée à une adolescente ?

— Non, marmonna-t-il en faisant quelques pas vers l'intérieur du garage.

Effectivement, une Kia Sportage bleu vif immaculée était garée dans le fond.

En fait, cela ressemblait au genre de voiture qu'un adulte ordonnerait à son enfant de prendre pour quitter les lieux afin de cacher des preuves

— Shérif Mills, ici le shérif adjoint George, me recevez-vous ? dit-il après avoir sorti sa radio.

— *Que se passe-t-il, shérif adjoint ?*

— Julia Olson s'est enfuie dans la voiture de sa mère, tellement paniquée qu'elle a emporté la porte du garage avec elle.

— *Eh bien, c'est inattendu.*

— C'est le moins qu'on puisse dire.

— *Je pense que cela pourrait nous donner une cause probante. Restez où vous êtes, je vous enverrai le groupe B pour fouiller les lieux avec vous et nous verrons ce que nous pouvons faire.*

— Oui, monsieur. Vous voudrez peut-être lancer un avis de recherche sur une Lincoln Navigator noire avec les plaques suivantes…

— *Vous avez les plaques ?*

— Oui.

— *Je vais demander à ma femme de vous faire d'autres biscuits, shérif adjoint, parce que vous avez vraiment pensé rapidement.*

Aaron croisa les yeux amusés de Gracie alors qu'elle mettait son index sur sa bouche

— J'apprécierais beaucoup, shérif Mills. Merci infiniment.

Il arrêta d'émettre et secoua la tête.

— Sommes-nous prêts à commencer à inspecter le garage, maintenant ?

— Je ne peux pas croire que tu sois excité lorsque cet homme te récompense avec des biscuits, dit-elle en faisant encore des mouvements avec son doigt.

Aaron rit et pensa qu'il était en sécurité avec Gracie, mère de deux enfants et furieusement libérale.

— J'ai fait mon coming out devant lui et il veut toujours que je prenne son poste, dit-il doucement. Je ramènerai même ses gâteaux pour le café à la maison.

— Oui, et Larx les jetterait dans le broyeur à ordures, répliqua-t-elle, l'air amusé.

Oh.

— Tu sais, pour Larx ?

— J'ai déposé mon enfant au bal hier soir et je vous ai vus parler tous les deux, dit-elle en haussant les épaules avec un petit sourire. Je suis une observatrice entraînée, shérif adjoint, mais je n'aurais rien dit si tu n'en avais pas parlé.

Aaron pensa à Larx, chaud et somnolent lorsqu'il avait quitté le lit, ce matin-là et il ressentit une vague de satisfaction inattendue. Les gens les voyaient et pensaient qu'ils étaient faits l'un pour l'autre. Pas de « allez comprendre » ou « que c'est étrange ».

— Eh bien, l'un d'entre nous a un travail effrayant, où faire son coming out pourrait secouer les gens, dit-il explicitement.

— Oui, et l'autre est dans les forces de l'ordre.

Il rit et eut une idée.

— Laisse-moi entrer et vérifier que tout est dégagé pour toi, puis nous commencerons à fouiller. Mais je dois d'abord appeler Larx.

LA FLAMME DU FOYER

AU TEMPS pour dormir plus.

L'appel d'Aaron arriva à sept heures et demie. Ce n'était pas le premier appel qu'il avait reçu, bien que ce fût celui qui le réveilla de cette fugue de « filtrage d'appels » que les adultes pouvaient pratiquer lorsqu'ils ne voulaient pas se lever.

— Tu vas bien ? Que s'est-il passé ?

— Je vais très bien, dit Aaron d'une voix si décontractée que Larx dut se questionner sur ce qui était arrivé. La fille Olson est partie avec la voiture de sa mère alors que nous arrivions ici, et je me demandais juste si tu avais une idée de l'endroit où les jeunes pourraient garer leurs véhicules. Des sentiers d'amoureux dont je n'ai jamais entendu parler, des endroits où une adolescente qui n'a pas d'amis en ce moment pourrait se détendre et se cacher ?

Larx s'assit et inspira brusquement. Ses fesses étaient un peu endolories, ses muscles un peu étirés, un peu utilisés, tous les points au sud un peu sensibles. Il se tortilla un peu en s'asseyant et la sensibilité s'accentua et oooh ! Juste comme ça, il était prêt à repartir pour un tour.

À quarante-sept ans. Allez comprendre.

Il dut se concentrer sur la question d'Aaron.

— Euh, il y a un endroit sur Olson road, c'est une sorte de fourré, mais c'est que nous utilisons pour ramener toutes les chaises et tout ce qui est nécessaire pour le feu de joie, parce que tu peux rapprocher une voiture du côté nord plutôt que du côté est où se trouve le sentier.

Le rire d'Aaron lui indiqua qu'il lui avait fourni une information importante.

— Tu es un pur génie, lui dit-il. Je n'avais pas pensé à celui-là. C'est comme si tu pouvais lire dans mes pensées.

— Peux-tu lire dans les miennes ? demanda Larx, lascivement et le rire de son compagnon devint positivement salace.

— Nous jouerons à ce jeu après que les enfants se seront endormis, promit-il. Je dois y aller, afin que nous puissions en finir et que je puisse rentrer chez toi.

— D'accord, dit-il en bâillant. Je t'aime, fais attention. Oh, bon sang.

Le fait de dire cela le réveilla totalement.

— Je te l'ai déjà dit, lui dit Aaron. Donc, tu ne peux pas flipper. Je t'aime aussi. Je reviens tout à l'heure.

Le clic à l'autre bout de la ligne laissa Larx sans voix, perdu dans ce qu'ils avaient tous les deux dit alors que son corps était encore marqué de leurs amours de la veille.

Oh, merde, il l'avait dit. Il le pensait vraiment. Comment aurait-il pu ne pas le dire ? Cela avait toujours existé. *Depuis toujours, des semaines, des mois*. Ils se connaissaient depuis des années.

Il le pensait. Il n'existait rien avant Aaron. S'il n'avait pas deux belles filles, il ne pourrait pas croire que cet avant avait existé.

C'était une sensation étrange qu'il n'avait pas ressentie avec Alicia, avec *n'importe quel* amant. Il avait été persuadé que l'amour n'arrivait pas lorsqu'il était un gamin baisant tout ce qui bougeait. L'amour était trop douloureux. Quel être humain se laisserait réellement attraper par ce genre de bêtise ? Puis il avait pris Olivia et Christiana dans ses bras et il avait su que l'amour était réel, puissant et que les créatures qu'on aimait étaient fragiles et humaines.

Il avait connu le contentement avec Alicia, cependant. Il avait pensé que c'était tout ce qu'un couple pouvait avoir, on ne pouvait pas *choisir* d'aimer un autre être humain adulte comme il avait été obligé d'aimer ses deux minuscules filles.

On pouvait, cependant. *Il le faisait*. Il choisissait de laisser entrer ce sentiment, acceptait de laisser Aaron prendre le contrôle de son cœur, tout comme il l'avait laissé entrer dans son corps.

Ces années à baiser partout, les années du lubrifiant et du préservatif, du comment « s'appelait cette personne déjà ? » ne l'avaient pas préparé à la nuit précédente.

Elles ne l'avaient pas préparé pour cet instant.

Il s'appelle Aaron.

BIEN SÛR, tout ce qu'il réalisait sur l'amour dut céder la place à une douche et à répondre à la série d'appels entrants.

Et en retourner tout autant.

Yoshi appela à dix heures, alors que Larx était dehors, parlant au téléphone et finissant de ramasser les derniers résidus de son jardin dépouillé. Il faisait froid depuis deux semaines et il portait un jean et un sweat-shirt avec des gants pour empêcher ses doigts de piquer alors qu'il retirait les plantes du sol.

— Oui, je panique, déclara-t-il. Oui, cela va être un vrai bordel. Oui, Heather Perkins est une véritable idiote. Y a-t-il quelque chose que nous n'avons pas couvert ici, Yosh ?

— Qu'est-ce que tu fais ?

— Je prépare le feu. J'emmène les enfants à l'hôpital dans une demi-heure et après la visite, nous reviendrons ici afin de rôtir des hot-dogs et des guimauves. Parce que je dois nettoyer ma cour, bon sang.

— Bien. Je viendrai avec des hot-dogs au soja.

— C'est un blasphème.

— Hot-dogs au soja, Larx, hot-dogs soja. Une horreur pour toi !

— Cela me donnerait des gaz alors que j'ai enfin quelqu'un qui veut coucher avec moi ? Merci beaucoup, Yosh. Je pensais que tu étais mon ami.

— Attends… tu peux revenir sur la deuxième partie ?

— Je ne dis pas qui j'embrasse.

— Mais, est-ce que tu baises et que tu l'écris dans un exposé ?

— Pas ça non plus, répondit Larx en riant. Mais c'est réel, Yosh. Je l'espère. Je suis un peu, euh… tu sais.

— Amoureux.

— Je le pense.

— Je le dirai à Tane. Il me dit sans cesse que ton aura était incomplète. Il sera heureux.

Larx ne voulait pas parler de cet homme, mince, intense et taciturne. Il n'arriverait jamais à comprendre comment Yoshi, joyeux et sarcastique, pouvait vivre jour après jour avec Tane Pavelle, mais il pensait que tant que son ami restait gai et taquin, cela devait être bien, n'est pas ?

— Je suis content qu'il soit heureux, déclara-t-il, diplomate. Pourquoi viens-tu ici avec une abomination ressemblant à de la viande ?

— Parce que, dit Yoshi , énervé comme un enfant. Parce que j'ai besoin que tu ne fasses rien de stupide demain et j'espère qu'en venant et en participant à ton étrange feu de joie rituel de Samhain, tu m'écouteras lorsque je parlerai.

— Je t'écoute toujours lorsque tu parles, dit Larx, confus.

Il était vrai que Yoshi ne pouvait pas le terrasser de la même manière qu'Aaron, mais Larx aurait été renvoyé au moins trois fois s'il n'avait pas écouté les conseils pleins de bon sens de son meilleur ami.

— Bien sûr, mais tu ne fais pas toujours ce que je dis. Cette fois, il faut que si.

— J'espérais que ce serait simplement parce que tu voulais ma compagnie et que nous étions amis, dit Larx en soupirant, se sentant trahi et mélancolique.

— Nous *sommes* amis. J'aime ta compagnie. Plus précisément, j'aimerais continuer à travailler avec toi pour les vingt à trente prochaines années.

— Dans trente ans, je serai trop vieux pour avoir une prostate. Restons-en à vingt-cinq.

Cependant, dans trente ans, s'ils prenaient bien soin l'un de l'autre, peut-être qu'Aaron et lui seraient encore là.

C'était encourageant.

— Seulement si tu ne mentionnes plus jamais ta prostate pour les vingt-cinq prochaines années.

— Marché conclu.

— Je serai là à quinze heures. Je viendrai avec Nancy…

— Pas Tane ? demanda Larx, s'efforçant d'être un bon ami.

— Toute cette discussion le rend fou. Il n'arrive pas à croire que tout ça arrive, il devient bizarre, son art devient bizarre et nous commençons à voir des hommes boucs armés d'épées sortant du four. Savais-tu qu'il existe un glaçage qui simule parfaitement le vieux sang dégoulinant ?

— Bonard.

— Je suis trop jeune pour savoir ce que cela veut dire.

— Bon sang, fœtus, raccroche, que je puisse parler à l'entraîneur Jones qui m'appelle à l'instant.

— Très bien, mon pote. À plus tard.

— Hé, Andy, dit-il après avoir permuté les appels. Comment va ta femme ?

— Elle m'a dit que si je me faisais virer à cause de ça, elle me ferait dormir sur le canapé.

— Oh, merde. Je suis désolé…

— Je lui ai répondu que si elle m'envoyait dormir sur le canapé, je demanderais le divorce parce que je n'ai pas signé pour blâmer un jeune pour s'être fait poignarder dans le ventre.

— Oh, bon sang. Merci, Andy…

178

— Elle m'a dit que j'étais vraiment sexy et autoritaire lorsque je défendais mes principes. Nous avons eu une des meilleures parties de jambes en l'air de ma vie. Je pense que nous avons fait un bébé.

— C'était bien trop d'informations.

— C'est de ta faute. Je te verrai demain, Larx. Je serai là tôt pour la réunion, mais tu ferais mieux de ne pas me faire virer. Je vais avoir un enfant à élever.

Larx rit et prit l'appel suivant. Il provenait du père de MacDonald qui pensait qu'Isaiah aurait dû mourir et aller en enfer. Larx ne riait plus au moment où la conversation se termina. Il était plus déterminé que jamais à écouter Yoshi, mais pas à céder à l'idée qu'ils n'étaient que des sacs de boxe sans défense pour parents hystériques, cependant.

Bon sang, le monde avait changé. Cette ville avait besoin de changer, elle aussi.

ISAIAH ÉTAIT pâle, rouge et fiévreux lorsqu'ils arrivèrent. Larx fit sortir Christi et Kirby après un rapide salut et il s'assit calmement pendant que Kellan lui parlait de leur fête d'auto apitoiement et du fait qu'il était si tranquille chez Larx.

— Pas de mère te criant dessus ? demanda doucement Isaiah.

— Pas de père… dit-il en secouant la tête.

Les deux garçons se regardèrent, se comprenant, et Larx comprit tout ce que Kellan pouvait subir et que cela arrivait même si personne ne pouvait le prouver.

— Merci, Larx, dit le jeune blessé, ses yeux ne quittant jamais ceux de Kellan. C'est bien qu'il soit en sécurité.

— Nous sommes heureux de l'avoir, répondit-il sincèrement. Ça devenait trop calme avec seulement Christi et moi.

— Et le shérif adjoint George, dit sournoisement Kellan.

— Et le shérif adjoint George, concéda-t-il avec un sourire. Mais c'est nouveau.

— Attendez. Qu'est-ce que j'ai raté ?

Larx se sentit rougir, incapable de faire une quelconque plaisanterie à ce sujet.

— Larx est gay, dit Kellan en baissant la voix et regardant autour de lui comme s'ils étaient assis dans la cour du lycée. Le père de Kirby aussi. Ils sont ensemble.

Le regard d'Isaiah était si plein d'une adoration brillante que Larx se sentit un peu malade. Il n'avait pas fait son coming out. Il n'en était pas fier. Une seule raison expliquait qu'Aaron et lui n'allaient pas vivre et mourir tous les deux à Colton sans jamais savoir qu'ils étaient faits l'un pour l'autre : parce qu'Aaron, qui n'avait aucune connaissance physique active de sa sexualité, avait été plus courageux que lui au sujet de ses sentiments.

— Vous sortez ensemble ? souffla l'adolescent.

— Quelque chose comme ça, acquiesça Larx. C'est plutôt récent.

Aaron lui avait acheté des hot-dogs lors d'un match de football. Larx lui avait préparé du café le matin.

— Donc… vous savez, dit Isaiah, la lueur joyeuse dans ses yeux un peu dissipée. Pas de coming out ? Pas…

— Lorsque nous serons prêts, déclara Larx. Juste comme vous deux. J'ai déjà fait un coming out dramatique, Isaiah. J'ai presque perdu mes filles. Je leur ai promis que je ne laisserais plus jamais ce que j'étais les blesser. C'est pour ça que je suis si heureux pour vous deux. Vous avez une liberté maintenant, une force, que je n'ai jamais eue.

— Mais qu'en est-il de… ? demanda Isaiah avant de se mordre la lèvre.

— La réunion du conseil, dit Kellan en regardant Larx avec inquiétude. Ils ne vont pas le faire… vous savez. Rendre illégal d'être gay, n'est-ce pas ?

— Les garçons, vous n'avez rien fait de mal, les rassura-t-il en secouant la tête. C'est ce que leur diront tous les enseignants que je pourrais trouver et moi-même. Isaiah, ce qui t'est arrivé était affreux et effrayant. Les gens veulent toujours trouver une raison, une chose qu'ils peuvent pointer du doigt et dire « ce truc horrible et effarant ne m'arrivera jamais. Donc boom ! Devinez quoi ? »

— C'est être gay, dit Isaiah.

— Ce n'est pas juste. Ce n'est pas vrai. Ce n'est pas logique, mais les gens sont…

— *Des idiots, des animaux paniqués et vous le savez,* déclara Kellan.

— Tommy Lee Jones le dit bien mieux que moi, reconnut Larx. C'est mon travail de les empêcher de piétiner les gens innocents. C'est ce que je ferai demain soir.

— Vous ne pouvez pas faire ça en criant « Je suis le croque-mitaine », n'est-ce pas ? dit Isaiah en soupirant, si bien que « croque-mitaine » fut à peine audible.

— Non, lui répondit Larx. Si je le pouvais. Si je pouvais… faire disparaître cette… foutue idiotie en arrachant ma chemise et en révélant le grand *G* couleur arc-en-ciel sur ma poitrine, je le ferais sans hésiter. J'ai déjà essayé, une fois. Ce n'est pas la bonne méthode.

Les garçons acquiescèrent comme s'ils avaient compris, mais ce n'était pas le cas de Larx. Il continua à penser à ses sept ans de vie pendant lesquels il avait vécu comme si sa sexualité était une vieille dépendance à la drogue, quelque chose qui avait blessé ses filles, un fait qu'il ne pouvait pas laisser les toucher à nouveau.

Est-ce que la ville, le conseil d'administration, accepteraient mieux des adolescents comme Isaiah et Kellan si Larx venait vêtu de son pull-over arc-en-ciel et disait au monde de s'occuper de ses propres affaires ?

— Non, dit plus tard Yoshi alors qu'ils faisaient rôtir des hot-dogs sur des bâtons.

Les saucisses de son ami ne cessaient de tomber et il essayait très délicatement de garder la dernière du paquet sur deux piques avec une troisième pour l'aider.

Un côté maléfique et méchant de Larx espérait que le hot-dog tomberait, cramerait et laisserait Yoshi face à la privation de saucisses pur bœuf dégoulinantes, comme Dieu les avait prévues.

— Non ? demanda-t-il avec curiosité. Tu ne penses pas que j'aurais juste dû faire fièrement mon coming out à l'époque et…

— Ils t'auraient pris tes enfants, dit brutalement Yoshi. Il y a sept ans ? Dans cette ville ? Tu te serais envoyé en l'air une ou deux fois, quelqu'un aurait parlé et ça aurait été comme la première audience, encore une fois.

— Merde, Yoshi, s'exclama-t-il en commençant à frissonner de partout. Tu crois que…

Il lui avait dit à quel point cela avait été pénible pour ses enfants, les cheveux d'Olivia, les poux, pas de nourriture pendant des jours, pas de bains. Cela aurait-il vraiment pu se reproduire ?

— C'est ce que je dis. Ça s'améliore maintenant et c'est peut-être le moment de faire ton coming out. Mais pas il y a sept ans. Pas pour ta famille. Ne doute pas de toi, Larx. Tu as fait ce qu'il fallait pour protéger ta famille et personne ne t'en tiendra rigueur.

Larx regarda les enfants, tous groupés autour de l'autre côté du feu, montrant à Nancy comment garder les hot-dogs près des braises afin qu'ils puissent cuire lentement et pas seulement brûler à l'extérieur. Kirby s'adaptait si bien ici. Larx savait que l'adolescent mourait probablement d'envie de dormir dans sa propre chambre, dans son lit, mais il pouvait regarder avec joie, en ce moment, le chaos des trois ensemble, le sarcasme de Christiana, l'humour tranquille de Kellan et la bonne volonté stoïque de Kirby. Ces jeunes le rendaient heureux.

— Je dois aussi protéger ces enfants, dit-il. Personne n'a protégé Kellan pendant qu'il grandissait.

— Tu le savais… lorsqu'on criait trop sur lui, qu'il sursautait trop à l'école, tu savais, gronda Yoshi. Mais si ce n'était pas des bleus, le comté ne pouvait pas vraiment intervenir. Nous avons essayé. Tu as fait de l'école un endroit sûr pour lui. C'était le mieux que tu pouvais faire.

— Et ça doit continuer, déclara Larx avec conviction.

— Oui. Ce qui veut dire que tu n'as pas à faire l'homme-sandwich pour adolescent gay. Tu ne peux pas te faire hara-kiri et mourir ici, Larx. Ça ne résoudra rien. Tu dois être le chef des troupes. Je les conduirais bien, mais personne ne me suit. Jamais. Je pourrais avoir la dernière chaloupe sur le *Titanic* et les gens diraient : « Non ! Vous êtes un étrange Asiatique et je préfère tenter ma chance dans l'eau ! » Mais toi, ils te suivraient.

— Ils te suivraient aussi, acquiesça sobrement Larx.

— Ils me jetteraient hors du bateau, dit son ami avec une certaine conviction. La seule raison pour laquelle les jeunes me suivent, c'est que je les soudoie avec des autocollants. Tu m'as entendu… des autocollants. Ils sont presque des adultes et leur avenir est suspendu à des images stupides d'Hello Kitty. Je suis le soldat qui doit se faire hara-kiri.

— Hello Kitty ? Vraiment ? commenta Larx en lui souriant. J'aurais pensé à Young Justice au moins.

— Ne te moque pas de moi et de mon spectacle, Larx. Je suis sérieux. Calme-toi et parle à tout le monde. C'est pour cela que tu es né.

— Ne te bats pas, Larx, intervint Nancy en riant doucement. Tu es notre chef intrépide et tu le sais.

— Je vous déteste tous les deux. Edna vient, n'est-ce pas ? Et Mara ?

Elles étaient leurs représentantes syndicales et puisque leurs contrats n'incluaient aucune protection si un enseignant émettait un avis contraire à celui du district, il pouvait être très utile d'avoir votre représentant syndical dans l'auditoire.

— Elles seront là tôt, comme nous. Nous devrions avoir entre trente et quarante personnes assez tôt dans la grande salle, Larx. Ne t'inquiète pas, la moitié de la salle sera composée d'idiots hostiles, mais l'autre moitié sera des enseignants de notre côté. Je ferai en sorte que tout le monde sache que presque tous les professeurs du district sont dans la salle.

— Euh, Nancy ? dit Larx en gigotant d'inconfort. Combien d'enseignants vont être des idiots hostiles ?

— Je... tu sais ? dit-elle en se figeant. Je n'y avais même pas pensé.

— Il n'existe pas de règle disant que l'on ne peut pas enseigner en Californie si l'on pense que le drapeau arc-en-ciel est une abomination, dit Larx se souvenant des administrateurs qui l'avaient poussé sous le bus. Nous devrions peut-être...

— Oui, acquiesça Nancy. Tu sais quoi ? Je vais contacter les directeurs des autres écoles, juste pour avoir une idée. Si des fondamentalistes religieux prévoient de s'exprimer, nous pourrions au moins savoir de qui il s'agit.

Larx sortit son propre hot-dog du feu et utilisa le petit pain dans sa main pour le prendre sans se brûler les doigts.

— Sacrément génial, marmonna-t-il.

Il regarda le feu avec humeur et trépigna, agité. Ils avaient retardé le feu de joie jusqu'à dix-sept heures, mais Aaron n'avait pas pu revenir à temps, il avait parlé de preuves à trouver qui pourraient résoudre l'affaire et avait promis des détails pour plus tard. Le lecteur de polars en lui voulait se concentrer sur les nouvelles preuves, la découverte du meurtrier de Colton. Son côté adulte savait qu'il devait s'occuper du travail qu'il avait à faire plutôt que de celui qu'il avait toujours imaginé, jusqu'à ce qu'il se souvienne qu'il détestait l'autorité et ne voulait jamais toucher une arme à feu.

— Je vais aller chercher du ketchup, murmura-t-il à Yoshi et Nancy avant de les laisser comploter sur la Bataille de la Gaytitude du Lycée de Colton.

Il l'avait appelée ainsi juste pour regarder Yoshi cracher.

Il contourna le brasier jusqu'à la petite table qui contenait tous les ingrédients du dîner et du dessert et prépara son hot-dog, puis il ajouta un bol en carton de la soupe de pommes de terre que Kirby avait passé l'après-midi à préparer. Il avait prétendu que c'était une recette de famille, mais Larx l'avait regardé travailler et il y avait eu plus de magie que de recette là-dedans. Larx approuvait pleinement et il équilibra le bol sur le dessus de son assiette, se préparant à jongler en retournant vers les adultes et les adolescents.

Il s'arrêta, cependant, regardant le feu.

Un fait si simple, ce nettoyage de vieux trucs, comme le fait de brûler pour faire place au neuf. Le confort et le danger enveloppés dans une seule grosse boule brillante et hypnotique. Larx fixa les flammes se dressant contre l'obscurité, se laissant envahir par le réconfort, brusquement conscient qu'il n'avait pas assez dormi depuis des jours.

Il ouvrit la bouche, bâilla et faillit presque perdre son dîner en équilibre précaire dans le processus.

— Attention, dit Aaron par-dessus son épaule, sauvant la soupe et stabilisant le hot-dog. Je vais manger la soupe, tu manges le hot-dog et puis tu pourras manger de la soupe et je ferai rôtir ma saucisse.

Il se tenait juste derrière son épaule et Larx se pencha en arrière, réconforté et réchauffé.

— Marché conclu. Tu es en retard, shérif adjoint. Il est près de dix-neuf heures.

— Je sais, répondit-il en bâillant. Désolé, je me suis arrêté chez moi pour nourrir les poules et ramasser les œufs.

— Tu devrais probablement rester chez toi demain soir, dit Larx, se sentant mal. Afin de t'occuper de tes affaires et tout ça.

— Mais… je veux débriefer après la grande réunion, gémit doucement Aaron en appuyant sa tempe contre celle de son compagnon.

— Être adulte est difficile, soupira Larx. Désolé, shérif adjoint, c'est la vie.

— Je te conduirai à la réunion, dit-il fermement. Ainsi, nous pourrons débriefer et nous pourrons même nous embrasser dans la voiture après. Ce sera déjà ça.

— Je dois être là-bas très tôt, répondit Larx en riant.

— Merde, gronda Aaron, son optimisme semblant s'estomper. Non, attends. Les enfants et toi prenez une voiture demain. Ils peuvent rentrer à la maison et toi et moi, on peut prendre le 4x4 pour aller à la réunion. Tu vois ? J'aurai mon heure de Larx, je l'aurai !

Larx l'aimait tellement à cet instant qu'il n'avait presque plus de quoi plaisanter dans sa poitrine gonflée et douloureuse.

Presque.

— Excellent. Je vis pour me faire embrasser et tripoter dans une voiture devant chez moi. Un jour, je pourrais même tomber enceinte et me marier, papa !

— Abruti, s'exclama Aaron en le frappant à l'arrière de la tête en riant.

— Tu dis cela seulement parce que je…

184

— Ne dis pas ça, ordonna Aaron en posant sa main libre sur la bouche de Larx.

Ce dernier sourit derrière sa main chaude. Puis il sortit sa langue et lécha la paume.

Le corps d'Aaron bougea souplement dans un effort pour se rapprocher de lui et Larx lécha à nouveau. Aaron ôta sa main et la remplaça par ses lèvres et, pendant un bref instant, Larx embrassa l'homme qu'il aimait devant un feu de joie crépitant, satisfait et stable jusqu'au cœur de son âme.

— Oh, est-ce que vous pourriez arrêter, tous les deux ? Vous me rendez malade ! se plaignit Yoshi.

— Désolé, Yoshi, répliqua Larx docilement.

Aaron sursauta et recula, se rappelant visiblement qu'ils avaient un public.

— Désolé, monsieur Nakamoto, dit-il, l'air un peu décontenancé.

— Oh, bon sang, Larx ! s'exclama celui-ci en pouffant de rire. Il est adorable. Il nous traite toujours comme des professeurs.

— Oh ! Vite ! Dites mon nom ! s'écria Nancy avec enthousiasme. Appelez-moi madame Pavelle. Je le dirai à mon mari, ça lui fera plaisir !

— Bien sûr, ricana Aaron. Mais vous devez tous les deux jurer pour moi. Allez, Larx dit que la salle du personnel ressemble à une réunion de poissonnières et de camionneurs. Je meurs d'envie que quelqu'un lâche la bombe P !

Les adolescents étaient attentifs à présent, ils riaient et s'agitaient et, soudain, Yoshi et Nancy ne furent plus aussi arrogants. Les rires finirent par s'éteindre et le feu aussi. Les jeunes préparèrent des sandwichs au chocolat et à la guimauve. Larx en mangea et se demanda quand son cœur s'arrêterait de battre sous la ruée du sucre.

Les jeunes s'effondrèrent apparemment tous en même temps, parce qu'ils partirent tous ensemble vers la maison pour prendre une douche et se préparer pour l'école le lendemain, pendant que les adultes restaient dehors à s'inquiéter.

Yoshi et Nancy parlèrent de tout ce qui les alarmait et Aaron écouta chaque mot, tout ce que Larx ne lui avait pas dit parce qu'il n'avait pas voulu accabler l'homme chargé de trouver le vrai coupable, et non le bouc émissaire que le district essayait de créer.

Larx écouta et n'ajouta pas grand-chose, se sentant étrangement déconnecté du drame. Il avait stressé toute la journée, tout le week-end.

Son corps, à court de sommeil, surfant sur l'anxiété, s'était tout simplement replié, laissant un espace vide et calme à l'intérieur de lui, le laissant assis, jambes croisées, regardant l'action et refusant de spéculer.

Pendant qu'ils parlaient, Larx commença à préparer des seaux d'eau afin d'entourer la fosse du feu, maintenant qu'il n'y avait plus que des braises. Aaron lançait des observations pertinentes sur les membres du conseil d'administration auxquelles il n'aurait pas pensé lui-même.

Larx voulait enlever les cendres et les débris. Il voulait que la fosse à feu soit nettoyée et que les cendres froides soient enfouies dans son jardin, afin que la croissance soit à nouveau bonne. Tout cela… les détritus que le monde charriait à partir de vieilles haines et de vieux préjugés. Il voulait que tout soit brûlé et disparaisse et avoir une longue période de calme et de froid pour se remettre des horribles choses que les gens pouvaient se faire les uns aux autres.

Il voulait que les graines de ce qu'Aaron et lui avaient plantées au cours des dernières semaines poussent dans le sol sombre et fertile de leur passé riche et varié.

Cependant, il ne pouvait pas faire cela pendant que tout le monde parlait de la réunion du conseil.

Finalement, ils s'épuisèrent et le feu était si bas qu'ils frissonnaient tous dans le froid de l'automne. C'était le mois d'octobre à présent et le mois suivant, ils auraient de la neige.

— Est-ce que nous sommes prêts ? demanda-t-il, une fois tout le monde ancré autour de la fosse avec ses seaux d'eau. Souvenez-vous, le vent souffle dans cette direction, indiqua-t-il en pointant son doigt vers le nord-est.

Aaron se déplaça de manière à s'écarter de la fumée dérivant dans cette direction.

— Donc, essayez de vous assurer qu'on empêche le feu de sauter par là avec un maximum d'eau, d'accord ?

— Pouvons-nous faire ça et rentrer chez nous ? Je me gèle le cul, se plaignit Yoshi.

— Pouvons-nous faire ça et rentrer chez nous ? dit Nancy en écho. S'il rentre chez lui et rouspète, Tane râle après moi.

— Bon sang, vous êtes tellement égoïstes, répliqua Larx. Je croyais que nous parlions du bien commun.

— Le plus grand bien, c'est demain, dit sobrement Nancy. Tu vas t'occuper de tout, Larx. Ne t'inquiète pas. Garde les idées claires et ne perds pas ton sang-froid. Tout ce que nous pouvons faire, c'est leur dire la vérité telle que nous la connaissons et espérer qu'ils soient assez intelligents pour écouter.

— Je déteste dépendre du bon sens des autres, marmonna Larx, sentant cette vérité au plus profond de ses os. Mais d'accord. Allez. Un, deux, trois.

Ils versèrent de l'eau dans le foyer, reculant lorsqu'il émit de la vapeur et continuèrent jusqu'à ce que les braises soient toutes détrempées. Il ne resta plus que la froideur des étoiles étalées sur leurs têtes comme un cookie géant, sa forme délimitée par les ombres des arbres.

AARON SE doucha en premier pendant que Larx s'occupait des enfants. Il passa un moment avec chaque adolescent avant de tout fermer et de monter à l'étage.

— Alors, tu te sens bien avec deux frères que tu ne savais pas avoir ? demanda-t-il sérieusement.

Christi y réfléchit, grattant la tête de Trigger par habitude.

— J'apprécie, assura-t-elle. Je serai triste de voir Kirby rentrer chez lui demain. Il dit qu'il doit faire la lessive, s'occuper des poules, faire la poussière.

Elle haussa les épaules avant de poursuivre.

— Mais… tu sais, toi et moi, c'était sympa, papa, mais une grande famille, c'est mieux. J'aime ça.

Larx embrassa le sommet de sa tête et caressa Trigger.

— C'est parce que tu as une âme généreuse, dit-il en le pensant vraiment. Et puis, tu as encore une année de lycée après celle-là, et peut-être que Kirby et Kellan seront là. J'aime ça aussi.

Il rit un peu, se sentant stupide.

— J'aime bien m'occuper des jeunes, reprit-il. C'est peut-être dû à toutes ces années en classe, mais je suis plus à l'aise lorsqu'il y en a plus d'un.

Elle rit aussi, il éteignit et ferma la porte.

Kellan s'inquiétait pour Isaiah et son retour à l'école. Larx le rassura sur le fait que Christi et Kirby étaient dans la majorité de ses cours et que les parents de son petit ami avaient dit de bonnes choses, pas seulement à Kellan, mais aussi *à son sujet*. Un petit article était paru dans le journal local du dimanche. Au cours d'une entrevue téléphonique, Lizzie et Pete

Campbell avaient dit qu'ils étaient soulagés que leur fils soit sur la voie de la guérison et qu'ils étaient heureux qu'il ait trouvé un garçon si gentil. Ils n'avaient pas exprimé de choc sur le coming out des garçons, n'avaient pas été surpris par la présence de Kellan dans leurs vies. L'article avait été, de fait, rassurant. Le journal traitait cela pour ce que c'était : un crime contre un adolescent, pas une attaque à cause de sa sexualité.

Cette approche avait permis à Kellan de s'installer, tout comme Trixie, qui avait choisi le garçon comme son humain désigné en s'enroulant sur son oreiller. Larx lui souhaita une bonne nuit et juste au moment où il fermait la porte, Kellan parla.

— Larx ?

— Oui ?

— Vous avez dit que je pouvais rester aussi longtemps que je le voulais. Si Isaiah et moi n'allons pas à l'université, l'année prochaine parce que vous savez, son rétablissement et tout ça… est-ce que cela inclut…

L'année supplémentaire dont ce garçon avait besoin pour apprendre à grandir et se sentir en sécurité ?

— Bien sûr. Je te l'ai dit, Kellan. Aussi longtemps que tu en auras besoin.

— Merci, Larx.

Deux de fait, plus que Kirby.

Larx était prêt à parler, il avait tout prévu dans sa tête. *Alors, désolé pour la famille instantanée, je parie que tu seras heureux de passer quelques nuits dans ta chambre, n'est-ce pas ?*

Cependant, lorsqu'il ouvrit la porte, Kirby se tourna vers lui en souriant.

— J'aime cette chambre… c'est celle d'Olivia, n'est-ce pas ?

— Oui. Elle n'a pas choisi une décoration féminine.

Elle avait privilégié le bleu country, marine, rose et marron. Elle était presque neutre, jusque dans les rideaux.

— Ce n'est pas une mauvaise chambre. Elle la voudra probablement lorsqu'elle viendra à Noël, n'est-ce pas ?

— Christi et elle passeront probablement tout le temps dans la chambre de Christi à bavarder. Pourquoi cette question ?

Kirby roula sur le lit, allongé, les pieds pendant au bout, couverts de chaussettes confortables. Il portait un survêtement basique et se trouvait presque nez à nez avec le chat écaille de tortue et Larx rêva à nouveau d'avoir un fils.

— Ce week-end… je ne veux pas dire que c'était amusant parce que ce qui est arrivé à Isaiah était horrible. Mais… avoir des gens dans la maison ? J'aime ça.

— Christi a dit presque la même chose, dit Larx, qui ne put s'empêcher de rire.

— Je parie que je pourrais construire un poulailler le week-end prochain, dit l'adolescent en souriant. Kellan pourrait m'aider.

— Où trouverions-nous des poules ? demanda Larx en le regardant de travers.

— Je connais un endroit, dit Kirby, en hochant la tête et Larx rit à nouveau.

— Kirby, j'aime t'avoir ici. Je ne peux pas dire que le truc de grande famille n'est pas excitant pour moi, mais ton père et toi devez parler, et tes sœurs aussi. Ce n'est pas seulement mon choix.

— D'accord, dit Kirby, l'air brusquement sérieux. Je comprends. Mais… mais lorsque vous serez seuls tous les deux ici ? Souvenez-vous qu'on s'aime bien et que je me sens seul dans la maison.

— Kirby, tu es toujours le bienvenu ici, assura Larx, sentant sa poitrine enfler un peu. Si ton père et moi ne trouvons pas une solution, tu es toujours le bienvenu pour manger ou sortir pendant qu'il travaille. Je sais qu'il serait d'accord.

— Vous allez trouver, affirma Kirby. Comme vous l'avez dit. Depuis dix ans, ça n'a jamais été assez sérieux avec quelqu'un pour qu'il me le présente. Mais ce soir, vous vous êtes embrassés devant nous. C'est du tout cuit.

Larx rit un peu et lui dit bonne nuit, parce que c'était une bonne idée de sortir.

Aaron était déjà au lit, lisant des messages sur son téléphone, les sourcils froncés. Larx se déshabilla en pensant qu'il devrait faire plus de lessive le lendemain.

— Si vous laissez des affaires ici, Kirby et toi, ce serait plus facile de rester la nuit sur un coup de tête, dit-il pensivement.

— Oui ? demanda Aaron en levant les yeux de son téléphone.

— Ton fils voulait me construire un poulailler. Je pense que tes poules seraient très perdues.

— Elles s'en remettraient.

La poitrine d'Aaron était presque incroyablement large lorsqu'elle était nue. Larx se retrouva à fixer ses minuscules tétons roses, son tee-

189

shirt posé sur le dessus du panier. Peut-être devraient-ils laisser la lumière, ce soir ?

— J'aime bien t'avoir ici, admit-il, se concentrant maintenant sur les poils blonds bouclés sur les pectoraux de son compagnon.

Ils avaient été doux sous ses doigts. Il avait oublié que les poils de la poitrine des hommes étaient doux ou peut-être qu'aucun des hommes qu'il avait rencontrés avant Alicia n'avait été assez vieux pour en avoir.

— Mais je ne veux pas que tu te précipites trop.

— Il n'y a rien d'irréversible à propos d'un poulailler, dit Aaron avec un clin d'œil.

— Ta maison a une piscine, dit Larx, assez surpris par le clin d'œil pour le regarder dans les yeux. Tu penses peut-être que nous devrions déménager dans ta maison à la place ?

— Non, répondit-il en secouant la tête. Tu n'es pas là-bas.

Larx sourit et sentit une vague de bonheur se répandre partout en lui, ses joues, son cou, sa poitrine, ses mamelons, son ventre, jusqu'à son aine…

— Tu durcis, dit Aaron, son amusement toujours présent. Va prendre une douche parce que j'aimerais faire quelque chose à ce sujet.

La douche la plus rapide du monde.

Larx sortit juste après l'arrêt de la minuterie du chauffage et il se précipita dans son lit en frissonnant. Aaron repoussa Delilah et roula pour ce qui aurait probablement été un baiser si la bouche de Larx ne l'en avait pas empêché.

— Les chats.

— Qu… ?

— Ils ont chacun choisi un nouvel humain. C'est étrange.

— Larx, est-ce que tu es en train de te rétracter ?

Il ferma les yeux et frotta ses mains sur la poitrine d'Aaron, sa libido reprenant là où elle s'était arrêtée.

— Non, murmura-t-il. Je communique, c'est tout.

— Nous pourrons communiquer après, assura Aaron en riant doucement, capturant en même temps la main de Larx afin de la porter à l'avant de son boxer.

— Oh ! s'exclama Larx en serrant son érection inflexible et humide au bout. Prêt ?

— Je veux voir si c'est aussi bon la deuxième fois, chuchota-t-il en lui léchant doucement les lèvres.

— Ce sera mieux, promit son compagnon.

Larx oublia tout ce qui concernait les chats, les réunions de conseil d'administration et le fait de s'assurer que les enfants allaient bien. Aaron était dans son lit et il le voulait de nouveau. Il était temps de faire en sorte que Larx soit d'accord.

Ce ne fut pas comme la première fois, plein de moments nerveux et « oh, que fait ce bouton ? ». Aaron savait ce que faisait ce bouton, ils devaient se lever le lendemain matin et ils n'avaient pas les moyens de se procurer des fouets, des chaînes ou cette réserve soigneusement conservée de jouets sexuels basiques que Larx conservait dans son tiroir. Il y avait des adolescents endormis dans le couloir et la respiration des adultes devait rester silencieuse, leurs gémissements étouffés contre leurs mains et les sommiers calmes.

Larx prit l'initiative, ce soir-là, embrassant d'abord la poitrine d'Aaron, léchant sa clavicule, puis grignotant avec les dents. Il laissa ses mains errer pendant qu'il suçait les mamelons de son amant, doucement, jouant ensuite avec sa langue, puis plus durement avec ses dents.

Aaron inspira brutalement et tira les cheveux de Larx avec urgence, jusqu'à étourdir un peu celui-ci. La main dans ses cheveux tira sa tête en arrière et il fixa Aaron avec des yeux taquins.

— Ouille, dit Aaron en même temps qu'il s'arquait contre la main de Larx.

— Et ? chuchota celui-ci en le regardant calmement, massant son érection à travers son caleçon, la serrant et la caressant en même temps.

— Je vais jouir dans mon pantalon si tu n'actives pas le mouvement !

Larx gloussa et commença à parcourir la poitrine d'Aaron.

— Prends le lubrifiant, lui ordonna-t-il entre deux coups de langue.

Son amant le surprit en tâtonnant immédiatement pour le trouver. Larx tourna la tête et sourit, tenant la petite bouteille en l'air pour preuve.

— On est un peu impatient, Shérif adjoint ?

— Au taquet, Principal, siffla-t-il en se poussant contre la main de Larx avec plus d'urgence.

Larx rit et embrassa l'abondante piste de poils d'Aaron, passant ses doigts le long des doux poils blonds. Le gémissement de son compagnon le poussa plus bas et il eut la chance de rencontrer le sexe d'Aaron, à nouveau, de l'autre côté.

Il était tout aussi impressionnant de face.

Larx descendit le boxer d'Aaron et le dévora, laissant les taquineries pour une autre fois. Dodu, avec des veines épaisses, il était presque plus grand que le cercle de son poing. Larx émit un bruit de plaisir, heureux de le revoir et lécha hardiment le gland. Aaron haleta et Larx le prit dans sa bouche, le laissant étirer ses lèvres alors qu'il baissait la tête et l'avalait. Aaron ne s'en rendait peut-être pas compte, mais son membre était raisonnablement impressionnant. Larx était assez vieux pour ne pas faire de fétichisme sur les sexes massifs, mais il était aussi assez jeune pour être reconnaissant pour ce qu'il avait.

Ce qu'il recevait était plus qu'une bouchée, dure et sensible, et le sucer était encore plus excitant que dans son souvenir.

Il gémit, frottant son aine contre le matelas, puis, gardant la queue d'Aaron dans sa bouche, il répondit au tapotement sur son dos. Il se mit à genoux et cambra son dos afin d'être accessible pour la main caressante d'Aaron, qui le dépouilla de son sous-vêtement et glissa ses paumes sur le dos de Larx pendant que celui-ci se concentrait sur sa tâche. Aaron empauma ses cuisses, taquina son pli, puis, oh oui, serra sa longueur, lentement et longuement, passant son pouce dans la fente de son gland.

Larx gémit, ses cuisses tremblèrent et il se rendit compte qu'il ne lui restait pas beaucoup de temps à perdre. Il ouvrit le lubrifiant avec la main qui n'était pas enroulée autour de la base d'Aaron et en fit couler sur ses doigts. Aaron retira la bouteille de sa main et, espérons-le, la referma pendant que Larx glissait sa main derrière lui et, aidé par la paume d'Aaron séparant ses fesses, fit entrer ses doigts lubrifiés dans sa propre intimité. Il s'étira rapidement, comme fou, le corps tremblant d'excitation.

Aaron poussa un petit gémissement en-dessous de lui et son sexe se raidit, projetant plus de liquide pré-éjaculatoire dans la bouche de son amant.

Larx ne pouvait plus attendre. Il ne voulait plus attendre. Il relâcha cette belle hampe avec un grondement de réticence. Il balança son corps de manière à se retrouver à califourchon, bougeant son corps jusqu'à ce qu'il sente Aaron pousser sur son entrée.

Aaron le regarda, ses yeux écarquillés fixés sur son visage.

— Tu es sacrément rusé, dit-il d'une voix rauque.

Larx mourait trop d'envie pour sourire. Il tendit la main pour tenir la queue d'Aaron là où il en avait besoin et dès que ses doigts la trouvèrent, celui-ci poussa vers le haut.

Larx glissa vers le bas.

Aargh ! Aussi bon que la nuit précédente. Aaron, épais, impressionnant, géant, le comblait. Son sexe s'étendait, se logeait jusqu'à la base, jusqu'à ce que tout le stress, tout ce qui était inutile en Larx, disparaisse, s'évapore, ne laissant de place que pour la chair d'Aaron dans son corps, son âme consumée par leur union.

Aaron grogna en enfonçant les doigts dans les cuisses de Larx tandis que son amant restait assis là, empalé et tremblotant, le corps trop plein pour que son cerveau puisse fonctionner.

— Larx, supplia-t-il d'une voix torturée.

Larx bascula en avant, le laissant glisser un peu, puis il se pencha en arrière, l'enfonçant de nouveau en lui. Cela fonctionna, oh, cela fonctionna, mais fit aussi énormément de bruit sur le vieux lit de Larx, ses genoux s'enfonçant dans les ressorts comme son corps ne l'avait pas fait la veille.

Ils se figèrent tous les deux, une agonie d'excitation secouant leurs corps connectés, associée à la pensée simultanée de « merde, avons-nous réveillé les enfants ? »

— Larx, siffla Aaron. Ne bouge pas !

Puis il serra ses mains sur les hanches de Larx et fit ce qu'il faisait de mieux.

Il prit le contrôle.

Il posa les pieds à plat sur le lit, puis il cambra les hanches, remplissant Larx encore plus, puis il s'abaissa en se retirant. Son abdomen et son corps fléchissaient sous les mains de Larx alors qu'il bougeait, lentement, plus vite, plus fort, oh, *oh, plus fort*, et Larx lutta pour rester immobile, pour ne pas simplement s'agiter, se remplir de sa longueur et mourir de plaisir. Les yeux d'Aaron le figèrent sur place. Ses mains dures l'ancrèrent, le forçant à le prendre jusqu'à ce que sa tête retombe, sa bouche s'ouvrant doucement et qu'il laisse cela le traverser vague après vague à chaque poussée.

Il frissonna, son sexe claquant doucement contre les abdominaux d'Aaron. Il en avait besoin. Il le voulait. Quelque chose là…

Oh. Oh, oui.

Larx enroula sa main autour de sa propre queue et commença à se masturber, désespérément, parce que son corps allait exploser. Il était plein à craquer de cette incroyable, merveilleuse, fantastique et *gigantesque* extension de son amant.

Il ne perdit jamais le contrôle de sa voix, mais il bafouilla et haleta frénétiquement. Il tomba en avant, rattrapant son poids sur une main alors qu'il sentait les débuts d'un orgasme remonter par ses cuisses, la peau douce derrière ses testicules, ses bourses, son sexe, sa colonne vertébrale et son cœur. Il enfonça le visage contre l'épaule d'Aaron en gémissant et sa queue explosa entre eux deux, un jet chaud et humide. Il s'accrocha mollement alors que les poussées d'Aaron perdaient leur cohérence. Celui-ci poussa un rugissement étouffé dans le cou de Larx, se tint à ses hanches et essaya de s'enfoncer dans le canal de son amant.

Larx gémit doucement, s'ouvrant, s'étirant, se dilatant, ruisselant de sperme, essayant de le prendre tout entier, voulant tout son corps à l'intérieur afin qu'Aaron soit capturé en toute sécurité, de même que son propre cœur.

Les secousses finirent pas s'arrêter, Larx redressa ses jambes contractées, glissa sur le côté en ignorant ce qui coulait de ses fesses.

— Nous changerons les draps demain, marmonna-t-il dans l'épaule d'Aaron, celui-ci riant faiblement.

— C'était encore meilleur, dit-il, semblant stupéfait.

— Ce n'est pas seulement moi, alors ? Ça s'est encore amélioré.

— Non, sérieusement, Larx. C'est nettement mieux.

— Ça s'est amélioré par rapport à il y a vingt ans, dit Larx avec un rire émerveillé. Je pensais que le sexe atteignait son niveau maximal à l'université.

— Je pense que c'est un mythe que nous racontons aux jeunes afin qu'ils ne soupçonnent pas que leurs parents le font, répliqua Aaron semblant sérieux.

— C'est du génie, s'exclama Larx, incapable d'être posé, tellement il était euphorique. Du pur génie. Nous n'avons qu'à dire aux enfants que nous n'avons pas de relations sexuelles et que nous communions profondément. Ils vont le croire, n'est-ce pas ?

Aaron rit avec lui, se déplaçant finalement pour récupérer leurs sous-vêtements.

Et un sweat-shirt.

— Je ne peux pas dormir sur ta poitrine nue ? se plaignit Larx.

— Tu peux si tu allumes le chauffage, lui répondit Aaron. Je t'aime, mais je vais souffrir d'un cas de boules bleues si tu continues à garder cet endroit aussi froid.

— Merde, gronda Larx. Attends une minute.

Il sortit de la chambre, toujours en caleçon, se débattant brièvement avec la poignée avant de disparaître. Il revint et lorsqu'il ouvrit la porte, la chaleur entra.

Aaron lui sourit joyeusement et enleva le sweat-shirt.

— Quand nous avons emménagé, expliqua-t-il en secouant la tête, j'étais... plus que fauché. Il me restait juste assez d'argent de mon

194

dédommagement pour payer un acompte et pour le reste il y avait le travail, un peu d'économies et d'épargne, en particulier pour conserver les fonds pour l'université. J'ai donc joué à un jeu avec les filles, que pourrions-nous faire sans...

— Chaleur, dit Aaron, comprenant brusquement.

Larx hocha la tête et monta dans le lit avec lui, éteignant la lampe. Ils avaient fait l'amour avec la lumière, cette fois. Le beau et puissant corps d'Aaron allait danser devant ses yeux pendant des jours.

— Nous faisions un concours pour voir combien de temps nous pourrions tenir sans chaleur. Plus nous avancions sur le mois d'octobre, plus je pouvais acheter des biscuits après l'école.

— Oh, tu étais vraiment rusé, s'exclama Aaron en riant.

— Être parent, ça t'apprend beaucoup de choses.

Aaron lui caressa les cheveux en tirant les couvertures autour de leurs épaules. Il avait allumé le chauffage, mais pas trop fort.

— La monoparentalité t'apprend plus de choses.

— C'est le plus dur, admit Larx en se blottissant contre lui.

Son corps le faisait à nouveau souffrir, picotant de son apogée et d'une relation sexuelle vraiment incroyable, mais ce contact de tout le corps, c'était formidable. Bon sang, il ne voulait pas renoncer à cela. Jamais.

— Je ne me rendais pas compte de ce que ma femme faisait, marmonna Aaron. On a toujours travaillé en équipe, d'accord ? Elle s'occupait de la maison, moi du jardin. Elle était là après l'école pour eux, je les sortais le week-end pour qu'elle puisse prendre une pause. On avait un soir de rendez-vous et un jour pour toute la famille. Nous avons travaillé dur pour nous assurer que nous étions là tous les deux.

— Je suis jaloux, dit franchement Larx. Ça semble...

Il déglutit. C'était ce qu'il avait toujours voulu et n'avait jamais eu.

— C'est ce que je veux avec toi, dit Aaron en embrassant le sommet de sa tête. Je sais qu'on ne les a que pour un petit moment. Je ne sais pas si je revivrais les années de bébé si je pouvais. Mais j'aime ne pas le faire seul. J'aime que Kirby ait quelqu'un à qui parler lorsque je ne suis pas là. J'apprécie que tu aies accueilli un garçon de ton cours parce que ton cœur est si grand. Je ne pense pas que ta maison sera jamais vide, Larx. Je veux juste être dedans aussi.

— Oui, marmonna Larx. Très bien. Partager ma vie. Parce que ça n'est pas la chose la plus romantique qu'on ne m'ait jamais dite.

Aaron le serra plus fort et ils se turent. Aaron relâcha son étreinte quelques instants plus tard. Larx nota le moment où sa respiration s'approfondissait et qu'il était sur le point de ronfler.

Mais Larx n'avait pas encore posé ses questions.

— Attends, Aaron, réveille-toi !

Il renifla et lutta pour s'asseoir.

— Quoi ? Qu'est-ce que c'est ? Les enfants ? Tu as besoin d'un chien ! Un chien ?

— Bien sûr, Aaron. Offre-moi un chiot pour Noël. Assure-toi simplement qu'il ne mange pas les chats. Delilah ne supportera pas trop de folie, dit-il en posant une main sur sa poitrine et s'allongeant. Mais tu ne m'as pas parlé de cette enquête. J'attendais que tout le monde s'endorme et c'est toi qui t'es presque endormi !

— Oh ! dit Aaron en se glissant à ses côtés et posant sa tête sur sa main. Je voulais te le dire. Mais tu sais…

— Motus et bouche cousue, dit Larx en reflétant sa position.

Soudainement, ils n'étaient plus dans leur rémanence. Ils étaient les Frères Hardy [6] et ne faisaient plus que dormir dans le même lit, en caleçon.

— Bien.

Les dents d'Aaron brillèrent dans l'obscurité, il tendit la main, la passa sur l'épaule de son compagnon et serra son biceps. Larx fondit un peu. D'accord. Peut-être pas les Frères Hardy.

— Alors, pour commencer, Julia Olson est en fuite. Elle s'est enfuie dans le SUV de sa mère.

— Pas dans sa voiture ?

Larx la connaissait. Un petit Sportage bleu électrique. La gamine avait fait baver ses camarades de classe depuis qu'elle l'avait eu l'an dernier.

— Non, et c'est suspect. Whitney nous a entendus présenter le mandat et Julia est sortie du garage environ cinq minutes plus tard, sans même s'arrêter pour lever la porte. Gracie et moi avons dû courir pour nous éloigner.

— Elle t'a presque écrasé ? s'exclama Larx, son cœur s'arrêtant de battre.

— Pas la peine d'en parler, répondit Aaron sur un ton enjoué.

6 The Hardy Boys, en français Les Frères Hardy, est le titre original d'une série de romans policiers américains pour la jeunesse créée par Edward Stratemeyer en 1927 et publiée en France.

Larx plissa les yeux en pensant que toutes les façons de se faire heurter par un SUV valaient la peine d'en discuter. Cependant, Aaron continua à parler et il faillit oublier son inquiétude.

— Mais... tu vois ? C'est ça le truc. Elle avait ce truc effrayant et nous avions un motif pour fouiller la maison. J'ai dit que nous devrions commencer par fouiller dans la fosse à feu lorsque nous sommes arrivés parce que...

— L'endroit idéal pour se débarrasser des preuves, conclut Larx avec enthousiasme, pensant à l'incendie qui l'avait tellement hypnotisé ce soir-là.

— Exactement. Julia s'est fait si spectaculairement la malle que nous avons affecté les experts légaux à la fouille de la maison. Le truc, c'est que les deux cheminées contenaient des résidus bizarres, quelque chose de plus épais que le papier et le bois, quelque chose qui nécessitait un accélérateur pour brûler.

— Et ? dit Larx qui n'aurait pas pu bouger même si quelqu'un avait mis le feu à son lit.

— Nous avons trouvé cette boule de tissu dans la fosse extérieure. Comme si quelqu'un avait enroulé un pantalon en laine noir et un pull, par exemple, et avait essayé de le brûler.

— La laine ne brûle pas, déclara Larx parce qu'il enseignait la chimie et le savait.

— Exactement. Il faut un accélérateur. Cependant, elle les avait roulés...

— Parce qu'elle paniquait !

Bien sûr qu'elle avait paniqué, elle avait dû revenir pour s'occuper de son enfant.

— Nous pensons qu'elle a essayé de le brûler dans la cheminée pendant qu'elle se douchait. Puis elle est revenue et a réalisé qu'il ne brûlait pas et elle l'avait sorti avec de l'essence pour finir le travail.

— Mais les fibres de polyester auraient fondu, si le pantalon était un mélange...

— Enfermant la laine à l'intérieur, dit Aaron en souriant. Les experts espèrent qu'il y en aura assez pour confirmer la présence de sang.

— Hum, réfléchit Larx. Si sa fille avait été plus attentive pendant mes cours, elle les aurait probablement jetés dans la machine à laver avec une demi-bouteille d'eau de Javel. C'est vraiment la chose la plus intelligente à faire.

— Voilà pourquoi nous sommes heureux que tu n'utilises tes pouvoirs que pour faire le bien, Larx, assura Aaron en l'embrassant sur le nez avec un sourire espiègle. Tu ferais un bien meilleur criminel que Whitney Olson.

— C'est vraiment une criminelle ? demanda Larx en se calmant. Est-ce que vous l'avez arrêtée ?

— Non, répondit-il. Nous devons faire des analyses de sang et son avocat va contester les mandats. Il n'a pas vraiment de parade légale pour cela, mais il a de l'argent et ça pourrait fonctionner. Donc, nous n'avons pas de preuves ni d'arrestation. Julia est toujours en fuite et…

— C'est mauvais, dit doucement Larx en pensant à Christi seule et paniquée. Je n'ai jamais pensé beaucoup de bien de cette gamine, mais…

— Mais c'est une enfant, conclut Aaron.

— Si elle sait que sa mère a essayé de tuer Isaiah… commença Larx avant de froncer les sourcils. Mais, attends, n'était-ce pas un mandat pour quelque chose de complètement différent ?

— Oui, répondit son compagnon avec une grimace. Nous espérions trouver des preuves au sujet de ce corps flottant que j'ai trouvé vendredi.

— Bon sang, Aaron, ne m'as-tu pas dit que tu vérifiais juste les permis de pêche et les adolescents bourrés dans les bois ? gémit-il.

— Eh bien, oui, concéda-t-il, avec rire chaleureux, même dans le silence de la chambre. Mais, parfois, ça devient intéressant.

Larx rit doucement et ils discutèrent un peu plus. Pas à propos de l'affaire ou d'Isaiah, mais à propos d'étudiants que Larx avait eus en cours ou de cas sur lesquels Aaron avait travaillé. Une conversation pour apprendre à se connaître.

Sauf que Larx avait l'impression de connaître Aaron depuis toujours. C'était juste comme rattraper le temps perdu. De la meilleure façon possible.

CENDRES DÉTREMPÉES.

LA JOURNÉE aurait dû être parfaite.

Elle avait commencé doucement et douillettement, Larx allongé à côté de lui sur le ventre, les deux poings rentrés sous son menton. À leur âge, le sommeil ne les rendait pas jeunes ou innocents, il les incitait seulement à se reposer. Larx était si rarement au repos, son cerveau agité fonctionnant toujours, son corps actif et vigoureux trouvant toujours une activité à faire. Jardiner, courir, cuisiner, attiser un feu, caresser un chat, parler aux enfants, transformer un groupe d'étrangers désorientés en famille.

Faire l'amour.

Larx n'était pas seulement un homme, c'était pratiquement une force de la nature. Aaron avait été pris dans les vents turbulents de ses attraits depuis qu'il l'avait vu pour la première fois sans chemise et avait réalisé qu'il y avait un humain sous cet agréable membre de la communauté.

Le réveil se déclencha et Larx ouvrit les yeux, les plissa, l'air confus, en souriant timidement, puis roula sur le lit et bondit sur ses pieds, cherchant un survêtement et ses chaussures de course bien avant qu'Aaron se doute qu'il était pleinement éveillé.

Aaron était très réveillé lorsqu'ils se glissèrent doucement par la porte dans l'air glacé. Larx resta silencieux pendant leurs deux premiers kilomètres sur la piste, puis il grogna alors qu'ils s'approchaient de l'arrière de la maison d'Aaron.

— Quoi ? demanda-t-il, espérant que c'était le bon moment pour lui parler maintenant.

— Je m'excitais lorsque j'apercevais ta maison parce que, tu sais, « Aaron est là ! » Maintenant, c'est juste une autre maison, mais je peux rentrer chez moi avec toi. C'est mieux, mais j'essaie toujours de comprendre où obtenir ma poussée d'excitation.

— Peut-être lorsque tu verras mon 4x4 dans l'allée ou lorsque je rentrerai tôt de mon quart de nuit, répliqua Aaron en riant.

— Tu travailles de nuit ?

— Parfois. Je quittais les enfants après qu'ils s'étaient couchés et je rentrais juste à temps pour emmener tout le monde à l'école.

199

Larx grogna de nouveau et, pendant un instant, Aaron crut que c'était parce qu'il n'était pas encore très réveillé.

— Aaron, ton travail posait-il des problèmes à Caroline ? demanda-t-il sobrement.

Il essaya de forcer son cerveau à suivre la direction dans laquelle Larx venait de partir.

— Non, répondit-il après réflexion. Je... je ne sais pas. Je lui ai dit que tout irait bien et elle m'a cru.

— Moi, je n'y crois pas, marmonna Larx.

Oh non.

— Est-ce que ça va être un problème ? demanda Aaron, légitimement effrayé.

Larx le regarda, ses pieds faisant les mêmes pas dansants que le premier jour, ceux qui le maintenaient droit alors qu'il ne regardait pas où ils allaient

— Non, dit-il après un moment en se mordant la lèvre. Je vais m'y habituer.

Aaron s'arrêta vraiment parce qu'il ne pouvait pas continuer à courir sans ses yeux pour le guider.

— C'est tout ? demanda-t-il, stupéfait d'une certaine manière.

— C'est tout quoi ? demanda Larx en se retournant, faisant du jogging sur place.

— Tu vas t'y habituer ?

— Ça m'effraie, d'accord ? répliqua Larx en plissant les yeux sur lui. Mais je ne vais pas te demander d'arrêter. Tu aimes visiblement ton travail. Tu es bon. Tu as aimé quelqu'un pendant dix ? Douze... ?

— Quatorze, dit calmement Aaron. Quatorze ans.

— Exactement, acquiesça Larx. Il n'existe aucune garantie. Tu le sais. Moi aussi. Tu me rends heureux maintenant, je suis trop vieux pour jeter une chose aussi bien juste parce que j'ai peur. Merde, est-ce que je suis un gros bébé boudeur qui a besoin que tout soit comme il veut ?

Aaron lui sourit alors et recommença à courir, principalement pour rester chaud. Ils reprirent leur course sur la piste.

— Rappelle-toi que nous devons courir un peu moins longtemps que d'habitude, dit-il.

— C'est une bonne chose que je vienne juste de décider de ne pas être un gros bébé boudeur, gronda Larx.

— J'y arriverai, haleta Aaron. Mais pas aujourd'hui.

— Moi aussi, répondit Larx.

Aaron eut un brusque élan de gratitude. Merci mon Dieu pour les amants adultes qui reconnaissaient qu'ils ne pouvaient pas réparer l'autre et s'efforçaient de se réparer eux-mêmes.

— J'essaie d'appeler, lui dit-il. Ou j'envoie un texto. Ou par sémaphore. Je le fais avec Kirby. Je m'assure d'être à l'heure que je lui ai dit. Je te tiendrai au courant.

— Merci, dit simplement Larx. C'est attentionné.

Ils continuèrent à avancer, Larx atteignant ce rythme qui obligeait Aaron à se presser derrière lui, mais la conversation pesait lourd sur ses épaules.

Au lieu de le rassurer sur le fait que Larx pouvait gérer le risque, elle avait rappelé à Aaron qu'il avait maintenant quelque chose à risquer.

Comme Larx, il avait besoin d'un peu de temps afin de s'habituer à cette idée.

Lorsqu'il commença à travailler, ce matin-là, le brusque rappel des risques qu'il encourait à faire confiance au destin ne lui avait pas… eh bien… laissé un sentiment de peur, mais plutôt la sensation d'être confus et déconcentré.

Aaron se força à remplir la paperasse pour la perquisition et la saisie de la veille, mais son agitation était comme une démangeaison dans sa colonne vertébrale et il réussissait à peine à rester assis.

Warren était installé au bureau à côté du sien et chaque fois qu'Aaron se levait, se rasseyait et soupirait, il lui lançait un regard irrité.

— Merde, George, qu'est-ce qu'il y a ?

— Quelque chose me dérange, marmonna-t-il en le regardant d'un air renfrogné. C'est comme… comme Noël, mais c'est le contraire. Un truc en construction.

Était-ce juste une des étapes quand on avait un compagnon ? Était-ce ce que Caroline avait fait lorsqu'il avait quitté l'université et était entré dans les forces de l'ordre ? Ne l'avait-il simplement pas remarqué ? Avait-il été trop arrogant, trop assuré que tout le monde avait toujours sa fin heureuse pour anticiper que Caro partirait avant lui ?

Vous dépendiez de tant de choses que vous teniez pour acquises quand vous aviez quelqu'un dans votre vie…

— Attends, dit Aaron en se levant et en cherchant Eamon du regard.

Celui-ci arrivait, l'air agité et irrité contre lui-même.

— Eamon ?

— Shérif Adjoint ?

— Où donc est son mari ?

— Celui de Whitney Olson ? s'exclama Eamon en écarquillant les yeux.

— Celui-là même. Nous avons parlé à son fils, ses avocats au pluriel, mais savez-vous qui nous n'avons pas eu au téléphone alors que sa fille est en fuite et sa femme en résidence surveillée ?

— Carl Olson, déclara Eamon.

Cela les frappa tous les deux en même temps.

— Oh, bon sang. Je vais le dire à Gary, s'exclama Aaron en décrochant le téléphone de son bureau afin de composer le numéro du coroner. Et vous pourrez demander aux experts légistes d'aller chercher de l'ADN de Carl chez lui. Nous pourrions découvrir qui est notre corps flottant.

MÊME AVEC des preuves ADN, il fallait plus de temps pour confirmer une identité que la majorité des gens le supposaient. Aaron, Warren et Eamon examinaient les finances de Carl Olson, essayant de comprendre où il avait été et s'il y était lorsque qu'Aaron leva les yeux vers l'horloge.

— Bordel de merde ! gronda-t-il. Eamon, je dois partir.

— Votre homme va se battre pour l'école ? demanda laconiquement Eamon pendant qu'Aaron enfilait sa veste, ses gants et mettait son chapeau.

Il faisait noir dehors et l'air était vif.

— Oui, il devait arriver tôt, mais si je n'y assiste pas, je me sentirai très mal !

— Je serai juste derrière vous, dit Eamon en lui faisant un signe de la main.

Aaron se dépêcha de sortir, espérant qu'il pourrait se rendre au bureau du district à temps pour trouver une place.

Il se gara illégalement, mettant le gyrophare pour prétendre qu'il était de service et se précipita dans la cour entourée d'au moins quatre-vingt-quinze bureaux du district. Il traversa l'entrée principale normalement surveillée et se dirigea vers l'arrière où se tenaient habituellement les réunions du conseil. Il dut slalomer entre les gens, tous dans le couloir, pour se rendre à la salle de réunion elle-même.

Il se dirigea vers l'entrée et Kirby lui tendit un programme avant de se renfrogner.

— Tu ne vas pas faire bonne impression, papa. Tu veux retourner manger ma cuisine ?

— Je lui ai envoyé un texto en chemin, répliqua Aaron en fronçant les sourcils. Nous avons eu un problème à régler.

Cependant, Kirby n'eut pas l'air plus heureux, donc Aaron supposa qu'il ferait mieux d'essayer d'obtenir les bonnes grâces de Larx dès que possible. Il passa une tête dans la salle et son compagnon attira son regard presque immédiatement en pointant un doigt impérieux sur le siège vacant à côté de lui. Eh bien, c'était une maison de fous, Aaron n'avait jamais vu autant de monde ici et Larx avait probablement dû faire couler le sang pour lui garder une place.

Il se glissa à l'intérieur, prit sa place à l'extrémité et fixa la rangée de professeurs sinistres et furieux alignés.

— Vérifie l'ordre du jour, dit Larx, tendu.

Le cœur d'Aaron sombra. Il étudia la feuille et poussa un grognement.

Le premier point à l'ordre du jour était de réexaminer la nécessité de la GSA. Le deuxième était une discussion sur la façon dont Larx avait géré la soirée du feu de joie.

Le troisième point était de savoir comment répartir les fonds recueillis par la GSA pour une bourse d'études en cas de dissolution de celle-ci.

Ce n'était pas de bon augure pour la première et deuxième question à l'ordre du jour.

— D'accord, dit Aaron en se levant.

— Où vas-tu ?

— M'inscrire pour parler au nom des forces de l'ordre locales…

— Ton ami Percy s'est déjà engagé, l'informa Larx en regardant d'un air amer l'endroit où le fainéant désertant son service était assis en costume, l'air fier de lui.

— Dur, commenta Aaron en se dirigeant vers le podium.

Il arriva juste à temps pour saisir le tableau du jour afin d'effacer le nom de Percy et le remplacer par le sien. Ils étaient toujours sur la liste, peut-être en vingtième place, mais qu'il soit damné s'il laissait quelqu'un comme Percy parler alors que cet abruti n'avait même pas été présent lors de l'agression.

Il signa, établit un contact visuel direct avec Percy au moment où le marteau retentissait et retourna ensuite vers son siège.

Heather Perkins était une petite femme trapue qui n'avait, apparemment, pas reçu la note sur le fait que la coupe au bol n'étaient plus à la mode. Son amie Cissy arborait la coupe totale Trône de Fer qui semblait marquer les mères chic actuellement et elles avaient toutes les deux des mèches blondes dans leurs cheveux bruns. Le mari de Heather était un petit homme insipide tassé à côté d'elle, qui avait toujours l'air triste et confus pendant les réunions du conseil scolaire. Le reste du conseil se composait d'un directeur de collège travaillant dans le district voisin de Placer, mais qui vivait à Colton, un membre du Rotary Club, Gordon Chandler, un membre de la Chambre de Commerce de la ville et lointain cousin de Whitney Olson, le président du corps étudiant – un gamin que Kirby avait détesté parce qu'il était un voleur de goûters – et trois personnes qu'Aaron ne reconnaissait pas.

Il avait le sentiment que cela n'aurait pas d'importance. C'était principalement le spectacle d'Heather et Gordon.

Celle-ci déclara la réunion ouverte et la première chose qu'elle fit fut de violer l'ordre du jour qu'elle avait établi.

— Donc, j'ai cru comprendre qu'un membre du département du shérif du comté de Colton était ici pour nous informer des évènements de vendredi ? dit-elle en souriant à Percy Hardesty.

— En effet, madame la Présidente, dit vivement Aaron en se levant. Étant donné que j'étais présent lors des évènements du feu de joie et que j'ai participé activement à deux enquêtes pertinentes, je pense que le Shérif Mills et le Suppléant Hardesty conviendront que je suis le mieux placé pour parler ici.

Percy se renfrogna, regardant autour de lui comme s'il allait se mettre à pleurer. Aaron s'en moqua. D'après ce qu'il savait, Percy était arrivé sur les lieux du feu de joie environ une demi-heure après le départ du dernier professeur. Il avait lu le rapport, Percy était juste venu pour nettoyer la scène de crime.

— Euh, bien sûr, Shérif adjoint Georges, dit Heather en le regardant d'un air surpris, en arquant ses sourcils pointus. Si vous êtes sûr que le shérif Mills app…

— Il approuve, dit Eamon depuis la porte. Je ne sais pas pourquoi vous voudriez écouter Percy, il n'était pas là de toute façon.

Heather hocha la tête et Aaron se dirigea vers le podium. Il donna une version concise et succincte des évènements à partir du moment où Joy avait crié.

— Mais Shérif Adjoint George… dit Heather, déconcertée. Si vous étiez là, n'avez-vous pas vu… l'incident au feu de joie ?

Aaron était prêt pour cette question.

— J'ai vu deux garçons soutenus par leur lycée et leurs camarades étudiants faire honnêtement leur coming out comme des hommes et partager un baiser. C'était courageux de leur part, mais ce n'était pas un « incident ». Ils ont été félicités par leurs enseignants et leurs pairs et, franchement, nous ne sommes pas sûrs que cela ait quelque chose à voir avec ce qui est arrivé ensuite. Isaiah est un garçon très occupé : football, théâtre, classes PA. La colère qui a alimenté ce crime pourrait provenir de n'importe quoi en dehors de sa sexualité, en particulier avec un personnel qui a réduit au minimum les possibilités d'intimidation.

— Bien merci, Shérif adjoint George. Nous nous assurerons de prendre cela en compte lorsque…

— Pendant que le ferez, vous devriez également savoir que nous avons délivré un mandat à un suspect. Nous ne sommes pas sûrs des motifs de cette personne. Soyez conscients, s'il vous plaît, que ce n'est pas nécessairement un crime de haine. Si c'est le cas, vous traitez l'objet de la haine de cette personne comme quelque chose la justifiant. Si ce n'est pas le cas, vous avez créé une opportunité pour le fanatisme là où il n'en existait pas auparavant. Isaiah et Kellan n'ont rien fait de mal. Ce point suivant, la dissolution de la GSA ? Cela ne peut qu'empirer les choses.

Heather resta bouche bée et il indiqua qu'il avait terminé.

— Eh bien, alors, dit-elle, essayant de retrouver son sang-froid. Notre prochaine oratrice est madame Nancy Pavelle.

Nancy était assise de l'autre côté de Yoshi. Elle se leva et parla clairement de son siège.

— D'accord, les amis, dit-elle d'une voix claire comme du cristal, forte et ferme. Tout d'abord, je voudrais que tous les employés du District Scolaire Unifié de Colton qui soutiennent le Principal Larkin et le Principal adjoint Nakamoto se lèvent. Maintenant, pour les membres de la communauté des parents qui sont ici en pensant que les enseignants que vous voyez dans cette salle sont les seules voix présentes, j'aimerais que tous ceux qui soutiennent Larx et Yoshi, mais qui ont été forcés d'attendre dans une autre salle à cause de la myopie des membres du conseil d'administration, commencent à défiler devant le podium et retournent ensuite dans leur petite grotte de l'exil, d'accord ?

Elle devait avoir mis un signal au point avec une personne présente car la suite se déroula très vite. Le défilé des enseignants commença, passant par la porte latérale de la salle de réunions, descendant devant le podium et montant vers l'entrée principale. Les professeurs avancèrent tranquillement, jetant un coup d'œil furieux au conseil d'administration, mais leurs pas uniformes prirent un tempo creux, semblable à celui d'une marche.

Certains petits futés commencèrent à scander :

—Larx ! Larx ! Larx ! Larx ! Larx !

Aaron regarda son compagnon avec surprise et Larx ferma les yeux comme si ce geste pouvait suffire à mettre un terme à cette litanie.

— Ils t'aiment ! le réprimanda Aaron au rythme du chant.

— Je ferais mieux de pas foirer tout ça, marmonna Larx.

Cela continua jusqu'à ce qu'Heather Perkins frappe sa table avec son petit marteau.

—Assez ! Assez !

Cependant la parade des enseignants ne s'arrêta pas.

— Bon sang, Nancy, vous n'avez que deux minutes pour parler !

— Eh bien, vous auriez dû nous mettre dans l'auditorium du théâtre, rétorqua Nancy au milieu des cris. Comme nous l'avions demandé afin que la communauté puisse voir que nous soutenons Larx.

Heather se renfrogna, mais le défilé continua, se terminant trente secondes plus tard, lorsque le dernier professeur irrité disparut. Un tonnerre d'applaudissements éclata à l'extérieur de la salle de réunion et Nancy sourit gracieusement.

— La parole est à vous, Madame la Présidente. Maintenant, vous savez.

— Eh bien, à présent, dit Heather, regardant son mari comme si les trois dernières minutes avaient été de sa faute, maintenant que nous sommes conscients du nombre d'enseignants présents, un parent voudrait-il parler de la GSA ?

— Je vais parler ! hurla une voix.

Aaron se retourna vers le coin de la pièce et il gémit.

— Oui, marmonna Larx, toute cette merveilleuse parade sur le point d'être déchiquetée par Billy MacDonald.

Aaron avait beaucoup de peine à écouter l'homme. Il radota, ses arguments n'avaient aucun sens et il dut dire le mot « pédé » au moins six fois sans que le ridicule marteau d'Heather ne le fasse taire. Le public l'applaudit un peu lorsqu'il eut fini, mais il fut principalement accueilli par un silence glacial. Aaron étudia les visages autour de lui pendant que l'homme se rasseyait.

— Tu sais, dit-il doucement à l'oreille de Larx, je pense qu'il a sans doute fait plus de bien que de mal.

Larx regarda autour de lui et haussa les épaules.

— Personne ne veut admettre qu'il est de son côté, dit-il avec philosophie. Attends, ça vient.

Bien sûr, le parent suivant avait fait des études universitaires, elle était responsable du club local de lecture et enseignait le catéchisme le dimanche. Elle n'employa pas le mot « pédé ».

Elle demanda juste si, peut-être, donner aux étudiants une Alliance Gay Hétéro [7] ne leur offrait pas la possibilité d'être gay alors qu'ils n'y penseraient peut-être pas eux-mêmes. N'étaient-ils pas en train de créer leur propre communauté gay alors que celle-ci n'avait pas vraiment de raison d'exister ?

Cette femme fut applaudie.

De même que le père qui s'inquiétait du genre de sexe que sa fille apprendrait si elle assistait à des réunions avec ses amis.

Ainsi que le membre de la Chambre de Commerce qui avait peur de la « foule » qu'ils attireraient si leur lycée était connu comme un endroit amical envers les gays.

Aaron avait mal à l'estomac au moment où les cinq intervenants suivants eurent terminé.

Puis Heather appela Andy Jones, l'entraîneur de football.

— Madame la Présidente, s'il vous plaît, dit-il en se levant, mais sans s'avancer vers le podium. Les quatre professeurs suivants de votre liste et moi-même avons accepté de donner notre temps à Larx qui va vous dire pourquoi tout ce que vous venez de dire était des sottises et pourquoi vous ne faites que blesser vos enfants.

La salle éclata en applaudissements et la foule qui se trouvait dans le couloir fit écho.

Heather se servit enfin de son petit marteau.

— Alors, Principal Larkin, vous avez dix minutes…

— Douze, répondit-il. Je suis aussi sur votre liste.

— Quatorze, intervint une femme à l'aspect timide. Je suis en bas sur la liste et si Larx parle pour moi, nous pourrons rentrer chez nous plus tôt.

Il y eut un rire général et quelques applaudissements épars.

Aaron sentit son estomac s'alléger alors que Larx se dirigeait vers le podium, puis il ressentit de l'espoir.

Tout ce que Larx disait était tellement sensé.

7 Gay Straight Alliance (GSA) en anglais.

Il commença avec la gentille dame enseignant le catéchisme le dimanche et fit remarquer que les enfants naissaient gays, bi, trans ou hétéros et que leur donner un endroit sûr pour parler de qui ils étaient faisait plus que les faire se sentir bien, cela éloignait les brutes, parce que les jeunes LGBTQ savaient qu'ils n'étaient pas seuls.

Il dit au père s'inquiétant de ce que sa fille pourrait apprendre au sujet du sexe qu'ils n'étaient pas autorisés à en parler. Ils voulaient juste que les enfants grandissent avec les mêmes béguins que tout le monde, en se sentant en sécurité. Larx leva légèrement les yeux au ciel à ce moment-là, ce qui indiqua à Aaron que le principal était d'avis que les jeunes devraient être mieux informés sur leur sexualité, mais comme tous les parents ne pouvaient pas lire le regard de Larx, Aaron se dit qu'ils étaient en sécurité.

Larx perdit presque son sang-froid avec le membre de la chambre de commerce.

— Harry, vous vendez des courtepointes faites à la main et de fausses antiquités en bois vieilli. Si vous ne pensez pas qu'un tiers de votre clientèle est gay, vous n'êtes pas un homme d'affaires impressionnant.

Il y eut des rires et certains aussi retinrent leur souffle, estomaqués, puis il grimaça et se reprit.

— Écoutez, c'était stéréotypé et je m'en excuse. Cependant, le fait est qu'une grande partie de notre chiffre d'affaires provient de la communauté gay, que vous vouliez le reconnaître ou non. Nous vendons des objets d'arts et d'artisanat haut de gamme, nous n'avons pas de magasins discount ici. Si vous commencez à rejeter la communauté LGBTQ, beaucoup d'entre vous devront probablement fermer boutique. Et si vous voulez faire de l'argent avec leur clientèle, vous devriez peut-être penser à ne pas prétendre qu'ils n'existent pas. Cela signifie ne pas ignorer les enfants qui ont besoin de cette organisation dans leurs écoles, parce que c'est juste de l'hypocrisie et que je ne suis pas pour.

Ses neuf premières minutes furent donc consacrées à réfuter les propos des personnes qui avaient parlé avant lui et lorsqu'il arriva à ses cinq dernières minutes, il semblait épuisé.

— D'accord. J'ai passé une bonne partie de mon temps à vous expliquer pourquoi une GSA est nécessaire, ce que j'ai dû faire lorsque j'ai créé le club en premier lieu. Mais je pense que nous devons parler de ce qui se passe vraiment ici. Deux garçons se sont embrassés devant un feu de joie. Pour ceux d'entre vous qui n'ont pas chaperonné un bal ou un feu de joie ou un match de football, vous devez savoir qu'il arrive tout le temps que des jeunes s'embrassent. Nous devons faire beaucoup d'efforts pour nous assurer qu'aucune jeune fille ne tombe enceinte sur la *piste de danse* pendant les festivités de la rentrée et si vous pensez que c'est scandaleux, eh bien, votre aide nous serait bien utile pour chaperonner les bals parce que les enseignants sont en infériorité numérique. Si l'acte de violence n'avait pas été perpétré sur un joueur de football, nous ne serions pas ici. Mais Isaiah a été blessé et toute la communauté a été choquée et a cherché un bouc émissaire. Devinez quoi ? L'adolescent était gay et vous avez trouvé la raison. Donc, un bon nombre d'entre vous assiste à cette réunion parce que vous pensez que si nous n'avions aucun gay ou transgenre, tous nos enfants seraient en sécurité. Je suis désolé de vous le dire, mais il y a *toujours* des gens qui sont gays ou transgenres. Ils se sentiront seulement seuls, isolés et malheureux si nous ne leur laissons aucun endroit où aller. Nos enfants seraient *tellement moins en sécurité* si les jeunes qui se sentent différents du reste du monde étaient privés d'un endroit et d'un moment pour se rencontrer. Blâmer Isaiah pour avoir été attaqué par surprise et poignardé est lâche. Tous ceux ici qui disent « Eh bien, s'il n'avait pas été… tu sais… *gay* » essaient de blâmer un des meilleurs jeunes que j'aie jamais connu pour sa propre tentative de meurtre. Je pensais que cette ville était meilleure, vraiment, cependant, si vous êtes ici pour lui reprocher d'avoir été blessé parce qu'il a embrassé un garçon en public, alors je dois vous dire ceci. Regardez-vous dans un miroir et dites : « Je suis un lâche parce que je préfère blâmer un adolescent innocent pour ma peur des gays et des transgenres que de faire face à ma peur et grandir ». Toute personne ici qui souhaite tuer ce programme, dire que nos enfants LGBTQ n'auront plus aucun lieu où aller, est un lâche.

Un silence total régna pendant un instant, puis des applaudissements assourdissants éclatèrent.

Aaron se leva, les professeurs aussi et, pendant un moment, le chaos fut magnifique et en leur faveur.

Bien sûr, Heather se servit de son petit marteau pour ramener le calme et lorsqu'elle eut fini, elle s'adressa directement à Larx. Ce n'était pas du tout le protocole, mais elle était très rouge et avait les lèvres pincées si fort que l'on aurait dit qu'elle avait avalé un insecte géant.

— Principal Larkin, je n'apprécie pas l'insinuation selon laquelle je suis une lâche ou que les membres du conseil ont un ordre du jour caché visant à essayer de supprimer ce programme potentiellement dangereux.

— Non, Madame la Présidente, votre programme est très clair. Vous voudriez que les adolescents que vous n'appréciez pas soient loin des yeux, hors de vue, hors d'esprit, où ils pourront souffrir avec leurs doutes et leurs peurs en silence.

C'était une belle réplique. Le souffle d'Aaron se coinça dans sa poitrine et il fixa son compagnon pendant un moment, simplement rempli de fierté. Le reste de l'assemblée haleta aussi, car il n'avait pas de réponse à cela. C'était la vérité absolue et voter la disparition du programme en se basant sur les évènements du feu de joie l'aurait prouvé.

— Waouh, Larx, on dirait que vous en savez beaucoup à ce sujet. Êtes-vous un foutu pédé, vous aussi ?

Maudit Billy MacDonald !

Larx, surpris et énervé, se tourna vers lui, la bouche ouverte sur un grondement.

Aaron voulut gémir. Non. Bon sang, non…

Larx, pas de cette façon. Allez, ne le dis pas, ne les laisse pas changer la donne. Tu les tiens !

— Moi, je le suis, annonça Yoshi haut et fort depuis la gauche d'Aaron. Je suis gay et Larx est mon ami. Est-ce que cela veut dire qu'il est incapable de parler pour moi comme pour nos jeunes ?

Larx le fixa, affichant une expression choquée et irritée à la fois.

— Merde, Yoshi, marmonna-t-il.

Le micro ne retransmit pas, mais tous ceux qui connaissaient Larx en perçurent chaque syllabe.

Aaron se tourna vers Yoshi, les yeux écarquillés et s'aperçut que le meilleur ami de Larx avait l'air serein.

— Que vont-ils faire ? demanda-t-il. Me virer ?

Cependant, le choc qui se propageait dans la salle de réunion n'était pas prometteur.

— Nous avons un pédé qui travaille à l'école ? hurla Billy. Foutu pervers.

— Où est votre marteau, maintenant, Madame la Présidente ? demanda Larx en se tournant furieusement vers Heather. C'est votre allié ? Vraiment ?

Elle rappela tardivement la salle à l'ordre et alors qu'elle s'apprêtait à appeler l'orateur suivant, Larx intervint.

— J'ai encore trois minutes à ma disposition, dit-il.

— Continuez, Principal Larkin, dit-elle d'une voix si froide qu'Aaron fut surpris que des cristaux de glace ne se forment pas lorsqu'elle parlait.

— Rappelez-vous, mesdames et messieurs que si vous votez pour dissoudre la GSA ou pour demander des représailles contre Yo… le Principal adjoint Nakamoto, vous laissez Billy MacDonald parler pour vous, déclara-t-il en tournant le dos au conseil lui-même. Réfléchissez bien à cela, car cela signifie que vous choisissez vos préjugés avant le bien-être des étudiants et, oui, cela fait de vous une mauvaise personne. Vous avez pris votre peur et l'avez concentrée sur les étudiants que vous supposez sans voix. L'intimidation est le pire de l'humanité et vous l'avez laissée siéger dans cette pièce.

Il se retourna vers Heather avant de poursuive son discours.

— Nous sommes censés être les adultes, ici. J'ai enseigné aujourd'hui et, toute la journée, je n'ai entendu que des vœux de meilleure santé pour Isaiah de la part des jeunes. Kellan Corker avait peur d'aller voir Isaiah à l'hôpital ce soir-là, parce que son petit ami n'avait pas dit à ses parents qu'il était gay et c'est vrai qu'ils ont été surpris de découvrir que c'était le cas, mais ils ont parlé à un journaliste et ont dit que leur amour l'emportait sur leur choc ou leur peur et que cet amour s'étendait au petit ami de leur fils. Kellan avait peur de retourner à l'école parce que, oh bon sang, et si les étudiants étaient horribles avec lui ? Cependant, et c'est en partie parce que mon personnel a fait un travail formidable pour s'assurer que ces enfants étaient bienvenus et aimés, mais aussi parce que nos jeunes sont formidables, Kellan a été aimé. Il a reçu des accolades de ses amis, de ses coéquipiers hétéros du football et même de jeunes auxquels il n'avait jamais vraiment parlé, tous lui disant combien ils étaient fiers de lui et combien ils espéraient qu'Isaiah irait mieux. Alors, ce jeune homme a affronté ses peurs et a découvert que le monde valait mieux qu'un acte de violence. Nous avons rempli une voiture d'animaux en peluche, de cartes et de fleurs à apporter à Isaiah parce que, apparemment, vos enfants savent ce qu'est l'amour, même si ce n'est pas le cas de certaines personnes.

Il cracha cette dernière réplique en direction d'Heather qui tressaillit.

— Maintenant, mes quatorze minutes sont écoulées.

Il fallut dix minutes à Heather pour rétablir l'ordre dans la pièce avec son petit marteau.

Aaron était tout excité lorsqu'ils rentrèrent chez Larx.

— Oh bon sang, tu as été incroyable ! s'écria-t-il. Je suis époustouflé, tu as été tellement génial !

— Tu as été plutôt génial, toi aussi, en pensant à prendre la place de Percy sur le podium, répliqua Larx en souriant faiblement. J'espérais que tu le ferais, mais je n'ai même pas eu besoin de le demander.

— Oui, eh bien, Eamon m'a soutenu, ce qui était sacrément génial, répondit Aaron avant d'hésiter parce qu'il n'avait pas encore tout dit à son compagnon. Il veut que je me présente pour le poste de shérif, l'année prochaine. Je crois qu'il veut que je fasse mon coming out.

— Vraiment ? demanda Larx en fronçant les sourcils.

— Je lui ai dit que je… – oh, que c'était embarrassant ! – … que je pensais à sortir avec quelqu'un, dit-il en haussant les épaules. Un homme. Il m'a dit que c'était bon, qu'il me soutenait toujours. Mais il a été presque paternel, comme s'il m'encourageait à préparer mon trousseau ou quelque chose comme ça. C'était… bizarre. Quoi qu'il en soit, il m'a surpris en venant ce soir. Je suis content qu'il l'ait fait, mais je ne m'y attendais pas.

— C'était gentil de sa part, dit distraitement Larx. Kirby est rentré chez vous, n'est-ce pas ? Je n'avais pas réalisé qu'il distribuait des dépliants pour le conseil des étudiants.

— Oui, répondit Aaron, se demandant ce qui se passait. Il m'a envoyé un texto environ quinze minutes avant que nous sortions du conseil. Il m'a dit qu'il allait se coucher tôt, mais que je devrais le réveiller lorsque je rentrerai.

— Bien, dit Larx avec un grognement affirmatif. Tu vas me manquer ce soir, mais j'espère que tu te reposeras.

Aaron gronda d'irritation. Une route forestière avec une clôture et un portail pour éviter au bétail de s'échapper se trouvait environ cinq cents mètres plus loin. Au lieu de la dépasser, il l'emprunta, puis se dirigea vers la gauche dans l'ouverture forgée par les voitures l'utilisant pour faire demi-tour, ce qui avait créé un espace caché, hors de vue du trafic de la route, volé sur les arbres. Aaron était presque désolé d'être un adulte, il serait bien venu là avec ses copines pour un moment chaud à l'adolescence.

— D'accord, Larx. Crache le morceau.

Son compagnon regarda autour de lui en sursautant, comme surpris de voir qu'ils n'étaient pas encore chez lui.

— Cracher quoi ?

— Qu'est-ce qui ne va pas ?

Larx soupira et se tourna dans son siège. Il avait déjà ôté ses chaussures habillées et il défit sa ceinture de sécurité et posa ses pieds sur la console centrale, enroulant ses bras autour de ses genoux. Il avait lui-même l'air d'un adolescent dans l'obscurité et Aaron regretta qu'il ne se soit pas tourné de l'autre sens afin de pouvoir poser sa tête sur sa poitrine.

— Je pense que Yoshi va être mis en congé, dit-il après un moment.

— Pardon ?

— L'administrateur des ressources humaines était là, Heather l'a dans sa poche. Je les ai vus parler en regardant Yoshi. C'est comme ça qu'ils travaillent, Aaron. En secret. Personne n'en parle. Ils t'emmènent tôt le matin, te lisent une lettre indiquant que tu es un pervers et te mettent ensuite en congés payés.

— Oh, dit doucement Aaron en inspirant. C'est comme ça qu'ils font.

— Yoshi le sait, dit-il en se frottant le visage avec ses deux mains. J'ai parlé avec lui avant de partir. Il retourne à l'école pour préparer une liste de choses à faire et une note pour le remplaçant de sa classe.

— Comment se fait-il que vous ayez tous les deux des classes, vous n'êtes pas obligés, n'est-ce pas ?

Larx haussa les épaules et tourna la tête pour regarder par le pare-brise.

— Ce n'est pas nécessaire. Non. Mais nous avons tous les deux passé des années à construire le Programme Avancé. Ça coûte de l'argent et du temps de convaincre les gens de consacrer une classe afin que les enfants puissent passer un test. Ma première classe a passé le test et environ 20 % l'ont réussi parce que les enfants doivent être préparés pendant des années. La classe de l'année dernière avait un taux de réussite de 65 %. Pas mirifique, non, mais…

— Beaucoup de travail, déclara Aaron, compréhensif.

— Il ne veut pas laisser mourir la classe d'anglais du Programme Avancé. Il laisse des mois de plans de cours et de tests pratiques, dit-il d'une petite voix en appuyant la tête contre la vitre. Je suis tellement fatigué. Je ne sais pas comment je suis censé faire mon travail sans Yoshi.

Aaron le regarda sans dire un mot. Oh. Voilà à quoi ressemblait Larx lorsqu'il arrêtait de bouger. C'était triste, une sorte de violation de la nature.

— Un moyen de le récupérer ? demanda-t-il d'une voix calme.

— Tout dépend de la qualité de notre avocat syndical, dit Larx en haussant les épaules. Habituellement, ils sont incroyables, mais parfois… Je me suis retrouvé en cellule capitonnée pendant un an et demi.

— Qu'est-ce que ça veut dire ?

— « Ne parlez à personne de votre ancienne école, ne parlez pas à la presse, n'essayez pas de trouver un autre emploi. Restez assis chez vous, prenez votre argent et attendez que votre avocat fasse son travail pour décider si l'enseignement est vraiment ce que vous voulez », cita Larx d'une voix amère.

Aaron se souvint que Larx savait de quoi il parlait. Sa vie avait été en suspens pendant un an et demi, voyant ses filles maltraitées, interdit d'enseigner, interdit de parler à ses anciens amis, fâché contre lui-même pour une chose qu'il avait faite avec les meilleures intentions.

— Nous ferons quelque chose pour le ramener, s'ils le mettent à pied, assura Aaron, dont la situation pesait sur l'estomac.

Puis il s'éclaira.

— Nous pourrions juste avoir d'autres problèmes.

— Je sais, acquiesça Larx, les yeux toujours fermés. C'est juste… j'ai l'impression d'être un tel dégonflé. C'est comme s'il s'était jeté sur la grenade.

— Larx, s'exclama Aaron, frustré. Je te *suppliais* de ne pas le faire, dans ma tête. Je me moque que quelqu'un le sache… vraiment. Je veux le dire à tout le monde. Je veux appeler mes filles et leur dire, « hé, je suis amoureux et je veux emménager avec lui, je sais que c'est soudain, mais c'est réel ! » Nous pourrions être une famille sitcom, ce serait génial. Mais ce soir ? Si tu avais fait ça ce soir, tu n'aurais pas pu retourner à l'école demain pour te battre pour Yoshi. Parfois, c'est tout ce que tu as. Lorsque Billy a lancé cette bombe et qu'il est devenu évident qu'Heather ne la désamorcerait pas, elle devait exploser quelque part. Ton ami le savait. Il a pris le coup pour que tu puisses t'occuper de lui.

— Oui, je sais, acquiesça Larx en posant sa tête sur ses genoux.

Si défait.

— Viens là, ordonna Aaron en défaisant sa propre ceinture.

Larx le fixa dans les ténèbres.

— Non, je ne veux pas une fellation. Je veux juste te serrer contre moi. Viens.

Les épaules de Larx tremblèrent probablement sous l'effet d'un rire, mais il grimpa sur le siège jusqu'à ce qu'il soit installé dans les bras de son compagnon par-dessus la console centrale. Ce n'était probablement pas du tout confortable, mais il était allongé avec sa tête sur la poitrine d'Aaron et c'était vraiment tout ce que celui-ci voulait.

— Sais-tu que lorsque ma femme est morte, ses parents ont supposé que je leur confierais la garde des enfants ? dit-il.

— C'est bizarre, dit Larx en fronçant les sourcils.

— Pas tellement. Elle venait du Midwest et j'imagine que c'est une hypothèse courante là-bas. Les pères n'élèvent pas les enfants.

— Oui, c'est frustrant, répliqua Larx. J'ai eu ça lorsque je suis arrivé ici. Les filles avaient beaucoup de questions du genre « Pourquoi vous n'êtes pas avec votre mère ? » C'est comme si le chromosome Y nous rendait incapables d'être pères.

— Et puis il y a les gens comme Billy MacDonald qui essaient de le prouver. Mais ce n'est pas ce que je veux dire.

— Que veux-tu dire ? demanda-t-il en le regardant avec une totale confiance.

Aaron était prêt à lui raconter le moment où il avait perdu la foi et tout ce en quoi il croyait à propos de l'amour.

— Je… les ai laissés prendre le dessus pendant une semaine. Ils ont rassemblé toutes les affaires des enfants pendant ce temps-là et les ont gardés à l'hôtel et je suis rentré chez moi tous les soirs et j'ai bu. Puis, la cinquième nuit, je me suis réveillé dans la chambre des filles, délirant, complètement fou. J'avais rêvé que les enfants descendaient dans un puits, qu'ils m'appelaient et que je m'éloignais simplement.

Larx fit un bruit compatissant et Aaron haussa les épaules.

— J'ai appelé mes beaux-parents le lendemain et je leur ai dit non. Je suis venu chercher les enfants l'après-midi avec toutes leurs affaires et la sœur de Caro…

— Tante Candy ?

Il devait avoir parlé à Kirby, pensa Aaron.

— Oui, Tante Candy. Elle est venue avec moi et a amené le véhicule de son petit ami. Nous avons chargé les enfants et je les ai ramenés à la maison. Parce qu'il y a des pertes que l'on est obligé de subir et d'autres non. Caro était morte et c'était dur à accepter. Mais perdre les enfants me faisait aussi mal et ça, je pouvais le contrôler.

Larx hocha la tête et l'embrassa doucement avant de se réinstaller sur son siège.

— La boîte de vitesse essaie de me châtrer, dit-il en s'excusant. Mais je t'ai entendu. Je n'ai pas à accepter que Yoshi soit mis à pied.

— Non. Tu n'es pas tout seul, non plus. Je suis là, Larx. Je suis…

Était-il vraiment possible de le dire trop souvent ?

— Je t'aime, conclut-il.

— Merci, cow-boy, répondit Larx avec un sourire un peu plus animé. Je t'aime aussi.

Aaron le déposa devant sa maison avec un long baiser, souhaitant ardemment un long moment de solitude.

— Je voudrais vraiment te plier et te faire l'amour jusqu'à ce que la tête de lit heurte le mur. Tu vois ce que je veux dire ?

Larx rit, le poids de la défaite disparaissant de sa voix et de la ligne forte de ses épaules.

— Ça me conviendrait totalement, dit-il sérieusement en embrassant Aaron une dernière fois. On court demain, d'acc…

Sa poche bourdonna et il se figea.

Ses épaules s'affaissèrent de nouveau alors qu'il consultait le texto.

— Pas de course demain, dit-il catégoriquement. Yoshi a une réunion avec les ressources humaines et son représentant syndical avant la classe. Nous devons être là à six heures trente.

— Du matin ? gémit Aaron, consterné.

— Oui, Aaron, le matin, répondit-il sans humour. Parce que de cette façon, Yoshi peut sortir du parking avant que les lycéens voient le grand pédophile horrible qui s'est démené pour servir sa communauté pendant six ans.

— Aargh ! s'exclama Aaron en serrant son volant avant de regarder son compagnon. Tu vas aller te coucher, tu entends ? Puis trouve un moyen de stopper ça. Tu es doué pour ça, Larx. Pour faire ce qu'il y a de mieux pour les enfants et trouver une solution.

Son compagnon hocha la tête sobrement, caressa la joue d'Aaron et sortit de la voiture. Aaron le regarda partir, son estomac bouillonnant de colère et d'impuissance. Il voulait être avec Larx, devait être avec lui.

Mais, bon sang, Kirby avait besoin qu'il rentre à la maison.

Larx se dirigea vers le porche, alluma à extérieur et chassa Aaron. Parce qu'il avait deux adolescents sous son toit. Aaron le comprenait.

Cependant, il n'aimait pas cela du tout.

FEU DE FORÊT

LARX ÉTAIT assis dans son bureau, abasourdi.

C'était comme s'il avait eu une boule de cristal et qu'il avait prédit à quel point la scène allait « bien » se passer. Yoshi s'était levé à la fin de la réunion et avait secoué la tête, Larx restant bouche bée à côté de lui avec l'impression qu'on venait de lui couper le bras.

— N'aie pas l'air impuissant en me regardant, Larx, dit brusquement Yoshi. C'est toi qui vas me sortir de ce pétrin. Tu as un talent fou pour faire en sorte que les gens fassent ce que tu veux. Chop-chop !

— Chop-chop [8] ?

— Je suis asiatique. Je peux le dire.

— Lorsque j'aurai obtenu ton retour ici, je te foutrai une raclée. Un savon dans une chaussette, personne ne verra jamais la moindre ecchymose.

Yoshi rit, même s'il avait les yeux rouges et brillants et que le représentant syndical essayait de l'éloigner.

— Tu feras tout ce que tu veux avec moi lorsque tu me rendras mon poste, mais tu vas me faire revenir, crétin. Tu ne pourras jamais vivre avec toi-même si tu ne le fais pas.

Puis il partit et Larx resta avec Fred Embree, essayant de ne pas le frapper.

— Pour ce que ça vaut, je doute que la commission scolaire permette à M. Nakamoto de négocier pour reprendre son poste…

— Foutez le camp de mon bureau, aboya Larx. Ils le réintégreront lorsque tout leur district menacera de démissionner parce qu'ils n'ont pas eu le courage d'expliquer au syndicat pourquoi ils l'ont mis en congé en premier lieu. Allez-y. Sortez. Je n'ai pas de temps à perdre pour vous !

Fred sortit en fulminant et Larx évita de justesse de tirer la langue. Il était si furieux qu'il pouvait à peine parler.

8 Ce terme est à la fois une expression pour dire « et que ça saute ! » et de l'argot employé par les Asiatiques pour dire « couper en morceaux ».

Il passa cinq minutes à frapper son bureau avec son poing et dix au téléphone avec Nancy alors qu'elle était dans son bureau, essayant de se préparer pour sa journée.

— Larx... *Larx* ! s'écria-t-elle finalement. Écoute, nous aurons une réunion d'urgence après l'école et nous pouvons faire signer une pétition. Nous menacerons de démissionner. Peu importe. Nous ferons un brainstorming. Yoshi est apprécié et 90 % d'entre nous pensent que c'est une connerie. Ils ne peuvent pas perdre 90 % de leur personnel. Nous sommes au mois de novembre, bon sang. Quelle personne douée de bon sens va se déplacer dans le coin juste avant les neiges ? Ils devront transporter les enfants dans le comté de Placer parce que ce sont des abrutis finis. Je contacterai les médias avant que ça n'arrive, d'accord ?

— Les médias, gronda-t-il en se levant. C'est aussi une option.

— Tu vois ? Yoshi a aussi des protections. Il existe des groupes de défense des droits des gays qui peuvent ajouter un peu de pouvoir légal. On peut arranger ça, Larx. J'appelle Tane, tu appelles Edna avec le syndicat. Nous ne sommes pas sans défense.

C'était ce qu'avait dit Aaron.

Yoshi avait joué sa carrière à ce propos.

Larx n'était pas sans défense.

Il pouvait régler cela.

Cependant, il devait encore trouver un enseignant prêt à prendre en charge la classe de Yoshi pendant sa période de mise à pied. Il se dirigea péniblement vers sa propre classe lorsque ce fut fini, essayant de se souvenir de ce qu'ils devaient faire

Oh. Oh, bon sang, oui. Ils rédigeaient leurs rapports de laboratoire pour les expériences de la veille. Dieu merci. Pas de cours magistral, pas de supervision d'expériences, il suffisait de passer de table en table et aider ceux qui en avaient besoin.

Il pouvait le faire en dormant, ce qui était une bonne chose parce que fois de plus, cela avait été une nuit courte et agitée et une matinée merdique.

Et il avait raté sa course.

Il pourrait se promener dans la classe et travailler avec un peu plus d'énergie. Fantastique. Tant qu'il ne s'attardait pas sur la tristesse de savoir que c'était la meilleure nouvelle qu'il avait entendue depuis...

Eh bien, depuis qu'Aaron l'avait embrassé, des semaines auparavant. D'accord.

Aaron. Il l'aimait. Il allait avoir à nouveau une grande famille.

« Un objectif », pensa-t-il en serrant un peu plus fort son porte-documents avant de fermer la porte de sa salle de classe derrière lui. C'était toujours bon d'en avoir un.

— D'ACCORD, DONC il utilise toujours sa carte de crédit ? dit Eamon en fixant Aaron d'un air concentré.

— En fait, oui, dans ce joli petit hôtel en dehors de la ville, acquiesça-t-il en se mordillant la lèvre. La chambre est payée jusqu'à demain et il y a régulièrement des frais au restaurant.

— Quelqu'un prend le petit-déjeuner continental gratuit, spécula Eamon en regardant la liste des opérations qu'Aaron venait d'obtenir de la banque. Rien d'autre ?

— J'ai envoyé Warren et Percy pour appréhender l'occupant de la chambre 32, qui que ce soit, l'informa Aaron, l'air sombre. Je me suis renseigné auprès du personnel basé devant la maison Olson afin de m'assurer qu'elle n'avait pas violé son assignation à résidence. On l'entend hurler depuis le trottoir, de toute évidence.

— Vous avez été très occupé, dit doucement Eamon. Une raison pour laquelle vous étiez là si tôt ?

Aaron grogna.

— J'ai dû rentrer chez moi hier soir, confia-t-il. Larx a été convoqué à une réunion au sujet de son directeur adjoint.

— Oh non, dit Eamon en pinçant l'arête de son nez. Ils n'ont pas vraiment fait ce que je pense qu'ils ont fait ?

— Il m'a envoyé un texto il y a environ dix minutes. Le personnel se rassemble pour trouver une solution. Il est très énervé.

Aaron souffrait pour lui, et sa compagnie lui avait terriblement manqué ce matin. Il était sorti pour une petite course, mais ce n'était pas aussi amusant sans Larx. Kirby avait nourri les poules et ramassé les œufs, puis, sans un mot, ils avaient tous les deux préparé un sac pour la nuit.

— La soirée était nulle, hier soir, avait dit Kirby avec un grognement. Je ne veux pas forcément leur parler tout le temps. C'est juste bon de savoir qu'ils sont dans la maison.

— Alors, week-end poulailler ? avait répondu Aaron avec un petit sourire triste.

— Si ça ne fonctionne pas, on repart, avait confirmé Kirby en haussant les épaules. Ils n'ont pas une grosse connexion Internet, je devrais sans doute revenir ici pour étudier, mais…

Kirby avait regardé la maison autour de lui avant continuer sa phrase.

— Je sais que c'est stupide, mais Maureen me manque.

— Pas Tiffany ? avait demandé son père, se détestant lui-même d'avoir laissé cela se produire.

— Ok. D'accord. Peut-être Tiffany, avait répondu Kirby en croisant le regard de son père. Écoute, papa… Je vais avoir dix-huit ans en janvier. S'il s'avère qu'être un demi-frère n'est pas mon truc, je peux revenir ici et me transformer en méchant ermite. Je ne m'inquiète pas que tu ne m'aimes plus. Je suppose que je le devrais. Les jeunes à l'école se plaignent tout le temps de leurs beaux-parents. Pas moi. Ça va aller. Mais… Larx et toi êtes… heureux. Les enfants veulent simplement grandir et trouver le bonheur. Tu es heureux. Je ne pense pas que ça puisse être une mauvaise chose, tu vois ?

Aaron avait repensé à la nuit précédente, lorsque Larx avait été petit, triste et humain, loin du Larx plus grand que nature, et comment lui-même avait été obligé de choisir Kirby.

Son fils lui disait qu'il n'avait pas à choisir.

— Combien ça va me coûter à Noël ? avait-il demandé avec méfiance.

— J'ai déjà la vieille voiture de Maureen, avait répondu son fils en souriant. Je vais devoir trouver quelque chose de vraiment bien.

— Je lui parlerai, avait dit Aaron brusquement sobre. Ça fait seulement cinq jours.

Kirby avait compté sur ses doigts, puis grimacé.

— Oh, merde, c'est tout ? D'accord. Bien. Tu peux avoir une semaine entière. Bon sang, ce n'est pas comme si tu allais vivre si longtemps, de toute façon.

Aaron avait ramassé un oreiller sur le canapé et le lui avait jeté à la tête. Puis il l'avait serré fort contre lui parce que, bon sang, qui ne donnerait pas tout pour avoir un enfant comme ça ?

À présent, debout dans la salle de garde, souhaitant ardemment prendre une collation parce qu'il était arrivé à une heure très matinale, il commençait à voir comment ce truc d'arriver tôt au travail pouvait être payant.

— Moi aussi, je serais furieux, dit Eamon, coupant court à ses pensées. Je ne sais pas à quoi les gens pensent en ce moment.

Larx savait.

— Ils pensent que Whitney Olson est un véritable fléau, déclara Aaron rapidement. Elle se plaignait des gays, donc nous devions porter notre attention par là.

— Je crois qu'ils devraient penser que c'est une meurtrière et peut-être qu'ils devraient choisir une autre équipe, commenta Eamon en grattant ses cheveux grisonnants sous son bonnet avec un petit rire diabolique.

Warren et Percy franchirent les portes du poste à ce moment-là, une femme non menottée se tenant entre eux. Elle était dans la fin de la trentaine, pas une femme superbe, mais bien soignée. Cheveux bruns, épais et raides, une belle silhouette qu'elle gardait visiblement harmonieuse avec de l'exercice et sans doute un régime strict. Son regard était probablement son atout le plus remarquable, elle possédait de grands yeux, bruns et directs. Elle repéra Eamon et Aaron dès qu'elle entra.

— Je suis désolée, dit-elle, un modèle de calme. Êtes-vous les responsables ici ?

— C'est lui, déclara Aaron en pointant son chef du doigt. Mais je suis ses ordres.

Il ignora le doux reniflement d'Eamon et poursuivit avec la femme.

— Je suis désolé d'avoir dû interrompre votre matinée, euh…

— Lori Anne, dit-elle doucement. Lori Anne Beresford. Est-ce que ça a quelque chose à voir avec Carl ?

— Carl Olson ? demanda prudemment Aaron en regardant Eamon.

— Oui, monsieur. Je suis…

Pour la première fois, elle sembla perdre son sang-froid.

— Je suis la maîtresse, dit-elle en s'excusant. La briseuse de ménage. Carl allait quitter sa femme et nous allions partir ensemble, vous voyez ?

— Vraiment ? dit Aaron en luttant pour respirer.

— Oui. Je sais. C'est un soap opéra, dit-elle en piétinant sur place, l'air mal à l'aise et inquiet en même temps. Mais il est allé parler à sa femme et voulait essayer de convaincre sa fille de venir avec nous mais il n'est pas revenu.

Elle déglutit, Aaron s'aperçut qu'elle pressait si fort les mains que les jointures en étaient blanches et qu'elle serrait si fort les dents qu'une veine palpitait sur sa tempe.

— Quand l'avez-vous vu pour la dernière fois ? demanda-t-il.

— Jeudi matin, répondit-elle. Vers onze heures. Il allait vérifier si sa fille n'était pas à l'école et ensuite parler à sa femme.

Le cerveau d'Aaron commença à faire des heures supplémentaires. Ils avaient cherché la voiture de Whitney Olson dans des planques locales, mais il y en avait simplement trop pour qu'ils les inspectent toutes en deux jours. Même les banlieues récemment développées de Colton présentaient des jardins d'un ou deux hectares, la plupart d'entre eux avec d'énormes arbres au milieu. Cacher une voiture ou une jeune fille de dix-sept ans était plus facile dans une petite ville que la majorité des gens le supposaient.

— Je vais appeler le bureau des présences, dit vivement Aaron en sortant son téléphone. Voyons voir si elle est là.

Il avait son téléphone à la main lorsqu'il vibra et il fut surpris de voir que c'était un des numéros du lycée.

— C'est comme s'ils lisaient dans mes pensées, marmonna-t-il. Shérif adjoint. Comment puis-je vous aider ?

Sa vision était devenue glacée, d'un bleu cristallin, une seule fois et c'était lorsqu'il avait appris que sa femme était morte.

Et aujourd'hui, en écoutant Nancy, cela faisait deux fois.

LARX RÉPRIMA un bâillement et énuméra les exigences pour obtenir un A+ sur le tableau blanc.

— D'accord, jeunes gens, dit-il en se retournant. Je sais que ce n'est pas le cours le plus excitant, mais je louerai un cirque pour la semaine prochaine. Pour l'instant, il est temps de terminer et d'écrire vos rapports de laboratoire pour l'expérience d'hier. Hier, c'était amusant, aujourd'hui, beaucoup moins. Si vous voulez, je peux mettre de vieux standards de musique et nous pouvons nous détendre.

— Pouvons-nous écouter les nôtres ? demanda Michelle du fond.

— Bien sûr.

Larx n'avait jamais été un adepte des règles comme celle-ci. Si les étudiants l'écoutaient, lui, au bon moment, cela ne le dérangeait pas qu'ils écoutent autre chose pendant qu'ils travaillaient tranquillement.

— Oui, pourquoi pas. Rappelez-vous, si je peux l'entendre pendant que je marche dans la classe, c'est trop fort, d'accord ? Votre audition est peut-être très bonne, mais vous ne devez pas l'abîmer avec les bêtises que vous écoutez maintenant.

Les adolescents rirent un peu et ils sortirent tous leurs livres, leurs notes et leurs stylos. Normalement, un jour comme celui-ci était le moment idéal pour noter des copies, mais Larx se dirigea vers son bureau dans l'intention de travailler sur son ordinateur et préparer un plan. Un appel aux médias, d'abord, parce qu'Heather pourrait prendre les devants s'il ne le faisait pas et qu'ils ne pouvaient pas se permettre d'avoir l'opinion publique contre eux, puis un appel aux enseignants et ensuite une pétition plausible ainsi qu'une action cohérente s'ils ne réintégraient pas Yoshi. Il avait beaucoup de points sur sa liste qui n'avaient absolument rien à voir avec les étudiants dans la salle. Pour la première fois, il commençait à voir pourquoi il pourrait devoir abandonner ce cours, finalement, mais pas maintenant. À l'heure actuelle, il avait vraiment besoin de la pureté fondamentale de l'enseignement pour lui donner la foi dans le combat à venir.

Il se retourna une dernière fois pour s'assurer qu'ils faisaient vraiment ce qu'il leur avait demandé en arrivant à son bureau et c'est alors qu'il la vit entrer par la porte du fond de la pièce.

Il ouvrit la bouche pour l'appeler, mais remarqua ensuite tout à la fois.

Ses vêtements étaient sales, tachés de sueur, désordonnés. On aurait dit qu'elle était sortie de la maison en pyjama et sweat-shirt et qu'elle vivait dedans depuis deux jours. Il pouvait la sentir depuis la porte comme si elle avait dû faire pipi dans les bois et avait peut-être taché l'ourlet de son pantalon de pyjama une ou deux fois.

Ses cheveux, habituellement impeccables, étaient en fouillis, une houppe grasse s'emmêlant autour de ses oreilles et tombant sur ses yeux.

Ses yeux malheureux étaient bordés de rouges, fixes et paniqués.

Elle tenait un Sig Sauer noir dans les mains. Larx savait à quoi cela ressemblait parce qu'il avait dû suivre un séminaire sur les gangs lorsqu'il travaillait à Sacramento et c'était l'arme de poing préférée des États-Unis.

— Julia ? demanda-t-il avec courtoisie, remontant l'allée entre les tables pour lui parler.

Christiana et Kirby étaient assis à l'avant. *Ne te presse pas, mais dépasse-les, dépasse-les, dépasse-les, fais une pause, fixe la fille dans les yeux. Tape l'épaule de Kirby. Fais un geste derrière ton dos. Partez. Partez. Partez.*

— Julia ? répéta-t-il d'une voix douce. Certaines personnes te cherchent. Veux-tu que je t'accompagne jusqu'à elle ?

— Vous aimeriez ça, n'est-ce pas ? gronda-t-elle, tenant toujours son arme.

Il regarda du coin de l'œil sa fille et le fils d'Aaron se lever lentement et se diriger vers la porte.

223

— Eh bien, comme je te l'ai dit. Je m'inquiétais. Peux-tu me dire où tu étais ces derniers jours ?

Le groupe suivant de jeunes à sa gauche se leva précipitamment et il fit un geste, gardant ses mouvements doux, gardant ses yeux rivés sur Julia qui semblait obsédée par lui.

— Dans ma voiture, dit-elle en reniflant parce que tout était clair. Je ne savais pas où aller. Tout le monde me connaît. Je n'ai même pas pu aller chez McDonalds.

Elle regarda Larx et repoussa ses cheveux en arrière pour dégager ses yeux.

— Alors, tu dois avoir faim ? dit-il en faisant un pas sur sa gauche.

Kellan se trouvait au rang suivant. Il se leva très tranquillement et partit. Larx pouvait entendre le bruissement des papiers, des stylos, pendant que les enfants posaient leurs affaires et se levaient pour sortir. Ils semblaient tous prendre exemple sur Christiana et Kirby, qu'ils soient tous bénis, mais Larx n'escomptait rien tant que l'adolescente n'aurait pas lâché le *gros et laid pistolet.*

— J'ai tellement faim, soupira-t-elle.

Larx baissa les yeux sur le sac à dos de Christi, elle se préparait un déjeuner tous les matins.

— Euh, je peux te procurer un sandwich si tu veux, dit-il poliment. Là…

Il leva les mains et s'agenouilla un moment.

— Je vais ouvrir le sac, d'accord ? dit-il avant de lui montrer l'intérieur du sac à dos, qui était un bazar de tous les cours qu'elle avait déjà récupérés et pas encore classés.

Il sortit la boîte à déjeuner Hello Kitty ridiculement mignonne que sa fille avait récupérée d'une pile de dons chez Goodwills.

— Tu vois ? De la nourriture.

Il ouvrit la boîte, reconnaissant que l'attention de Julia soit si intensément concentrée sur lui lorsqu'il vit les derniers jeunes disparaître par la porte.

Il lui tendit le repas de Christi et leva les yeux vers la porte à temps pour voir Christiana passer son visage par l'entrebâillement, le regardant avec angoisse.

Il secoua légèrement la tête et dit silencieusement « je t'aime » à sa fille avant de se retourner vers la jeune fille avec son arme.

Julia avait englouti le sandwich et il lui tendit automatiquement les tranches de pommes. Pendant qu'elle mangeait, elle tint le pistolet sur le côté, pointé vers le mur, ses bras remontant jusqu'à son ventre alors qu'elle baissait la tête et mangeait dans ses mains comme un raton laveur.

— Julia, dit-il, gardant une voix calme. Où as-tu eu ça ?

— Ça ? dit-elle avec un geste désinvolte, pointant le canon de l'arme vers le visage, puis vers la poitrine de Larx, puis de nouveau sur le côté. Ça ? C'est ma mère qui me l'a donné. N'est-ce pas génial ? Je… je ne savais même pas que nous l'avions jusqu'à …

Sa voix se brisa et les tranches de pommes tombèrent. Il poussa le sac de mini Oreos de Christi dans sa main, déjà ouverte. Elle coinça le sac contre son ventre avec sa main tenant le pistolet et utilisa l'autre main pour les porter avec désinvolture jusqu'à sa bouche.

— Jusqu'à quand ? demanda doucement Larx.

— Papa était…

Elle se tut, regarda droit dans le vide et dit :

— Je ne veux pas en parler.

Ses yeux étaient plats et morts et Larx la regarda serrer sa main sur l'arme.

— Nous n'avons pas à parler de ce que tu ne veux pas, dit-il avec ferveur. De quoi… de quoi veux-tu parler, Julia ?

— Je… tout le monde dit que vous êtes un bon professeur. Je… que vous êtes une bonne personne. Mais vous ne m'avez jamais aimé. Pourquoi ?

— Tu as essayé de me faire chanter pour avoir une meilleure note, dit-il, se demandant si c'était une de ces périodes de sa vie où il aurait vraiment dû mentir.

— Je voulais un A, dit-elle en grignotant. Pourquoi n'avez-vous pas voulu me donner un A ?

— Parce que tu n'as pas rendu le travail ou passé les tests, dit-il, la sueur coulant sur sa colonne vertébrale. Est-ce que tu… euh, avais-tu l'intention de faire ce cours ? C'était il y a deux ans, mais je pense que je pourrais retrouver mes notes…

— Non, marmonna-t-elle en fronçant les sourcils vers lui. C'est stupide. Dites-moi simplement une chose. Qu'avez-vous pensé de ma mère lorsque vous l'avez rencontrée et avez refusé de changer ma note ?

— Julia, que se passe-t-il ? demanda-t-il, après avoir senti cœur remonter dans sa gorge et avoir essayé une fois de plus de comprendre si la vérité le ferait tuer.

Elle recula, établit un contact visuel, puis regarda à nouveau derrière lui. Sa mâchoire se tendit, son menton trembla, mais elle garda une voix plate.

— Ma mère n'est pas une bonne personne, dit-elle doucement.

— Non, acquiesça-t-il en prenant une grande inspiration. Pas de mon point de vue, non.

— Mais elle s'est toujours battue pour moi, dit Julia, les yeux toujours vides. Les enfants parlent de la façon dont leurs parents ne leur font pas confiance, ne se soucient pas d'eux. Maman a toujours combattu pour moi.

— On fait ce que l'on peut pour ses enfants, dit Larx, scannant l'espace autour de la jeune fille, s'assurant que Christiana, Kellan et Kirby restaient bien à l'écart de cette salle.

— Mais mon papa…

Le corps de Julia frissonna et elle resserra la main autour de l'arme. Larx entendit le cliquetis de la sécurité et toute l'eau de son corps se précipita dans sa vessie avec un gros bruit.

— Qu'en est-il de lui ? demanda-t-il tranquillement.

Il savait. Il le savait depuis le début, mais il n'avait pas les mots.

— Il est revenu se battre pour moi, dit-elle, ses yeux restants vides, mais se remplissant de larmes. Il s'est changé et a emballé des affaires. Il m'a dit de me changer et de faire aussi mes valises. J'étais dans ma chambre, regardant autour de moi, me demandant s'il se moquerait de moi si j'apportais… ce gros ours stupide. Il m'achetait tous ces gros animaux en peluche. Même… dans ma voiture. Un gros à l'avant de ma voiture. Et… et maman est revenue à la maison.

Des larmes coulèrent de ses yeux à travers la crasse sur son visage, se mélangeant à la morve sur sa lèvre. Larx se souvint comment ses filles pleuraient de tout leur corps, comme si leurs cœurs se disloquaient parce que leurs petites personnes tremblaient si fort et il sentit son estomac se tordre comme s'il recevait un coup de couteau.

— Julia, peut-être veux-tu poser le…

Elle porta le flanc du pistolet à sa tête et le pressa comme si elle essayait d'effacer le souvenir avec son poing et avait oublié l'arme.

— Ils se sont battus, puis il a eu tellement peur. J'ai regardé vers la porte et elle l'a obligé à sortir à reculons… en caleçon !

Elle ne bougea pas la main, mais le regarda à l'agonie, le vilain pistolet noir contre son front.

226

— En sous-vêtement, monsieur Larkin ! Elle ne me laisserait même pas sortir de la maison en minijupe !

Julia secoua la tête et commença à gesticuler sauvagement, le pistolet pointant partout. Larx la regarda, les yeux écarquillés, attendant qu'elle se calme.

— Je ne sais pas ce qui s'est passé après ça, haleta-t-elle, le poids du pistolet tirant sur son corps épuisé et sous-alimenté. *Je ne sais pas ! Vous ne pouvez pas me le faire dire !*

— Bien sûr que non, dit-il, entendant sa voix trembler. Je ne te le ferai pas dire. Pas tout de suite. Julia, penses-tu que je pourrais avoir…

— Je n'ai pas demandé, dit-elle.

La main tenant le pistolet se calma et elle la remonta contre son estomac, le canon de l'arme pointant vers le haut de son épaule, cette fois, afin qu'elle puisse tenir les Oreos et continuer à manger.

— Je comprends, dit-il, la gorge sèche.

C'était la vérité. Sa mère avait tué son père au bout du quai. Elle le savait. Elle l'avait peut-être même vu. Puis elle était retournée à l'école qui, comme c'était le cas pour Kellan, était un lieu sûr. Le garçon qu'elle voulait n'avait pas voulu d'elle en retour. Les autres adolescents s'étaient moqués d'elle, peut-être, ou peut-être voulait-elle juste que sa mère fasse quelque chose. Appeler sa mère, c'était sa façon de fonctionner.

— Ce soir-là au feu de joie, j'ai dit à ma mère qu'Isaiah ne voulait pas de moi. J'avais la robe, j'étais prête pour ce stupide rendez-vous et lui, il… il préférait embrasser un garçon. Ma mère…, dit-elle. Je ne sais pas ce qu'elle a fait, continua-t-elle sa voix se brisant enfin et son souffle se coinçant. Je ne sais pas. Je n'ai pas vu… je ne peux pas y penser. Elle était là. Elle a couru jusqu'à moi, m'a serré dans ses bras et m'a dit que tout irait bien. Je n'ai pas vu le sang, je jure que je ne l'ai pas vu jusqu'à ce qu'ils braquent leurs armes sur moi et j'ai presque fait pipi dans ma culotte !

Elle commençait à s'effondrer, le pistolet se balançant vaguement entre ses doigts. Larx leva lentement les mains.

— Julia, dit-il doucement. Chérie. Cette chose doit être terriblement lourde en ce moment. Tu l'as portée pendant si longtemps. Veux-tu me le donner ? Nous te procurerons des vêtements, un bain, de la nourriture, un endroit pour dormir, quelqu'un à qui parler et…

Il parla d'une voix apaisante, hypnotique et même lorsqu'il tendit les bras, il regarda avec méfiance sa main s'affaisser. Elle lâcha le pistolet et il tendit une main pendant qu'il enroulait son autre bras autour de ses épaules.

Il le vit tomber et l'attrapa avant qu'il ne frappe le sol.

Il l'entendit crier dans son oreille alors que le coup de feu retentissait dans la salle de classe.

AARON ET Eamon arrivèrent à l'école à temps pour voir la masse des lycéens guidée par Nancy Pavelle. Aaron chercha du regard la salle de Larx, à gauche du bâtiment administratif, et vit la porte ouverte juste à temps pour repérer Christi s'enfuyant de la pièce en essuyant son visage avec son pull-over.

Eamon ignora le trottoir, l'allée, la pelouse et utilisa le système SUV pour rouler dessus et arriver au milieu de la cour. Il se gara juste à côté d'un Navigator en mauvais état à l'air familier, posé au milieu de la zone herbeuse et Aaron essaya d'empêcher son cœur de s'emballer.

Ils cherchaient ce véhicule et il était là, dans l'école, pour les accueillir.

Nancy fit entrer les enfants au plus près, dans le bâtiment administratif, pour leur donner de l'espace et Aaron se demanda quel adolescent était allé la chercher. C'était une bonne décision.

Kirby aperçut son père en premier, il attrapa le bras de Kellan et la main de Christi et pendant un instant, Aaron se retrouva au centre de leur bavardage effrayé et hystérique. C'était difficile de donner un semblant d'ordre aux enfants alors que les doigts glacés de la peur ôtaient toute la force de son corps.

— Assez ! aboya-t-il en ouvrant ses bras pour Christi, fiable, pratique et elle se blottit contre lui avec un gémissement. Maintenant, quelqu'un me dit ce qui s'est passé et où est Larx !

— Nous étions en cours, dit Kirby en regardant Kellan, qui hocha la tête. La salle était calme et il l'a vue entrer. Il est venu à sa rencontre au milieu de l'allée et il a…

— Il a agité ses doigts comme s'il nous chassait, dit Kellan avec un petit haussement d'épaules.

— Nous avons levé les yeux, nous avons vu l'arme et nous sommes sortis, déclara Kirby.

— Je pensais qu'il viendrait avec nous, gémit Christi dans la chemise d'Aaron et il la serra.

Il tendit son autre bras pour Kirby. Celui-ci tira Kellan et pendant un instant ils se blottirent, paralysés, pendant qu'Aaron essayait d'enfermer sa peur dans une petite boîte afin de pouvoir fonctionner.

Larx. Son compagnon était dans cette pièce avec une fille désespérée. Qui avait une arme à feu.

Eamon avait envoyé Warren et Percy arrêter Whitney, mais ce qui se passait dans cette salle de classe pourrait être terminé bien avant.

Il recula un peu et attrapa les regards des enfants.

— Vous trois, restez ici. Laissez-moi m'en occuper. Je vais faire sortir les autres enfants et les mettre à l'abri, d'accord ?

Ils le fixèrent, acquiescèrent et il s'éloigna, Eamon à ses côtés.

— Nancy, dit-il. On peut sortir ces gamins de cette cour ?

— Oui, bien sûr, marmonna-t-elle, donnant l'impression de tenir à peine le coup. Je peux les emmener dans ma salle, mais vous avez vingt minutes à peine avant que la cloche sonne. Normalement, je demanderais à Yoshi de faire un appel à l'interphone, parce qu'en dehors des enfants, il est le seul à savoir s'en servir…

— Kirby ! s'exclama Aaron en éloignant son fils du SUV. Sais-tu comment utiliser l'interphone ?

Il se souvenait de son fils lui parlant de son passage en tant qu'assistant du bureau.

— Oui.

— Tu dois aider Mme Pavelle à parler à tout le monde *en dehors* de la salle de classe de Larx. Est-ce que tu peux le faire ?

— Peut-être, répondit-il, semblant y penser. Oui, d'accord. Je peux le faire.

— D'accord, dit Aaron en essayant de réfléchir. Nous ne voulons pas qu'ils soient tous au même endroit ou qu'ils tournent en rond. Dis-leur d'aller immédiatement dans leur salle.

Ils partirent, mais avant même qu'ils ne se soient retournés, il s'attelait déjà à la tâche suivante.

— Eamon ?

— Oui, Shérif adjoint ? répondit celui-ci doucement.

Aaron ignora le sarcasme. Il avait beaucoup appris en regardant Larx faire de la logistique de grand groupe. Il essayait de penser comme lui.

— Avons-nous des renforts ?

Eamon leva les yeux, juste à temps, pour voir une seconde unité s'approcher, sirène hurlante. Il porta immédiatement sa main à sa gorge et le bruit s'arrêta.

— Barrage routier au point d'entrée, dit Aaron, la tête flottante. Ils prennent les noms des élèves et ils les renvoient chez eux. Certains enfants sont déjà là et on ne peut rien faire pour arranger cela. Certains marchent, sont à vélo ou en voiture et nous ne pouvons rien y faire. Cependant, nous pouvons empêcher n'importe qui d'autre d'emprunter l'allée et de déposer ses enfants en plein chaos. Dites-leur d'appeler le bureau des présences dès qu'ils le peuvent afin qu'on sache que chaque gamin est en sécurité, mais commencez ça tout de suite.

— Bien reçu, dit Eamon avant de saluer vivement.

Il s'avança ensuite à la rencontre des deux autres suppléants pour qu'ils s'occupent de bloquer l'entrée principale avec leur SUV.

Aaron leva les yeux et vit que Nancy avait demandé à une autre enseignante d'accueillir les élèves de Larx dans sa salle, récupérant tous les lycéens qu'elle pouvait trouver sur le chemin. La cour était plus claire à présent et il lui restait quinze minutes.

Il se pencha dans son SUV, passa une main derrière le siège et sortit son gilet en Kevlar.

— Voilà, tiens-moi cela, dit-il à Kellan.

Il enleva son blouson, le lui tendit et enfila son gilet, s'assurant que sa propre arme était dégagée.

Il jeta un coup d'œil à Kellan qui tenait la veste contre sa poitrine en frissonnant.

— Tu peux la mettre, fiston. Je ne vais pas en avoir besoin tout de suite.

— Ça a l'air si effrayant dans la vraie vie, dit Kellan, sa voix vacillant.

Aaron sourit sobrement et lui ébouriffa les cheveux.

— Ça va aller. Tous les deux, dit-il en caressant la joue de Christiana avec ses articulations. Nous devons avoir la foi.

Il le devait. Il pensait que sa foi avait été détruite, décimée par la mort de sa femme, ce qu'il avait vu dans son travail, le fait de devoir élever ses enfants seul et d'avoir l'impression qu'il échouait plus souvent qu'il ne réussissait. Mais il était tombé amoureux, Larx et lui avaient fait l'amour, il avait l'impression que son corps était flambant neuf à plus de quarante-huit ans, son cœur brillait et rayonnait et il avait juste besoin d'avoir la foi.

Il leur sourit et leur dit de ne pas bouger.

— Je suis sérieux, dit-il sobrement. Attendez jusqu'à ce que je vous donne le feu vert, d'accord ?

Eamon revint à ce moment-là et Aaron regarda vers l'entrée de l'école pour voir le barrage routier juste avant d'entendre Nancy dans l'interphone du lycée.

— *Tous les élèves doivent se rendre immédiatement dans leur salle de classe principale. Ne vous attardez pas dans la cour. Faites-le maintenant.*

Cela régla le problème des étudiants qui étaient en retard. Les lycéens étaient en sécurité derrière le SUV et il était temps de se rapprocher de Larx.

— Est-ce que vous allez m'attendre, fiston ? murmura Eamon en tendant la main vers son véhicule.

Il jeta sa veste sur le siège côté conducteur avant de le fermer et attacha les velcros de son gilet alors qu'il rattrapait Aaron, l'arme sortie et pointée vers le bas, tandis qu'il s'approchait de la porte encore ouverte de la classe de Larx.

— Laissez-moi faire un point, commanda doucement Eamon.

Le bon sens d'Aaron prit le dessus juste à temps, avant qu'il ne puisse courir comme un fichu cowboy.

Eamon aurait une meilleure approche. Il n'avait aucun enfant d'âge scolaire. Son amant n'était pas là, face à une arme à feu. Son chef aurait la tête plus claire et Aaron devait lui faire confiance, car il venait de le faire pour assurer la sécurité des adolescents.

— Je ne sais pas ce qu'elle a fait, gémit Julia. Je ne sais pas. Je n'ai pas vu… je ne peux pas y penser !

Aaron et Eamon échangèrent des regards lugubres. Oh oui. Ils avaient compris ce qu'elle avait vu. Ils prirent position à la porte. Eamon contre le mur, Aaron contre la porte ouverte. Le shérif jeta d'abord un coup d'œil, puis Aaron regarda à son tour et il sentit son cœur s'arrêter.

Julia se tenait debout, dos à la porte et Larx était… Oh, mon Dieu. Soixante centimètres plus loin. Elle fit un geste alors qu'elle parlait et ils eurent un aperçu de l'arme qu'elle tenait d'une main inexperte, l'agitant au gré de ses émotions.

Alors Larx commença à parler et Aaron le bénit. Sa voix était douce et apaisante et ils le regardèrent tous les deux alors qu'il tendait la main… tendait la main… tendait…

L'arme tomba et fit feu, tirant à un angle hasardeux. Julia cria et Larx finit de l'étreindre, tombant un peu sur elle en même temps.

Eamon entra précipitamment, enroulant ses bras autour d'elle alors qu'elle s'effondrait en sanglotant pendant qu'Aaron se dirigeait vers Larx.

Larx le regarda vaguement du coin de l'œil, une main couverte de sang tandis qu'il fixait une entaille profonde sur son bras.

— Bordel, murmura-t-il. Elle m'a tiré dessus !

231

— Larx ? dit Aaron, se demandant comment il pouvait parler alors que son cœur n'avait pas recommencé à battre. Larx, ça va ?

Son compagnon le regarda et tenta un sourire.

— J'aimerais dormir un peu, dit-il distinctement.

— Je sais, bébé, dit Aaron en rengainant son arme. Viens. Nous allons te ramener à la maison.

Larx ne broncha même pas lorsqu'Aaron le prit précautionneusement dans ses bras.

— Je suis tellement content de te voir, murmura-t-il contre son épaule, la voix tremblante. J'avais tellement peur…

— Oui, dit Aaron, rassuré par sa chaleur et ses respirations rapides contre son cou. Moi aussi. Laisse-moi te faire sortir d'ici, d'accord ? Les enfants ont besoin de te voir.

— Les ambulanciers seraient aussi une excellente idée, dit sèchement Eamon en rangeant sa propre arme.

Il avait menotté Julia, mains devant elle, mais il avait aussi passé un bras protecteur autour de ses épaules.

— Je vais la conduire aux suppléants pour qu'ils l'amènent au poste. Restez ici et prenez soin de votre famille. Je m'occuperai de la presse parce que je ne peux pas croire que ces rats ne soient pas encore là. Vous avez aussi un nombre effroyable d'adolescents à vous occuper.

— Oui. Ça, dit Aaron en laissant échapper un rire pas tout à fait sain d'esprit.

Il regarda le sol et vit le pistolet, fumant encore. Il ramassa le maudit objet dans sa main gantée et cliqua sur la sécurité. Il le mit dans sa main gauche pendant qu'il enroulait son bras droit autour les épaules de Larx, pensant à des sacs à preuve et à des boîtes hermétiques pour ne pas avoir à réfléchir à comment cette blessure, ce moment, avait failli être un raté et était une manière de l'univers de leur rappeler de ne rien prendre pour acquis.

Les secouristes étaient sur le trottoir lorsqu'ils sortirent et Aaron guida son compagnon pour qu'il s'assoie à l'arrière du véhicule pour être pris en charge. Larx grimaça lorsqu'ils coupèrent sa chemise et son blouson.

— Je n'en ai pas beaucoup, marmonna-t-il avant de voir Christi s'avancer et de sourire. Salut, Christi-lulu-belle. Comment ça va ?

Elle lui adressa un sourire hésitant, puis se jeta dans ses bras et s'effondra contre lui pendant que les ambulanciers faisaient leur travail.

232

Aaron parla tranquillement aux garçons, les rassurant tous les deux, s'assurant qu'ils s'approchaient suffisamment de Larx pour voir qu'il allait bien. Eamon s'avança lorsque l'infirmier eut assez drogué Larx et eut fini de le bander.

— Messieurs, je déteste casser l'ambiance, mais ils ont une photo réellement intime de vous deux en train de quitter le bâtiment. Si Larx n'était pas ensanglanté, cela ressemblerait à une photo de rendez-vous. Larx, je pense que vous allez devoir parler à la presse. Suivez-moi.

— Oui monsieur, approuva-t-il vivement en souriant. Christi, laisse-moi me lever.

Il dodelina un peu de la tête et laissa tomber ce qui restait de son blouson, fixant d'un air désespéré la manche que la secouriste avait massacrée. Celle-ci, une femme calme et capable qui traitait Larx comme si elle le connaissait, lui adressa un regard noir.

— Larx, vous devriez aller à l'hôpital, dit-elle patiemment. Je sais ce que vous ressentez à propos de suivre les règles, mais vous avez besoin d'analgésiques et d'antibiotiques et je ne peux pas vous les donner.

— C'est ce que tu as fait, marmonna-t-il. Tu viens de me donner un antidouleur.

— Je vous ai fait *une première injection*, pas une prescription. Je vous ai injecté aussi un vaccin contre le tétanos et un antibiotique. Vous avez besoin de plus que cela.

— Vraiment, Mary-Beth ? s'exclama-t-il en grimaçant. Je ne peux pas rentrer chez moi, m'allonger et prendre un peu d'Advil ?

— Monsieur Larkin, vous pouvez faire tout ce que vous voulez, mais je vous le dis, vous allez souffrir le martyr si vous n'allez pas à l'hôpital !

— Donne-moi juste quelque chose à signer, marmonna-t-il. Désolée, ma belle, je suis fier que tu aies suivi mon cours et que tu aies réussi, mais j'ai trop de choses à faire ici.

Elle le regarda d'un air dubitatif pendant qu'elle cherchait un porte-documents qui contenait probablement des papiers à en-tête de l'AMA [9].

— Les enfants resteront à la maison pour prendre soin de lui, dit calmement Aaron. Ils m'appelleront si ça s'aggrave.

9 L'AMA (Association Médicale Américaine) est la plus importante association de médecins et d'étudiants en médecine des États-Unis.

233

— Eh bien, c'est bon de savoir que quelqu'un veille sur lui, dit-elle en reprenant le porte-documents avec un soupir. Bon sang, monsieur Larkin, vous avez absolument besoin d'un gardien !

Larx sourit, affichant ce qui était probablement son meilleur sourire et elle secoua la tête comme s'il était un enfant indiscipliné. Avec un soupir, Larx se leva et Aaron fit signe à Kellan de lui donner sa veste.

Larx la prit, l'air un peu étourdi, puis il s'arrêta et sourit avec espièglerie.

— Mais, Shérif adjoint, si toute la ville me voit dans ta veste, ne sauront-ils pas que nous sommes ensemble ?

— Bien sûr qu'ils le sauront, répliqua Aaron. C'est le but. Cacher le bandage sanglant n'a rien à voir avec ça.

— Pas du tout, approuva Larx en serrant les dents alors qu'Aaron l'aidait à glisser son bras dans le vêtement.

Aaron pouvait voir la sueur perler sur son front et il embrassa la tempe de Larx avec précaution.

—Allez, mon amour, dit-il calmement. Nous pouvons y arriver.

— Oui, bien sûr, répondit-il en se tournant vers Aaron, souriant un peu aux enfants. Allez, tout le monde, venez tous regarder votre principal s'évanouir en direct à la télévision. Ce sera marrant !

Ils s'avancèrent en troupe vers l'avant de l'école où Eamon avait été interviewé par un journaliste sérieux d'une antenne locale.

Eamon avait déjà rencontré la presse. Il expliqua brièvement et succinctement comment une jeune fille, dont la mère avait été arrêtée pour être interrogée dans le cadre de deux crimes violents, était entrée dans l'école à la recherche d'un refuge.

— Mais l'élève était armée ? demanda Marissa Schroeder, journaliste free-lance débutante, semblant un peu confuse.

— Elle avait le pistolet que sa mère lui avait demandé de cacher, mais tout nous indique qu'elle n'avait aucune intention de l'utiliser, dit Eamon astucieusement.

— L'arme n'a-t-elle pas tiré ? demanda Marissa.

Elle était terriblement mal vêtue pour le mois d'octobre dans les montagnes et Aaron souhaita que quelqu'un aille chercher un manteau pour la pauvre femme et lui permette de couvrir son blazer noir et sa jupe rouge.

— C'était un accident. Elle donnait l'arme à son principal, M. Larkin, lorsqu'elle l'a lâchée et le coup est parti. Les gens oublient que les armes à feu sont des objets dangereux, en particulier dans les mains de personnes qui n'ont pas appris à les utiliser. Cette petite fille était fatiguée, désemparée et désespérée. Elle est venue dans un endroit où elle se sentait en sécurité. On lui avait dit de protéger l'arme, alors elle l'a pris avec elle. C'était effrayant, cela ne fait aucun doute, mais n'en faites pas ce que ce n'est pas, il y a assez d'horreur dans le monde sans cela.

— Merci, Shérif Mills, dit-elle avant de se tourner vers la caméra, le congédiant visiblement. Nous avons ensuite le principal Lyman Larkin qui était le professeur présent dans la salle lorsque l'étudiante est entrée. Principal Larkin, que pouvez-vous nous dire à propos de cette tragédie ?

— Les armes de poing sont dangereuses et nous ne devrions pas les donner aux enfants, dit Larx comme si elle avait besoin d'entendre l'évidence.

— Y a-t-il autre chose ? insista un peu désespérément la journaliste.

Eamon regarda Larx et Aaron vit le moment où il percuta.

— L'école est un sanctuaire, déclara Larx.

Lyman Larkin pensa Aaron un peu étourdi, en écoutant son compagnon. Il savait enfin. Rien d'étonnant qu'on l'appelle Larx.

— Cette étudiante souffrait et elle est venue vers quelqu'un à qui elle pensait pouvoir faire confiance. Je lui ai demandé de me donner le pistolet et il s'est déclenché accidentellement, ce qui fait mal, je ne prétendrais pas le contraire. Cependant, je pense que le plus important ici, c'est que les étudiants, même ceux qui sont désespérés et en marge de la loi, veulent se sentir en sécurité à l'école.

Magnifique, Larx. Maintenant, c'est à vous de jouer, journaliste junior débutante avec trop de cheveux blonds.

Elle ne les déçut pas.

— Pensez-vous que quelqu'un soit fautif pour cet incident ? Existe-t-il quelque chose que qui que ce soit aurait pu faire pour empêcher cette étudiante de pénétrer armée dans le lycée ?

— Puisque vous le demandez, notre conseil scolaire a passé toute la soirée dernière à détourner l'enquête du shérif et la communauté de la recherche de l'élève en question, préférant faire porter le blâme d'un crime violent sur l'orientation sexuelle de la victime. Ce matin, je pourrais utiliser mon principal adjoint pour aider à la gestion de crise des étudiants, mais il a été démis de ses fonctions pour s'être opposé aux mesures prises par la commission scolaire. La jeune fille qui est entrée dans ma classe avec une arme à feu n'avait absolument rien à voir avec ces deux choses. Cette enceinte aurait été beaucoup plus sûre si nous avions cherché à aider les élèves au lieu de trouver des moyens de *ne pas aider* ceux que la commission scolaire ne comprend pas.

Marissa Schroeder écarquilla encore plus ses grands yeux bleus en écoutant Larx parler.

— C'est vraiment malheureux, dit-elle sincèrement. Que pensez-vous que cette communauté devrait apprendre de cet incident ?

Larx fronça les sourcils et Aaron pouvait dire qu'il avait atteint ses limites.

— Ayez plus peur des gens avec des armes et passez moins de temps à vous inquiéter de savoir qui embrasse qui, dit-il rapidement. Donnez-moi un jour ou deux et je pourrais arriver à quelque chose de plus profond.

Marissa se retourna vers la caméra et Aaron repéra la faiblesse dans les genoux de Larx avant qu'il ne s'écroule complètement. Il s'avança, l'attrapa par la taille et commença à le guider loin de la caméra et du bruit. La minuscule journaliste blonde aux yeux bleus les vit et elle commença à les suivre à travers la cour, avec ses talons hauts.

— Shérif adjoint ? Est-ce que le principal Larkin va bien ?

— Il va bien, répondit-il, grimaçant au micro sous son nez. Il a besoin de nourriture, de repos et d'antibiotiques et il sera sur pieds.

— Que pouvez-vous nous dire de l'état d'esprit du Principal Larkin avant l'incident de ce matin ?

— Je suis toujours là, aboya Larx à côté d'Aaron. J'étais énervé. Mon principal adjoint a été mis à pied sans raison valable et toute ma fichue ville voulait immoler les homosexuels. Maintenant, allez-vous-en !

— Du calme, du calme, marmonna Aaron alors qu'ils arrivaient à la voiture de police.

Les enfants étaient appuyés du côté passager, loin de l'équipe de médecine légale se trouvant actuellement à l'intérieur du SUV de Julia Olson.

— Christi, où est sa voiture ? Je vais le renvoyer à la maison avec toi.

— Pas d'école aujourd'hui ? demanda Kirby.

Il revenait du bureau des admissions en trottinant lorsque Larx était parti pour son entrevue.

— L'école est finie ! chanta Larx avec irrévérence et Aaron lança un regard significatif à la caméra.

— Eh bien, nous n'avons pas de principal, s'exclama Kellan.

Les adolescents, bénis soient-ils, prirent le relais.

236

Il se tourna vers la journaliste pendant qu'ils traînaient Larx vers son minibus et il se contenta de la regarder jusqu'à ce que les enfants soient hors de portée et qu'elle couvre son micro.

— Qu'attendez-vous de nous ? demanda-t-il doucement.

— Vous semblez terriblement proches pour un shérif adjoint et un principal, dit-elle sans ambages.

— N'avez-vous rien entendu de ce qu'il vient de dire ? demanda-t-il en gardant son regard calme. Tout le conseil était distrait par des questions comme celle-ci, toute la ville était distraite et cette fille errait, désespérée, jusqu'à ce qu'elle arrive avec une arme dans l'enceinte du lycée. Nous pouvons peut-être arrêter de nous concentrer sur qui embrasse...

— Qui, offrit-elle, si grave et sincère qu'il voulût la claquer.

— Vous pourriez, peut-être, nous laisser seuls afin que nous puissions faire notre travail ? demanda-t-il, le cœur douloureux parce que son travail exigeait qu'il reste à l'école et aide à régler le désordre alors que tout ce qu'il voulait, c'était rentrer à la maison et régler le problème Larx.

— Très bien, accepta-t-elle en grimaçant. Je vous propose un marché.

Elle mit une main dans la poche de sa veste, sortit une carte, puis un stylo.

— C'est moi, dit-elle en encerclant son nom. Je fais également des articles en ligne pour quelques sites dont vous avez peut-être entendu parler.

Elle écrivit les titres au dos la carte et attendit qu'il lève les sourcils. Oui, il les connaissait, les deux sites étaient extrêmement respectueux des droits civils.

— J'ai des images de vous deux qui me brisent le cœur, tellement c'est doux. Je ne les publierai pas sans votre permission parce que ce serait mauvais, mais en retour, je veux que vous me contactiez le mois prochain pour une exclusivité.

— Et si nous ne pouvons pas ? protesta-t-il. Son travail...

— J'ai compris. Cependant, s'il récupère son adjoint, je veux que vous me contactiez au moins et que vous me disiez pourquoi vous ne pouvez pas.

Bon sang, elle semblait petite et évaporée, mais elle était extrêmement tenace.

— Pourquoi nous ?

À cet instant, entre tous, la cloche sonna. Un groupe d'étudiants assez important commença à sortir des salles de classe, probablement pour se rendre au cours suivant. Aaron se rendit compte qu'il allait devoir se charger de renvoyer les adolescents chez eux et qu'il devrait aider Nancy à rédiger un message téléphonique. Une fois tout cela fait, il devrait s'attaquer à la paperasse sur Julia Olson.

Marissa garda son regard bleu acier fixé sur lui.

— Parce que vous êtes important. Vous êtes positif et actif dans votre communauté. Vous élevez une famille. Les gens ont besoin de voir ça.

Aaron gronda.

— Personne ne veut voir ça, marmonna-t-il. Écoutez, je dois faire mon travail.

—S'il vous plaît, dit-elle en posant une main sur sa manche. S'il vous plaît, je tournerai ça pour que votre homme ressemble à une rock star martyre. Vous pourriez être l'image du vrai amour.

— Je n'ai même pas emménagé, marmonna-t-il.

— Qu'est-ce que vous attendez ? s'exclama-t-elle en levant les yeux au ciel. La vie est courte et on ne sait jamais ce qui va se passer.

Elle se retourna, s'éloigna, son caméraman sur ses talons et Aaron salua Eamon et Nancy qui venaient de sortir du bâtiment administratif.

— Comment va Larx ? demanda vivement Nancy.

— Il s'est écroulé, répondit Aaron. Je l'ai renvoyé à la maison avec les enfants et il n'a pas objecté. J'ai des analgésiques que je pourrai lui apporter plus tard.

— Eh bien, messieurs, je vais avoir besoin de l'aide de quelqu'un pour que tous les lycéens rentrent chez eux, dit Nancy en laissant échapper un grognement. Donc, si l'un d'entre vous pouvait rester…

— Pouvez-vous les faire rentrer chez eux ? demanda Aaron.

— Oui, en fait, nous avons programmé un appel à domicile qui a été envoyé il y a environ cinq minutes. Nous devrons planifier le ramassage et le départ des élèves, mais j'ai obtenu la permission du district de traiter cela comme un jour de neige afin que les enfants puissent partir dès que nous avons des contacts avec les parents. Nous devrions probablement les avoir tous fait partir dans deux heures.

— Eh bien, alors, à vous de vous en charger, dit Eamon en regardant Aaron. Dès que ce sera fait, nous aurons besoin de vous au bureau. Nancy, assurez-vous d'abuser de mon homme dans toute la mesure de la loi.

— Oui, répondit Nancy avec vivacité. Allez, Aaron, allons prendre soin des enfants de Larx.

SEMENCES

LES ANTI douleurs que les ambulanciers avaient donnés à Larx devaient avoir la force d'un uppercut parce que les enfants le mirent au lit dès qu'ils furent rentrés à la maison. Il se réveilla vers seize heures, endolori et désorienté, surpris de voir Aaron au pied du lit, jetant son uniforme dans le panier à linge avant d'enfiler un survêtement.

— Tu es déjà à la maison ? dit-il en plissant les yeux dans l'obscurité.

— Ne bouge pas, dit Aaron en venant s'asseoir au bord du lit. Voilà.

Une boîte de Vicodin et une bouteille d'eau étaient posées sur la table et Larx se débattit pour s'asseoir.

— D'où vient la codéine ? demanda-t-il en tendant la main.

Aaron en mit un dans sa paume et lui tendit l'eau pour l'avaler.

— Mon dernier rendez-vous chez le dentiste, admit-il avant de repousser les cheveux des tempes de Larx avec frénésie. Je pense à les partager avec toi depuis que tu as choisi de ne pas aller à l'hôpital.

— C'est gentil de ta part, dit Larx, toujours fatigué après avoir dormi la plus grande partie de la journée. Tu ne rentres pas à dix-huit heures ?

Il bâilla ensuite.

— Eh bien, Yoshi est arrivé à l'école vers midi pour finir de renvoyer les enfants et s'occuper des parents, alors j'ai pu aller aider Eamon. Il m'a renvoyé à seize heures parce qu'il m'a dit que j'étais trop inquiet pour faire du bon travail. Je pense qu'il avait vraiment raison à ce sujet.

Larx gémit et retomba sur le lit. Son bras était en feu et son corps était douloureux et fiévreux.

— Si j'étais dans un film, je serais toujours en train d'écraser les méchants.

— La vraie vie craint assez, concéda Aaron, posant sa main sur le front de son compagnon. Oui, tu sembles un peu chaud. Donne-moi ta carte de santé. Je vais appeler ton docteur pour qu'il te donne des antibiotiques.

— Beurk. Bon. C'est dans mon portefeuille qui est…

— Dans ton pantalon à côté du lit, dit Aaron avec un petit sourire.

— Yoshi est vraiment de retour ? demanda Larx, sachant qu'il avait l'air plaintif, mais s'en moquant.

— Oui. Il m'a dit de te dire que se faire tirer dessus n'était pas ce qu'il voulait dire lorsqu'il t'a demandé de le faire revenir. Je lui ai dit de prendre toute l'aide possible.

— Tu nous auras Yoshi et moi, dit Larx, qui ne put s'empêcher de rire.

Aaron acquiesça sobrement et prit sa joue en coupe.

— C'est le cas. Je suis content qu'il soit de retour. Mais…

Sa voix craqua.

— Tu étais inquiet, dit Larx en sortant son bras valide afin de le passer autour des larges épaules d'Aaron pendant que celui-ci reposait sa joue sur sa poitrine.

Le calme régna dans la pièce pendant un moment et Larx sentit les épaules de son compagnon se soulever et frémir, entendit la respiration tendue d'un homme qui essayait de ne pas s'effondrer. Une humidité insistante s'infiltra dans son tee-shirt et il fut choqué de réaliser qu'il n'avait jamais serré un autre homme en pleurs dans ses bras.

La tempête passa et la respiration d'Aaron devint profonde et régulière alors qu'il luttait pour se reprendre. Cependant, sa voix était épaisse et rauque.

— Ce qui s'est passé aujourd'hui n'était pas normal. Tu n'es pas censé être celui qui est en danger. J'ai déjà perdu quelqu'un, Larx. Je ne… Que suis-je supposé faire si je te perds ?

Larx retint la réplique évidente de « Bienvenue dans mon monde » et dit :

— Tu fais ce que tu as toujours fait. Tu élèves tes enfants. Tu soignes tes poules. Tu protèges les gens. Tu… Tu trouves quelqu'un d'autre et tu recommences, conclut-il en déglutissant.

—Non, chuchota Aaron, se blottissant contre lui, le tenant fermement. Je ne trouverai pas quelqu'un d'autre. Ça m'a pris dix ans après Caroline. Je ne peux pas le refaire.

— Oui, eh bien, je viens juste de t'avoir, répliqua Larx avec un rire à moitié hystérique. Occupe-toi de ce qui est à moi, d'accord ?

Aaron le dévisagea dans l'obscurité, le visage ravagé par les larmes et le stress. Larx repoussa les cheveux blonds de son front. Chanceux bâtard, ils étaient mêlés de gris, mais personne ne le saurait jamais. C'était juste des cheveux plus pâles.

— Je suis à toi, dit-il d'une voix rauque. Je construis un poulailler ici ce week-end. Kirby et moi allons emménager.

— Tes filles ! s'exclama Larx en riant à moitié, mais voulant aussi qu'ils soient là.

— *Merde !*

Larx ne put retenir le rire qui s'échappa.

— Nous trouverons une solution, dit-il doucement. Tant que tu restes ce soir.

— Et demain, ajouta Aaron en se levant vers lui pour lui donner un baiser humide et salé.

— Et peut-être aussi le week-end, dit Larx lorsqu'ils reprirent leur respiration.

— Sûr.

Le calme alors était assez profond pour que Larx s'endorme presque, mais son téléphone commença à bourdonner. Il y jeta un coup d'œil et gémit.

— Yoshi ? demanda Aaron en souriant.

— Est-ce qu'il ne sait pas que mon bras à texto est blessé ?

Le Vicodin lui avait donné un coup de fouet et il se sentait nettement flotter, cependant, il était conscient que son bras était une masse enflée de muscles maltraités.

— Oui. Eh bien, prends ton téléphone et appelle-le. Je vais aller préparer quelque chose pour le dîner.

— Oh ! dit Larx en fermant les yeux. Je ne peux pas penser à quoi que ce soit à cuisiner, même pour sauver ma vie.

— Nous avons des œufs, du fromage et des légumes, l'apaisa son compagnon. Les omelettes, ça fonctionne à tous les coups.

Il commença à se lever et Larx l'arrêta en prenant sa mâchoire dans sa main.

— Je viens de te trouver, dit-il sobrement. Je ne prévois pas d'aller quelque part pendant un moment.

— Je ne prendrai pas le moindre risque, dit Aaron, l'air sombre.

Eh bien, il avait passé dix ans à se remettre de cette blessure. Voir la même lame s'approcher autant n'était pas facile à gérer.

— D'accord, accepta Larx.

Son téléphone bourdonna à nouveau et Aaron se leva.

— Parle à Yoshi, dit-il, essuyant son visage sur son épaule.

— Hé…

— Espace, ronronna Aaron. J'ai besoin d'espace ou je ne pourrais pas gérer avec les enfants.

Larx acquiesça et soupira, puis il ramassa son téléphone, ignora les textos et appela.

— Tu as reçu une balle, crétin.

— Je t'aime aussi, Yoshi.

— Je suis sérieux. Je t'ai dit de me faire revenir, pas de te faire tirer dessus et de t'évanouir alors que tu passes au JT.

— Oh, merde, tu as vu le journal télévisé ? gémit Larx.

Le rire de Yoshi ressemblait à celui d'un gnome maléfique.

— Oh, Larx, tout le monde a vu les nouvelles. Fred Embree m'a appelé et il donnait l'impression d'avoir avalé une couleuvre. J'ai entendu dire qu'Heather avait presque avalé sa propre langue. Le surintendant l'a vu et a, apparemment, décidé de croquer de nouveaux abrutis au déjeuner. C'était Ma-gni-fi-que, chantonna-t-il.

— Avec plaisir.

— Oh oui, c'était un plaisir ! Merci ! Au fait, ton shérif adjoint est passé à un cheveu d'être gay pour toi. Tu dois soit le sortir du placard, soit l'assommer et l'enfermer dedans.

— Je pense qu'il va falloir que ça sorte, dit Larx en riant, tenant sa bonne main sur son ventre. Je ne sais… tu vois quelqu'un à qui je pourrais le dire ?

— Harvey Hassbender, répondit Yoshi, sérieusement. Le surintendant. Il m'a appelé juste après Fred et il semblait incroyablement contrit.

— S'il l'était autant, pourquoi n'est-il pas venu à cette fichue réunion du conseil ? marmonna Larx.

— Il a assisté toute la semaine dernière à un atelier sur l'intégration au lycée, semble-t-il, dit Yoshi, sonnant content de lui. Un abruti a appelé le District et leur a dit que le principal avait fait un excellent travail au match il y a quelques semaines et que, peut-être, le district dans son entièreté pourrait prendre des cours afin que les autres écoles apprennent de lui.

— Waouh ! Je croyais que le Vicodin était un bon médicament, mais c'était avant de commencer à parler des arcs-en-ciel et des contes de fées ! s'exclama Larx, s'étouffant presque de rire.

— Arrête ça. Je suis sérieux, ton ancien camarade de cours a appelé et t'a félicité. Visiblement, Hassbender est rentré après cinq jours d'absence et s'est rendu compte que son district était en train de s'effondrer. Il n'était pas content.

— Il devrait essayer de se faire tirer dessus. Cela lui éviterait vraiment de faire dans sa couche.

— Larx, je te dis que tu peux faire ton coming out. Tu peux parler de ton petit ami devant les autres enseignants. Tu peux parler de tes projets aux personnes du district. Tu peux dire des choses comme « c'est le fils de mon petit ami », à ACADECA [10]. Tu peux être ouvert et la prochaine fois que deux gamins voudront s'embrasser devant un feu de joie, tout le monde s'en moquera.

Larx retint son souffle.

— C'est, euh… C'est enivrant, dit-il humblement en se forçant à respirer à nouveau. Je vais probablement te prendre au mot à ce sujet.

Concentre-toi sur de vrais détails, au jour le jour… c'est ainsi que Larx avait vécu à partir du moment où Olivia avait été conçue.

— Il veut emménager avec moi, ajouta-t-il, et je vais suivre ton conseil.

— Tout ça te va ?

Larx ferma les yeux et repensa à ce moment où le bruit l'avait assourdi avant qu'il ne ressente la douleur et sache qu'il allait vivre.

— Tout ce que j'ai vu… le coup est parti et je n'ai vu que lui.

— C'est un oui, n'est-ce pas ? demanda Yoshi d'une voix douce.

— Oui.

— Alors quel est le problème ?

— Je crois que j'ai de la fièvre, avoua Larx en soupirant.

C'était vrai, la sensation de flotter ne disparaissait pas et il continuait à enlever ses couvertures.

— Ses filles pourraient ne pas m'aimer, poursuivit-il.

— Dur, dit Yoshi. Au sujet des filles. La fièvre est le résultat de refuser de voir un médecin et de te laisser soigner. Oui, Mary-Beth est venue et m'a fait un compte-rendu détaillé. Elle m'a dit à quel point tu étais un professeur extraordinaire et probablement un principal génial, mais qu'elle n'avait jamais réalisé à quel point tu pouvais être irritant lorsque quelqu'un essayait de te dire ce que tu devais faire.

— Une gamine ingrate, dit Larx, forcé de rire. Elle a raison, mais je l'ai aidée à étudier, elle devrait avoir plus de respect.

— Elle aurait eu plus de respect si tu avais été chez le médecin. En l'état, je pense que je vais diriger ton école un jour de plus.

10 Academics Decathlon, compétition annuelle de tous les lycées américains. Concerne les meilleurs élèves de dernière année. Des groupes de neuf élèves s'affrontent sur différents sujets, langue, mathématiques, sciences….

— Ne fais pas de folie, comme tu sais… acheter plus de livres ou engager un professeur de Programme Avancé pour ta classe, grogna-t-il.

— Ta classe, idiot. Tu es celui qui pense qu'il est Superman.

— Oh, ah, ah. Je donnerai des plans de cours à Christi. Ne laisse pas cet abruti de Ryan planter mes gamins.

— Je ne promets rien. Tu aurais dû aller…

— Je sais. Je sais ! Cependant, si j'étais allé à l'hôpital, ils m'auraient interdit d'aller travailler au moins un jour de toute manière. De cette façon, je suis dans mon propre lit.

— Tu es l'homme le plus exaspérant que j'ai pu rencontrer, répliqua Yoshi avec un bruit de frustration. Tu te fais tirer dessus et tu tournes ça à ton avantage. C'est comme un fichu *super pouvoir*.

Larx éclata de rire, puis il eut la plus horrible des pensées.

— Oh, merde. Yoshi… les Nouvelles. Ont-elles donné mon prénom ?

Larx en vint à douter de leurs sept années d'amitié solide en entendant le gloussement de son adjoint.

— Oui, Lyman, ils l'ont fait. La meilleure partie de ma journée, je dois te le dire. Maintenant, raccroche et guéris. Nous avons besoin de toi ici, vendredi.

Il essaya de réfléchir. Si on était mardi, alors…

— Qu'y a-t-il vendredi ?

— Toi. Nous aurons une assemblée. Hassbender parle, tu parles, tout le monde parle sauf Yoshi qui reprendra avec bonheur son rôle de second violon qui fait toutes les bonnes citations auprès de toi.

— Je peux tirer sur mon autre bras pour éviter ça, déclara Larx, mais il plaisantait vraiment.

Il partirait en courant avant ça.

— Ne t'avise pas de faire ça. Nous aurons la presse aussi. Hassbender veut être une tête d'affiche pour l'intégration… c'est tout dire.

— C'est assez tendu pour toi. Tane approuve-t-il ?

— Il supporte déjà ton cul galeux. Je suis sûr qu'il est ravi que je fasse de la lèche à quelqu'un qui peut aider ma carrière.

Larx rit encore un peu, puis sa tête le fit souffrir.

— Yoshi, aussi amusant que ce soit…

— Oui, bien sûr. Merci de t'être fait tirer dessus pour moi, idiot. La prochaine fois que tu sauveras mon emploi, assure-toi d'être ici pour souffrir avec moi.

— Je promets.

Yoshi raccrocha et Larx ferma les yeux pour contrer le mal de tête et la sensation de flottement. Il irait mieux, il le savait. Mais il était impossible de nier que son monde avait beaucoup changé. Il lui fallait juste ouvrir les yeux à un moment donné et reconnaître qu'il avait changé avec lui.

DEUX JOURS vaguement inconfortables plus tard, Larx n'avait plus de fièvre et il recommença à essayer de cuisiner pour tout le monde lorsqu'ils rentraient à la maison.

Kirby téléphona à son père *depuis* la cuisine et le supplia de le ramener à la maison parce que Larx allait les empoisonner avec des légumes, du vin et du parmesan. Aaron dit à son fils d'arrêter ça. Larx les aimait tous et ils devaient lui faire confiance.

— Jeune homme, les légumes aident au transit intestinal, dit Larx en rajoutant du vin bon marché à la sauce avec un rire diabolique.

— Comme le hamburger, répondit amèrement Kirby.

Christi gloussait en arrière-plan. Kellan continuait à mettre la table, son attitude maîtrisée. Larx n'avait pas eu le temps de lui parler, mais il s'était passé quelque chose ce jour-là qui avait plongé le garçon dans une profonde déprime.

— Tenez, dit Kirby en lui tendant le téléphone. Arrêtez d'essayer de faire boire de l'alcool à des mineurs et parlez à mon père.

— L'alcool est cuisiné, répliqua Larx, offensé, avant de parler au téléphone.

— Bonjour, as-tu aussi peur que je nous empoisonne avec des légumes ?

— Puisque tes filles ont toutes les deux vécu jusqu'à présent, je vais dire non. Tu n'aurais pas dû sortir du lit. J'avais dit que j'apporterais à manger.

— Je m'ennuyais, dit-il avec un bruit de dérision. Delilah me tapotait la joue pour s'assurer que je n'étais pas mort.

— Quelle est l'opinion la plus importante ? La mienne ou celle du chat ?

— Je la connais depuis plus longtemps. Sans elle, les mulots auraient pris notre maison depuis des années.

— Alors, à quoi servent les autres tueurs de bêtes ? Est-ce que vous les élevez pour les manger ?

Larx rit, mais Aaron semblait fatigué.

— Christi, pourrais-tu prendre la relève ? demanda-t-il avant de se rendre dans le salon.

Il était vrai qu'il s'était levé pour nettoyer la maison et cuisiner alors que, oui, il avait eu de la fièvre pendant deux jours et qu'il n'était plus un gamin. Les jeunes pouvaient juste se relever comme si de rien n'était. Les adultes avaient généralement besoin d'un jour de sommeil pour se remettre. Maudits gamins, ils ne se rendaient pas compte.

— Qu'est-ce qui ne va pas ?

— Waouh.

— « Waouh » quoi ?

— Caroline faisait ça aussi, répondit-il. C'est étrange.

Larx pensa qu'il s'habituerait aux comparaisons avec Caroline, elle était la seule autre relation à long terme d'Aaron. Cependant, à l'heure actuelle, cela ressemblait plus à un coup dans l'entrejambe.

— Aïe. Y a-t-il quelque chose que je devrais savoir, shérif adjoint ? Je faisais des plans pour avoir des œufs frais. Dois-je les changer ?

— Non. Mais tu ferais mieux de prévoir de verser de l'eau chaude dans leur nourriture ou nous n'aurons pas d'œufs, répondit Aaron, son soupir retentissant dans l'appareil.

— Qu'est-ce qui ne va pas ?

— L'avocat de Whitney a conclu un marché. Homicide involontaire et agression, beaucoup *moins que pour* un meurtre et tentative de meurtre. Elle écopera de dix ans et sera probablement en liberté conditionnelle dans cinq. Son avocat négocie déjà une biographie et sa fille va vivre avec ses grands-parents dans un autre pays. C'est juste…

— Ce n'est pas juste, dit Larx, ému, en pensant à Isaiah qui serait en rééducation pendant une autre année. Dans cinq ans, nous devrons nous souvenir de mettre nos vestes en kevlar.

— Je comprends que ce sont des salauds, en fait.

— D'accord, dit Larx avec un rire sonnant amèrement même à ses propres oreilles. Eh bien, c'est dans cinq ans. Si tu continues à amener des hamburgers et des pizzas à la maison, nous ne durerons peut-être même pas aussi longtemps.

— Je ferais mieux d'apprendre à vivre avec des légumes, au moins Whitney nous tuera rapidement.

Larx inspira profondément, puis il recommença.

246

— Je n'ai pas l'impression d'avoir quarante-sept ans, dit-il sur un ton d'excuse. Lorsque je me regarde dans le miroir, je suis surpris que tu m'aimes parce que je me souviens d'avoir été plus sexy que ça.

Le rire guttural d'Aaron était l'aloès et la lidocaïne sur un coup de soleil.

— C'est une bonne chose que je ne t'ai pas vu lorsque tu étais plus jeune et plus sexy alors, dit-il avec sincérité. Parce que j'aime mes enfants. C'était un bon chemin. Pas facile, mais bon.

Larx ferma les yeux dans le calme apaisant du salon. Il avait raison, bien sûr. Quel que soit le chemin qui les avait menés ici, c'était la seule route qu'ils auraient pu suivre.

— Je dois parler devant une assemblée demain, dit-il parce que cela l'avait dérangé toute la journée.

— Tu fais ça tout le temps, répondit Aaron.

Cependant sa voix était douce et Larx se dit qu'il savait probablement où tout cela allait.

— Les enfants ont dit qu'un nombre suffisant d'étudiants nous avaient vus ensemble pour qu'on leur pose des questions.

— Eh bien, bébé, je pense que tu dois leur répondre.

Il avait l'air en accord avec cette idée.

— Oui, dit Larx en refermant les yeux.

Il ne rappelait pas avoir raccroché, mais il l'avait fait. Il ne se réveilla que lorsqu'Aaron arriva avec deux assiettes de nourriture.

Les légumes Alfredo se révélèrent très bons et leur dîner tranquille, loin des adolescents, fut encore meilleur.

Cependant, ce soir-là, alors qu'il se dirigeait en trébuchant vers son lit, mais ayant l'impression qu'il serait à plein régime le lendemain, il s'arrêta dans la chambre de Kellan en dernier.

Le garçon pleurait.

Larx s'assit sur le côté de son lit et il chassa ses cheveux de son visage aussi doucement qu'il le faisait pour Christi.

Le gamin s'écroula comme sa fille.

— Mes parents ne m'ont pas appelé, dit-il d'une voix enrouée.

— Je m'en doutais.

— Je ne m'attendais pas à ce qu'ils... commença-t-il avant de grimacer. Ils n'ont même pas protesté. Je croyais...je pensais qu'ils se battraient pour moi, juste un peu. Mais...

Larx avait rencontré le père du garçon une fois, à l'occasion de l'orientation de première année. Un petit homme mauvais, aux yeux vides. Il était en train de cracher du tabac sur le trottoir, regardant autour de lui, disant à Kellan qu'il devait se débrouiller tout seul.

— Tes parents sont un peu spéciaux, dit-il essayant de dire la vérité. Mais ça ne veut pas dire que tu n'es pas un bon garçon.

— Je…

Kellan essuya son visage sur son épaule avant de continuer.

— Isaiah, il part à Sacramento, samedi. Il va être là-bas pendant *des mois*. Il m'a dit…

Oh non, Larx savait ce qui allait arriver parce que c'était quelque chose qu'il aurait fait lui-même.

— Il m'a dit que nous étions toujours amis, mais que ce…ce…

— Ce serait mieux si vous rompiez ? demanda-t-il parce qu'il pouvait le dire et que c'était trop dur pour Kellan.

L'adolescent hocha la tête, le visage enfoui dans son oreiller et Larx frotta son dos en cercles.

— Il ne veut plus de moi, en fait, dit-il, choqué.

— Non… non.

Larx le répéta à plusieurs reprises jusqu'à ce que le garçon puisse parler.

— Comment le savez-vous ? demanda-t-il finalement, congestionné et amer.

— Parce que c'est un homme honorable, dit Larx, connaissant ce genre d'amertume. Il veut que tu sois libre pendant qu'il est occupé à guérir. Il ne veut pas que tu sois lié à lui. Il veut que tu guérisses aussi.

— Ce n'est pas moi qui aie été poignardé ! gronda-t-il en martelant son oreiller.

Larx enroula son bon bras autour des épaules du jeune homme et posa son menton dans ses cheveux. Un si bon garçon qui avait encore tant besoin d'un parent.

— Non, dit-il. Mais tu as encore mal.

— Alors il me blesse un peu plus ?

Il fut secoué par une autre tempête de larmes et Larx attendit que celle-ci passe aussi.

— Kellan ? demanda-t-il lorsque ce fut fini. Il a dit que vous étiez amis, n'est-ce pas ?

— Pour toujours.

— Tu sais ce que font les amis ?

Larx n'aurait pas pu, pas à cet âge. Cependant, Kellan était plus intelligent, plus fort, plus fidèle que lui. Moins en colère.

— Quoi ?

— Ils écrivent des lettres. Des vraies lettres. Pas des e-mails, mais des lettres. Ils se moquent d'obtenir des réponses ou non. Ils continuent d'écrire.

— Mais… même s'il ne répond pas ? demanda Kellan en tournant un visage strié de larmes vers lui.

— Est-ce que tu penses qu'Isaiah pourrait lire tes lettres et ne pas les chérir ? demanda Larx calmement.

Kellan resta bouche bée.

— Non, dit-il après un moment.

— Si tu changes d'avis et que tu réalises que tu as aussi besoin de ta liberté…

— J'aurais été un ami, dit-il en hochant la tête. Je… je peux savoir dans mon cœur que j'ai aimé mon ami de toutes mes forces.

— Tu es un si bon garçon, dit Larx sincèrement en souriant. Tellement bon. Je suis si fier de toi.

Kellan cacha son visage et Larx pensa qu'il en avait eu assez.

— Bonne nuit, Kellan.

— Bonne nuit, Larx. Vous êtes prêt pour demain ?

— Comme jamais.

Cela devrait suffire.

Larx bâillait sans arrêt lorsqu'il rampa à côté d'Aaron. Son compagnon gémit, se retourna sur le côté et tira le dos de Larx contre son front, tenant le rôle de la grande cuillère parce que c'est ce qu'il était.

— Ce n'est pas que ce n'est pas agréable, grogna Larx, mais on a couché ensemble. On a fait l'amour. Dans ce lit. Je commençais à m'y habituer.

— Moi aussi, affirma Aaron en se blottissant contre sa nuque. Mais tu es exténué. Que sommes-nous, des adolescents ?

— Ce n'est pas juste, gémit-il. J'ai eu un accident de moto lorsque j'avais vingt ans, je me suis arraché la peau du dos, j'ai eu un bras cassé, une brûlure au troisième degré et je me suis envoyé en l'air deux jours plus tard, parce que pourquoi pas ?

— Larx ?

— Quoi ?

— Ça ne m'aide pas à me sentir mieux.

— Je n'ai pas fait de moto depuis que les filles sont nées.

— Tu rates l'essentiel, commenta Aaron en le rapprochant de lui.

— Quoi ? grommela Larx, la passion ayant animé son petit discours s'écoulant de lui comme du sable.

Aaron glissa sa main sur l'abdomen de Larx et sous son caleçon, caressant son entrejambe qui était aussi endormie que lui.

— L'essentiel est que je te tiens. Je veux te garder pour toujours. C'est le plus important.

— Tu ne dois pas appeler tes filles ?

— Je l'ai dit à Maureen, gémit Aaron. Elle était ravie pour nous.

— Et Tiffany ?

Aaron s'amollit comme défait.

— Elle était… sceptique. J'ai envoyé un texto disant que je voulais l'appeler. Elle m'a dit de ne pas me déranger parce que j'avais appelé Maureen en premier. Elle a dit aussi qu'elle ne voulait rien entendre à ce sujet lorsqu'elle viendrait à Noël.

Larx aurait aimé se retourner dans ses bras, mais cela l'aurait mis sur son mauvais bras.

— Alors, qu'est-ce que tu vas faire ?

— Je suppose que je vais l'emmener dans l'ancienne maison pour Noël et puis Kirby et moi reviendrons ici, dit-il simplement. Elle n'est pas obligée d'en entendre parler si nous ne sommes pas là tous les deux.

Larx ne put s'empêcher de rire.

— Monsieur, tu es un maître en gestion de crises de colère. Je suis très impressionné.

— C'est une morveuse, grogna-t-il. Elle n'est même pas là, pourquoi me donne-t-elle des ordres ?

— Ce qui est, j'en suis sûr, ce qu'elle dit à tous ses amis en ce moment, dit Larx en riant encore un peu. C'est précieux.

— Peu importe.

— Embrasse-moi, au moins, dit Larx en tournant la tête autant que possible. C'est nécessaire.

Aaron se souleva et captura sa bouche dans un baiser doux et dévorant.

— Autant que respirer, murmura-t-il. Dors, Lyman…

Oh, merde.

— Tu as entendu ?

— Oh bon sang, oui. Maintenant, dors. Demain sera un grand jour.

— Peux-tu être là ? dit Larx se sentant pathétique de le demander.

Aaron était visiblement triste de devoir dire non.

— Désolé, bébé. Si tu révèles notre relation, Eamon va recevoir beaucoup d'appels à propos de son choix pour le prochain shérif. Je devrais probablement être avec lui.

— Oui. D'accord.

Eh bien, il était seul et fort depuis de nombreuses années. Au moins maintenant il aurait quelqu'un à qui le dire.

— Si je peux être là, je le ferai, promit son compagnon. À présent dors Ly…

— Seulement si tu m'appelles Larx. Pour toujours. Tu dois oublier ce prénom. À jamais. Promets-le.

Le rire profond de son amant ne lui assura rien de tout cela.

— Bonne nuit, Larx. Fais de beaux rêves.

— Bonne nuit, shérif adjoint. Les rêves sont plus doux après le sexe.

— Ne boude pas. Je t'aime.

— C'est ce qui compte, n'est-ce pas ? Je t'aime aussi. Bonne nuit.

Larx alla enseigner le lendemain matin et fut accueilli par une standing ovation de ses élèves, des fleurs et des lettres de remerciement de leurs parents. Il prit un moment pour lire certaines de ces lettres. Une majorité d'entre elles mentionnaient Aaron.

Nous comprenons que le shérif adjoint George et vous sortiez ensemble. Tant qu'il garde l'enseignant préféré de nos enfants en sécurité, c'est bon.

Nous sommes tellement heureux que vous ayez trouvé quelqu'un. S'il vous plaît, ne ressentez pas le besoin de vous cacher.

Même si vous êtes gay, vous êtes le meilleur principal de cette école.

— Même, marmonna-t-il pour lui-même. Même si ? Vraiment ?

— Qu'est-ce que tu gémis ? demanda Yoshi en entrant dans son bureau. Qui est mort ?

Larx avait demandé à Kirby et Kellan de l'aider à déplacer les fleurs.

— Moi. Presque. Apparemment, c'était assez pour compenser d'être gay.

251

— Pas pour moi. Tu m'en dois toujours une pour avoir failli te faire tuer, espèce de crétin.

Larx rit et s'enivra de la vue de Yoshi, l'air fatigué, mais vêtu d'un pull bleu et d'une cravate rouge.

— Ton petit ami n'est-il pas un artiste ? Tu ne devrais pas mieux t'habiller que ça ?

— Comme s'il me disait quoi porter, s'exclama Yoshi en se laissant tomber sur son siège en face de celui de Larx. Oh, merde, j'avais oublié à quel point ce siège est confortable. Bienvenue dans le tien, il craint.

En fait, le siège de Larx était un des rares objets chic qu'il ait jamais possédé ou demandé. Cela avait été une sorte de pot-de-vin du district et il s'y lovait comme un chat sur son coussin préféré.

— Alors quels sont mes impératifs ? Que dois-je signer ? Qui dois-je appeler ou combattre ? demanda Larx.

Beurk, il y avait tellement de bureaucratie avec ce foutu métier !

— Le rouge est urgent, le bleu peut attendre jusqu'à lundi, indiqua Yoshi en faisant glisser le porte-documents qu'il tenait dans ses mains à travers le bureau. Hassbender déjeunera avec nous, ne compte pas travailler pendant qu'il est là. Nancy et moi surveillerons le hall et le service du déjeuner et j'ai pour stricte instruction de sortir ton gros cul de ton fauteuil et de te renvoyer chez toi vers dix-sept heures trente.

— Je suis en train de mourir, n'est-ce pas ? demanda Larx en le fixant d'un air profondément soupçonneux. Vous m'avez tous menti. Il y avait du poison sur cette balle et je vais mourir. Ma journée de travail n'est jamais aussi peu occupée.

— Non, répliqua Yoshi en levant les yeux au ciel. Tu ne meurs pas. Ça nous a pris trois jours, avec Nancy et Edna, pour alléger autant ta journée, alors ne te moque pas de nous.

— Pourquoi ? Pourquoi avez-vous fait ça ?

Il était profondément touché, presque en larmes même. Il n'arrivait pas à comprendre ce que cela signifiait pour lui de revenir et de ne pas être inondé de paperasserie et d'appels téléphoniques, submergé par tout ce qu'il détestait le plus dans son travail.

— Oh, reprends-toi. Nous...

Yoshi se détourna, sa tentative de paraître dégoûté ne correspondant pas à la courbe vulnérable de son menton.

— Tu viens de faire quelque chose de vraiment génial. Beaucoup d'actions géniales en fait. Tu t'es démené la semaine dernière, si tu ne t'étais pas fait tirer dessus, tu serais tombé malade de toute façon. Nous n'étions pas que tous les trois pour organiser ça, tout le monde a participé. Pour un gars si réticent à être l'adulte, Larx, tu as transporté ce district, cette ville, dans le XXIe siècle en les tirant par l'oreille. Ne me fais pas répéter ça, au fait. Je suis trop mal à l'aise avec autant d'émotion.

— C'est noté, dit-il en rougissant probablement jusqu'aux orteils. Merci, Yosh. C'était vraiment agréable.

— Ne te fais plus tirer dessus, enfoiré. Ce doit être une règle.

— Ce n'était qu'une égratignure, répliqua-t-il. Tu veux voir ?

Ils avaient changé le pansement ce matin et cela avait fait un mal de chien. Cependant, Larx avait encore assez en lui de ses quinze ans pour vouloir dégoûter les gens avec ses blessures de guerre. Ce qui n'était pas le cas de Yoshi, qui n'avait jamais dû être ce garçon.

— Ne me fais pas regretter ces trois derniers jours, dit-il en le fusillant du regard.

— D'accord, d'accord. J'essaierai d'en finir avec tout ça avant que trucmuche…

— Hassbender.

— Hassbender arrive.

— Il apporte le déjeuner parce que je lui ai dit que tu ne le faisais jamais.

Larx sourit.

— Aaron m'a préparé un déjeuner ce matin. C'est… *de la sauce bolognaise* dedans, dit-il en frissonnant. Savoir que quelqu'un va m'apporter le déjeuner est la meilleure chose que j'ai pu entendre.

L'idée d'Aaron d'un repas simple et sain était bien différente de la sienne. Juste un des nombreux petits accrocs heureux d'une vie de couple.

— Il a décidé d'aller au japonais en ville.

— C'est une bonne chose que j'aime aussi, dit Larx, sourcils levés.

— Je considère que c'est un heureux hasard. Maintenant, au travail. Je vais me promener dans les couloirs et les rendre sûrs pour les gens de plus de dix-huit ans.

— Merci, Yoshi, acquiesça Larx, heureux.

— Oui, bien. Nous étions inquiets. Tu nous manques. Ne refais plus jamais ça.

— D'accord.

HARVEY HASSBENDER ressemblait à l'administrateur mauvais garçon dans tous les films de lycées existants. Il était rond avec des joues rouges et la mèche la plus mince pour cacher une calvitie que Larx ait vue. Il avait aussi une voix profonde, résonnante, un rire contagieux et lorsque le repas fut terminé, Larx se demanda si c'était comme avoir un oncle préféré. C'était déconcertant parce qu'en général, il n'appréciait pas quelque autorité que ce soit, mais le vieux surintendant avait pris sa retraite après Duke Nobili et Harvey avait été un bon changement, semblait-il.

— Je suis si heureux que nous ayons eu l'occasion de faire ceci, déclara Harvey alors que Larx débarrassait leur déjeuner. J'avais prévu d'avoir une longue réunion avec chacun de mes directeurs après mon embauche, mais j'ai eu de la paperasse d'abord, puis il y a eu tout ce problème dans le lycée près de Mustang…

— J'ai entendu parler de ça, lui dit Larx parce que cela avait fait la une des nouvelles. C'était un sacré bazar.

L'école avait été construite dix ans auparavant et l'entrepreneur n'avait pas respecté les normes de construction. Le bâtiment tombait en ruines et l'ancien surintendant s'était déchargé du problème sur Harvey.

— Ça l'est toujours, corrigea-t-il. Mais… vous voyez ? J'ai été embauché à la fin du mois d'août, juste après le début des cours et nous n'avons même pas eu de réunion. Je suis surpris que vous vous souveniez de mon nom !

Yoshi et Larx rirent tous les deux trop fort et la grimace d'Harvey les fit taire.

— Vous ne vous souveniez pas de mon nom, n'est-ce pas ?

— Je m'en souviens maintenant que vous m'avez offert le déjeuner, répliqua Larx en battant des paupières.

Le rire formidable d'Harvey résonna et Larx fit quelque chose d'imprudent et de téméraire.

— Donc, à propos de cet après-midi, dit-il assez calmement pour calmer l'euphorie dans la pièce.

— Oui ?

— Je n'ai pas l'intention d'en parler, mais je ne vais pas éviter le problème non plus…

— Est-ce que ça à avoir avec le shérif adjoint George et vous ?

— Est-ce que tout le monde sait ? demanda Larx en déglutissant.

— Il semble que lorsque le shérif adjoint a couru pour vous chercher, les adolescents vous ont vu ensemble, répondit Harvey en haussant les épaules. Il n'y avait pas besoin d'être un génie des sciences. J'ai été surpris par le premier appel téléphonique, mais je lui ai fait la même réponse qu'au dernier.

— Quelle était cette réponse, monsieur ? demanda Larx, la bouche sèche.

— Que votre vie personnelle ne regardait que vous, mais que si vous décidiez de publier une annonce dans le journal, ça ne changerait rien à la qualité de l'homme qui avait mis sa vie en jeu pour que ses élèves soient hors de danger.

— Oh. C'est... c'est gentil de votre part. Courageux aussi. Nos enfants ont dû faire face à des questions à l'école...

— Vos enfants ? Ceci inclut-il le garçon que vous avez accueilli chez vous ?

— Kellan, acquiesça Larx. C'était un des garçons au feu de joie et ses parents...

— Des connards, s'exclama leur supérieur en laissant échapper un grognement exaspéré. Mais continuez.

— Ils ont eu droit à des questions et je suppose que j'aurais les mêmes lorsque je ferais mon petit discours aujourd'hui.

— Vous répondrez de la manière qui vous convient le mieux, Principal Larkin. Je suis convaincu que vous ferez du bon travail.

— Eh bien, d'abord, vous pouvez m'appeler Larx, dit-il en grimaçant. Mon propre petit ami ne connaissait pas mon prénom, alors n'hésitez pas. Ensuite, vous m'avez vu au JT, n'est-ce pas ?

Harvey rit vraiment avant de répondre.

— Vous avez dit que nous devrions garder les armes de poing loin des adolescents. Je ne suis absolument pas opposé à ça.

La cloche sonna, appelant les étudiants à se rassembler et Larx prit une profonde inspiration.

— Je suis très reconnaissant, dit-il. Bien, alors, allons-y.

L'ASSEMBLÉE DÉBUTA par un discours d'Harvey expliquant aux lycéens ce que signifiaient vraiment la diversité et l'intégration. Il avait un diaporama, un peu daté peut-être, mais cela donnait aux jeunes l'idée que leur population étudiante n'était pas unique. Il montrait la diversité « cachée » des élèves handicapés, nés de mariages d'ethnies diverses et les différentes façons de nuire à ces étudiants par des paroles imprudentes ou par inadvertance. Il passa à la population LGBTQ et au moment où il arriva à cette partie, Larx se dit que les lycéens devaient s'ennuyer ferme parce qu'il n'entendit pas s'exprimer l'inconfort auquel il s'attendait.

Où, peut-être, son évaluation initiale était bonne : les jeunes étaient assez sur Internet pour avoir un aperçu naturel des variations du monde.

Quoi qu'il en soit, les adolescents étaient impatients d'échanger lorsque le diaporama se termina et ce fut là qu'il entra en scène.

Cependant, il n'était pas préparé pour les applaudissements lorsqu'il se leva.

— Eh bien, merci, dit-il lorsque cela se calma un peu. C'est agréable de savoir que je suis apprécié.

Les sept cents étudiants se calmèrent un peu et Larx commença.

— Donc, tout d'abord, c'est bon d'être de retour et je suis ravi que vous soyez heureux de me voir. Cependant, ce que nous venons de voir est assez important et je me demande si *vous* avez des questions pour *moi*.

Le premier jeune qui leva la main posa la grande question.

— Le père de Kirby et vous êtes-vous gay ?

— Bisexuels, jeunes gens… c'est le terme. Oui, le shérif adjoint George et moi sortons ensemble. D'autres questions ?

— Est-ce légal ?

Génial. Qui a laissé parler Curtis MacDonald ?

— Dans cet État, oui.

Merveilleux.

— Attends, dit Christi et Larx grimaça. Tu veux dire que ce n'est pas légal dans d'autres États ?

La totalité des étudiants haleta et, soudainement, Larx vit pourquoi ce qu'il faisait était important. Il était viscéralement un enseignant.

C'est le moment d'éduquer, Larx.

Au moment où il s'arrêta de parler, il avait couvert les droits des gays, leur dénigrement. Stonewall, Orlando. Il avait évoqué les étudiants victimes d'intimidations, les adultes complices et les adolescents sans abri.

Il avait expliqué le *Ne demandez rien, N'en parlez pas* [11], Million mom [12] et l'homosexualité dans d'autres pays.

Il n'avait pas eu une seule fois à faire taire un étudiant ou en réprimander un pour son impolitesse.

Les lycéens étaient avec lui, voulant en savoir plus.

Il se souvint encore une fois comment il avait élevé ses filles et pourquoi être honnête avec les enfants était la meilleure arme de son arsenal parental.

Il parlait encore lorsque la dernière cloche de la journée sonna et il se sentait exténué, épuisé d'avoir mené une conversation pendant presque une heure et d'avoir eu sur les épaules la responsabilité de représenter sa communauté pendant tout ce temps.

— Je suppose que c'est tout, dit-il lorsque la cloche eut fini de retentir. Je voudrais tous vous remercier... je ne m'attendais pas à ça aujourd'hui. Cependant, j'ai toujours dit que les étudiants étaient la seule raison pour laquelle je suis ici et que nos enfants dans ce lycée sont notre avenir. Vous avez tous les atouts d'un avenir formidable et je n'ai jamais été aussi fier de vous qu'aujourd'hui. Vous allez tous passer un bon week-end, d'accord ?

Il n'arrêta pas les applaudissements, cette fois. Il dut quitter l'auditorium parce qu'il avait promis à Yoshi qu'il assurerait le service du parking.

Il resta dehors pendant une heure parce que les adolescents n'arrêtaient pas de venir le voir et lui dire merci.

Il dormait dans son bureau lorsqu'Aaron vint les chercher, les enfants et lui, à dix-sept heures trente.

---

11 Don't ask, don't tell (« Ne demandez pas, n'en parlez pas » en français) est une doctrine et législation discriminatoire en vigueur de 1993 à 2011 dans les Forces armées des États-Unis vis-à-vis des homosexuels ou bisexuels1,Note 1. Elle est abolie par un vote du Sénat américain le 18 décembre 2010 et mise en application jusqu'au 20 septembre 2011.

12 La marche optimiste s'intitule «Million Mom March» (la manifestation d'un million de mamans) et a choisi ce dimanche 13 mai 2000, jour de la fête des mères en Amérique, pour lancer son appel en faveur de «lois sérieuses sur les armes pour des enfants en sécurité».

NOUVELLE ÉVOLUTION

AARON S'OCCUPA de le faire manger avant qu'il s'endorme à nouveau à vingt heures. Il n'y avait pas de match, pas d'activités scolaires et Aaron passa une soirée tranquille avec trois adolescents à regarder des films d'horreur jusqu'à minuit.

Il découvrit que Christi était une petite renarde assoiffée de sang. Kirby était très sensible et sursautait de peur et Kellan avait tendance à cacher son visage pendant 90% du film.

Les enfants partirent se coucher, chacun entraînant un chat avec eux, Aaron se rendit compte à quel point la semaine dernière avait cimenté le petit groupe.

Ils étaient déjà une famille.

Il se posa des questions à ce sujet pendant qu'il fermait la petite maison confortable de Larx et s'assurait que le thermostat était quelque part au-dessus du point zéro. Pas d'affrontements ? Pas de drames ? Quand les vrais adolescents sortiraient-ils ? Cependant, chacun d'entre eux avait connu une perte. Chacun avait vu sa famille, sa sécurité, lui être arrachée. Cela pourrait les effrayer plus de voir leur vie perturbée. Cela pouvait aussi rendre un adolescent plus reconnaissant de ce qu'il ou elle avait.

Il pensa qu'il allait suivre leur exemple. Il ne prendrait pas pour acquise leur petite existence pacifique, mais il serait reconnaissant de voir, à la fin d'une longue semaine d'inquiétude, qu'ils avaient tous les trois crié et ri d'un film stupide avec des effets spéciaux horribles.

C'était le mieux qu'il pouvait faire.

Il rampa dans son lit à côté d'un Larx endormi, en se disant que c'était assez bien.

IL SE réveilla tôt, il n'avait jamais été capable de faire la grasse matinée et, pendant quelques instants, il resta allongé, la tête appuyée sur sa main, regardant Larx dormir. C'est ce qu'il pensait.

— C'est vraiment super flippant, marmonna son amant. Je rêvais que j'étais Billy Pilgrim [13] et que je baisais une star du porno pendant que les extraterrestres nous observaient.

Aaron écarquilla les yeux et les derniers vestiges du sommeil s'enfuirent comme des rats quittant le navire.

— Quelle star du porno ? demanda-t-il, scandalisé.

— Oh, tout ce que j'ai à te montrer sur mon ordinateur, répliqua Larx avec un rire diabolique.

— Non. Absolument pas. Je n'ai pas regardé du porno lorsque j'étais marié, absolument pas lorsque j'étais célibataire. Je ne le ferai pas maintenant.

Ce fut au tour de *Larx* d'écarquiller des yeux un peu rouges, mais très lucides.

— Eh bien, c'est simplement décevant. C'est un défaut. J'ai finalement trouvé une tare. Tu n'aimes pas le porno. Comment allons-nous nous entendre maintenant ?

Aaron rit doucement et l'embrassa, puis il recula son visage, caressant avec son pouce le sourire irrépressible de son amant.

— Tu vas devoir beaucoup pratiquer afin que la pornographie ne te manque pas, dit-il d'une voix décidée.

— Tu viens de sceller ta ruine, Shérif adjoint, dit Larx, ses yeux plissés de malice. Tu n'as aucune idée de la quantité de sexe qu'il me faudrait pour oublier le sexe !

Aaron rit tranquillement et l'embrassa à nouveau, puis encore, et juste alors que les choses devenaient *vraiment* intéressantes, Larx s'arcboutant avec insistance sous sa main, émettant des petites plaintes gutturales, ils entendirent des voix se querellant.

— Aargh ! s'exclama Larx en retombant contre son oreiller. Que font-ils ?

— Je n'en ai aucune idée, rétorqua Aaron en sortant du lit et se débattant avec son pantalon. Mais je vais le découvrir.

Il descendit à temps pour entendre Christi aboyer.

— Non, tu ne peux pas. Maintenant, va remettre tes affaires en place, tu es juste idiot !

---

13 Héros d'*Abattoir 5,* film de 1972. Billy Pilgrim, ancien soldat américain survivant des bombardements de Dresde en 1945, se réfugie dans ses souvenirs, car il a le don de voyager dans le temps.

— C'est tout à fait logique ! répondit Kellan, semblant un peu désespéré. Je pars à Sacramento avec lui, je prends un taxi avec ses parents, je cherche un emploi là-bas et…

— Tu ne termines pas tes études secondaires, tu es sans famille pour Thanksgiving et tu brises le cœur de mon père parce qu'il veut que tu sois heureux !

Oh.

— Mais tu ne comprends pas ? demanda Kellan, au moment où Aaron arrivait près d'eux. Il s'en va, il part. C'est la seule personne qui se préoccupe de moi et je serai coincé dans cette petite ville et…

— Tu quittes la famille qui commence à tenir beaucoup à toi, dit doucement Aaron en posant sa main sur l'épaule du garçon. Je croyais que Larx et toi aviez un plan pour ça ?

— Mais j'ai essayé, gémit Kellan en se tournant vers lui, le visage misérable. J'ai essayé. Je ne sais pas écrire une bonne lettre. Tout ce que j'écris ne sonne pas bien. Il va recevoir ces lettres qui sont censées être les… les fenêtres de mon âme et elles seront *mauvaises*.

— Non, ce n'est pas vrai, protesta Aaron en pressant le visage du jeune homme contre son côté. Ce ne sera rien de tout ça. Tu t'amélioreras avec les mots au fur et à mesure que tu pratiqueras, fiston, mais rien n'indique que ton âme est mauvaise. Ça ne s'arrangera pas si tu t'enfuis à Sacramento et abandonnes l'école. Comment Isaiah pourra-t-il se détendre s'il s'inquiète pour toi ?

— Je ne sais pas comment faire tout ça, expliqua Kellan l'air perdu en regardant autour de la cuisine. Vous êtes tous si gentils avec moi, mais combien de temps ça va durer ?

— Je ne sais pas, intervint Christi comme si elle le prenait au sérieux. Olivia a vingt ans, elle est rentrée cet été et papa lui a fait des gaufres cinq jours par semaine. Je dirais que tu en as au moins pour trois, quatre ans. Qu'est-ce que tu as à perdre ?

— On dirait que le contrat est valable à vie, avec des avenants pour les mariages et les enfants dit Aaron en riant.

Il pensa à Tiffany et grimaça avant de continuer à parler.

— Les termes peuvent être un peu flous si tu deviens un abruti total, mais je suppose que tu as encore des droits et des privilèges aussi.

— J'ai juste… dit Kellan, sa voix se cassant alors qu'il détournait les yeux d'eux deux.

— Peur, dit Aaron d'une voix rauque. Parce que le futur est incertain. Crois-moi, Kellan. Personne ne le sait mieux que les personnes présentes dans cette pièce. Ou…

Il grimaça à nouveau, parce qu'il y avait autant de chance que Kirby soit prêt pour cette conversation que de voir Larx ne pas vouloir aller courir lundi.

— … Dans cette maison, finit-il. Tu es ici, tu es en sécurité et tu as un endroit pour pousser. Maintenant, grandis un peu, fiston et va écrire ta première lettre à ton petit ami.

— Comment saviez-vous que… gémit Kellan en reposant sa tête sur ses deux mains.

— Parce que je paniquerais aussi si je devais écrire une lettre, dit-il honnêtement.

Bon sang. Mettre en mots ce qu'il ressentait pour Larx ?

— C'est terrifiant, poursuivit-il. Maintenant, vas-y et fais-le.

Le garçon traîna son cul désolé avec un soupir à secouer le monde et il sortit de la cuisine, emportant son sac de voyage à moitié rempli.

Christiana attendit jusqu'à ce qu'il soit hors de portée de voix pour regarder Aaron avec un grand sourire.

— Bien géré, monsieur. Vous vous intégrez parfaitement ici.

Aaron rit et regarda la cuisine qui semblait être dans un état de chaos organisé.

— Oh merci. Aurais-tu besoin d'aide ?

— Pour mettre la table ? demanda-t-elle en souriant de toutes ses dents. J'étais sur le point de verser la pâte dans le gaufrier. Gaufres aux myrtilles à venir.

— Christi, je t'adore, mais tu vas me faire grossir, dit Aaron en laissant échapper un gémissement décadent.

— Larx s'en moque, dit-elle en haussant les épaules. Il vous fera courir un peu plus longtemps.

— Je pensais que tu m'aimais, dit-il en gémissant à nouveau.

— C'est le cas. Maintenant, mettez la table, monsieur. Vous avez demandé.

Il réalisa qu'elle avait commencé à l'appeler « monsieur » au lieu de shérif adjoint George ou Aaron. Comment pourrait-il ne pas faire ce qu'elle lui demandait ? Aaron était, comme Larx, un pigeon pour une fille qui se souciait des autres.

Larx vint manger, fraîchement douché et il amena Kirby avec lui. Aaron l'avait entendu le harceler en haut de l'escalier.

— Eh bien, est-ce que tu aimes les gaufres ?

— Pas autant que dormir !

— Aimes-tu manger ?

— Merde, Larx…

— C'est ce que je pensais. Maintenant, réveille-toi !

Larx réussit à le lever et ils s'installèrent tous à la table du petit déjeuner, autour de jus de fruits, de café et de gaufres légères et moelleuses aux myrtilles. Aaron se sentit un peu jaloux de voir comment Larx avait appris à cuisiner, même si ses filles avaient eu besoin de lui apprendre.

Larx grignota la dernière gaufre, arrachant des morceaux alors qu'elle était encore posée dans l'assiette.

— Alors, le gang, je sais que Kellan voulait aller à l'hôpital afin de dire au revoir à Isaiah et je pense que nous devrions aller avec lui…

— Je dois m'occuper de mes factures, Larx, s'excusa Aaron.

Les deux dernières semaines ne lui avaient pas laissé beaucoup de temps pour traiter tous ses problèmes d'adulte et il devait absolument s'en occuper aujourd'hui.

— Oui, je comprends. J'ai la même chose ici. Et pourquoi pas…

Il leva les yeux vers les adolescents, ses lèvres recourbées sur un sourire presque sournois.

— Et si vous me déposiez ici après la visite et alliez à Auburn ou Meadow Vista voir un film ? Si vous me déposez ici à midi, ça fait deux heures pour y aller, le film, deux heures pour revenir… vous serez à la maison avant la nuit.

C'était une façon très inattendue de gérer cela et, à en juger par la faim sur leurs visages, très nécessaire.

Aaron pouvait le voir, ils seraient tous les trois, libérés des adultes et loin de cette petite ville claustrophobe. Même Kellan, qui pleurerait probablement tout le long du chemin, aurait autre chose à faire que de regretter d'être laissé en arrière par son meilleur ami, son premier amour.

Christi sauta sur ses pieds et embrassa son père sur la joue.

— Pour *ça,* gazouilla-t-elle, je vais même faire la vaisselle !

— Non, protesta-t-il en se levant en riant. C'est mon tour de la faire. Allez vous préparer.

— Oh, waouh, s'exclama Aaron avec un soupir de soulagement. Je vais pouvoir m'occuper de mes papiers sans tout le monde ici !

Larx écarquilla les yeux, puis il donna l'impression d'effacer intentionnellement toute expression de son visage.

— Bien sûr. C'est ce que tu comptes faire. Mais tu pourrais peut-être aller chercher tes affaires et commencer maintenant.

Aaron prit une dernière gorgée de café et acquiesça.

— Je vais monter, prendre une douche et décoller.

— Tu amènes tes factures ici, n'est-ce pas ? demanda son compagnon, sonnant trop anxieux.

— Oh oui. Laisse-moi nourrir les poules, aérer la maison. Je dois m'occuper de ça avant de revenir.

Larx lui sourit comme si c'était le meilleur cadeau qu'Aaron puisse lui offrir et celui-ci lui retourna son sourire.

Avec le recul, il reconnaîtrait qu'il était probablement l'homme le plus stupide qui ait jamais marché sur la terre.

IL TRAVAILLAIT avec acharnement à la table de la cuisine lorsqu'il entendit Larx dire aux enfants de conduire prudemment, après avoir probablement donné à Christi tout son argent de poche disponible pour le mois.

Larx entra, s'arrêta pour caresser la vieille Delilah, couchée dans une tache de soleil juste à côté des inclusions de verre de l'entrée.

— Toujours au travail ? demanda-t-il.

Aaron grogna. Il détestait les maths. Il haïssait la paperasserie. Il honnissait son chéquier. Tout... cela. Tout portait le poids de sa haine éternelle.

Larx disparut dans l'escalier et Aaron se concentra sur la colonne suivante dans son registre.

Jusqu'à ce qu'il sente les doigts de Larx passer dans ses cheveux, les saisir et les tirer, la langue de son amant caressant ensuite la coquille de son oreille.

— J'ai besoin que tu te lèves, murmura Larx à son oreille.

Les paupières d'Aaron battirent au moment même où son sexe se raidissait.

— D'accord, râla-t-il, se levant en évitant soigneusement ses papiers, se mettant à la merci de Larx. Où allons-nous ?

— Le canapé, répondit Larx en le guidant prudemment, mais sans jamais relâcher la pression sur le cuir chevelu de son compagnon.

Tout le corps d'Aaron commença à picoter et cela le frappa alors. Les enfants seraient absents pendant *des heures*. Des heures.

Il n'était pas toujours brillant. Il pouvait parfois l'admettre.

— Tu as *planifié* ça ! haleta-t-il en s'arrêtant, le dossier du canapé contre son entrejambe.

Il fut récompensé par un petit rire de Larx qui plaqua sa poitrine (nue ? Il était *nu* ?) contre son dos, s'ancrant d'une main à sa ceinture. Il grignota très délibérément le cou de son amant et celui-ci se pencha contre lui presque immédiatement.

Larx déplaça son autre main et deux objets apparurent dans la vision périphérique d'Aaron, reposant sur une serviette sur le dossier du canapé. L'un d'eux était une bouteille de lubrifiant et Aaron n'avait jamais vu l'autre auparavant. Il se redressa voulant l'examiner.

— Où est-ce que tu vas ? demanda Larx en riant.

— Est-ce un… ?

— Le plus petit plug du monde ? demanda-t-il, ses doigts habiles s'occupant rapidement de la ceinture d'Aaron. Oui.

Il tira sur la chemise de son amant et Aaron rentra son ventre et leva les bras, lui offrant un accès facile.

— Qu'est-ce que ça… ah…

Larx était nu. Jusqu'à la taille au moins. Aaron sentit son corps s'amollir en sentant la poitrine de Larx contre son dos. Oh, merde. *Une semaine.*

— Nous ne l'avons pas fait depuis une semaine ! réalisa-t-il et même ses mains se retrouvèrent en sueur de besoin.

— Je *l'ai dit* ! s'exclama Larx, son souffle envoyant des frissons dans la colonne vertébrale de son amant alors qu'il l'embrassait. Pourquoi donc ?

Il atteignit le creux du dos d'Aaron et ses mains travailleuses reprirent leur travail, défaisant sa braguette, faisant glisser son jean sur ses chevilles, puis l'aidant à ôter ses tennis et ses chaussettes. Aaron commença à se retourner, voulant prendre son petit ami dans ses bras, mais Larx avait d'autres idées séduisantes et il se perdit brusquement dans la sensation de mains masculines remontant le long de ses mollets, se plaquant contre l'arrière de ses cuisses, passant vers l'avant, ratant de peu le gros paquet de jouets au centre.

— Tu as été blessé, marmonna Aaron alors que Larx se levait, se pressait contre lui.

Il était nu, son sexe dur, inratable, dégoulinant alors même qu'il poussait dans la fesse gauche d'Aaron.

Larx le serrait fort, ses bras sous ceux d'Aaron et autour de sa poitrine, le grattement de la gaze enroulée autour de son biceps et de son épaule gênant, mais pas encombrant.

— Pas au cours des deux derniers jours, dit-il en arquant à nouveau ses hanches.

— Tu étais fatigué, tenta encore Aaron et Larx pinça ses mamelons assez fort pour que cela pique. Aïe !

— Dis la vérité !

Oh.

—Tu as été blessé, redit-il, mais pas sur la défensive.

Une partie de l'excitation s'était évaporée de son corps nu dans le salon de Larx et il ne lui restait plus que la connaissance de ce qu'il essayait de combattre depuis mardi.

— Je… J'étais si effrayé. Je… je ne voulais pas te faire mal.

— Je suis là, murmura Larx, en plantant une rangée de baisers rassurants sur ses épaules. Je suis là et je vais bien.

— Cette blessure…

Aaron ne voulait pas parler de tout cela, de la terreur de voir son partenaire, son autre moitié, le premier et le troisième battement de son cœur, brusquement arraché à sa vie.

Cependant, Larx savait. Il lisait les esprits pour gagner sa vie. Il se figea à nouveau, posant sa joue contre le cou d'Aaron.

— Je suis ici *aujourd'hui.* C'est la seule promesse que je puisse faire. Tu l'as compris, n'est-ce pas ?

Aaron hocha la tête, sentant que son cœur était brusquement trop douloureux pour le sexe. Puis Larx passa doucement sa main de la base de son cou au bas de sa colonne vertébrale, allumant un feu dans ses terminaisons nerveuses à chaque centimètre parcouru. Il arriva en bas et poussa entre les omoplates d'Aaron avec son autre main jusqu'à le faire se pencher, agrippant le canapé sous sa poitrine, ses fesses levées en invitation.

Il ne s'était jamais senti aussi vulnérable de toute sa vie. Larx leva son visage vers celui d'Aaron et celui-ci tourna la tête afin qu'ils soient yeux dans les yeux.

— As-tu confiance en moi ? demanda sérieusement Larx. Si ce n'est pas encore le cas, c'est bon. Nous échangerons nos places, tu me prendras sur le canapé et ce sera génial. Mais si c'est le cas, je le ferai bien, Aaron. Je le jure. Fais-moi confiance. Peux-tu faire ça ?

La bouche d'Aaron s'assécha. *Sais-tu ce que tu me demandes ?*

Mais, bien sûr, il le savait. Il avait aussi fait confiance. On avait tiré le tapis sous ses pieds. Mais il avait toujours foi en Aaron pour ne pas le faire.

— Oui, acquiesça-t-il d'une voix rocailleuse. Je te fais confiance.

Le sourire paresseux, somnolent et sexy de son amant fit vibrer le sexe d'Aaron.

— Bien, dit-il.

Il prit la bouche d'Aaron dans un baiser long, intoxicant et urgent. Aaron gémit, ses genoux un peu tremblants et Larx rit avant de s'écarter.

Il retourna dans le cou de son amant, ce qui commençait vraiment à exciter celui-ci et il déposa des baisers le long de sa colonne vertébrale, encore une fois, mais plus vite. Lorsqu'il arriva en bas, il s'accroupit et commença à pétrir les fesses d'Aaron.

— Tu as de superbes fesses, dit Larx en l'embrassant juste à l'intérieur du pli. Je sais que nous sommes censés en avoir fini avec ce genre de choses, mais j'aime vraiment ça. Ce ne serait pas fâcheux si tu n'acceptais que d'avoir un plug, mais je vénère sérieusement ton cul.

Il ne cessait jamais d'écraser, pétrir, séparer, passer ses pouces dans le pli d'Aaron, le long de l'intérieur de ses cuisses. Il s'arrêta et Aaron entendit un bruit de succion, puis son doigt mouillé de salive et glissant redescendit.

Il frotta son anneau plissé qui picota, faisant haleter Aaron.

Il frotta encore.

Humidifia à nouveau son doigt et frotta un peu plus.

Aaron gémit contre le canapé, se souvenant d'avoir fait cela et d'avoir simplement eu envie d'obtenir cette réaction de Larx.

Maintenant, il comprenait.

Larx le pénétra d'un doigt, l'autre main continuant ce massage insidieux. Aaron haleta et remua, l'inconfort laissant rapidement la place à une sorte de plaisir. Il s'attendit alors à un autre doigt, mais Larx se leva, l'étirant toujours et arrosant le plug bleu de lubrifiant.

— Qu'est-ce que…

— Chut…tes genoux vont souffrir et les miens n'ont plus vingt ans.

Aaron haleta à la fraîcheur du lubrifiant et gémit lorsque Larx retira son doigt. Cela avait été si bon.

Oh !

Le plug était lisse, glissant et Aaron se serra autour de lui, se crispa, se détendit, se resserra. C'était envahissant, un peu plus épais qu'un doigt, mais pas autant que deux et juste assez long pour taquiner sa prostate.

Larx éclata de rire, poussa le plug en avant et claqua les fesses d'Aaron.

— Serre et continue à serrer ou ça va tomber, prévint-il.

Aaron prit une inspiration et Larx l'aida à se lever avant de le faire marcher, très lentement, autour du canapé.

Chaque pas faisait trembler davantage ses membres, augmentant son excitation. Larx baissait la main à chaque pas et tapait afin de repousser l'objet en place, faisant gémir Aaron. Oh, c'était si injuste. Alors... oh bon sang.

Il tremblait lorsque Larx étendit la serviette sur le canapé en velours côtelé et l'aida à s'allonger, les fesses sur la serviette, un genou plié et l'autre écarté alors qu'il reposait son pied sur le sol.

Il eut brusquement une terrible pensée.

— Ils sont allés voir des films ? dit-il, voulant être sûr.

— Je le jure, acquiesça Larx, se mordant les lèvres avec espoir.

— D'accord, alors allons-y.

Puis Larx fit la meilleure des choses en s'enfonçant dans le canapé avec lui, ses genoux entre les cuisses écartées d'Aaron, couvrant le corps large et pâle de son amant avec le sien, vigoureux, l'embrassant durement, avec insistance, avec toute la passion dans son âme.

Aaron l'embrassa en retour, enroulant ses bras autour de ses épaules et l'écrasant. Son corps tremblait d'excitation et de l'invasion, mais aussi du besoin d'avoir la peau de Larx contre la sienne. Il avait besoin de lui, avait envie de *cela,* voulait l'assurance de la chair, des os, du corps et du sang dans ses bras.

Larx interrompit le baiser pendant un moment et se laissa glisser du canapé afin de pouvoir s'agenouiller à côté de son compagnon. Il repoussa les cheveux d'Aaron de sa tempe et l'attira dans un autre baiser.

— Nous allons jouer pendant une minute, dit-il lentement, inspirant afin de se contenir. Je vais jouer avec l'arrière et toi avec l'avant, d'accord ?

Aaron retint à peine son rire. De tous les moments où la voix d'enseignant de Larx émergeait...

Puis Larx prit une des mains d'Aaron et l'enroula autour du sexe palpitant de ce dernier. Il gémit, pleurant presque et Larx murmura à son oreille.

— Ne pars pas sans moi, donc fais ce dont tu as besoin, d'accord ?

Aaron hocha la tête, se caressant lentement, fortement, juste pour se maintenir ancré à la terre et sur le canapé. Larx passa avec précaution une main entre ses globes fessiers et sortit le plug.

Aaron soupira de soulagement, puis... oh, il se crispa sur rien, le voulant si fort, si intensément. Larx tâtonna pour prendre un peu plus de lubrifiant, puis un doigt envahit encore le canal d'Aaron.

Il gémit de soulagement, se ramassa, en voulant plus et Larx le récompensa d'un autre doigt.

— Oh, oh, oui, gémit-il alors que Larx commençait à pomper deux doigts d'avant en arrière.

Le sexe d'Aaron palpita dans sa main et il ajouta son autre main juste pour se stabiliser. Il avait le contrôle là et cela l'aida, l'enracina alors que Larx ajoutait un doigt de plus et lui faisait perdre l'esprit.

— Aah...

Sa voix trembla, grogna un vibrato profond et Larx rit doucement, baissant la tête pour engloutir le gland de son compagnon dans sa bouche.

Aaron tremblait tellement que ses dents claquaient et il jouit, jaillissant dans la bouche de Larx. Celui-ci avala encore et encore, continuant à déplacer ses doigts à l'intérieur de son amant tandis qu'Aaron resserrait son poing et se caressait.

L'orgasme se calma et les doigts restèrent là, envahissant, étirant et, oh oui, excitant suffisamment Aaron afin qu'il reste dur.

Larx reprit sa bouche, chaud et dégoulinant de semence et Aaron tomba dans le baiser, dans la décadence, le sentiment d'appartenance, le sexe, Larx, leurs corps se tordant en sueur, le cœur et la dépense d'énergie.

— Tu es prêt ? demanda Larx en écartant un peu ses trois doigts, juste au début de la douleur.

— Oh oui, gémit Aaron, le voulant en lui.

— Tu es prêt, n'est-ce pas ? dit-il en taquinant encore son intimité.

— Tout de toi, râla Aaron. J'ai besoin de toi en entier.

Larx sortit ses doigts et les essuya sur la serviette avant de grimper sur le canapé entre les genoux d'Aaron.

— Tout de moi, jura-t-il en se calant sur le pli de son amant.

— Trop doux, supplia celui-ci. Tout, maintenant, fort.

— Oh oui, approuva Larx, s'immobilisant pour sourire.

La première poussée dans le corps d'Aaron illumina chaque terminaison nerveuse comme une éruption chimique, si brillante qu'elle en était douloureuse.

— *Larx !* hurla-t-il.

Son amant recula, prêt pour la poussée suivante.

— Plus fort, chuchota Aaron d'une voix salace.

Soudainement, le simple fait d'être baisé nu sur le canapé au milieu de la journée était tout aussi incroyable que l'érotisme de l'être, oh oui, aussi fort qu'il l'avait rêvé.

— Baise-moi, s'écria-t-il, libéré et tremblant d'excitation. Durement ! Oui, durement !

— Fichu hétéro, chantonna Larx.

Il donna ensuite un solide coup de ses hanches, poussant son sexe dans le fourreau d'Aaron avec précision et rapidité.

Aaron ne pouvait pas assez geindre, n'arrivait pas à gémir, ne savait plus comment crier.

Ils étaient les deux seules personnes nues au monde et Larx, son Larx, son amant, son partenaire, son compagnon était en lui, remplissant les espaces vides, prenant le contrôle de son corps comme si le cœur d'Aaron ne pouvait plus battre sans lui.

Cela n'arriverait pas.

La terrible frénésie atteignit son apogée et Aaron commença à trembler, son cul endolori, son sexe gonflé et à nouveau prêt.

— Oh, oh, Larx, bébé, j'ai besoin de toi avec moi !

Larx trembla terriblement, il tomba contre Aaron, ses bras le lâchant, le corps glissant de sueur, ses hanches ruant furieusement pendant qu'il gémissait dans l'épaule de son compagnon.

L'orgasme d'Aaron explosa depuis le creux de son aine. Une explosion puissance dix qui se déchaîna, envahit ses membres, lui ôta la vue puis la lui rendit en noir et blanc, secoua son cœur dans sa cage thoracique et sa moelle épinière dans ses os.

Le son qu'il fit dans le cou de Larx était à peine humain et les échos subsistaient encore lorsqu'ils s'effondrèrent, flasques comme des drapeaux blancs.

Pulsations cardiaques, inspiration, souffle, battements de cœur, peau de Larx.

Leurs battements de cœur, leurs souffles, leurs peaux.

Eux, ensemble, toujours unis. Larx parsemait le visage de son amant de petits baisers, fourrait son nez dans son cou. Le tonnerre de leurs pouls passant comme une tempête estivale.

— Larx ?

— Oui ?

— Je pense que tu m'as tué.

— Ha, ha, ha, ha, ha…

— Tu n'es même pas un peu désolé, n'est-ce pas ?

— Non. Donne-moi une seconde et je me lèverai afin que nous puissions prendre une douche et je pourrais te tuer à nouveau.

— Ha, ha, ha, ha, ha…

Il regarda fixement le ventilateur de plafond légèrement poussiéreux de Larx, éclairé par le soleil entrant par la baie vitrée coulissante.

Il avait vécu des bons moments, de beaux moments, avec sa femme et ses enfants, avec sa famille.

Il savait à quoi ressemblait le bonheur, le genre qui remplissait un homme et brûlait ses yeux, donnant à son âme l'assurance que c'était le chemin qu'il était destiné à suivre.

Des moments exactement comme celui-là avec l'homme qu'il aimait dans ses bras.

ILS DURENT finalement bouger. La sensation de la semence coulant de ses fesses fit un peu paniquer Aaron, jusqu'à ce que son compagnon utilise la serviette pour l'essuyer.

— C'est bien pratique, commenta Aaron en cherchant son caleçon.

— Va prendre une douche, je m'occupe de récupérer nos vêtements, répliqua Larx en secouant la tête. J'arrive tout de suite.

Il vint et rejoignit Aaron sous l'eau tiède alors que celui-ci se tenait debout, abasourdi, essayant de se reprendre.

— Arrête, dit Larx en lui savonnant la poitrine. Tu te reprendras bien assez tôt. Laisse-toi flotter jusqu'à ce que tu n'en aies plus besoin.

Aaron cligna des yeux et le regarda, essayant de formuler une question.

— Et maintenant ? fut le mieux qu'il put faire.

— Aujourd'hui ?

Larx embrassa sa joue et bougea pour savonner son dos et le bas étiré et glissant de son amant.

— Aujourd'hui, tu te remets à tes factures lorsque tu le peux et je m'occupe des miennes. Les enfants rentrent à la maison, le dîner et...

— Je veux dire *tout ça*, réitéra Aaron.

Mots. Il se retrouvait presque sans mots. Il n'avait aucune idée que cela puisse être possible.

— J'ai cru comprendre que quelqu'un allait me faire un poulailler, dit Larx d'une voix charmeuse en prenant les joues d'Aaron en coupe. Donc, nous pourrions vivre dans ma petite maison comme une grande famille heureuse.

Aaron sourit, la sensation de flottement s'éloignant, laissant le contentement et les promesses dans son sillage.

— J'aime cette idée, dit-il en embrassant Larx parce que comment ne pas le faire ? C'est ta meilleure idée.

— Tu apprécies ? murmura Larx. C'est bon, Shérif adjoint. Parce que c'était ton idée et que j'ai dit oui.

— Tu es un homme intelligent.

Larx sourit.

Ils allaient avoir une telle vie ensemble. Aaron faisait des plans.

Épilogue : Pousses

Des plans qu'il suivit. Le poulailler arriva en premier, Kellan, Kirby et lui, jurant sous le froid soleil d'octobre, essayant de battre les longues ombres des arbres avant de devoir s'arrêter. Cela leur prit plus de temps qu'un week-end, parce qu'un poulailler devait être un *manoir* pour poules, un endroit isolé et relié à la maison, si vous viviez dans la neige. Celui d'Aaron, dans l'autre maison, avait une porte reliée à un capteur de lumière et il devait en commander une autre parce que faire sortir et rentrer les poules était une punition.

Début novembre arriva avant qu'ils ne s'installent vraiment ensemble et à ce moment-là, leurs horaires et leur vie les avaient forcés à passer assez de nuits séparés pour que chaque nuit sans Larx dans ses bras soit une épreuve insupportable.

Kellan écrivit une lettre par semaine et alors que la première était courte et maladroite, Aaron remarqua que les lettres suivantes s'allongeaient et que l'adolescent commençait à se remettre de sa tristesse.

Bien sûr, recevoir la première lettre d'Isaiah y contribua et après s'être retiré dans sa chambre et avoir un peu pleuré, Kellan revint et lut les parties les moins personnelles à la famille.

Puis le temps vint pour Aaron de s'affirmer ou de se taire.

La petite journaliste tenace le contacta au début du mois de novembre et, à contrecœur, Larx et Aaron lui firent une brève déclaration, fortement révisée. Ils utilisèrent des noms d'emprunt et ne donnèrent aucune photo des enfants, mais ils parlèrent de tout recommencer à zéro, à presque cinquante ans, évoquèrent leurs emplois et tout ce qui pouvait les hanter tous les deux.

Marrissa Schroeder les informa qu'ils avaient reçu des tas d'e-mails de la part de fans lorsque l'article avait été mis en ligne, mais aucun d'entre eux ne regarda. Comme le disait Larx, c'étaient comme s'ils parlaient d'autres personnes. Leurs propres vies étaient prosaïques, très, très normales.

Tout comme leur déception fut normale lorsqu'il s'avéra qu'aucune des filles ne rentrait à la maison pour Thanksgiving. Elles étaient, finalement, toutes trop occupées à l'école, dans la vie qu'elles se forgeaient elles-mêmes. Aaron accepta sans sourciller. La semaine avant la fête, il reçut régulièrement des textos de Maureen lui montrant comment ses amis et elles s'apprêtaient à improviser leur propre festin. Tiffany ne dit pas grand-chose en dehors de *Je ne viens pas pour Thanksgiving*, mais, au moins, avec Maureen, il avait le sentiment que son bébé n'était pas seul.

Le matin avant le jour de la dinde, ils se réveillèrent avec un mètre cinquante de neige et pas de Delilah sur leur lit comme d'habitude. Larx descendit en courant, inquiet, et il la trouva enroulée devant la porte vitrée, captant la lumière froide de l'hiver. Elle était morte, tranquillement, sans histoires, vraiment heureuse comme seuls les chats pouvaient l'être.

Il pleura alors ouvertement, comme un enfant, avant que leurs enfants ne se réveillent pour voir. Aaron s'accroupit à côté de lui, caressa la fourrure clairsemée et passa un bras autour des épaules de son compagnon, se sentant inutile. Il n'avait pas été très bon non plus pour les larmes de Caro, mais lorsque Larx commença à parler de la vieille chatte, de ce qu'elle avait représenté pour sa famille, comment elle avait été le symbole d'espoir et de normalité pour ses filles pendant une période vraiment difficile, il se retrouva à faire des promesses irréfléchies au sujet d'un chiot, d'un enclos pour chien et de cadeau de Noël. Tout, tout, pour que, oh, s'il vous plaît, Larx se sente à nouveau heureux !

Son compagnon laissa finalement échapper un rire étranglé et tourna son visage en larmes vers lui.

— Ça va, Shérif adjoint, les hommes pleurent. Ça ne veut pas toujours dire que nous sommes brisés.

— Un chien, dit Aaron en essuyant les larmes sur le visage de Larx avec ses paumes. Un gros chien stupide. Pour Noël. Laisse-moi juste t'offrir un chien.

— Bien sûr, répondit-il en utilisant la manche de son sweat-shirt pour effacer les larmes d'Aaron. Un chien. Tout ce que tu veux.

— Un chien, dit fermement Aaron, sa propre voix étouffée.

Il avait promis.

Les enfants finirent par descendre et ils pleurèrent. Larx creusa un trou dans le jardin, reconnaissant que la neige soit suffisamment récente pour que le sol ne soit pas complètement gelé.

Christiana sanglota si fort qu'Aaron eut peur que son corps mince ne se désagrège et les garçons et lui restèrent debout et les regardèrent pleurer ensemble.

C'était juste.

Ce soir-là, Aaron rentra à temps du travail pour entendre la conversation de Larx avec Olivia et il s'inquiéta vraiment.

Il s'attendait à des larmes, mais sa voix s'éleva et retomba presque hystériquement et alors qu'Aaron entrait dans leur chambre, il aperçut l'inquiétude dans les yeux de Larx tandis qu'il la calmait. Finalement, elle raccrocha, pleurant toujours, et son père s'effondra en arrière sur le lit.

Aaron se coucha à plat ventre, perpendiculairement à lui et caressa le sommet du crâne de son compagnon.

— C'était dur.

— Elle ne semblait pas… commença-t-il, en soupirant. Elle semblait ailleurs. Pas… pas centrée. Sa mère… ses hormones ont vraiment mis le bazar dans son cerveau, tu sais ? J'ai toujours pensé que peut-être si j'avais compris ça au début, si j'avais réalisé à quel point elle souffrait avant que toute l'affaire de l'école ne brise…

— Tu n'es pas responsable de son attitude, Larx. Tu ne l'as pas obligé à se retourner contre ses enfants, dit Aaron en essayant de ne pas se fâcher ou d'être sec parce que plus il en apprenait sur Larx et ses filles, plus il se rendait compte à quel point il était un bon père.

— Oui. Mais Olivia… sa voix ne cessait pas d'atteindre des sommets, tu vois ?

Aaron acquiesça. Il l'avait entendu, lui aussi.

— C'était une mauvaise nouvelle.

— Elle l'était, dit-il en tournant des yeux brillants vers lui. Je sais que tu ne comprends pas…

— Ne t'excuse pas, répliqua Aaron, sur un ton bourru. Tu es blessé. C'est…

Il repensa aux évènements d'octobre et à quel point Larx avait fait de gros efforts pour que tout se passe bien pour tous.

— C'est la seule fois où tu me laisses voir que ça fait vraiment mal.

— Eh bien si on ne peut pas faire confiance au shérif adjoint George pour arranger les choses… répliqua-t-il en haussant les épaules.

— À quel point le principal Larkin est-il prêt à travailler durement aujourd'hui ? demanda-t-il en embrassant le sommet de son crâne en souriant. Es-tu prêt à cuisiner un peu plus ou…

Larx se retourna sur le ventre.

— Bon sang. Farce… tartes… patates douces… sauce… Aaron, stoppe ça !

— Ou je pars chasser et je tue une pizza !

274

— Oh, Shérif adjoint, tu m'aimes !

— N'en doute jamais.

APPAREMMENT, LARX n'en doutait pas. Pas une fois, pas du tout, pas un petit peu.

Thanksgiving était tout ce qu'Aaron avait toujours aimé à propos des fêtes. Pas d'inquiétudes au sujet des cadeaux, la famille était le seul présent dont il avait besoin. Il était comblé. Larx et les enfants cuisinèrent suffisamment de nourriture pour nourrir six familles, exprès, en réalité. Le jeudi matin, pendant qu'il assurait son service, Larx et les adolescents se rendirent à la banque alimentaire du comté qui organisait des repas pour les gens qui avaient eu une année difficile. Ce soir-là, Aaron insista pour faire la vaisselle pendant que les travailleurs de la journée s'affalaient devant la télévision, rotant et se poussant les uns les autres avec leurs orteils. C'était un jeu que les adolescents avaient inventé pour ennuyer tout adulte à portée d'oreille. Aaron ne comprenait pas les règles, mais il regrettait que la fessée ne soit plus un outil parental. Les gémissements... oh bon sang, les pleurnicheries.

Cependant, une fois qu'il fut étalé sur le canapé, les pieds de Larx sur ses genoux et commençant sa énième vision de *Seul sur Mars*, il réussit même à ignorer les pleurnicheries.

Au cours des dix dernières années, il s'était concentré sur le bien-être de ses enfants pendant les fêtes. Cette année, son petit ami et ses enfants avaient fait cela pour lui. Il n'y avait pas assez de gratitude dans tout l'univers.

Mais la gratitude ne suffisait pas pour tout arranger.

UNE SEMAINE avant Noël, Aaron et Kirby se rendirent à Sacramento pour aller chercher Maureen et Tiffany à l'aéroport. Elles arrivaient sur des vols différents, dans moins d'une demi-heure, et l'estomac d'Aaron faisait des nœuds.

— Est-ce qu'elle t'a dit quelque chose ? demanda-t-il à son fils pour la quinzième fois.

— Juste qu'elle est prête à ce que tu oublies ta stupidité, répondit celui-ci, toujours offensé. Je ne comprends pas, papa. Je ne peux pas... tu es heureux. Je le suis aussi. C'est idiot qu'elle soit aussi bizarre. J'ai passé la journée d'hier à lui envoyer le mot « bi ».

— Juste « bi » ? demanda-t-il obligé de rire.

— Oui. Genre, j'envoie « bi » et elle répond « stop », je renvoie « bi » et elle me retourne « ne sois pas bête », je continue « bi, ça existe » et elle « c'est la crise de la quarantaine de papa. »

— Elle *a dit* ça ? s'exclama Aaron, un peu énervé. Crise de la quarantaine ?

— Je t'ai dit qu'elle était stupide !

— Ce n'est pas juste !

Personne ne se fâchait contre son enfant de presque dix-huit ans, mais Aaron en avait assez de ces conneries.

— Dix ans ! s'exclama-t-il.

— Je sais, papa.

— Vous avez été le centre de mon monde pendant dix ans.

— Oui, papa. Je sais.

— Vous l'êtes toujours, dit-il en se dégonflant.

— Papa ! dit Kirby d'une voix douce, un peu comme celle de Larx. Écoute, papa. Tu as le droit d'être heureux. Vraiment. Tu sais que je le pense et pas seulement parce que je n'ai plus besoin de cuisiner. Ces derniers mois ont été géniaux.

Soudainement, Kirby donna l'impression d'avoir sept ans, ce petit garçon perdu, essayant d'être le petit homme d'Aaron.

— Papa, sais-tu combien ça craint d'attendre que tu rentres à la maison ? Même lorsque les filles étaient là, c'était nul. Parce que si quelque chose t'arrivait, je serais seul. Je ne veux pas vivre avec grand-père et grand-mère. Je ne veux pas vivre avec Maureen. Je me sens en *sécurité* comme nous sommes. J'ai même… je veux aller à l'université communautaire l'année prochaine. Est-ce mal ? Je suis *heureux*. Je suis en sécurité. Je ne veux pas tout laisser derrière moi. Pas encore, conclut-il en soupirant.

— Ce serait bien, dit Aaron, son cœur se calmant. Ce serait *super*. Je ne suis pas prêt à voir déjà partir mon dernier enfant.

— Bien. Christi a encore deux ans et je pense que Kellan va rester un peu. Vous être encore jusqu'aux yeux dans les enfants pendant un moment.

— Espérons juste que je puisse survivre à ceux qui ont déjà déménagé.

Aaron pouvait les voir au point de ramassage A. Maureen ressemblait à sa mère, petite, yeux bruns, taches de rousseur, reflets roux dans ses cheveux blond foncé. Tiffany ressemblait à Aaron, grande, des hanches pleines, une poitrine généreuse et des yeux bleus.

Mais il ne se souvenait pas de les avoir autant scruté, même pas tout de suite après la mort de sa femme, alors qu'il avait l'impression que chaque instant était une lutte pour trouver le bien dans le monde.

Il gara la voiture dans le parking et sortit, saluant d'abord Maureen avec un grand câlin. Elle rit, l'embrassa, l'appelant papa comme lorsqu'elle était petite. Brillante comme une étincelle ou une braise, Maureen avait presque toujours été gaiement indépendante, fière et virevoltante.

Ce n'est que lorsqu'elle le quitta pour embrasser Kirby qu'il réalisa à quel point elle lui rappelait Larx.

Ce qui le laissa face à son aînée et il fit de son mieux en laissant ses bras ouverts.

— Tiff ?

— Bonjour, papa, dit-elle avec raideur, se laissant étreindre, mais sans lui rendre la pareille. Allons-nous à la maison ?

— Maureen et toi allez à la maison, répondit-il calmement avant de faire un clin d'œil à Maureen. À moins que vous ne vouliez dormir sur des oreillers ou sur le canapé, ce qui est bien aussi.

Il se retourna vers Tiffany pour conclure.

— Nous avons ouvert la maison, nettoyé la cheminée, mis le chauffage et fait des courses. Vous devriez être vraiment à l'aise là-bas.

Cela leur avait pris une journée entière de leurs précieuses vacances d'hiver et aucun d'eux ne s'était plaint, pas même Kellan, qui, d'entre eux tous, n'avait pas à faire la bonne pour rendre les filles d'Aaron heureuses.

— Alors tu vas juste nous laisser là-bas ? aboya Tiff. Merci beaucoup, papa.

— Ça a l'air génial ! pépia Maureen en jetant un coup d'œil à sa sœur aînée. Le réveillon chez vous et nous pouvons avoir l'autre maison pour nous. Tiff, papa a dit qu'il avait déménagé le poulailler. Nous n'aurons même pas à nourrir ces fichus volatiles !

Tiffany leva les yeux au ciel et prit ensuite place à l'avant du SUV où elle garda un silence glacial jusqu'à ce que son père s'arrête pour prendre de l'essence chez Citrus Heights.

Maureen avait essayé d'engager la conversation pendant tout le voyage, mais sa sœur lui avait répondu de manière monosyllabique et Aaron avait eu besoin de se concentrer sur la route. Finalement, Maureen et Kirby avaient bavardé joyeusement, mais Aaron avait voulu partager avec eux.

277

— Encore une chance de se débarrasser de moi, marmonna Tiffany.

— Non, chérie. Je veux juste que Maureen se sente aussi la bienvenue.

— Peu importe.

— Je vais prendre un café, annonça-t-il en soupirant. Quelqu'un en veut ?

Maureen et Kirby voulurent un chocolat chaud. Tiffany ne voulut rien. Peu importe.

Tiffany parlait avec animation au téléphone et Maureen se disputait avec elle en même temps lorsqu'il revint de la station-service. Il n'entendit pas la dispute en elle-même et Tiffany raccrocha dès qu'il s'approcha.

Ils montèrent en voiture et reprenaient l'autoroute lorsque Tiffany interrompit le monologue excité de sa sœur au sujet de son cours de biologie au MIT.

— Papa, tu peux me déposer à la gare de Colfax ? Grand-mère et grand-père m'ont acheté un billet. Je peux prendre un autre train pour San Francisco et prendre un avion pour l'Illinois demain.

Aaron vit rouge.

— Euh, non, répondit-il rapidement. Colfax est à quarante-cinq minutes de notre chemin. Des gens nous attendent pour dîner et si tu veux partir d'ici et aller pleurer auprès de tes grands-parents, tu vas devoir trouver ton propre moyen de transport de Colton à la gare parce que je ne le ferai pas.

— Papa, tu ne peux pas t'attendre à ce que je reste dans la même maison que toi et ton... minet. C'est trop dégoûtant !

— Quelle partie de « vous pouvez rester dans vos anciennes chambres pendant que Kirby et moi retournons chez nous » ne comprends-tu pas ?

— La partie où tu ne m'as même pas *demandé* si ça me convenait !

Aaron loucha et Maureen ricana. Il lui fit un clin d'œil et continua à conduire, se haïssant un peu pour la facilité avec laquelle il s'entendait avec ses deux plus jeunes enfants et ses difficultés avec son aînée.

— Ce n'est pas à toi de décider, dit-il après une profonde inspiration. Je suis un adulte, Tiffany. J'ai demandé à Kirby...

— Kirby l'a supplié, intervint celui-ci. Parce que vous deux, les génisses, vous êtes parties. Plus de solitude, à présent.

— Tu ne sais même pas à quoi tu as dit oui, rétorqua-t-elle avec mépris. Tu es un gamin.

— Et tu es une garce, finit par craquer Kirby.

— Kirby ! s'écria Aaron.

Oh. Il n'était pas content d'elle, mais il ne voulait pas non plus que les insultes commencent à voler.

— Non, papa. Écoute-la…elle s'est plainte à nos grands-parents de ton nid d'amour gay, comme la bigote qu'elle est. Tu ne nous as pas élevés comme ça. Maman non plus. La moitié des amis de tante Candy sont gays.

— Je ne suis pas une bigote ! C'est *différent* lorsque c'est ton père !

— Oh, bon sang.

— Est-ce que tu t'entends, Tiff ?

— Merde, Tiff, tu es si *bête*.

Aaron, Maureen et Kirby prirent une grande inspiration tous les trois en même temps.

— Je suis heureux, dit Aaron, sa voix tremblant un peu de douleur. Je suis désolé que tu t'en moques ou que tu ne le veuilles pas, mais ton frère et moi sommes heureux. Comme je te l'ai dit, tu peux rester à la maison. Kirby et moi allons dîner chez nous. Maureen, tu es la bienvenue à tout moment.

Il croisa les yeux de sa fille aînée dans le rétroviseur avant de continuer à parler.

— Tiff, si tu viens pour essayer de me blesser, t'en prendre à Larx, Kellan ou Christi, je préférerais que tu trouves ton propre moyen de quitter la ville.

Ce fut la fin de la conversation pendant un moment.

OLIVIA RESSEMBLAIT tellement à Lila que Larx en avait la gorge serrée. Maintenant que son menton s'était un peu adouci et que la minceur de son adolescence avait disparu. Tout comme Christi avec ses cheveux noirs et des yeux sombres, elle était le portrait craché de la défunte sœur de son père.

— Es-tu sûre ? demanda-t-il en se frottant la poitrine.

Bulldozer, le chiot mastiff qu'Aaron avait rapporté d'un refuge la semaine précédente, mâchouillait les lacets de ses pantoufles. Il renonça à la discipline pour un instant et le laissa faire ce qu'il voulait.

— Papa… dit-elle en s'essuyant les yeux, son menton tremblant. Positif. Je l'ai dit, j'ai vu un docteur et tout. Simplement… ne sois pas trop en colère, d'accord ?

— Non, ma chérie, dit-il en ouvrant les bras. Je ne suis pas du tout fâché.

Eh bien, en ce qui concernait les nouvelles explosives, Olivia avait été rapide et miséricordieuse. Elle avait passé la porte, jeté des cadeaux pour tout le monde, y compris Kellan, Kirby et Aaron, sous le sapin, s'était ensuite assise pour boire un chocolat et avait secoué le monde de son père.

Alors même qu'il la tenait et qu'ils pleuraient un peu, il essayait de trouver des mots.

Je suis désolé. J'ai fait la même erreur. Je suppose que c'est génétique.

Je suis navré. Je savais que tu avais grandi. Je pensais qu'on en avait parlé.

Je m'en veux. Tu es toujours ma petite fille et je veux traquer le bâtard responsable et...

— Papa, je dois aller aux toilettes, dit-elle, les yeux noirs toujours embués, ses cheveux foncés en désordre autour de sa tête.

— Oui. D'accord. Vas-y.

Il regarda Dozer la suivre. Parce que bien sûr, le chien préférait aller avec elle. Tout le monde ne faisait-il pas cela ?

Il resta affalé à la table, essayant d'assimiler les nouvelles.

À ce moment-là, Aaron et ses enfants firent irruption par la porte d'entrée.

Deux de ses enfants.

Larx essaya de se ressaisir. Son compagnon avait l'air blessé, frustré et triste. Merde, être parent n'était pas toujours un chemin ensoleillé et parsemé de roses, n'est-ce pas ?

— Larx ! s'écria Maureen, sincèrement heureuse de le voir.

Il accueillit son câlin sans surprise, car elle avait à peu près embrassé toute sa promotion et ses professeurs.

— Bonsoir Maureen George, dit-il heureux qu'ils se parlent. Je vois que tu as apporté tes affaires, tu es prête pour le canapé ?

Maureen leva les yeux au ciel pendant que son père et son frère montaient les deux valises à l'étage.

— C'est mieux que la compagnie de la coincée froide dans son hôtel particulier, marmonna-t-elle. J'espère que l'électricité sera coupée et que ses seins gèleront.

Aïe.

— Je devrais probablement parler à ton père, dit Larx avec précaution.

— Je pensais que ce serait bizarre, dit-elle avec franchise en embrassant sa joue. Mais vous êtes toujours mon ancien professeur de sciences et je suis heureuse d'être ici.

Oh, Dieu merci, deux des enfants d'Aaron étaient vraiment comme leur père.

Il monta l'escalier, dépassa Kirby qui le frappa avec espièglerie sur le bras et trouva Aaron dans leur chambre. Il avait ôté ses bottes et enfilait des mocassins en cuir doublés de molleton que Larx lui avait offert en cadeau de Noël. Il ne tomberait pas malade de l'hiver.

Larx s'assit avec un soupir près de son ami, amant, compagnon et s'affala sur le matelas.

— Donc… commença-t-il.

— Ma fille aînée est horrible, dit Aaron, la voix tremblante de colère. Elle va bouder à la maison jusqu'à ce que ses grands-parents prennent l'avion et la sauve de notre tanière d'iniquité.

Il se tourna vers Larx avec un sourire triste.

— Comment était ta journée ? lui demanda-t-il.

— Olivia est enceinte, annonça-t-il, sa bouche se tordant.

Les yeux comiquement écarquillés de son compagnon valaient presque la peine de lui annoncer la nouvelle.

— Pardon ?

— Sa chatte était morte, elle était seule pour Thanksgiving, elle est sortie et elle a fait un truc idiot. Le docteur dit qu'elle accouchera en août.

— Oh, bon sang.

— Elle retourne à l'école pour le semestre prochain, mais elle veut revenir ici pour les deux premières années du bébé.

Elle avait tout prévu. Il ne l'avait jamais entendu aussi responsable de toute sa vie.

— Nous allons être grands-pères ? demanda Aaron, toujours choqué.

Ce fut là que Larx sut.

Il le sut au plus profond de lui-même.

Il connaissait cette sensation qu'il avait trouvée à un moment en tant que parent et avait maîtrisée maintenant qu'il vivait sa deuxième famille.

Tout allait bien se passer.

Ce ne serait pas facile, mais cela se passerait bien quand même.

Parce qu'Aaron avait dit « nous ».

La seule fin de la course de la vie était littéralement la fin de la vie. Il y aurait toujours des obstacles, d'autres personnes, famille, amis, carrière. Cependant, Larx avait quelqu'un à ses côtés pour l'aider à les surmonter, quelqu'un qui aurait besoin d'aide lui-même. Et aussi les défis, les stress, la douleur de voir les aînés de leurs enfants répéter les erreurs de leurs parents

281

ou peut-être même en faire de plus grosses, celles qui ne disparaissent jamais.

Mais ils pourraient les affronter avec un peu plus de certitude.

Parce qu'ils étaient « nous ».

— Oui, répondit-il avec joie. *Nous allons* être grands-pères.

Ses yeux le brûlèrent et il appuya sa tête sur l'épaule d'Aaron pendant que celui-ci enveloppait un bras autour de sa taille.

— Tu seras doué pour ça, dit doucement Aaron.

— Tu seras meilleur.

Il goûta le sel dans leur baiser, mais tout comme la vie, leur vie était encore douloureusement douce.

AMY LANE est mère de deux étudiants universitaires, deux enfants diplômés et deux petits chiens. Elle est également une tricoteuse compulsive qui écrit lorsqu'elle ne peut pas faire taire les voix dans sa tête. Elle adore ses bébés à fourrure, les chaussettes tricotées main et les beaux mecs sexy. Elle déteste les mites, les boîtes à chat et les nanas idiotes.

Elle se hasarde rarement à cuisiner, nettoyer, ou accomplir des tâches ménagères, bien qu'elle ait la réputation de tricoter en cas d'urgence des chapeaux/couvertures/paires de chaussettes pour n'importe quelle occasion ou sans raison. Elle a été récompensée pour son écriture qui se compose de trois saveurs : un univers alternatif tordu violet, un contemporain existentiel orange et un couleur du soleil et joyeux.

Elle a appris par nécessité à taper aussi vite que le vent sur un clavier. Elle est mariée depuis plus de vingt ans à son compagnon bien-aimé et croit toujours à l'Amour avec un grand A et ne voit aucune raison pour que cela change.

Website : www.greenshill.com
Blog : www.writerslane.blogspot.com
E-mail : amylane@greenshill.com
Facebook : www.facebook.com/amy.lane.167
Twitter : @amymaclane

Les jeux
qui
importent
ne se
passent
pas sur
le terrain.

Coup d'envoi
Amy Lane

Les saisons, numéro hors série

Au cours d'une adolescence malheureuse et d'une vie adulte solitaire, Skipper Keith n'a rêvé que d'avoir une famille. Il trouve ce qui s'en approche le plus avec l'équipe de football qu'il entraîne après le travail et son meilleur joueur et meilleur ami, Richie Scoggins.

Un soir venteux d'octobre, le partage pratique d'une voiture d'après l'entraînement se transforme en une rencontre sexuelle qu'aucun d'eux n'attendait et ne veut oublier. Bientôt, Skip et Richie vivent pour les week-ends, leurs matchs de football de la saison d'hiver et les jeux qu'ils apprécient hors du terrain. Grâce à des nez brisés, des décorations de fêtes et une grippe sévère, ils en apprennent davantage l'un sur l'autre que ce qu'ils auraient pu rêver.

Chaque nouvelle découverte les emmène au-delà des limites du terrain de football vers les possibilités infinies de la meilleure relation de la vie de Skipper.

Skipper ne peut pas rêver d'une meilleure famille que Richie, mais celui-ci a de vrais problèmes familiaux dont il ne peut pas se dépêtrer. Skipper doit le convaincre de rester avec lui au-delà du coup d'envoi du tournoi d'hiver, afin que la relation qu'ils ont débutée sur le terrain se transforme en un avenir heureux dans la vraie vie !

www.dreamspinner-fr.com

De la nourriture
POUR L'ESPRIT

AMY LANE

Contes d'un étrange livre de cuisine, numéro hors série

Emmett Gant avait l'intention de dire à son père quelque chose de vraiment important un dimanche matin… Mais son père est décédé avant qu'il ait pu le lui dire. À présent, près de trois ans plus tard, il ne semble pas savoir avec qui il devrait être… la fille aux joues comme des pommes et son impressionnante famille ou Keegan, son voisin narquois, qui ne voit jamais sa famille, mais qui le rend vraiment heureux juste en venant discuter avec lui.

Emmett a vraiment besoin de clarté.

Heureusement pour lui, la mère de son meilleur ami a un livre de cuisine qui promet de lui donner de la bonne nourriture et de la perspicacité. Emmett est intrigué. Le livre le suit chez lui et Keegan et lui décident de faire la recette « Pour plus de clarté » et ce qui s'ensuit est à la fois très clair et un peu surprenant, surtout pour la petite amie d'Emmett. Ce dernier va devoir réfléchir à son passé et à la chose vraiment importante qu'il n'a pas pu dire à son père s'il veut obtenir la recette de l'amour juste.

www.dreamspinner-fr.com

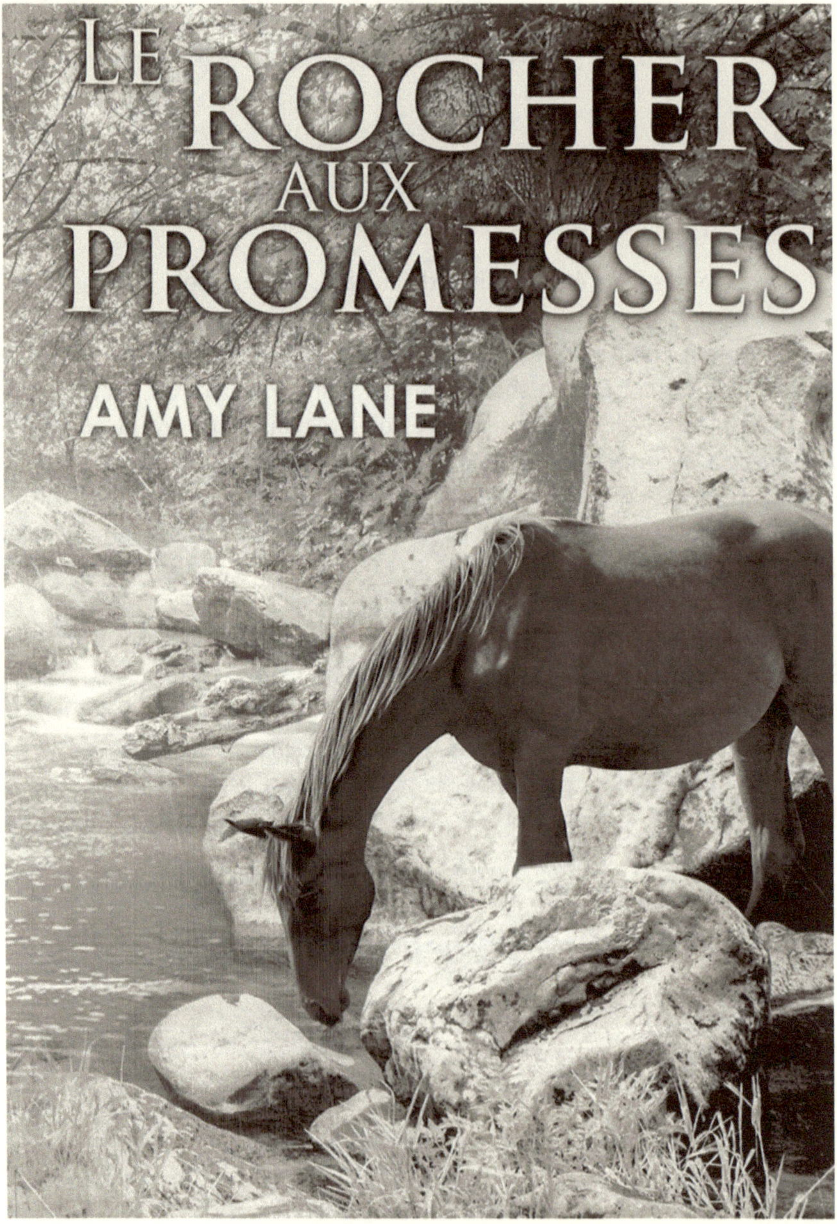
LE ROCHER
AUX
PROMESSES
AMY LANE

Promesses, tome 1

Carrick Francis a passé la majeure partie de sa vie à sauter à pieds joints dans les problèmes. La seule chose qui l'a sauvé de la prison, ou pire, est sa dévotion absolue envers Deacon Winters. Deacon a été sa raison et son salut durant une enfance misérable de maltraitance, et Crick ferait tout pour rester à jamais avec lui. Aussi, lorsque le père de Deacon meurt, Crick suspend ses projets universitaires pour aider Deacon, tout comme Deacon l'a aidé auparavant.

Le plus grand souhait de Deacon est de voir Crick échapper à ses souvenirs et à la ville où ils ont grandi, afin que Crick puisse jouir d'un avenir plus rayonnant. Mais après deux ans de sentiments refoulés et de tentations, le maladivement timide Deacon succombe finalement aux avances insistantes de Crick et reconnaît se voir faire partie de la vie du jeune homme.

Alors Deacon est presque détruit en découvrant que Crick attendait qu'il le repousse, exactement comme la famille de Crick l'avait fait par le passé. Quand le don de Crick pour prendre des décisions sur des coups de tête le conduit loin de chez lui, Deacon finit abandonné, traumatisé et seul, luttant pour reforger son cœur dans un monde où l'amour avec Crick est une promesse, mais en aucun cas une certitude.

www.dreamspinner-fr.com

Amy Lane

Ce n'est pas du Shakespeare

James Richards est un professeur universitaire et mène une vie routinière. Il déménage en Californie du Nord pour fuir la rupture qu'il vient de subir, mais, à part l'adoption d'un Boston terrier, Marlowe, sa nouvelle vie ne lui apporte rien de plus.

Un jour, son élève la plus coriace lui arrange un rendez-vous avec son meilleur ami, Rafael Ochoa. Ce dernier ne semble rien avoir en commun avec James, ils viennent de milieu culturel différent et n'ont pas la même philosophie de vie. Cependant, Rafael est également beau, gentil et fait l'effet d'une piqure d'adrénaline dans le cœur d'homme approchant la quarantaine de James. Ensemble, ils formeront un pont entre les habitudes de la Côte Est de James et l'attitude décontractée de la Côte Ouest de Rafael.

Leur relation basée uniquement sur les sentiments survivra-t-elle au fait que James ne semble plus croire aux happy ends ?

www.dreamspinner-fr.com

Par AMY LANE

Ce n'est pas du Shakespeare
Contes d'un étrange livres de cuisine
Coup d'envoi
De la nourriture pour l'esprit
Feu de joie
Les joueurs
Super Sock Man

PROMESSES
Le rocher aux promesses
La valeur d'une promesse

TALKER
Talker
Talker, la rédemption
Talker, la décision

Publié par DREAMSPINNER PRESS
www.dreamspinner-fr.com